U0826875

徽学与地域
文化丛书

桐城派与五四新文学

张器友 著

北京师范大学出版集团
BEIJING NORMAL UNIVERSITY PUBLISHING GROUP
安徽大学出版社

图书在版编目(CIP)数据

桐城派与五四新文学/张器友著.—合肥:安徽大学出版社,2015.1

(徽学与地域文化丛书)

ISBN 978-7-5664-0865-5

Ⅰ.①桐… Ⅱ.①张… Ⅲ.①桐城派—文学研究 ②新文学(五四)—文学研究 Ⅳ.①I207.62②I206.6

中国版本图书馆 CIP 数据核字(2014)第 263546 号

桐城派与五四新文学

Tongchengpai Yu Wusi Xinwenxue

张器友 著

出版发行:北京师范大学出版集团
安徽大学出版社
(安徽省合肥市肥西路 3 号 邮编 230039)
www.bnupg.com.cn
www.ahupress.com.cn

经　　销:全国新华书店
印　　刷:安徽省人民印刷有限公司
开　　本:152mm×228mm
印　　张:17.25
字　　数:240 千字
版　　次:2015 年 1 月第 1 版
印　　次:2015 年 1 月第 1 次印刷
定　　价:35.00 元
ISBN 978-7-5664-0865-5

策划编辑:姜　萍　　装帧设计:知耕书房
责任编辑:方　青　　美术编辑:李　军
责任校对:程中业　　责任印制:陈　如

版权所有　侵权必究

反盗版、侵权举报电话:0551－65106311
外埠邮购电话:0551－65107716
本书如有印装质量问题,请与印制管理部联系调换。
印制管理部电话:0551－65106311

徽学与地域文化丛书

编委会名单

编委会主任：吴春梅

编委会副主任：（按姓氏笔画为序）

卞　利　张子侠　张能为　鲍　恒

编　　委：（按姓氏笔画为序）

卞　利　王国良　王达敏　王天根

王成兴　李　霞　江小角　张子侠

张能为　张崇旺　张爱冰　张金铣

吴春梅　吴怀东　吴家荣　宛小平

陆建华　陈　林　徐国利　鲍　恒

序

周中明

器友同志与我相知相识 40 余年。我俩是安徽大学中文系的同事，只是分工有别：我从事的是中国古代文学教学和研究，他专攻的是中国现代、当代文学。由于桐城派是中国古代文学的殿军，又是中国现代文学革命的主要对象，所以在桐城派研究中我们走到一起来了。1999 年我曾出版过一本《桐城派研究》，最近器友的新著《桐城派与五四新文学》要出版，嘱我为他的新著作序，我欣然应允。

器友为人正直。给我印象最深的是，在“文革”期间，中文系师生举行的一次“批斗会”上，批斗我系一位因为私下非议“中央文革小组”某领导人而被打成“现行反革命”的女教师，有人喝令被批判者“低头认罪”，她不肯低头，于是有人就上去强按她的头，她的头一抬，有人就上去打她。“要文斗，不要武斗！”这时器友在人群中发出了这一声呐喊，全场震惊。有人私下嘀咕：“是嘛，摆事实讲道理嘛，何必打人呢？”有人则指责器友“不该给义愤的群众泼冷水”。器友的这一声呐喊令那位被批斗的老师十分感动，以致在二十几年后还给我讲这件事，可见器友为坚持党的政策而敢于仗义执言的品德是多么难能可贵，令人钦佩不已。

器友为学勤奋。他 1969 届大学毕业，被“文革”耽误了很多读书时间，但由于勤奋好学，刻苦钻研，取得了累累硕果。他先后出版6部学术著作，成为安大中文系教师中的佼佼者。他对于延安文学研究尤其用力，这方面的专著和论文广受好评，颇具影响。

器友的新著《桐城派与五四新文学》，我读后深感其有以下新意和特色：

一、该书从包括文学在内的历史文化的角度切入研究对象，最终落脚到文学上，避免了仅仅从文学谈文学的不足，视野较为开阔，因而较好地勾勒和阐述了桐城派二百余年的变迁。在指陈桐城派局限的同时，该书论述了桐城派自开宗立派之后，历经世致用思潮、启蒙思潮，不断地为五四新文学积累"文化势能"，得出桐城派是通向五四新文学的"路障"同时又是"桥梁"的基本观点。

二、该书采取历史的辩证的观点，把桐城派视为一个发展变化的、具有多样性的、内部存在着差异性的、守成而又开放的文章谱系，否定了五四新文化运动中的五四新人把桐城派视为一个凝固的、单质的、封建的"死文学"，斥之为"妖魔"、"谬种"的错误观点。具体分析了桐城派在五四新文学中的实际影响，从而揭示出五四新人"反传统"却又不可抵御地传承着传统，更新了传统。

三、该书还认为桐城派的掘墓人最初实由桐城派文化传统所孕育。该书具体论述了以陈独秀为首的一批"桐城派末流"受到了桐城派的影响却又成为反叛桐城派的先锋，成为五四新文学的开创者这一历史过程。

四、该书对桐城派发祥地"桐城"作出了新的界定。该书指出，"桐城"不只是行政区划上的一个桐城县，而是以古桐城为中心的辐射周边的"桐城文化圈"。至于整个桐城派，则更是不限于桐城乃至安徽的地域文化，而是在整个清代文坛占据了统治地位的、影响全国的文派。

总之，该书别开生面，不落俗套，给我们提供了新的视野、新的资料、新的观点、新的境界，使我们无论对桐城派，或是对五四新文学，或对它们两者的关系，皆可获得更全面、更正确、更透彻的新认识，令人备受启迪，获益匪浅。

器友的新著令人信服地说明，五四新文学与我国传统文化绝非完全对立，而是有着血脉相通的内在联系。桐城派是值得进一步研究和开发的我国传统文化的重要资源之一。过去由于它背着“妖魔”、“谬种”的恶名而长期受到学术界的漠视，甚至有人跟着采取粗暴贬斥、一棍子打倒的态度。历史事实应该得到尊重和正视。清代是封建末世，同时又是集我国封建社会之大成的时代，不只是政治上创造了大一统的局面，经济上繁荣昌盛一度居于世界前列，而且在文化上达到了光辉灿烂的高峰。以《红楼梦》、《儒林外史》、《聊斋志异》为代表的小说，以《长生殿》、《桃花扇》、京剧为代表的戏曲，其成就之高超杰出，固世所公认，即拿清诗、清词的成就来说，也日益受到学界的重视，难道唯独以桐城派为代表的清文是“例外”么？刘声木的《桐城文学渊源考》收录的桐城派作者达 1223 人，《桐城文学撰述考》收录的桐城派著作达 2370 余种。如此众多的作家和作品，该是多么丰富、亟需研究开发的民族文化资源啊！目前这方面的研究开发还处于起步阶段。器友的《桐城派与五四新文学》虽然比拙著《桐城派研究》更胜一筹，但仍是属于综合性的研究，未免过于概要和粗略，还需要有更为深入、细致的个案研究。我于 2013 年出版的《姚鼐研究》就是试图在这方面开个头。目前我已年逾八旬，器友也年近古稀，俱老矣！更多、更好、更为深入的研究，只有寄希望于后来者居上了。对此，我们怀着热烈的期盼。

2014 年 8 月 18 日

于安徽大学

目 录
CONTENTS

绪论

桐城派在中国文学史上流衍二百余年，发迹于古桐城而流布国中，在古代和近代、现代之交，以其鲜明的个性集中体现了中国文化和文学艺术传承、变迁过程中的痛苦、矛盾冲突和精神意向，其守成、变迁、革新和消亡的历程，凝聚了丰富的文化内容和历史经验。

桐城派起于清初、消亡于民初，是横陈于五四新文化和新文学之前不能超越、不能回避的重要存在。康乾之际，惩于明末以降形式主义学风、唯美主义文风和明代文人强学秦汉之失，方苞、戴名世、刘大櫆、姚鼐“四祖”毅然崛起，筚路蓝缕，开宗立派，力矫时弊。他们秉持文章的使命意识，关注以满族统治者为核心的多民族国家的社会现实，寄希望于帝士共治的道学理想；持守宋儒理学，不废汉学考据，创立古文义法，以雅洁、渊雅为美，又喜雄奇恣睢，欲图振兴唐宋古文传统。进入近代，桐城派由一地影响全国，因一派而生衍众多支流。众水纷流之际，有恽敬、张惠言主导的阳湖派在先，曾国藩主导的湘乡派继后，得经世致用的时代精神，涌浪崛起。他们尊方、刘、姚为师，以桐城派古文为学习的正宗，又反思桐城古文的不足，突破藩篱，扩大学习的取径范围，引骈入散，各自以激扬壮阔之气淘铸雄声，丰富和发展了创立时期的桐城派古文传统。再后，启蒙新思潮排浪而至，吴汝纶总揽桐城派诸家，严复、林纾创造性运用古文翻译西人著作，“传输欧化”，替古文开辟了一个“新殖民地”。张裕钊、吴汝纶以莲池书院为中心，承续湘乡派的路径又回望开宗时期的气象，融醇厚与宏肆于一冶，形成了桐城派最后一个旁支莲池派，在守成中迎纳西学，彰显了桐城派消亡前的夕阳风光。

这是一个守成而又不断革新的文化和文章谱系。处身千年未有的变局，一代又一代的桐城派继起者，发扬“通时合变”、“与世变相应”的桐城派“变易”传统和“有所法而后能，有所变而后大”的文章精神，以积极入世的士子情怀致力于封建国家的改良、多民族和谐与共和民族现代化的探求。历汉宋之争、中西之争和“文界革命”，从信守宋学、兼容汉宋，到抛弃汉宋轸域，会通中西，执西用中，文化思想和文章观念在剧烈的冲突和论争中不断走向新变。其中，姚莹、郭嵩焘、曾国藩、薛福成置身于经世致用思潮和洋务运动的前沿，“开眼看世界”，成为经世致用思潮和洋务运动的先锋。他们讲义理之学，但在经世致用的前提下将学问、文章之事引出书斋，引入经济，走向世界，“坚车行远”。洋务运动破产、甲午海战失败后，吴汝纶、严复、林纾继前辈之后，以更大的气魄，“开风气之先，绾新旧之枢”，把桐城派的文化思想和文章精神推向近代启蒙新思潮及文界革命的前沿。他们持守民族本位，批判、反思洋务运动和戊戌变法的失误，仿佛三足鼎立，分别从教育、哲学社会科学、文学艺术三个方向传输西方近世文明，运用西方近代教育、人文哲学社会科学和文学艺术观念阐释和转化传统，高度重视教育、学术、文学在开启民智中的作用，他们的思想成果构成启蒙新思潮和“文界革命”成果的重要内容，是直接通向五四新文化运动和文学革命的桥梁。

但是，沉重的封建理学和传统文化使后期桐城派的代表人物始终持守着传统本位的立场，最终陷落在文化改良主义的固辙里。这个处在古代、近代和现代交接点上的文章学派，由于阶级的、历史的局限，纠结开放、保守于一身，坚持政治改良，反对政治革命；坚持文化改良，反对文化和文学革命；坚持古文之不当易，反对白话正宗和白话独尊，以至于在打开从古代通向现代的闸门、唤醒了一个文学新时代之际，却又反对这个新时代的到来，在为五四新文学铺路架桥的同时，却又变成了五四新文化和文学革命的路障。

“路障”和“桥梁”显示了桐城派正负二重性功能特征。五四新文化运动和文学革命兴起之时，从桐城派文化土壤里走出来的桐城派末流陈独秀等人，敏锐地感受到了这个传统的不合时宜，率先对桐城派发起攻击。陈独秀所统领的“安徽俗话报派”出乎“桐城”却不再归附“桐城”；他所统领的“新青年派”视桐城派为旧道德、旧文化、旧文学中的“妖魔”，把桐城派中人视为“桐城谬种”，酿成了可称之为“桐城学案”的文化批判。不破不立，不止不行。五四新人在“反传统”的战斗中丰富了传统；桐城派也因为新的时代、新的经济政治因素的增长和封建国家的坍塌失去凭依，最终走向消亡。

显然，人们在认识桐城派与五四新文学的关系时，如果片面地指责五四新人的革命显然有悖于常识，但是如果只是注意到桐城派作为“路障”的一面，对其作为“桥梁”的一面熟视无睹，那也失之公允。遗憾的是，这种非科学的“熟视无睹”是严重存在的。长期以来，在中国文学研究中，桐城派总是被简单地归为五四新文化和新文学的对立面，人们在清算桐城派儒家正统观念和文化改良主义的同时，对于其倾向于进步的历史成就，对于其代表人物进步的文化思想、卓越有致的文论和文学成就，总是不予认真研究，或者有所研究却不顾他们与桐城派的关系。1990 年代以来，随着国学热的兴起和对传统文化热情的上升，一些学者在研究五四新文学与传统文化、文学的关系时，开始注意到了传统文化中流淌着“被压抑的现代性”，认识到必须切实地对五四前几乎贯穿和笼罩了有清一代文坛的桐城派采取历史的辩证的眼光。但是对这个聚传统文化和文学于一体的典型文章学派与五四新文化、新文学的关系，对其在传统文学的“现代转换”过程中的实际意义，还未能有认真深入的考察。这是必须正视和解决的问题。它不但关乎桐城派在文化史和文学史上的地位，而且关乎 20 世纪中国文学的源流、成就及其科学评价，关乎 21 世纪中国文化、文学的发展。

之所以未能对桐城派作出科学的评价，大体说来，原因有四：其一，受制于“突变论”的桎梏。现代学术研究曾经有过一个思维定势，即五四开出了一个新的世纪，政治、历史、文学诸学科都持守这种观念。在这种阐释定势的作用之下，总以为五四前都是旧的、落后的，五四后都是新的、进步的。其二，片面地把桐城派当成政治思想守旧派作总体性概括，而未能深入辩证地、全面地、动态地分析桐城派的文化结构及其学理内含，持守了五六十年代现代文学史以反帝反封建作为新文学开端的文学史模式。其三，只是把桐城派作为一个散文流派，并且在把它当成散文流派时又只是看到其在文字上坚守古文与五四白话文运动的对立，而未能顾及其文学观念、艺术风格、写作方法对五四新文学的影响，更未能正视桐城派后期严复、林纾的译作开五四新风的前导性价值。其四，学术立场没有走出五四之初新文化人物激进论战斗姿态的阴影，思想方法正如毛泽东所指出的："那时的许多领导人物，还没有马克思主义的批判精神，他们使用的方法，一般还是资产阶级的方法，即形式主义的方法……没有历史唯物主义的批判精神，所谓坏就是绝对的坏，一切皆坏；所谓好就是绝对的好，一切皆好。"[①]

这些，当然是不好的，但又是多么宝贵的教训！今天，处在民族复兴的又一个新世纪的伟大起点，如何看待民族传统文化和文学艺术，如何在经济一体化、文化多元化的世界大舞台上创造中华民族的文学艺术，将是一个重大的时代性课题。科学地审视和考察桐城派与五四新文化和新文学的关系，显然与这个课题密切相关。因此，本书希望秉持历史唯物论和历史的、美学的批评精神，在前人已经取得的成就和经验的基础上，考察桐城派的历史沿革及其不断地为五四新文学积累和提供文化势能，以及最终受到五四新人扬弃的情状，总结历史经验，以回应时代和民族的呼唤。

这个呼唤是如此的真切。它出于现实，呼应未来，也源自历史。

---

① 《毛泽东选集》第 3 卷，《反对党八股》，人民出版社 1966 年根据 1953 年 5 月北京第 1 版重印，第 833 页。

第一章

桐城派的开宗

桐城派大约起于17世纪后期康熙年间方苞、戴名世的相交相识，迄于20世纪之初的五四新文化运动和文学革命。这是一个主体为地主阶级出身的知识分子，致力于古文写作与研究，同时经营经学、西学等其他学问，积极事功的文章学派。

桐城派称谓的出处，见于清季的文人口碑和一批文人的归趋。姚鼐在《刘海峰先生八十寿序》中说："曩者鼐在京师，歙程吏部、历城周编修语曰：'为文章者有所法而后能，有所变而后大。维盛清治迈逾前古千里，独士能为古文者未广。昔有方侍郎，今有刘先生，天下文章，其出于桐城乎？'"[①]其后，曾国藩在《欧阳生文集序》中又说："乾隆之末，桐城姚姬传先生鼐，善为古文辞，摹仿其乡先辈方望溪侍郎之所为，而受法于刘君大櫆，及其世父编修君范。三子既通儒硕望，姚先生治其术亦精。历城周永年书昌为之语曰：'天下之文章其在桐城乎？'由是，学者多归向桐城，号'桐城派'，犹前世所称'江西诗派'者也。"[②]

桐城派因前驱者系桐城籍文人而得名，但它绝非纯地域性文章派系，而是一个影响广大、传承变迁二百余年的重要文章学派。其所作所为，在中国文学史上，可称为继唐代古文运动、明代复古运动之后的一次规模最大、也是最后一次的古文运

① 姚鼐：《刘海峰先生八十寿序》，《惜抱轩诗文集》，刘季高校点，上海古籍出版社1992年，第114页。

② 曾国藩：《欧阳生文集序》，《曾文正公全集》，李翰章编纂、李鸿章校勘、宁波等校注，吉林人民出版社1995年，第1590页。

动。桐城派的旁支湘乡派的重要成员薛复成说:“自淮以南,上泝长江,西至洞庭沅、澧之交,东尽会稽,南逾服岭,言古文者,必宗桐城,号‘桐城派。”[①]他没有提到北方,其实京城北京及京畿津、冀等地,也都是桐城派的重要活动地区。

中国古代文学在先秦时期,散文与歌诗辞赋并驾齐驱,隋唐以后,唐诗、宋词构成文学史的主流,虽有唐宋古文运动欲振兴先秦精英古文,“变浮靡为雅正”,但随着元、明、清时期长篇叙事文学的崛起,精英古文到晚明已沦落败坏,难以收拾,所以黄宗羲感慨地说,“世无文章已久矣”。[②] 这显然不利于文学多样化生态环境的存在和发展。桐城派的崛起,当然不可能改变文学史主流的路向,但“力延古文于一线”的努力,也从一个方面继承和发扬了中国传统文化,光复了古文创作的生机,以至于获得“古文辞不让唐宋人”的赞誉。而且,它在发展变迁的过程中经历了汉宋之争和中西之争,立足通变,持守和转换传统,为中国现代性的建设准备了丰富的文化思想资源,提供了宝贵经验。它在古代、近代和现代之间,在中国和西方的会通之处,搭建了一座历史性界碑,标志着中国传统文化和文学的终结,同时又是通向五四新文化和新文学的桥梁。

当然,这不只是一个单纯的文章学派。它在各个阶段的代表人物是文章家,同时又是学者,而且一些人还有立朝为官的经历。他们执着于道统与政统的一致、文化立场和政治伦理的一致,并以此作为立身行事的原则。正因为如此,处身明清易代之初和封建末世,他们总不能摆脱与政治的关联;惟其如此,融文化、经济、政治于一体以施事于文章,就成了桐城派几代人的主要功业,同时也成就了这一派人世代相传的文章精神。

---

① 薛福成:《寄龛文存序》,《城派文论选》,贾文昭编著,中华书局 2008 年,第 389 页。

② 黄宗羲:《山翁禅师文集序》,见郭绍虞《中国文学批评史》,上海古籍出版社 1979 年,第 469 页。

一　地域因缘

一个文化学派、文学流派的出现是多重因素促成的，其中地域因素常常不可或缺。桐城派发祥地“桐城”（含今之桐城县、枞阳县全部以及周边舒城、庐江、无为、怀宁、潜山、岳西诸县的部分区域和安庆城区）位于长江中下游北岸，大别山余脉断断续续消残于境内，白荡、

姚鼐祖居之地麻溪一角

白兔、菜子、嬉子诸湖镶嵌其间，龙眠、岱鳌、投子、皖公（天柱）、挂车、浮山、白云、拔茅诸峰挺秀其中，山环水抱，乡民多以鱼米为生，耕读传家。桐城派诸代表人物都曾因桐城山水以及由这山水所孕育的文化而自得。戴名世说：“桐城居深山之中，地方百余里。一面滨江，而群山环之，山连亘千余里。与楚之蕲黄、豫之光固，以及江淮间诸州县，壤地相接，犬牙错处，虽山川阻深，而人民之所走集，皆为四通之渠。”“四封之内，田土沃，民殷富，家崇礼让，人习诗书，风俗醇厚，号为礼义之邦。”[①]姚鼐说：“夫黄、舒之间，天下奇山水也，郁千余年，一方无数十人名于史传者。独浮屠之雄，自梁陈以来，不出二三百里，肩背交而声相和也，其徒遍天下，奉之为宗。岂山川奇杰之气，有蕴而属之邪？夫释氏衰歇，则儒士兴，今殆其时矣。”[②]刘开说：“余观枞阳之地，外江内湖，群山为之左右，峰势喷薄，与波涛互相盘护，山川雄奇之气郁而未泄。士生其际，必有不为功利嗜欲所蔽，而

---

① 戴名世：《孑遗录》，《戴名世集》，刘季高校点，王树民编校，中华书局1986年，第310页。

② 姚鼐：《刘海峰先生八十寿序》，《惜抱轩诗文集》，吴孟复校点，上海古籍出版社1992年，第114页。

以气概风节显于天下，而女子节行之嘉犹未足以尽之也。”[①]他们所谈表露了对故里的赞美，不排斥主观的偏好，但确也从自然地理和人文地理的角度说出了桐城派赖以产生的地域因缘。后期非桐城籍桐城派重要作家张裕钊对此也颇有感慨。他说：“间独闻龙眠、浮渡诸山水，古所称绝胜也。姚氏之言，以谓黄、舒之间，山水奇杰之气，蕴蓄且千年，宜有儒士兴于今，理固当有是邪！向时往来楚汉之交，泛舟浮大江中流，望皖西北诸山，隐然出云表，其隆崒秀异，绝可伟也。”[②]言语之间透露着惊异和神往。

另外，桐城与南京虽有长江相隔，但是两地联系甚密，有明一代文人宦者交往频繁。戴名世曾经提到：“明高皇帝起江北，定中原，王迹实由此兴，而建都南京，则桐为王畿内地，自是天下承平三百年，桐士大夫仕于朝者冠盖相望，而持节钺为镇抚者遍天下。”[③]京都政治、文化（迁都北京后，南京仍是明代政治、文化的重要枢纽。）无不给予桐城以重要影响。其中江南士大夫结社讲学之风、明清易代之际江南士大夫志节之气，都在桐城文化中投下了深重的影子。方苞祖上迁居江苏上元（属南京）后，他的家庭实际上成了两地文人聚集、交流之地，戴名世、方苞、刘大櫆、姚鼐等人都曾经生动记述过他们往还于南京、桐城的聚散交谊，以及与江南士大夫的谈学、交往情况。

而且，这里的文化尤其与徽州婺源、江西有着深厚的关联。元明时期，或动因于朝廷，或动因于民间，外乡人不断大举迁桐，与方苞、戴名世同一时期的桐城文人朱书曾经在文章中说过，元以后，皖（实以桐城为中心）人“强半徙自江西”。[④] 戴名世

① 刘开：《刘孟涂集》卷9，《枞阳节孝祠记》，《续修四库全书》·一五一〇·集部·别集类，上海古籍出版社，第395页。

② 吴汝纶：《古文辞类纂评点·附录》，《张裕钊论文》，见王达敏：《张裕钊诗文集》之《前言》，上海古籍出版社2007年，第14页。

③ 戴名世：《孑遗录》，《戴名世集》，刘季高校点，王树民编校，中华书局1986年，第310页。

④ 见阡城一叶：《从朱书〈告同郡征纂皖江文献书〉说起》，2004年4月20日《安庆日报》。

说到他的家世也曾经提到"先世洪武初自徽之婺源徙居桐"。[①]后来吴汝纶也说,"桐城诸族,大抵元季所迁,其迁多自江西或徽郡"。[②] 现在知道,桐城方氏、张氏、吴氏、戴氏、黄氏等,皆于元、明之际来自徽州懋源、江西等地,麻溪姚氏来自徽州、江西近邻江浙的余姚。而徽州懋源、江西是宋儒理学(或称道学)的发祥昌盛之地,是周敦颐、程颢、程颐、张载、朱熹等理学大家活动的中心区域。余姚是陆、王心学的重镇,南宋以后朱、陆合流倾向明显,故姚氏家族进入桐城,其习得与桐地来自懋源、江西的程、朱理学也就自然吻合。这就从一个方面透露了桐城文化的来路。因此,从文化传承的意义上,清代桐城文化是在古桐城已有的佛家、儒家文化的基础上,特别承接了来自懋源、江西及余姚的理学线路。而佛学和理学在讲究修身、去欲、爱人等方面都有着相通之处,这也就很容易造成二者的融合。

对于这种地缘文化特征,上引姚鼐的言谈更显得具体深切。自梁陈延绵至清,这里曾经是中国佛教华严、禅宗盛行之地,浮山、投子山与皖公山连成一片,成为黄州和舒州之间的佛事圣地。禅宗二祖、三祖、四祖都曾活跃在皖公山及皖江地区。浮山在梁陈时期就建有寺院,曾经是天台宗智顗大师的道场。北宋年间,临济宗高僧法远住持浮山华严寺,宋仁宗赐号园鉴。时任扬州太守的欧阳修远道拜访,园鉴因棋说法,成为儒佛会胜的雅事。明代神宗皇帝还颁赐大华严寺藏经、袈裟。抗清志士、思想家方以智生于浮山北麓,独慕家山,晚年在此出家,终老于浮渡。时至今日,桐城、枞阳、安庆等地的山乡野泽还多有僧尼出没,荒落的寺庙和倾圮的佛塔在现代化喧嚣之间,默默诉述着一个远逝的文明。释氏衰而儒士兴,桐城派出现之前,儒学已在这块土地上渐呈兴旺景象。2011 年"枞阳在线"曾发表署名乡野闲人的文章《从辅仁会馆到桐城派》,该文以道士畈(今属枞阳县)《童氏宗谱》为中心,演绎了 16 世纪后期以降桐

---

① 戴名世:《先君序略》,《戴名世集》,王树民编校校点,中华书局 1986 年,第 173 页。

② 吴汝纶:《黄氏族谱叙》,《吴汝纶全集》,施培毅、徐寿凯校点,黄山书社 2002 年,第 19 页。

城学风渐起的生动景象:这里出现了辅仁、桐川、泽园、枞川、斗冈、金山等众多书院和讲学会所,讲学之风遍被皖江南北;涌现了赵鸿赐、童自澄、方学渐、方大镇、方大铉、方维仪、方以智、钱澄之、罗近溪、邹东郭、冯少虚、吕新吾、顾宪成、高景逸、方孝标、戴名世、朱书、张英、张廷玉、方苞、刘大櫆、姚鼐等一大批儒家人物。其中较早的赵鸿赐、童自澄和方学渐,世尊"桐川三老";方以智、钱澄之独彪民族文化史册,对桐城文风产生了重要影响;戴名世、方苞、刘大櫆、姚鼐则直接打造了桐城派。后来姚永概在《童氏宗谱》五修序中说:"余尝过枞阳拜童定夫先生祠,读家惜抱府君所书楹榜,概然相见吾邑学问渊源之所自……盖吾邑盛自前明,仕于朝者立气节,官于外则多循吏,居家则重理学,一时风尚然也。国初,钱田间(按:钱澄之)、方密之(按:方以智)二先生始于文章诏后进,学术稍变,然而立身行已,居家仍兢兢矣。笃守宋儒遗说,则又往者诸先生所留贻也,遗泽岂不长哉。"[①]这是对桐城派渊源的一个较为切至的揭示。

这样,在清初政治、文化背景上,宋儒理学和这里所特有的清奇山水、佛学气候以及文化渊源的融合,便为一个独特的文章学派的崛起准备了必要的土壤。

这里要指出的是,以古桐城为中心的地缘文化并非只是行政区划意义上的桐城县文化,而是以古桐城为中心,辐射周边地区的地理、风俗、人文诸方面文化因素的融合,它实际上形成了一个可称之为桐城文化圈的文化学意义上的"桐城"。它包括桐城却又超越了桐城。我们所说的桐城派发祥地,与其说是桐城县,毋宁说是以古桐城为中心的桐城文化圈。

二 方苞、戴名世

桐城派的出现,与清初的时代背景密切相关。

满族统治者入主中原,在明王朝之后建立了中华民族历史上最后一个多民族封建国家。这是相对落后的北方游牧民族

---

① 见乡野闲人:《从辅仁会馆到桐城派》,2011 年《枞阳在线》。

对相对先进的中原农耕民族武力征服的结果。满清王朝为了维护其统治地位，若在中原地区继续推行其游牧制度和意识形态，显然不能奏效。于是他们顺应历史的趋势，在入主中原之初，对中原地区地主阶级知识分子采取两种政治策略。一是大兴“文字狱”，镇压那些心怀二志、忠于亡明的人；二是在实施暴力镇压的过程中，接受中原文化，崇儒重道，安抚人心。并且随着统治地位的日益巩固，后一政策愈益加重。康熙皇帝甚至把政统与道统统一起来，认为，“万世道统之传，即万世治统之所系也”，“道统在是，治统也在是矣”。[①] 他尤其尊崇程朱理学，将朱熹配享孔庙，为周敦颐、程颢等理学大家立专祠供奉。他指出：“二帝三王之治本于道，二帝三王之道本于心。辨析心性之理，而羽翼六经，发挥圣道者，莫详于有宋诸儒。”[②]

从桐城文化土壤里走出来的两个桐城派奠基性人物方苞和戴名世的命运和作为，都与清王朝的这种政治策略相关联。前一政策的实施导致戴名世因所著《南山集》身罹杀身之祸；后一政策的实施导致替《南山集》作序的方苞入狱两年后获赦免，以白衣入值南书房，累任康、雍、乾三朝文学侍臣。

戴名世（1653－1713），字田有，一字褐夫，号药身，别号忧庵，后世称潜虚先生。桐城南山砚庄人。五十七岁中进士，任翰林院编修。其所撰《南山集》（1702）中记述明代历史，征求野史多采用乡人方孝标《滇黔纪闻》所载南明桂王时事，发抒亡明遗恨。该书刊行多年后遭御史赵申乔参劾。赵申乔认为戴氏“妄窃文名，恃才放荡。前为诸生时，私刻文集，肆口游谈，倒置是非，语多狂悖。今身膺恩遇，叨列巍科，犹不追悔前非，焚削书版”[③]。朝廷以“大逆”罪处戴名世以死。

方苞（1668－1749），字凤九，一字灵皋，晚年号望溪。先世家桐城，后迁江宁，但在桐城仍有祖传地产，且与桐城有密切的

---

① 玄烨：《御制日讲四书解义序》，见清喇沙里等编：《日讲四书解义》，影印文渊阁四库全书 208 册，台湾商务印书馆 1986 年发行，第 1 页。

② 玄烨：《御制性理大全序》，见明胡广等撰：《性理大全书》，影印文渊阁四库全书，710 册，台湾商务印书馆 1986 年发行，第 1 页。

③ 《圣祖实录》三，《清实录》第 6 册，中华书局 1985 年，第 455 页。

联系。康熙三十年(1691),因与戴名世贡于太学,又因出于同籍,彼此相识,当时戴 39 岁,方 24 岁。后近二十年交往,二人意志相投,情同师友,处异地彼此“遥相应和”,见面后则“互相师资,荒江墟市,寂寞相对”。[①] 他们的命运不同,但立身祈向相同,都以儒教理学为宗,坚守封建道统,以道统与政统的一致性原则作为社会和人生理想的追求。与此相关,他们都反对明代以降的空疏文风,讲求文道合一,以振兴古文为己任。方苞谓“学行继程朱之后,文章介韩欧之间”,[②]实际上成为方、戴二人立身、立言的共同原则。

对于二人的关系,后继者戴钧衡作过这样的评价:“国朝作家间出,海内翕然推为正宗,莫如吾乡望溪方氏。而方氏生平极所叹服者,则惟先生(按:戴名世)。先生与望溪生为同里,又自少意志相得,迨老不衰。”[③]他们的“相得”之处大体在于:

其一,二人都具有强烈的儒家道统观念,崇仰程朱理学,以道统与政统的一致为封建理想。

在方、戴看来,明朝亡在天理之失,政统、道统同归堕毁;清朝入主中原,政统、道统俱不相宜。儒家正统观念和民族主义思想使他们暂时不能接受从北方排阀而来的游牧“腥膻”之气。因此,维护儒学、以挽救封建政统和道统于不堕,成了他们深层的政治—文化心理。出于封建正统观念,他们尊崇宋儒理学。戴名世说:“今夫道具载四子之书,幽远闳深,无所不具,乃自汉唐诸儒相继训诂笺疏,卒无当于大道之要,至宋而道始大明。”[④]方苞也说:“有宋诸儒之兴,所以治其心性者,信微且密矣。”[⑤]他

---

① 戴名世:《方灵皋稿序》,《戴名世集》,王树民编校,中华书局 1986 年,第 54 页。

② 戴钧衡:《方望溪先生年谱序》,《方苞集》,刘季高校点,上海古籍出版社 1983 年,第 916 页。

③ 戴钧衡:《南山集目录序》,《桐城派文论选》,贾文昭编著,中华书局 2008 年,第 333 页。

④ 《戴名世集》,王树民编校,《己卯行书小题序》,中华书局 1986 年,第 109 页。

⑤ 方苞:《读孟子》,《方苞集》,刘季高校点,上海古籍出版社 1983 年,第 25 页。

们都批判了攻讦程、朱的“世俗之贸儒”。方苞指出：这种人“尚或以经说惟汉儒为有据，而诋程、朱为凭臆，非所谓失其本心者欤？”①

出于封建道统与政统统一的观念，他们在年少时期都心存亡明遗恨，抱愤世鄙俗之怀，每谈明人志节遗事大都感慨系之，并且把这种情绪反映在各人的散文当中。戴名世有志于《明史》写作，对明代文献十分留意，所写传记不少都记述晚明遗事，倾慕和表彰志节之士。其《与余生书》与生徒余湛讨论搜集南明史料之事，《南山集》案定戴氏之罪主要依据于此。戴氏在文中借谈宋元史事为南明历史的缺失鸣不平。戴氏认为宋亡之后陆秀夫拥立幼帝抗元，在不到一年的时间内仅存于广东海岛一隅，史书仍然称述其事，而明亡后十七八年，弘光之帝南京，隆武之帝闽越，永历之帝两粤、滇、黔，地方数千里，史书却无所见，“一时成败得失与孤忠效死、乱贼误国、流离播迁之情状，无以示于后世”。他甚至认为“终明之世三百年无史，金匮石室之藏，恐终沦散放失，而当世流布诸书缺略不详，毁誉失实”，以致发以嗟叹：“世无子长、孟坚，不可聊且命笔鄙人无状，窃有念焉！”大有秉司马迁、班固志意之慨。书札所谈虽是历史，但系于现实的忧愤。其所撰《杨维岳传》叙述史可法部杨维岳在清兵破扬州后绝食以死之事；《画网巾先生传》叙述一明代遗民被迫去掉明时服饰网巾后，让人在额头画上网巾，不肯抹去而致死的故事；《八月庚申及齐师战于乾时我师败绩》言说春秋战事，阐释《春秋》之义在于“复仇”，虽不言当世，但其志节不言自明。

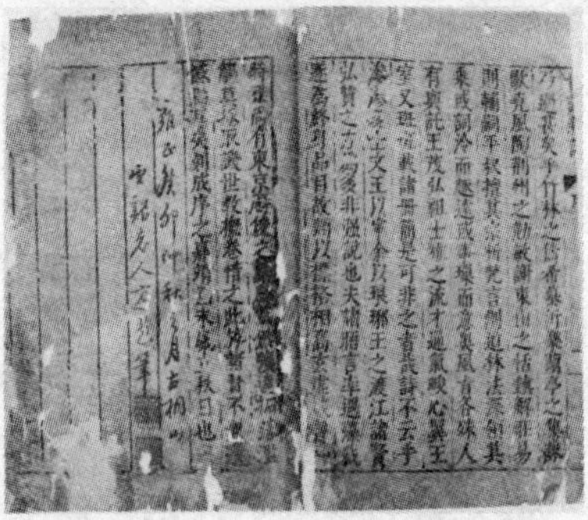

方苞手迹

方苞所著《田间先生墓表》、《杜苍略先生墓志铭》、《石斋黄

---

① 方苞：《书辨证周官戴记尚书后》，《方苞集》，刘季高校点，上海古籍出版社 1983 年，第 34 页。

公逸事》、《高阳孙文正公逸事》、《明禹州兵备道李公城守死事状》等也都是记述晚明志节之士的事迹，颂扬他们或潜德隐行、或以死明志的操守。其《左忠毅公逸事》记述东林党人左光斗与史可法的相识相交，不仅写左公逸事，还写出了抗清英雄史可法的品质，饱含着对志节之士的崇仰之情。其《余石民哀辞》表彰因戴名世案而死难的余石民坦荡履道、忧怀其母的高尚道德。方苞与余石民因戴案同入狱中，余石民师从戴名世二十年，然从未见面，仅因戴氏曾寄赠一封书信，即蒙冤囹圄，病死狱中。方苞以亲历、亲见，述余石民事迹。余君蒙冤入狱但无怨言，处"颠危而不怼其师"，虽心忧家中老母，然死前"犹日购宋儒之书，危坐寻觅"，"垂死而务学不怠"。文章表达对余石民的赞美与深挚的同情，暗含了对清廷制造戴名世冤案的谴责和对戴名世的追思。

因为方、戴都怀抱了道统和政统相统一的儒家理想，所以当清朝统治者以自己的政统服从于封建道统，接受儒家文化，并且把程朱理学推为国家意识形态之后，他们也就逐渐丢舍亡明遗绪，政治主体意识和文化主体意识在心里重新复萌起来，宋儒"得君行道"的理想唤醒了他们的理性，于是阐道翼教，加入清王朝的文化建设当中。但遗憾的是，当戴名世开始步入清廷文化馆阁之时，自视统治未稳、心存恐惧的满清王朝，在其鹰犬的助动之下，还是把这个"圣朝"狂徒腰斩了。也正因为这样，年轻的方苞虽受到赦免，但终身创伤实难愈合，虽"正色立朝"，然"无日不在辛苦忧患之中"。

其二，二人都以振兴古文为己任，文章主张基本一致。

戴名世"少好古文，而尤嗜八家之文"，[①]有振兴古文之志，期望"与世之学者左提右挈，共维挽风气于日盛"。[②] 他和方苞以古文相砥砺，戴名世说："盖灵皋自与余往复讨论，面相质正者且十年。每一篇成，辄举以示余，余为之点定评论，其稍有不

① 戴名世：《唐宋八大家文选序》，《戴名世集》，刘树民编校，中华书局，1986年，第64页。

② 戴名世：《庆历文读本序》，《戴名世集》，刘树民编校，中华书局1986年，第107页。

惬于余心，灵皋即自毁其稿。而灵皋尤爱慕余文，时时循环讽颂，尝举余之所谓妙远不测者，仿佛想象。”[①]

宋儒理学有一个很重要的特征，即把《易》经作为论事析理的哲学基础。范文澜就说过，“宋学以周易来代替佛教的哲学”。[②] 戴名世也是这样，他把《易》作为论文的立论根据，提出：“今夫立言之道莫著于《易》，《家人·象》曰：‘君子以言有物而行有恒。’”[③]由此出发，他提出了道、法、辞兼备，精、气、神混一，和率其自然，贵在独知等重要文章观点。他说：“道也，法也，辞也，三者有一之不备焉，而不可谓之文也。”[④]又认为，精、气、神“三者练之，凝之，而浑于一”，乃“古之作者未有不得是术者也”[⑤]。他还说：“文章之为道，虽变化不同，而其旨非他也，在率其自然而行其所无事，即至篇终，语止而混茫相接，不得其端。”“一心注其思，万虑屏其杂，直以置其身于埃壒之表，用其起于空旷之间，游其神于文字之外，如是而后，能不为世人之言，不为世人之文，斯无以取世人之好，故文章者，莫贵于独知。”[⑥]就是说，写文章的奥妙在于“率其自然”，神游物外，不拘世俗，摒弃世虑。因为写作是作者独立独知的创造活动，所以他必须在万虑俱消的静笃之中，仿佛置于广漠空旷的宇宙之表，一任其神思作自由驰骋。戴名世的可贵之处，在于不是一般地谈论行文之“自然”，而是强调自然之中的“非凡”、神游、奇伟和戛戛独创。由此，他划清了同为“自然”，但平庸与高格、平淡与奇伟的界限。

---

① 戴名世：《方灵皋稿序》，《戴名世集》，刘树民编校，中华书局1986年，第54页。

② 《范文澜历史论文选集》，人民出版社1979年，第326页。

③ 戴名世：《答赵少宰书》，《戴名世集》，刘树民编校，中华书局1986年，第6页。

④ 戴名世：《己卯行书小题序》，《戴名世集》，刘树民编校，中华书局1986年，第109页。

⑤ 戴名世：《答伍张两生书》，《戴名世集》，刘树民编校，中华书局1986年，第4页。

⑥ 戴名世：《与刘言吉书》，《戴名世集》，刘树民编校，中华书局1986年，第5页。

方苞跟戴名世一样，对古文的衰落心怀忧患，他曾对门人沈廷芳说："南宋、元、明以来，古文义法不讲久矣。吴、越间遗老尤放恣，或杂小说，或沿翰林旧体，无一雅洁者。"①他明确提出古文"义法"理论：

> 义即《易》之所谓言有物也，法即《易》之所谓言有序也。义以为经而法纬之，然后为成体之文。
>
> （《汉书货殖列传》）

这里，方苞吸收了戴名世立足易经、看重文章特殊性的观点，从哲学的渊源为"义法"说奠定基础，明确规定了古文写作的根本要求。其中"义"属于文章的内容要求，"言有物"、杜绝为文的空疏；"法"属于文章的形式要求，"言有序"，杜绝文章的芜杂、浅直和繁简失当。他从"义法"出发，强调"言有物"、"言有序"。并且，以这个标准梳理和裁定历史上的文章及具体式，认为"记事之文，惟《左传》、《史记》各有义法"。② 并且赋予文章以发展变化的观点："夫法之变，盖其义有不得不然者。"③就是说艺术形式的变化源之于文章内容的要求，是特殊内容要求的必然结果。在方苞看来，循守"义法"必有完美的古文气体，"占文气体所贵清澄无滓。澄清之极，自然而发其光精"。④

后世有些学者把"义法"说简单归结为从属于程朱理学的工具论，这种责难的成因归结于未能注意"义法"说的哲学基础。方苞与戴名世都崇尚程朱理学，看重文章"阐道翼教"和维系"人伦风化"的作用，所以"言有物"之"物"无疑包括了程朱"义理"。但是作为理论建构，他们称述易经，把观点建基于这一儒家哲学元典之上，这是值得注意的。《易》乃儒家"群经之

---

① 《方苞集》附录一：《方苞年谱》，刘季高校点，上海古籍出版社 1983 年，第 890 页。

② 方苞：《书五代史安重诲传后》，《方苞集》，刘季高校点，上海古籍出版社 1983 年，第 64 页。

③ 方苞：《书五代史安重诲传后》，《方苞集》，刘季高校点，上海古籍出版社 1983 年，第 64 页。

④ 方苞：《古文约选序列（代）》，《方苞集》，刘季高校点，上海古籍出版社 1983 年，第 614 页。

首，大道之源”，是数千年中华民族智慧、生存经验和文化的结晶。在《易》那里，“言有物”之“物”和“言有序”之“序”都并没有坐实，具有抽象化特征，方苞由此说文，也就使自己的观点具有普遍性。就是说，方苞的“言有物”之“物”，包含了“义理”，同时又包含了“义理”之外的“物”“事”“情”“理”，或者说它所指涉的是人类全部的社会生活和精神生活。在《易》那里，一阴一阳谓之道；在古文这里，“有物”“有序”，经纬而为“成体之文”，从而赋予了“义法”说以文章本体论特征。雍正十一年(1733)，方苞为和硕亲王编成的《古文约选》读本，以官选文本的形式广为刊行，这部体现了“古文义法”的选本，为桐城派古文创作提供了第一部示范性经典。

于是，以“学继程朱之后，文介韩欧之间”为立身祈向，以振兴古文为文事的要求，以创立古文“义法”、推崇“雅洁”为标志，方苞、戴名世为桐城派奠定了第一块基石。

三　刘大櫆

方、戴之后，刘大櫆于宋学亦有研究，但无特别的热衷，他的贡献的突出之处在于致力于文章写作及其本体研究，在许多具体问题上丰富了方、戴“古文义法”理论。

刘大櫆(1698—1779)，字才甫，一字耕南，号海峰，桐城东乡(今枞阳县陈家洲)人。雍正三年(1725)入京，“巨公贵人皆惊骇其文，而尤见赏于方侍郎暨吴荆山阁学，以为昌黎复出”。“大櫆持所业谒苞。苞一见惊叹，告人曰：‘如苞何足算邪，邑子刘生乃国士尔！’闻者始骇之，久乃亦信。”[①]但是，刘大櫆几番应试均无理想的结果，几番求告权门也不能得到有力的推动，直到63岁才在歙县做了个教谕。对于刘大櫆来说，“负超卓之才，而不见用于世”，官场失意，固然可悲可愤，但也未必就是坏事，耽于文史，作怪奇磊落瑰伟之辞，发独出机杼之论，实与他“性颛愚，知志乎古，而不知宜于时”的性格相通，其建构桐城派

① 孟醒仁：《桐城派三老年谱》，安徽大学出版社2002年，第68页。

的不可替代之功，足以抵消官场不得志之憾。

刘大櫆长期以方苞为师，二人交谊深笃。方苞逝世后，刘作《祭望溪先生文》。其文曰："不材如櫆，举世揶揄，公独左顾，栽植其枯。邕之灌之，使之荣荂。提之挈之，免于饥驱。诱而掖之，振聩开愚。卒令顽钝，稍识夷途。"[1]他继承方、戴"古文义法"理论的精髓，在桐城文派中具有取其精华、承上启下的作用。前面说到方、戴"义法"理论中"言有物"之"物"，包含了"义理"，同时又包含了"义理"之外的"物""事""情""理"，指涉的是人类全部的社会生活和精神生活。从这里实际上可以引出两种认识和做法：其一拘泥于"义理"，"义理"即"物"，使文章从属于"义理"而不注重自身的特殊性，把文章变成图解程朱理学的工具；其二把"物"理解为包括"义理"在内的人类全部的社会生活和精神生活，同时又考虑到如何言说这些"物"，即注重文章的本体特征，那么就会使文章写作摆脱成为简单演绎程朱理学的工具的命运。刘大櫆对桐城派文论建设的成就有三点必须提出：其一扩大"物"的外延，并给以个性独具的阐释；其二看重文章的本体特征，讲究其特殊性；其三，主神气，以雄奇恣睢的风格丰富了桐城古文的美学内含。

在他这里，"言有物"之"物"只不过是文章的"材料"，这"材料"包括"义理"、"书卷"、"经济"，写文章为了"适于用"，应当运用这些"材料"。他说：

> 盖人不穷理读书，则出词鄙倍空疏。人无经济，则言虽累牍，不适于用。故义理、书卷、经济者，行文之实。（《论文偶记》）

除了"义理"之外，刘增添了"书卷"、"经济"，"经济"即经世济民的志向、学问、本领，"书卷"即包括儒家经典在内的传统文化。刘大櫆把"义理"、"书卷"、"经济"并提，便具体丰富了文章"材料"的内容。在他看来，要写出文章必须具有经世济民的志向和本领，具有精深的通达义理的学问，具有丰富的传统知识

---

① 刘大櫆：《祭望溪先生文》，《刘大櫆集》，吴孟复校点，上海古籍出版社 1985 年，第 338 页。

和文化修养，只有这样文章才能"适于用"。在论述过程中，刘大櫆尤其看重文章的特殊性，总是直入文章本体，所以他说："若行文自另是一事。譬如大匠运斤，无土木材料，纵有成风尽垩手段，何处设施？然有土木材料，而不善设施者甚多，终不可为大匠。故文人者，大匠也；义理、书卷、经济者，匠人之材料也。"[①]他进一步认为："作文本以明义理，适世用。而明义理、适世用，必有待于文人之能事。"[②]

为此，他提出了一系列行文之道。举其要者当首推"神、气、音、节"说。他道：

> 行文之道，神为主，气辅之。曹子桓、苏子由论文，以气为主，是矣。然气随神转，神浑则气灏，神远则气逸，神伟则气高，神深则气静，故神为气之主。至专以理为主者，则犹未尽其妙也。
>
> ……
>
> 神者，文家之宝。文章最要气盛，然无神以主之，则气无所附，荡乎不知其所归也。神者气之主，气者神之用，神只是气之精处。
>
> ……
>
> 文章最要节奏，譬之管弦繁奏中，必有希声窃渺处。
>
> 神气者，文之最精处也；音节者，文之稍粗处也；字句者，文之最粗处也。然论文而至于字句，则文之能事尽矣。盖音节者，神气之迹也；字句者，音节之矩也。神气不可见，于音节见之；音节无可准，以字句准之。
>
> （《论文偶记》）

在这些极为丰富的辩证论说中，刘大櫆阐明了神、气、音、

① 刘大櫆：《论文偶记》，《桐城派文论选》，贾文昭编著，中华书局2008年，第67页。

② 刘大櫆：《论文偶记》，《桐城派文论选》，贾文昭编著，中华书局2008年，第67页。

节及字句的关系。他反对“以气为主”和“以理为主”的文章观，认为“神者，文家之宝。文章最要气盛，然无神以主之，则气无所附，荡乎不知其所归也。神者气之主，气者神之用。”[①]他注意到文章的感性审美特征，把“神”当成文章的灵魂，但认为这灵魂不是一个外加的“理”，而是内化在文章之中、可以因“气”而体会出来，气因神而有所附，而流荡于文章始末。就是说，他主张“神主气用”，同时不把二者孤立起来和绝对化。他又认为神气、音节、字句三个方面，神气是为文章的最精妙之处，即最高境界。然要实现这一境界，又必得在音节、字句上下功夫，使得音节、字句的运用达到文之最精妙之处，就是说他注意到其中的辩证关系，讲神主气用，又看重音节、字句对于形成神气的重要意义。他反对把音节、字句片面地当成文章的“末事”的观点，认为文章的神气是可以也是应该从音节、字句中见出，并在诵读歌咏之间表现出来。他说：“音节高则神气必高，音节下则神气必下，故音节为神气之迹。一句之中，或多一字，或少一字；一字之中，或用平声，或用仄声；同一平字仄字，或用阴平、阳平、上声、去声、入声，则音节迥异，故字句为音节之矩。积字成句，积句成章，积章成篇。合而读之，音节见矣；歌而咏之，神气出矣。”[②]这是从对古文的揣摩和吸收骈文、诗歌美学的观点而创发的深致之谈。

而且，他在自己的创作实践中，改变前辈古文家轻视和贬斥骈文的观点，骈散兼用，行文避免简直，音节字句错落有致，以致文章风格虽不排斥义法，但化义法为神气，神充气盛，波澜壮阔，气象万千。他的《无斋记》、《游万柳堂记》、《游晋祠记》等一批优秀作品，篇幅简洁却文气浩荡，写景时以胸中勃勃之气贯注其中，或忧时，或愤世，或超逸，音韵铿锵，文势跌宕，多以神韵为美。清代学者阮元在《国史文苑传》中说：“大櫆虽游方苞之门，所为文造诣各殊。苞盖择取义理于经，所得于文者义

① 刘大櫆：《论文偶记》，《桐城派文论选》，贾文昭编著，中华书局 2008 年，第 67 页。

② 刘大櫆：《论文偶记》，《桐城派文论选》，贾文昭编著，中华书局 2008 年，第 67 页。

法；大櫆并古人神气音节得之，兼及《庄》、《骚》、《左》、《史》及韩、柳、欧、苏之长。其气肆，其才雄，其波澜壮阔。”[①]刘大櫆的弟子吴定也说：刘以方为师，然“灵皋善择取义理于经，其所得于文章者义法而已；先生乃并其神气、音节尽得之，雄奇恣睢，驱役百氏，其气之肆、波澜之阔大、音节之铿锵，皆灵皋所不逮。”[②]

四　姚　鼐

继刘大櫆之后，姚鼐着力构筑桐城派堂庑，拓展桐城派的理论，而且努力付之于写作实践，扩大其影响，学者称其为桐城派的“定鼎者”。

姚鼐(1732—1815)，一字梦谷，因其书斋名惜抱轩，世称惜抱先生。桐城大有乡麻溪(今属枞阳县)人，生于桐城南门树德堂。幼时师从乡贤方泽和伯父姚范学习经学，并长期师从刘大櫆学习古文。刘大櫆曾在诗歌中忆及早年与姚鼐的初识以及对他的评价：“我昔在故乡，初与君相识。君时甫冠带，已具垂天翼。”[③]姚鼐在《刘海峰先生八十寿序》中借方苞谦言自己“何足算”、盛赞刘大櫆“乃国士尔”的掌故，推崇刘大櫆在桐城派中的地位，盛赞方苞死后大櫆“文果益贵”，乃“斯世之异人也已”。[④]

姚鼐一生为官仅十余年。乾隆二十八年(1763)姚鼐以进士及第，授庶吉士，累官刑部侍郎、记名御史，乾隆三十八年(1773)入四库全书馆任纂修官，因不满馆内汉学家对于宋学的“谤笑”，不及两年便愤而离馆。又因狷介不群，不能苟且于当世的腐败，追慕古贤，“与亿兆同心”，所以不久就“从容进退”，

---

① 《刘大櫆传》，《清史列传》卷七十一，王钟翰点校，中华书局 1987 年，第 5856 页。

② 吴定：《紫石泉山房诗文集》卷六《海峰夫子古文序》，光绪丁亥(1887)黟县李宗煟刻本。

③ 刘大櫆：《寄姚姬传》，《刘大櫆集》，吴孟复校点，上海古籍出版社 1985 年，第 444 页。

④ 姚鼐：《刘海峰先生八十寿序》，《惜抱轩诗文集》，刘季高校点，上海古籍出版社 1992 年，第 114 页。

辞官归里，著书讲学。

他秉承桐城先辈遗教，学行程朱，文尊韩欧，同时又能兼容汉学，在自己所处的时代环境中拓大和发展桐城前辈的古文理论；并且以近四十年的生涯辗转于安徽、江宁之间授徒讲学，广施教泽。其间一度主讲扬州梅花书院，两度主讲安庆敬敷书院，一度主讲徽州紫阳书院，两度主讲江宁钟山书院。“禀其师傅，覃心冥追，益以所自得，推究阃奥，开设户牖，天下翕然，号为正宗。承学之士，如蓬从风，如川赴壑，寻声企景，项领相望，百余年来，转相传述，遍于东南。由其道而名于文苑者，以数十计。”[①]致使桐城派突破了地域的限制，成为影响广大的全国性文章学派，最终完成了自方、戴以来开宗立派的奠基礼。他的贡献在于：

其一，继续坚守桐城先辈道统与政统相统一的政治文化理念，尊崇程朱理学，又兼容汉学优长，以道学精神立身行事。

姚鼐进入学术文化领域之时，清初独尊程朱的学风起了大的变化，经学内部汉学派继阎若璩、胡渭之后，戴震、惠征诸人倡言考据名物，反对宋儒程朱义理之学，以为“空谈性命”，言不足信。清政府的文化政策也起了相应的变化，把独尊程朱改为“崇宋学之性道，而以汉儒经义实之”。

毋庸讳言，尊崇程朱理学是姚鼐基本的学术立场和价值取向，这是他的选择，同时也是方苞、戴名世等桐城先辈所传输的文化薪火。他在《赠钱献之序》中从学术变迁和经学流传的角度，高度评价宋儒理学的地位，说明宋儒理学乃历史发展的产物。他认为“孔子没而大道微”，汉儒承秦灭学之后，各抱一经，“不能通晓圣人之道”，“宋之时，真儒乃得圣人之旨，群经略有定说”。同时，他又用明清易代之际士大夫诚守节义，致使“明久而后亡”的历史事实，论证程朱理学的真理性。[②] 在《复蒋松如书》、《复孔撝约论禘祭文》及其他文章和书信中，也基本持守

① 王先谦：《续古文辞类纂序》，《王先谦诗文集》，梅季校点，岳麓书社2008年，第33页。

② 姚鼐：《赠钱献之序》，《惜抱轩诗文集》，刘季高校点，上海古籍出版社1992年，第110页。

这一立场。

但是，作为出身于中下层地主阶级知识分子，姚鼐体恤民间的疾苦，腐败的社会现实使他不可能拘囿于学理的辩难，不可能不接受复古新潮的撞击。他崇奉宋儒理学，但又认为即便如朱熹的学说“诚亦有误者”。[①] 他希望义理不损于人欲，向往封建政统和道统的一致，并由此构塑理想的政治文化人格。尽管一些人视汉宋畛域形同楚汉，青年时期的姚鼐即致书汉学家戴震希望拜其为师，虽被戴震以“交相师”之辞婉拒，但仍然于学问之中对于汉学的精髓有所吸收。如对汉学家阎若璩考证《尚书》所作《尚书古文疏证》，他便十分推重，说：“昔阎百诗之斥伪古文，专在考证，其言良切。”[②]他表示：“汉人之为言，非无有善于宋而当从者。”[③]并对弟子梅曾亮说：“吾固不敢背宋儒，亦未偿薄汉儒。吾之经说，如是而已。”[④]

所以，他虽然尊崇程朱理学，但提倡“义理、考证、文章”三者相济善用。他说：

> 余尝论学问之事，有三端焉。曰义理也，考证也，文章也。是三者，苟善用之，则皆足以相济；苟不善用之，则或至于相害。　　（《述庵文钞序》）

《述庵文钞序》通篇旨在说文，这段引文也是由说文而发，但由说文而阐发的“学问之事”，鲜明地表达了姚鼐对汉宋之争的理性思考。姚鼐讲得很清楚，做学问有三条路：专于义理之学，专于考证之学，专于文章之学，学者如果能正确处理此三者的关系，便“足以相济”，如果把它们孤立起来，或者持一端攻讦另一端，则会互相侵害。在姚鼐看来，“是三者”应该相互为用，

---

① 姚鼐：《复蒋松如书》，《惜抱轩诗文集》，刘季高校点，上海古籍出版社 1992 年，第 96 页。

② 姚鼐：《尚书辨伪序》，《惜抱轩全集・文后集》，中国书店 1991 年，第 193 页。

③ 姚鼐：《复蒋松如书》，《惜抱轩诗文集》，刘季高校点，上海古籍出版社 1992 年，第 96 页。

④ 梅曾亮：《九经说书后》，《柏枧山房诗文集・文集》，上海古籍出版社 2005 年，第 119 页。

相得益彰。

而且姚鼐提出“义理、考证、文章”相济善用，实有矫汉学之弊的意图。

以戴震为代表的经学家非宋崇汉，推举汉儒许慎、郑玄等的训诂考据之学，回归元典，由考核通达人性与天道，具有开风气的意义，它通过重新解释古儒经书，另铸新辞，来为人的合理欲求辩护。然而，新潮骤起未免泥沙俱下，有人陷入考据游戏，丢弃对“义理”的探求；有人以为近人之书盖不可靠，不免有虚无主义之嫌。即如戴震在举旗之初也并非无可挑剔。据段玉裁称，“先生初谓：‘天下有义理之源，有考据之源，有文章之源，吾于三者皆庶得其源。’后数年又曰：‘义理即考据、文章二者之源也。义理又何源哉？吾前言过矣’”。[①] 戴震的认识从当初三源并立到以义理为考据、文章之源，反映了他在认识上的调整。

对于汉宋之争中出现的尊崇汉学的偏激情绪，尊崇宋学的姚鼐是敏感且不无忧愤的。他批评某些宗汉之士“守一家之偏，蔽而不通”。[②] 他尖锐地指出：“明末至今日，学者颇厌功令所载为习闻，又恶陋儒不考古而蔽于近，于是专求古人名物、制度、训诂、书数，以博为量，以窥隙攻难为功。其甚者欲尽舍程朱，而宗汉之士，枝之猎而去其根，细之蒐而遗其巨，夫宁非蔽与？”[③]他提出“义理、考证、文章”相济善用，正在于对“以枝之猎而去其根，细之蒐而遗其巨”的本末倒置的做法的否弃。他明确指出，“博闻强识，以助宋君子之遗则可也，以将跨越宋君子则不可也”。[④] 对于汉宋之争中姚鼐的态度，王先谦评价说：“本朝纠正汉学者，姚姬传氏最为平允。其时掊击宋儒之风过盛，故姚氏非之以救时也，非为名也。至其论学，以义理、考据并

---

① 段玉裁：《戴东原先生年谱》，见薛贞芳主编：《清代徽人年谱合刊》，黄山书社 2006 年，第 305 页。

② 姚鼐：《复孔撝约论禘祭文》，《惜抱轩诗文集》，刘季高校点，上海古籍出版社 1992 年，第 92 页。

③ 姚鼐：《赠钱献之序》，《惜抱轩诗文集》，刘季高校点，上海古籍出版社 1992 年，第 110—111 页。

④ 姚鼐：《复蒋松如书》，《惜抱轩诗文集》，刘季高校点，上海古籍出版社 1992 年，第 96 页。

重，无偏而不举之病。道咸以降，两家议论渐平，界域渐泯，为学者各随其材质好尚定趋向，以蕲于成而已。”[①]因为，经历了学术的变迁，虽一家言倒显得较为公允。

其二，以桐城先辈文论、文章为基础，博学强识，扩大视野，秉持辩证统合的总体性精神，致力于文论大厦的自觉建构。

姚鼐退居书院，于文事格外用力，甚至于佛学也有所取，希望辟出一个新的领地。姚鼐论文，郭绍虞认为其“不必复标义法之说，而所言无不与义法合”，[②]乃“超义法的义法”。[③]“不必复标义法之说”，在姚鼐这里，突出地表现为对“义”、“法”不作具体划分，即不把内容（材料）、形式分开论说，而是坚持一种总体性原则，或者说从美学的高度谈论对文章的要求，建构他的文论大厦。大体说来，它包括“义理、考据、文章”相济相善说；“道主是非、文主美善”功能说；“神、理、气、味、格、律、声、色”审美八要素说；“阴阳刚柔”风格说；“道与艺合、天与人一”、“意与境谐”至高境界说等。

还是要从“义理、考证、文章”三者统一的思想说起。在提出三者“善用”则可以“相济”之后，姚鼐接着说：“今夫博学强识而善言德行者，固文之贵也；寡闻而浅识者，固文之陋也。然而世有言义理之过者，其辞芜杂俚近，如语录而不文；为考证之过者，至繁碎缴绕，而语不可了当。以为文之至美，而反以为病者，何哉？其故由于自喜之太过，而智昧于所当择也。”就是说，对于文事而言，理想的状况是既“博学强识”又“善言德行”，“善言德行”之“善”，就是尊重文章写作的规律，“言义理之过者，其辞芜杂俚近，如语录而不文”，或者“为考证之过者，至繁碎缴绕，而语不可了当”，都不可取。

为实现理想的文章写作，姚鼐认识到必须从根本处，即在“什么是文章”上解决问题。他继承桐城先辈立足儒家元典的

---

① 王先谦：《复阎季蓉书》，《王先谦诗文集》，梅季校点，岳麓书社 2008 年，第 303 页。

② 郭绍虞：《中国文学批评史》，上海古籍出版社，1979 年 12 月新 1 版，第 649 页。

③ 郭绍虞：《中国文学批评史》，1979 年 12 月新 1 版，第 655 页。

论文传统，划清“道”与“文”的界线，赋予“文”以独立的功能与性质。他明确指出：“夫道有是非，而技有美恶。诗文皆技也，技之精者必近于道。”[①]在他看来，道涉及的是是非问题，文涉及的则是美恶问题，属于“技”，成功的“技”可以通向“道”，但不能和“道”画等号。这就区分了桐城文论与儒家传统文论中庸俗一路的“文以载道”的观念，实际上秉承了方、戴、刘的路子，更清晰地赋予“文”以本体性。既承认文章的功利性，即文章具有载道的功能，又特别强调“文”具有与“道”相区别的、独立的性质和功能。在姚鼐看来，只有从根本处廓清“文”的性质，即以具体形式诉诸接受者以“美恶”形象及感受，才能谈得上义理、考据、文章三者相济相善。以义理为文，或以考据为文，均没有顾及“文”的特殊性，因而不能不失败。姚鼐论文，总是坚持“文”的特殊性。他说：“明道义，维风俗，以诏世者，君子之志；而辞足以尽其志者，君子之文也。达其辞则道以明，昧于文则志以晦，鼐之求此数十年矣。”[②]他独得心传，授人以作文的奥妙：“文家之事大似禅悟，观人评论圈点皆是借径，一旦豁然有得，呵佛骂祖无不可者。此中自有真实境地，必不疑于狂肆妄言，未证为证者也。”[③]现代文论告诉我们，文学是审美意识形态的一种形式，而不是政治，成功的文学审美可以有益于政治，但绝对不能从属于政治。其意思正与姚鼐的观点相通。

在明确“道”与“文”的界限及其关系的前提下，姚鼐提出了“神、理、气、味、格、律、声、色”审美八要素说。在《古文辞类纂》中，姚鼐精选从战国到清代古文辞赋七百余篇，划归论辩、序跋、奏议、书说、赠序、诏令、传状、碑志、杂记、箴铭、赞颂、辞赋、哀祭十三类，总结这些古文精品，姚鼐说：“凡文之体类十三，而所以为文者八：曰神、理、气、味、格、律、声、色。神、理、气、味者，

---

① 姚鼐：《答翁学士书》，《惜抱轩诗文集》，刘季高校点，上海古籍出版社 1992 年，第 84 页。

② 姚鼐：《复进士汪辉祖书》，《惜抱轩诗文集》，刘季高校点，上海古籍出版社 1992 年，第 89 页。

③ 姚鼐：《与陈硕士》，《桐城派文论选》，贾文昭编著，中华书局 2008 年，第 132 页。

文之精也；格、律、声、色者，文之粗也。然苟舍其粗，则精者亦胡以寓焉？学者之于古人，必始而遇其粗，中而遇其精，终则御其精者而遗其粗者。”[①]这分明是对刘大櫆“神、气、音、节”说的扩充和丰富。神即精神、主旨，文章之魂；理，即文章自身的内在理路，自身存在的合理性；气即文章中的气势、气概；味即文章的曲包、意味；格即文章的格式、体制；律即文章张弛开阖、繁简详略的规则；声即文章的音韵声调；色即文章辞藻的色泽。姚鼐不但细分了文章的八个方面，而且划出精、粗两类，揭示出其中的辩证关系，其中神、理、气、味为形而上之精者，格、律、声、色为形而下之粗者，只有知其粗，驭其粗，才能进入文章之精的形而上境界，才能御其精而进入忘乎文章之粗的自由自在的极大欣悦之中。文章的鉴赏是这样，文章的创作也是这样。

姚鼐还提出“阴阳刚柔”风格说。在《复鲁絜飞书》中，姚鼐由宇宙运行的规律谈论文章所应秉具的基本风格，他说：“鼐闻天地之道，阴阳刚柔而已。文者，天地之精英，而阴阳刚柔之发也。”[②]在《海愚诗钞序》中，他又说：“吾尝谓文章之原本乎天地。天地之道，阴阳刚柔而已。苟有得乎阴阳刚柔之精，皆可以为文章之美。”[③]阴阳刚柔之说本于《易》经，《易》经多处都从“道”的意义上谈论阴阳之变和刚柔之性，如：“一阴一阳谓之道。继之者善也，成之者性也。”[④]“阴阳合德，而刚柔有体。以体天地之撰，以通神明之德。”[⑤]《易》经之后一些文论家也触及阳刚、阴柔之美，沈约、刘勰都曾运用刚柔之性论述文艺的体用与风格。姚鼐的特点在于，继承了桐城先辈的说文传统，从宇宙本体立论，虽然讨论风格，但高屋建瓴，赋予其本原的性质，因此揭示出风格并非只是人为的小技，它是通乎天地之道的人性阐扬和

① 姚鼐：《古文辞类纂序》，《桐城派文论选》，贾文昭编著，中华书局2008年，第105页。

② 姚鼐：《复鲁絜飞书》，《惜抱轩诗文集》，刘季高校点，上海古籍出版社1992年，第93页。

③ 姚鼐：《海愚诗钞序》，《惜抱轩诗文集》，刘季高校点，上海古籍出版社1992年，第48页。

④ 《易·系辞上》。

⑤ 《易·系辞下》。

显现。姚鼐还具体描绘了阳刚之美和阴柔之美的生动形态，揭示了两大风格类型和两类风格何以才能相辅相成的观点。在他看来，或阳刚，或阴柔，本乎天而成于人，作者性情有异，风格各殊。他道：

> 其得于阳与刚之美者，则其文如霆，如电，如长风之出谷，如崇山峻崖，如决大川，如奔骐骥；其光也，如杲日，如火，如金镠铁；其于人也，如冯高远视，如君而朝万众，如鼓万勇士而战之。其得于阴与柔之美者，则其文如升初日，如清风，如云，如霞，如烟，如幽林曲涧，如沦，如漾，如珠玉之辉，如鸿鹄之鸣而入寥廓；其于人也，漻乎其如叹，邈乎其如思，暖乎其如喜，愀乎其如悲。观其文，讽其音，则为文者之性情形状，举以殊焉。（《复鲁絜飞书》）

一方面，他认为阳刚、阴柔两类风格应该“并行而不容偏废”，另一方面具体到作家的创造，则“虽兼具二者之用，亦不能无所偏优于其间”。[①] 就是说，作家的风格应该是鲜明的，或偏于阳刚，或偏于阴柔，执其中而没有特色，是抹杀风格和个性的。

姚鼐还提出“道与艺合、天与人一”至高境界说。在《敦拙堂诗集序》中，他道：“夫文者，艺也。道与艺合，天与人一，则为文之至。”[②]亦如前面所论，姚鼐与一般经学家不同，他赋予“文”独立的性质和功能，不承认“文”仅是载道的工具。所以，当他谈论文章的境界时，就从“文”的本体性出发，强调“文者，艺也”。立足于“艺”便是他的界境说的出发点。所谓“道与艺合”，即文章本乎天道与人道，二者应该妙合无垠；所谓“天与人一”，即文章的创造在于作者的天纵情智和“致学精思”的高度一致，“苟且率意，以觊天之或与之”，是不会成功的。这一“合”、一“一”的观点在《答鲁宾之书》中，也表述得很清楚。他

---

① 姚鼐：《海愚诗钞序》，《惜抱轩诗文集》，刘季高校点，上海古籍出版社 1992 年，第 48 页。

② 姚鼐：《敦拙堂诗集序》，《惜抱轩诗文集》，刘季高校点，上海古籍出版社 1992 年，第 49 页。

说："文之至者，通于造化之自然。然而骤以几乎合之则愈离。"[①]就是说，文章的至境是与自然天理相通后的妙合，如果缺乏必要的涵养与积累而急于求成，则必然与造化相分离。在姚鼐看来，理想的"艺"与理学精神相一致，融通宇宙精神、包孕美恶道德情感，是作者天纵英才及其致学精思的充分融合。他既反对偏于工巧的纯技艺的把玩，又反对生硬图解儒学经典，既反对抹煞文章创造的特殊性，又反对文章创造天才论，从而把何谓文章的至高境界以及通向文章至高境界的基本要求简洁、辩证地概括出来。

五　结　语

这样，经过时代、传统以及地缘因素的化育，以"为文章者有所法而后能，有所变而后大"的精神和路径，经过戴、方、刘、姚几代人的奠基，尤其是姚鼐的整合和拓充，桐城派在清初得以创立。继"桐城派四祖"之后，桐城派还有大的发展和变化，但在立派阶段，其基本特征已经十分明显。其为学，尊崇程朱理学，但不废汉学考据，适应清代国家意识形态要求，怀抱"帝士共治"的主观理想和热忱，寄期望于以清朝统治者为核心的多民族国家道统与政统的统一。其为文，立足《易》经元典，振兴古文传统，以"义法"为中心，重视文章本体特征；立德立言，忧勤入世，有所为而作，秉持不盲从于世俗权杖的自由精神；承续唐宋八家文统，上及史迁班马，"惩于明代文人强学秦汉之失，不欲袭其旧貌，剽其句字，宗主唐宋文的目的与作用，又在欲作比较接近口语的文字。"[②]以雅洁、渊雅为美，亦喜雄奇恣睢。

---

① 姚鼐：《答鲁宾之书》，《惜抱轩诗文集》，刘季高校点，上海古籍出版社1992年，第104页。

② 郭绍虞：《中国文学批评史》，上海古籍出版社1979年12月新1版，第627—628页。

第二章

桐城派的发展

桐城派开宗立派不久，西方帝国主义的坚船利炮打开了清王朝的大门，中国的历史逐渐进入半殖民地半封建社会。与此相关，桐城派也进入近代发展时期。这个时期大体起于19世纪前期阳湖派的出现，迄于五四新文化运动前夕，此其间又可以甲午中日战争分出前后两个阶段。

一　经世致用思潮中的桐城派

这里讨论的是甲午中日战争失败前的情况，即经世致用思潮流行时期的发展情况。

受时代风气的影响，这个阶段的桐城派代表人物引领经世致用思潮，置身于洋务运动，参与社会变革，既表现出历史的局限性，又带来了这一派的发展。就文化思想而言，他们尊崇宋儒理学，兼融汉学考据，且对传统文化多兼收并蓄，强调经世致用和道德实践；一些代表人物还置身于向西方寻求真理的时代前沿，开放而又守成，学习西方，光复旧物，寻求民族复兴之途。就文事而言，他们反思桐城派前辈作家的得失，在文章观念、文章取径、文体形式和文章风格等方面都有新的成就，扩大了桐城派的范廊。

（一）“创榛辟莽，前驱先路”

这个阶段桐城派代表人物的“事功”主要有两方面，其一积极引领经世致用思潮，到 19 世纪 60 年代洋务运动兴起之后，又都以其思想和智慧参与并推动洋务运动；其二镇压太平天国等农民革命运动，成为清王朝镇压农民起义的帮凶。[①] 因为属于封建地主阶级的一群，此两种行为在他们的身上是统一的，即统一于道统与政统的一致性，文化主体和政治主体的一致性。如同宋儒那样，他们向往“得君行道”，希望通过“帝士共治”，使封建的政治统治和文治教化统合在一起，使世道长治久安。征剿太平军的主帅曾国藩在《讨粤匪檄》中罗列太平军的“罪状”，其“罪状”归结起来无非是“粤匪”要推翻大清江山，更重要的在于其托奉天主教企图颠覆历两千年的孔孟名教。他说：“此岂独我大清之变，乃开辟以来名教之奇变，我孔子孟子之所痛哭于九泉。”[②]他们参与镇压太平天国、捻军等农民运动，被钉在历史的耻辱柱上；但那场人民大革命及此前此后中国近代屈辱历史，也令他们中的一些人奋起为后期封建社会“补残”，他们学习西方、兴办洋务的思想和举措，又确乎有益于民族复兴和人民百姓的生存发展。

江宁钟山书院

清王朝自“康乾盛世”之后，嘉庆朝以降日渐衰败，经过鸦片战争的巨创，又经过太平天国革命运动的沉重打击，其下世光景展露无遗。甲午战争的惨重失败，更使中国的半殖民地化程度大大加深。“日之将夕，悲风骤至”（龚自珍语），中国面临着数千年未有之变局。处在这样的历史时期，一时盛行的汉学朴学考据之风明显暴露了与时代相隔膜的弊病。汉学家戴震本想“由考核以通乎性与天道”，但汉学派的一些人在朴学上取得重大成就的同时，对于社会关切、历史情怀，道德伦理等文化

① 此时期的桐城派人物曾国藩是镇压太平天国农民运动的主帅，姚莹、郭嵩焘、薛福成、戴钧衡等人都参加了清廷镇压太平天国的战争。

② 曾国藩：《讨粤匪檄》，《曾文正公全集》，李翰章编纂、李鸿章校勘、宁波等校注，长春：吉林人民出版社，1995 年，第 1579 页。

哲学上的大学问、大问题，不再看重。这些重要方面在“无征不信”的复古大潮中渐渐归于消泯。而当时的宋儒理学同样对变动中的社会现实加以回避，它用“天人合一”的宇宙观和人性论维护封建王朝的纲常伦理，希望社会人心归向和谐，但统治者悖逆历史潮流的反动性本与天道人心相背忤，其规划的纲常伦理成了控制社会进步和人民百姓正常欲求的僵化教条。在无路可走之际，思想文化领域经世实学渐起，汉学内部的一些开风气者如龚自珍、魏源等振奋今文经学“学以致用”精神，把眼光投向域外，积极用于当世。梁启超评论说：“龚、魏之时，清政既渐陵夷衰微矣，举国方沉酣太平，而彼辈若不胜其忧危，恒相与指天画地，规天下大计。考证之学本非其所好也，而因众所共习，则亦能之；能之而颇欲用以别辟国土，故虽言今学，而精神与正统派之为经学而治经学者既有以异。自珍、源皆好作经济谈，而最注意边事。”[①]他们“开眼看世界”，“创榛辟莽，前驱先路”，相与呼号者有学人也有官吏，络绎不绝，形成了超越学派界限、包括桐城派代表人物在内的思想解放思潮。这一思潮看重经世实学，对内提倡改良内政，扶持工商，批判八股，呼唤人才，对外倡导学习西方军械、制艺、工商之学，向往“船坚炮利”，以“师夷长技以制夷”为方略，以“西体中用”为基本文化观念，图谋挽狂澜于既倒，可称之为经世致用思潮。魏源、林则徐、姚莹、冯桂芬、王韬、曾国藩、郭嵩焘、李鸿章、薛福成、郑观应等都是这一思潮中的风云人物。

这个阶段的桐城派，就其文化思想来说，依然践行其前辈文人“阐道翼教”传统，但他们对“道”的理解和处理已经具有时代特征。他们通过对儒家“外王”精神的坚守，既改造宋儒理学窒息社会人心需求的禁欲主义，又批判汉学疏离社会现实的形式主义，从而加入经世致用思潮当中。无论是汉宋之争还是中西之争，他们都站到了开风气的行列当中。

宋儒理学有关天理人欲、内圣外王的思想中本来含有合理因素。它从天人合一观出发，重视人的道德理性与人的生理欲求的统一，所谓“天理本多，人欲便也是天理里面做出来。虽是

① 梁启超：《清代学术概论》，东方出版社 1996 年，第 69 页。

人欲，人欲中自有天理”，[①]要求人不违天理，以理“修身”，致力于“内圣外王”，要求“修身齐家治国平天下”。但是在实际操作过程中，不但“理”与“欲”而且“内圣”与“外王”总呈现出分裂状态。桐城派文人为学、为文者多，但他们并不把“内圣”和“外王”人为分割，格外看重后一侧面。早在刘大櫆的文章中就提到，“人无经济，则言虽累牍，不适于用”[②]，要求写文章注意到经时济世的使命功能。到这个阶段，适应经世致用思潮，桐城派文人继续批评汉学脱离社会关切的形式主义，把“经济”一途格外突显出来。梅曾亮（1786—1856）说自己“向于义理微妙未尝窥涉，稍知者独文字耳”。[③] 对于汉学派的繁琐考证更不以为然，他道：“说经者自周以来更历二三千岁，其考证性命之学，类不能别出汉唐宋儒者之外，率皆予夺前人，迭为奴主，缴绕其异，引申其同，屈世就人，越今即古，多言于易辨，抵巇于小疵，其疏引鸿博，动摇人心，使学者日靡刃于离析破碎之域，而忘其为兴亡治乱之要最，尊主庇民之成法也。岂不悖哉！”[④]方东树（1772—1851）以诸生身份终其一生，穷愁潦倒，然“多务为穷理之学”，生平著述“专以卫道为己任”。强调“救时”、“言蔽”，“经世致用”。他道：“才当世用，卓乎实能济世。”“文不能经世者，皆无用之言，大雅君子所不为也。”[⑤]他的《汉学商兑》以论战的姿态对汉学家拘于章句、抛离民人实事的形式主义倾向提出尖锐批评，发为绝响。他指出：“汉学诸人，言言有据，字字有考，只向纸上与古人争训诂形声，传注驳杂，援据群籍，证佐数百千条，反之身己心行，推之民人家国，了无益处，徒使人狂惑失守，不得所用，然则虽实事求是，而乃虚之至也。”[⑥]他心目中的义理

---

① 《朱子语类》，卷1，第224页。

② 刘大櫆：《论文偶记》，《桐城派文论选》，贾文昭编选，中华书局2008年..第67页。

③ 梅曾亮：《答吴子叙书》，《柏枧山房文集》卷2，《续修四库全书》1513册，上海古籍出版社2001年，第620页。

④ 梅曾亮：《复姚春木书》，《柏枧山房文集》卷2，《续修四库全书》1513册，上海古籍出版社2001年，第611页。

⑤ 方东树：《复罗月川太守书》，《仪卫轩文集》卷七，清同治七年刻本。

⑥ 方东树：《汉学商兑》，卷中之上，上海商务印书馆1937年，第39页。

已经出离了神圣性，本乎自然，与人民百姓的日常生活密切相关，在他看来，“条理、义理、文理，皆本天道之自然，故曰天理”。“道之得名，正以人生日用当然之理，犹四海九洲百千万人当行之路耳，非若老佛之谓道者，空虚寂灭而无与人也”。[①] 方东树对宋儒理学的抬举或有偏至，但经世致用的思想倾向十分鲜明。在桐城派文人中，即如“秉性淡泊”、“淡于士宦”的张裕钊(1829—1894)亦深怀经世之志，呼吁人尽其才。张氏一生与曾国藩相从数十年，做官仅两年，独以治文为事，但关注民瘼，忧时伤世。其诗“屈子歔欷哀下士，贾生痛哭感中流”，曲折传达了他在国事日非之际的真实心境。他说自己“自度其才不足拯当今之难，退之伏于山泽之间，然区区之隐，则未能一日以忘斯世”。[②] 他以宋学为本，不废汉学，但反对“穷末而置其本，识小而遗其大”的倾向，主张汉宋相济，道器相备。认为治国之道应该得其要领，得其实情，所作所为应该“乘时顺天，承敝易变，使民不倦者，神而明之，利而用之”。[③] 他提倡人尽其用，有学识有能力的读书人应该“得其权与位”，应该受到扶持和推荐。他道：如果这样的人“不得其权与位，又不得其人，郁积奇伟，噤不得用，黯黮以终身，功不章于世，利泽不得施于人，何可胜道？”[④]

这个阶段，姚莹、曾国藩、郭嵩焘、薛福成、曾纪泽、黎庶昌等人更是率先“开眼看世界”，悉夷、师夷、制夷，成为经世致用思潮和洋务运动中的先锋。他们也讲义理之学，但并不像方东树那样偏执于学理上的“卫道”，而是在经世致用的前提下将学问之事、文章之事引出书斋，走向世界，借古文传输新知，事洋务拓新义理，“坚车行远”。

这些人中间，姚莹提倡“通儒”精神。姚莹(1785—1853)，字石甫，号明叔、展和，姚鼐侄孙和家传弟子。姚莹“志在经

---

① 方东树《汉学商兑》，卷上，上海商务印书馆1937年，第9页。

② 张裕钊：《赠吴清卿庶常序》，《张裕钊诗文集》，王达敏校点，上海古籍出版社2007年，第49页。

③ 张裕钊：《送黎莼斋使英吉利序》，《张裕钊诗文集》，王达敏校点，上海古籍出版社2007年，第35页。

④ 张裕钊：《送张生謇出山东序》，《张裕钊诗文集》，王达敏校点，上海古籍出版社2007年，第46页。

世”，在这一阶段，开桐城派文人经世治文的先例。他认为：“文章与世高下，的的不谬。非文章关世运，乃世运兆文章耳”。[①]他强调读书、为学应该“通大义”、“法古义”。所谓“通大义”、“法古义”，“要端有四：曰义理也，经济也，文章也，多闻也。四者明贯，谓之通儒”。[②] 四者之中，“经济”为此时期桐城派人物共同关注之点，“多闻”则是姚莹的创见，它包括多读书，更包括走出故纸堆，走向社会现实，多了解日用事物，尤其包括破除夷夏大防，把目光投向域外，多了解夷情。这是近代打破闭关锁国局面之际面向世界的成果。一个“多闻”，显示了姚氏既区别于章句之儒，又区别于排外拒洋的顽固派的思想解放者的精神，在他这里，“多闻”是拓新“义理”、创新“文章”的重要途径，更是实现“经济”的时代性要求。

他与林则徐、魏源等人站在时代前列，认为只有“悉夷”才能“制夷”。他积极提倡翻译“西人之书”，指出：外国人“习天文算法者甚众”，“而吾儒读书自负，问以中国记载或且茫然，至于天文算数，几成绝学，对彼夷人能无此然愧乎！”[③]他总结鸦片战争失败的教训，原因之一就是对“海外事势夷情，来日置之不讲”。以致“海舶猝来，惊若鬼神，畏如雷霆”。所以必须把海外情况“著之于书，正告天下，欲吾中国童叟皆习见习闻，知彼虚实，然后徐图制夷之策”。[④] 任台湾道时，正值鸦片战争，他在奋力抗英之余研读时人撰写的《西域见闻录》、《海岛逸志》、《海国见闻录》等介绍西方诸国的书籍，给予汇校刊行。他还令英国俘虏颠林绘制世界地图，将此图和自己搜集的地图刊刻出版。魏源《海国图志》的编纂，也得益于他的支持。在遭谗贬官川藏后，他两次由川入藏，留心边疆地域，融闻见及往日所得写成《康辅纪行》，成书 16 卷。“颇详西域山川疆域与英夷码头之在

---

① 姚莹：《识小录》，卷 6，黄山书社 1991 年，第 183 页。

② 姚莹：《与吴岳卿书》，《东溟文集》，外集卷二，《续修四库全书》1512 册，上海古籍出版社 2001 年，第 449 页。

③ 姚莹：《外夷讲图书》，《康辅纪行》，卷 5，《四库未收书辑刊》第 5 辑 14 册，第 197 页。

④ 姚莹：《复光律原书》，《东溟文后集》，卷 8，《续修四库全书》1512 册，上海古籍出版社 2001 年，第 557 页。

印度与后藏接界者，因乍雅、前后藏而推及廓尔喀、披楞、印度以至佛兰西、英吉利、弥利坚西洋有名诸国；因两呼图克图而推及达赖剌麻、班禅额尔德尼黄教、红教以至诸国回教、欧罗巴之天主教，讨其源流、支派、地形、地势，考证而辨明之，绘为图说，并杂论古今人物、学问、文章、政治之利病得失”。希望“以管窥孔见，聊备控驭遐荒及风俗人心之一助”。[①] 姚莹的功绩大抵如魏源所云：他和同时代的几个人，在近代洋务和经世致用思潮中发挥了“创榛辟莽，前驱先路”的作用。

曾国藩执着于“义理”，又充分重视“经济”之学。曾国藩(1811—1872)，字伯涵，号涤生，晚清理学名臣，曾经身兼兵、工、刑、吏五部侍郎，封一等侯爵。在曾氏这里，经济因义理而有所本，义理因经济而丰富了时代的内容。他在家书中告诉子弟，义理之学最大，义理明则躬行有要，而经济有本；辞章之学在于发挥义理。又说：“有义理之学，有辞章之学，有经济之学，有考据之学。义理之学，即《宋史》中所谓道学也，在孔门为德行之科；辞章之学，在孔门为言语之科；经济之学，在孔门为政事之科；考据之学即今世所谓汉学也，在孔门为文学之科。此四者缺一不可。予于四者略涉津涯，天质鲁钝，万不能造其奥窔矣，惟取其尤要者而日日从事，庶以渐磨之久，而渐有所开。”[②]他所说的“尤要者”，主要是指义理之学，他所强调的是“义理之学”——“道学”(儒家的“德行”)在诸学之中的统领和灵魂作用。

他对“义理”的认识已打破了偏于宋学的局限，从姚鼐的路子走来，“宗主义理，不薄考据”，尊崇宋儒却又自觉地实行汉宋融通，且在更广大的范围内兼收并蓄。他说自己“一尊宋儒，不废汉学”，他在《圣哲画像记》里开出的三十二个圣哲，实际上是中国传统文化中所尊崇的精神领袖，除文王、周公、孔子、孟子外，宋儒有周敦颐、程颐、程颢、朱熹，汉儒有许慎、郑玄、杜佑、

---

① 姚莹：《谢陈子农送重刻逊志斋集书》，《东溟文后集》卷8，《续修四库全书》1512册，上海古籍出版社2001年，第559页。

② 曾国藩：《问学》，《求阙斋日记类钞》，卷上，《曾文正公全集》，李翰章编纂、李鸿章校勘、宁波等校注，吉林人民出版社1995年，第4873页。

马端临，同时左丘明、班固、诸葛亮、李白、杜甫、韩愈、柳宗元、欧阳修、曾巩、范仲淹、司马光、苏轼、黄庭坚、顾炎武、姚鼐等人都囊括其中。就是说，在他这里，“义理”不只是古圣人和宋儒的独产，而是深藏于文、周、孔、孟、宋儒以及中华民族各方面的著名人物当中。

而且他尤其把这种“义理”与“经济之学”——经时济世的“政事”紧密结合起来，坚执于身体力行。这既体现在他镇压太平天国运动所表现出的顽固性之中，又体现在他倡导洋务运动所表现出的开放性之中。镇压太平天国运动，本乎他地主阶级的政治立场；倡导洋务运动，则是顺应了时代和民族的要求。由于他有着举足轻重的政治地位和号召力，所以在这方面的思想影响也不是一般文人所能相比。

由于他坚持“义理”与“经世致用”实学的结合，就把学问之事引向了社会实践，以致在洋务运动中能够从世界的事实出发，而不是从老大帝国的传统观念出发。他能够打破顽固派的干扰，引导兴起的经世致用思潮，引进西方军械、民用制业，学习西人声光电气技术之长，兴办近代工业，实行“中体西用”。

郭嵩焘于洋务运动也有开风气之功。郭嵩焘(1818—1891)，字伯琮，号筠仙，与曾国藩同乡，二人早年同学于岳麓书院，有“换帖”之交。其用心于洋务，“盖尝读书观理，历考古今事变而得之”。[①] 光绪元年(1875)清政府首次开派驻外国使节，郭嵩焘是当年第一任驻英钦差大臣，参赞是桐城派的黎庶昌。[②] 郭嵩焘使英，对于清政府来说可谓破天荒之举，一些思想守旧人士为他惋惜，以为出洋“事鬼”有辱“名节”，有人还拟出对联讥刺曰：“出乎其类，拔乎其萃，不容于尧舜之世；未能事人，焉能事鬼，何必去父母之邦。”一些湖南人士还感到郭之“使

① 《郭嵩焘诗文集》，岳麓书社 1984 年，第 23 页。

② 值得注意的是，国门初开之时，中英关系成为清政府对外关系的首要外事问题，而驻英使者多为桐城派人物。光绪四年(1878)曾国藩的长子曾纪泽继郭嵩焘之后，任第二任驻英公使，不久又调任驻俄罗斯钦差大臣。薛福成是第四任驻英钦差大臣兼法国义国(即意大利)钦差大臣，其副使是后来倡导“诗界革命”的黄遵宪。

夷”是湖南人的耻辱，要除去他的湖南籍贯。在赴英之前，郭嵩焘就有关于海防的《条议》上书光绪，他从当时的实际出发，提出“急通官商之情”、“通筹公私之利”、“兼顾水陆之防”、“先明本末之序”的主张。他认为，洋务初开之时不宜“以西洋之规模施之中国”，而要从中国的国情出发，“循西洋之法，以求日进于富强”，即今人所谓“软着陆”。他说：“嵩焘窃谓西洋立国有本有末，其本在朝廷政教，其末在商贾，造船、制器相辅以益其强，又末中之一节也。故先欲通商贾之气，以立循用西法之基，所谓其本未遑而姑务其末者。”[①]

这段话的可贵之处在于：其一，提出了西洋立国本末论。“本在朝廷政教”，末在商贾、制器；其二，持守策略性和目的性相统一的方略。在风气未开之时、“其本未遑”之际，只宜“先欲通商贾之气”，再图“以立循用西法之基”。它反对激进论，更把学习西洋的“政教”预先设伏下来，从而超越了当时所谓“用夏变夷”的虚枉之见。郭嵩焘曾在致李鸿章的书信中认为“西人以通商为义，本无仇害中国之心”，[②]未免失之偏颇，没有认清西洋来华的全部面目。但是他在重视西洋商贾、制器的同时，看到了其政教为“本”的意义。也正因为如此，他提交清廷使英途中的日记《使西纪程》，才能较客观地介绍西洋的政教、商务，记人所未见，道人所未道。这册日记中，他继续发挥西洋立国本末论，从具体的感受出发，在中西比较之间，肯定西洋“通商贾之利”、持法治国等优长。他由阅读《代谟斯日报》，认为“西洋立国二千年，政教修明，具有本末”。[③] 言及通商利国，他道：“吾谓西洋赋敛繁重，十倍中国，惟务通商贾之利，营立埔头，使其人民有居积之资，交易数万里，损益盈虚，皆与国家同其利病，

---

① 郭嵩焘：《条议海防事宜》，《郭嵩焘奏稿》，岳麓书社 1983 年，第 345 页。

② 郭嵩焘：《致李傅相》，《郭嵩焘诗文集》，岳麓书社 1984 年，第 243 页。

③ 郭嵩焘：《使西纪程》，《郭嵩焘集》，陆玉林选注，辽宁人民出版社 1994 年，第 23 页。

是以其气常固。”[1]他肯定西洋宗教自由：“西洋主教，或君民共守之，或君民异教，各有所崇尚，不相搀越。”[2]又肯定西洋“治民以法”：“圣人治民以德，德有盛衰，天下随之以治乱。……西洋治民以法，法者，人己兼治者也，故推其法以绳之诸国，其责望常迫。”[3]这实际上是对因袭千载的封建帝国的“人治”提出了挑战，在近代首开法治意识的端序。如此等等，其所叙所议的前卫性叫时人“一拓眼界”。虽然由于顽固派的反对，《使西纪程》最终被清廷毁版禁印，郭氏也“以文贾祸，致遭摈弃”，但在风气未开之际，这册日记确实给古老的封建帝国吹来了一股新奇的、令人惊异的近代西欧文明之风。

薛福成继姚莹、曾国藩、郭嵩焘等人之后，热心洋务又高于洋务，其文化思想在广度和深度上都进入了新的境地，是桐城派洋务思想的高标，同时又是改良派变法维新思想的先声。薛福成（1838—1894），字叔耘，号庸庵，江苏无锡人，曾国藩弟子，先后入曾国藩幕府七年、李鸿章幕府八年，后历任浙江宁绍台道、湖南按察使、都察院左副都御史等职。光绪十五年（1889）出使英、法、意、比四国钦差大臣，大开眼界，思想前卫。少年时代，薛福成受到太平天国革命运动的冲击，又经历第二次鸦片战争前后清政府丧权辱国的种种事件，立志“济时艰而匡世运”，“慨然欲为经世实学”。在曾门弟子中，薛福成自谓治古文辞不如张裕钊、吴汝纶，然曾国藩谓薛福成“有论事才”。他曾经追记曾国藩有关为文和事功的观点：“文者，道德之钥，经济之舆也。自古文、周、孔、孟之圣，周、程、张、朱之贤，葛、陆、范、马之才，鲜不借文以传。苟能探厥奥妙，足以自淑淑世，舍此别又何求。”[4]所谓“道德之钥，经济之舆”的文章功能说，在薛福成

---

① 郭嵩焘：《使西纪程》，《郭嵩焘集》，陆玉林选注，辽宁人民出版社1994年，第15页。

② 郭嵩焘：《使西纪程》，《郭嵩焘集》，陆玉林选注，辽宁人民出版社1994年，第17页。

③ 郭嵩焘：《使西纪程》，《郭嵩焘集》，陆玉林选注，辽宁人民出版社1994年，第17页。

④ 《薛福成选集》，丁凤麟、王欣之编选，上海人民出版社1987年，第510页。

的生涯中确实发生了重大作用。他忧勤立朝，而“经世之文”则是他“自淑淑世”的“道德之钥，经济之舆”。

薛福成是当时努力形成世界性眼光的思想杰出者。他从鸦片战争之后西方列强对中国的欺凌，“强邻环视，世变方殷”的严峻事实中，从对西方近代自然科学、天文地理、政俗技器等的实际考察中，真实地感受到西方世界并非国人所鄙薄的“蛮夷”之邦，而是应该认真对待并与之平等交往的又一文明世界。因而努力建立新的宇宙观和方法论，破除封闭自足的千年传统观念，思考的方法起了一个大的变化，产生了一个世界性的视野、一种中西比较的眼光。此处有三点尤其值得一提：

其一，他破除“天不变，道亦不变”的凝固的天道观，提出了“通变方能持久，因时所以制宜”的通变观。桐城派有“有所变而后大”的通变传统，但这主要体现在文章领域，薛福成则拓大范围，在社会学领域标举通变，推动社会变革。他在《筹洋刍议》中立足“天道数百年小变，数千年大变”的变易观念，提出当此“世变之亟”之时应当变法图强，他提交清政府的改革措施都立足于此。他向皇帝进言：“惟是通变方能持久，因时所以制宜。伊古盛时，或多难以保邦，或殷忧以启圣，臣愚以为皇上值亘古未有之奇局，亦宜恢亘古未有之宏谟”。[①] 出洋任钦差大臣后，这种通变意识更为强烈，在《出使四国日记·自序》中，他又说：“大抵今古之事百变，应之者无有穷时。”[②]正因为通达世变之理，所以其理论勇气，其胆识往往超拔同代，以致在近代史上“成为中国首倡变法的思想家”。[③] 曾国藩、李鸿章兴办洋务的举措虽然客观上促进了时代的新变，但他们并没有把近代“变法”的观念明确摆放出来，其想事的出发点和归结点依然是“卫道”，以为“道”在古圣贤那里，他们的思想方式是“卫道”以为今。而在薛福成这里，则把“卫道”翻为“变古”，在变古的过程

---

① 薛福成：《筹洋刍议》，《薛福成选集》，丁凤麟，王欣之编选，上海人民出版社 1987 年，第 501 页。

② 薛福成：《出使四国日记·自序》，《出使四国日记》，宝海校注，社会科学文献出版社 2007 年，第 9 页。

③ 丁凤麟：《薛福成评传》，南京大学出版社 1998 年，第 449 页。

中“道”也丰富和发展了，他的思想方式是“变古以就今”。

其二，他提出了“中外联属之天下”的时代观。与此相关，认为当此“世变之亟”之时，必须结束“闭关独治”，而应在与世界的交往中治理国家。他认为中华文明进程由“鸿荒之天下”演变为“文明之天下”，又由“华夷隔绝之天下”演变为“中外联属之天下”，每一变动因规模的不同，治理天下的办法也不相同。“降及今日，泰西诸国，以其器数之学，勃兴海外，履坟埏若户庭，御风霆如指臂，环大地九万里，罔不通使互市，虽以尧舜当之，终不能闭关独治”。[①] 他反复强调，置身“火轮舟车无阻不通，瀛环诸国近若户庭”的时代，“中外联属”迩于几席，倘若闭关独治，必遭世界遗弃。他的《筹洋刍议》即是在中西交流的背景下筹措洋务的建议，所议“约章”、“边防”、“邻交”、“利器”、“敌情”、“藩邦”、“商政”、“船政”、“矿政”、“利权”、“变法”各章，希望对鸦片战争后西人强迫下订立的不平等条约实行“补偏救弊”，以实现平等互利。出使西方后，他的眼界更为开阔。除继续强调学习西方器物制艺，破除海禁“通使互市”，振兴工商业，批判固守于闭关锁国的种种思想观念外，还注意到西人政治制度的优长。他对西方资本主义民主政治颇为推崇，说：“地球万国内治之法，不外三端：有君主之国，有民主之国，有君民共主之国”，“美洲各国及欧洲之瑞士与法国，皆民主之国也。其政权全在议院”，“欧洲之英、荷、意、比、西、葡、丹、瑞典诸国，君民共主之国也，其政权亦在议院”。经过比较，他尤其推崇“君民共主”的君主立宪，认为在这种体制中“大约民权十之七八，君权十之二三”，“君民共主，无君主、民主偏重之弊，最为斟酌得中”。[②] 这种观念实际上成了此后戊戌士子政治变法的前导，影响了直到辛亥革命前一代先觉者们的政治观念。

其三，他确立了“考旧知新”、“返本开新”的思维路线。因为努力确立世界性眼光，同时又持着坚定的中国立场，所以他

---

① 《薛福成选集》，丁凤麟，王欣之编选，上海人民出版社 1987 年，第 555 页。

② 《薛福成选集》，丁凤麟，王欣之编选，上海人民出版社 1987 年，第 606 页。

在接触西方近代文明的时候，便自然生出中西比较的眼光，考究中西政俗、体制、价值的差异优劣，反思传统，别开生面。

和当时那些洋务派进步思想家一样，薛福成也相信“西学中源”一说，但不同的是，他在相信这一观念的同时又提升了这一观念。光绪十五年(1889)薛福成出任英、法、意钦差大臣，在考察西方近代文明过程中，他发现西洋近代许多器物、制艺、制度在中国古代都有其刍型，便认为“凡兹西学，实本东来”[①]。这当然失之严谨，缺乏科学依据。实际上，人类文明的产生有一些彼此传承，有一些则并非如此，乃是特定种系、特定时段、特定地域的产物，并非都能流转。他之所举有些“实本东来”，有些实乃西方资本主义发展过程中的产物。持守这种观点的人中间，有的引以为妄自尊大的理由，抗拒向西方学习。但对热心于向西方学习的人来说，却能够振奋起学习的自尊心和自觉性，从而实现新的创造。薛福成秉持此说的意义即在这里，他由此产生了“考旧知新”、“返本开新”的思维路线和价值取向。他曾经由外国人所谓“华人尚旧，西人尚新”之说，引出旧与新的辩证思考，指出：“讵知不忘旧，然后能自新；亦惟能自新，然后能复旧。”又说：“夫日月，日新也，而容光之照，万古如旧；流水日新也，而就下之性，万古如旧。”他总结科学技术发展史，认为中国圣人辟洪荒而为宇宙文明，西人在此基础上“屡研而日进”，“降及近古，中国之病，固在不能更新，尤在不能守旧”，以致优良传统“尽失其传”。[②] 在另一篇文章中，他同样作出这样的阐述：“昔者宇宙尚无制作，中国圣人仰视俯察，而西人渐效之；今者西人因中国圣人之制作，而踵事增华，中国又何尝不可因之？若怵他人我先，而不欲自形其短，是讳疾忌医也。若谓学步不易，而虑终不能胜人，是因噎废食也。夫青出于蓝而胜于蓝，冰凝于水而寒于水，巫臣教吴而弱楚，武灵变服以灭胡，盖相师者未必无相胜之机也。吾又安知数千年后，华人不因西

---

① 薛福成：《出使四国日记跋》，《出使四国日记》，宝海校注，社会科学文献出版社 2007 年，第 290 页。

② 薛福成：《考旧知新说》，《薛福成选集》，丁凤麟、王欣之编选，上海人民出版社 1987 年，第 424 页。

人之学，再辟造化之灵机，俾西人色然以惊，睾然而企也？”①匡复旧物，学习西方，相师相胜，踵事增华，薛福成于此寄托了他炽热的华夏赤子情怀。那个时代的古今之辩、中西之争，被统一于他坚执的中国立场而取向开放。正是出于这种思维路线和价值取向，他在力所能及的范围内对中西经济、政教乃至文化进行了具有开拓价值的比较研究。

由上可知，这个阶段桐城派代表人物跻身于经世致用思潮，其思想观念丰富了经世致用思潮的内容，推动了洋务运动的发展。因为处在风气始开未开之际，思想观念多带有过渡性痕迹，但就是这些新旧杂陈的观念给了后来人以洞开新天地的启迪。

（二）“通时合变，不随俗为陈言”

处身数千年未有的变局，置身经世致用思潮，桐城派以方、刘、姚为师的一批后起者，在为时代提供一批思想成果的同时，也自觉意识到文章写作应该不断更新，因而振奋“有所法而后能，有所变而后大”的桐城派文章精神，普遍产生了反思、革新的要求。梅曾亮明确提出：为文者应该做到“通时合变，不随俗为陈言”。② 方东树也说，“盖文无古今，随事以适当时之用而已”。③ 曾国藩表示，文章与世变相应，认为方苞“其古文号一代正宗，国藩少年好之”，接着又说：“近十余年亦别有宗尚矣。国藩于本朝大儒学问则宗顾亭林、王怀祖两先生，经济则宗陈文恭公”。④ 立意继往开来，另辟新境。刘开认为：“吾乡望溪先生深知古人作文义法，其气味高淡醇厚。……其体大雅正，可以楷模后学，要不得不推为一代正宗也。学《史》《汉》者由八家入，学八家者由震川、望溪而入，则不误所向，然不可以律非常

① 《薛福成选集》，丁凤麟、王欣之编选，上海人民出版社1987年，第582页。

② 梅曾亮：《复上汪尚书书》，《柏枧山房文集》，卷2，《续修四库全书》1513册，上海古籍出版社2001年。

③ 方东树：《书惜抱先生墓志后》，《仪卫轩文集》，清同治七年刻本。

④ 曾国藩：《家书》，卷七，《曾文正公全集》，李翰章编纂、李鸿章校勘、宁波等校注，吉林人民出版社1995年，第5330页。

特绝之才也。夫非常特绝之才，必尽百家之美，以成一人之奇，取法至高之境，以开独造之域。”[①]这样，在这个阶段，桐城派的文章观念和写作实践都发生了大的变化，有了充分的发展。主要表现，可从两个方面看出——

一、在文章观念、文章形式、文章风格等方面，丰富了桐城派的传统。

1. 突出和强调文章的社会功利性

重视文章的功利性本是桐城前辈的文论传统，“文以载道”、“文道合一”都是他们的精要之论，但因为重视文章的本体特征，每涉文事必义法、神气，必言说通变、传承，而对其功利性一端则阐发不够细致，以致遭到一些人的指责，甚至认为有“虚车之饰”之嫌，以致很难应对严峻社会现实的压力。后来郭绍虞也不得不承认：“桐城派文论尽管说得如何有条有理，但是总因偏于纯艺术论，所以无论哪方面都受到人家严厉的批评。”[②]到这个阶段，后起的桐城派作家重新拾起“文以载道”一端，在经世致用思潮的迫求之下，把文章的社会功利性强调起来，希望文章能够经时济世。

姚莹、曾国藩继刘大櫆之后，都先后把“经济”纳入文章的要求，强调其服务于政治的功能。曾国藩告诉士子：“为学之术有四，曰义理，曰考据，曰辞章，曰经济………苟通义理之学，而经济该乎其中矣。”[③]他把经济之学归入义理，要求经时济世须本乎义理，而为义理之学如不谈经济则必视为空谈。他指出，偏于文章和考据也都“可入圣人之道”，但须做到“其事始于修身，终于济世”。[④] 前面已经讲到，姚莹理想中的“通儒”是把义理、经济、文章、多闻四者明贯会通，他期望有四者明贯的通儒，

① 刘开：《与阮芸台宫保论文书》，《桐城派文论选》，贾文昭编著，中华书局 2008 年，第 262 页。

② 郭绍虞：《中国文学批评史》，上海古籍出版社，1979 年 12 月新 1 版，第 676 页。

③ 曾国藩：《劝学篇示直隶士子》，《杂著》，《曾文正公全集》，李翰章编纂、李鸿章校勘、宁波等校注，吉林人民出版社 1995 年，第 1812 页。

④ 曾国藩：《劝学篇示直隶士子》，《杂著》，《曾文正公全集》，李翰章编纂、李鸿章校勘、宁波等校注，吉林人民出版社 1995 年，第 1813 页。

期望有四者明贯的古文作家。再者，稍早，梅曾亮持论也力主“为文章之事，莫大乎因时”①，提倡“临乎民而近民”的“豪杰”“大文”。② 方东树也毫不含糊地说：“君子之言为足以救乎时而已，苟其时之敝不在是，则君子不言”。③

从这一阶段的写作实践看，桐城派文人更广泛地贴近社会现实，或建言国事，或悼念死者，或域外纪游，或感怀风俗，或劝勉训诫，或揭发时弊，都以“帝士共治”的主观意志，胸怀道统与政统、文化主体与政治主体相一致的道德激情，付之于文章诗歌，抒发经世致用的士子情怀。与第一阶段桐城派文章相比，取材范围趋向广大，政治题材尤其突出，戴名世式反诮现实的意绪消褪，较多的是壮怀激越的陈述与歌吟，心忧时局，批判现实，关注苦难，积极用世。当然，突出与国家政治的直接关联，其结果有得有失，所失之处在论述湘乡派时还要提及暂不赘述。但就整体说来，这一阶段关切社会、关注民人百姓的现实性品格，在理论和实践上确实适应时代的变迁并丰富了桐城派的文章功能及审美精神，使桐城派文论和文章的影响更为广泛，更直接地走向了近代社会的变革。

2. 高度重视作家主体对于文章创造的意义

桐城派的奠基者都是些重视作家主体在写作中重要地位的独异者。他们特立独行，不苟随流俗，非如此，则不可能学继韩欧、纵横百家，而又别立宗派。第二阶段的后继者受到经世致用思潮的鼓舞，秉持桐城前辈的独立精神，意识到非有独异的个性不能成就独异的文章。他们把秉异独特的个性引入文本的创造过程，丰富了桐城派文论创作论的内容。

其中，梅曾亮(1786—1856)对“物”、“我”的关系作了辩证分析。他指出：“无我不足以见诗，无物亦不足以见诗，物与我

① 梅曾亮：《答朱丹木书》，《桐城派文论选》，贾文昭编著，中华书局 2008 年，第 286 页。

② 梅曾亮：《送陈作甫叙》，《桐城派文论选》，贾文昭编著，中华书局 2008 年，第 288 页。

③ 方东树：《辩道论》，《仪卫轩文集》，清同治七年(1650)刻本。

相遭，而诗出其间也。”[①]他特别指出：“知有物而不知有我，则前乎吾后乎吾者，皆可以为吾之诗，而吾如未尝有一诗；知我而不知有物，则道不肖乎形，机不应乎心，日与万物游而未尝识其情状焉，谓千万诗如一诗可也。”[②]讲物、我关系，实质上讲的是创作主体的自觉。“有我”，是说诗乃诗人自我独特性情的表达，而不要役于物；“有物”，是说诗是诗人凭借具体、独异之“物”造成独特的“有我”之境。有意于文学创作的诗人与万物游，应能发现和捕捉状我之情、表我之心的独异之物，以造成“有我”之境。梅曾亮继续说：“然则诗恶乎工？曰：肖乎吾之性情而已矣，当乎物之情状而已矣。”并认为，只有“肖乎吾”、“肖乎物”之诗才是“吾之诗”，才是“诗之真者”。[③] 他把诗歌的主体性和真实性统一起来论述，认为只有发乎我、神形兼备、具有真实品格的诗才是诗中珍品。

方东树（1772—1851）也是看重主体意识的作家，他对学习古人与自我表现的关系作了较深入的论述。方东树说：“欲为文而第于文求之，则其文必不能卓然独绝，足以取贵于后世。周秦及汉，名贤辈出，平日立身，各有经济德业，未尝专学为文，而其文无不工者，本领盛而辞自充也。故文之所以不朽天壤万世者，非言之难，而有本之难……而要有不易之论、不可已之情者，吾取不诡古人，不迷来者，自足吾心而已。”[④]在他看来，为文章而文章不是卓然独绝之途。文章之难，实在于作家主体建构之难。学习古人要重视古人各有经济德业的独立品格，从而在德行、操守、情志的锻炼上下功夫，“本领盛”文辞自然充盈。师古人的目的在于成吾之是，“善因善创，知正知奇，博学之以别

---

① 梅曾亮：《李芝龄先生诗集后跋》，《柏枧山房文集》，卷 2，《续修四库全书》1513 册，上海古籍出版社 2001 年。

② 梅曾亮：《李芝龄先生诗集后跋》，《柏枧山房文集》，卷 2，《续修四库全书》1513 册，上海古籍出版社 2001 年。

③ 梅曾亮：《李芝龄先生诗集后跋》，《柏枧山房文集》，卷 2，《续修四库全书》1513 册，上海古籍出版社 2001 年。

④ 方东树：《答叶溥求论古文书》，《桐城派文论选》，贾文昭编著，中华书局 2008 年，第 199 页。

其异,研说之以会其同”[①]。他明确指出:“夫文犹己也,生民以来,四海之众而中以有己,立己于此,将使天下确然信之有是人也,则必不俟假他人之衣寇笑貌以为之亦明矣。”[②]他的诗论《昭昧詹言》中许多地方也都论及诗人主体的自我表现,认为诗歌创作切忌生硬模仿,“文中须有我”,“须要自念,必能崭新日月,特地乾坤,方可下手;苟不能,不如不作”[③]。

3.记述域外政俗、风情,创新文学形式

国门初启,风气始开未开之际,国内士子、商人或出国,或参与域外事务。有运用文字记述异国政俗和异国所见所闻,兴发感动者,遂有旅外日记、游记、涉外纪事等相关散文应运而生。在中国文学史上,此类纪事作品,虽有唐玄奘《大唐西域记》、韦宏机《西征记》等,但毕竟凤毛麟角,较多地还是在晚清时期出现。桐城派中的一些“睁眼看世界”的杰出者,如姚莹、郭嵩焘、黎庶昌、曾纪泽、薛福成等都有这类作品,他们和桐城派之外的其他同类人物一起,在走向西方、面向世界的过程中,获得了一个世界性视野,所见所闻见之于日记、游记,拓展了中国文学的题材,丰富了文学形式、语言和艺术表现的手段,给古老的文化和文学的殿堂带进了不同于民族传统的新质,从而有利于改变传统的民族文学的局限。其中“使外日记”有《使西纪程》(郭嵩焘)、《西洋游记》(黎庶昌)、《出使英法俄国日记》(曾纪泽)、《出使英法义比四国日记》(薛福成)。优秀的游记作品有《卜来敦记》、《巴黎油画院》、《跳舞会》(以上属黎庶昌),《白雷登海口避暑记》、《观巴黎油画记》(以上属薛福成)等。

这些桐城派作家原本从事古文写作,一旦涉及一个新的文明,进入一个全新的语言环境,其古文义法就势必有一番改造和更新。黎庶昌说:“使孔子而生今世也者,其于火车、汽车、电

---

① 方东树:《答叶溥求论古文书》,《桐城派文论选》,贾文昭编著,中华书局2008年,第200页。

② 方东树:《答叶溥求论古文书》,《桐城派文论选》,贾文昭编著,中华书局2008年,第201页。

③ 方东树:《昭昧詹言》,《续修四库全书》1705册,上海古籍出版社2001年。

报、机器之属，亦必择善而从矣。”[①]薛福成也说：“古人虽往，论其事者不得因其事为古人所未谂，遂谓奋笔纂辞，可不师古人也。”[②]他们自觉意识到面对一个新的世界，语言、形式必得有一番创造发明。

他们的作为：一是引入西方语汇，改造和丰富民族语言。近代西方自然科学、社会科学中的大量语汇，举凡器物制艺、天文地理、人文学术方面的语汇等都大量进入他们的文本当中，与传统语汇掺合一体，形成了一幅幅新的语言镜像，扩大了语言的表意功能。二是秉持中西比较的眼光，造成中西比较的方法。西方世界的一事一物，令这些桐城派传人惊异于中西的异同，他们原本擅长于古今比较，而中西视域的开启，又使他们多了一种眼光、一个手段。每有文章，便不时在中西文化的跨域比较中权衡利弊，书写思情。或议论，或抒情，适时地作中外驰骋，纵横捭阖。姚莹《康輶纪行》中关于中外宗教、中外习俗的比较，薛福成《出使英法义比四国日记》中关于中西制工、中西绘画、中西医学、中西政教、中西学术的比较，等等，都拉开了横向思维之纬，获得了一个优劣得失的世界性参照系统。这种方法的确立，极大地拓宽了古文境界，加深了思情内容的开掘。三是以古文义法为根柢，丰富了桐城派的叙述风格。“出使日记”出自私人之手，却又是官家文类。薛福成曾经提到撰写这种日记的“三难”：一要避免雷同之弊，有别人“出使日记”在前，不可步后尘而趋同；二是囿于识见，“觇国势，审敌情”，难以驾驭纷繁复杂的西方世界；三是“偶有论说，抑扬稍过，恐失其平，或致议者之反唇，或启远人之借口”。[③] 此“三难”之中，二、三两“难”如不认真对待则可能因文罹祸。就是说写作“出使日记”要在多种限制，特别是在国家政治及其意识形态的制控之下，

---

① 黎庶昌：《儒学本论序》，《拙尊园丛稿》卷 5，清光绪乙未（1895）金陵状元阁印本。

② 薛福成：《四海秦疏》，《薛福成选集》，丁凤麟、王欣之编选，上海人民出版社 1987 年，第 518 页。

③ 薛福成：《出使四国日记咨呈》，《出使四国日记》，社会科学文献出版社 2007 年，第 8 页。

在持不同政见者的虎视之下进行。如何解决这一问题？几个写作此类作品的桐城派作家，各出心裁。其中，黎庶昌以写异国风情为主，法度严谨，多用较为齐整的短语，不直接议政，却在传达形神兼备的形象感受的同时曲包其对政俗的褒贬；曾纪泽重在对所行公务作简要记述，时或插以生活琐细，在平实叙述之间杂以个人的情感倾向。薛福成以议论见长，气魄雄直，“述事之外，务恢新义，兼网旧闻。凡瀛环之形势，西学之源流，洋情之变幻，军械之更新，思议所及，往往稍述一二”，[①]所议注意褒贬兼顾，又多阐发“西学中源”。他们的不同，实际上又以“同”为基础，这个“同”即古文义法的精要，讲法度，讲隐伏，讲曲包余味。“同”与“不同”的统一，在丰富桐城派文章体裁的同时，也丰富了叙述风格。

4.推崇文章的“阳刚”之美

还在阳湖派出现之初，吴德旋在《与王守静论大云山房文稿书》中，谈及自己与阳湖派创立者恽敬文章风格的不同时，这样说：“子居（恽敬）为文，气必雄厉，力必鼓努，思必精刻，而仆所深好者，柔澹之思，萧疏之气，清婉之韵，高山流水之音，此数者皆子居所少。”[②]这种区别恰是这一阶段桐城派主流风格与桐城派创立时期主流风格的差异。这一阶段，多数桐城派作家都认为前辈作家偏于阴柔而少阳刚之气。方东树肯定方苞“说理之精，持论之笃，皆有不可夺之状”，同时又认为“其文重滞不起”，观之无飞动嫖姚跌宕之势，诵之无铿锵鼓舞抗坠之声”。[③]曾国藩认为姚鼐“深造自得，词旨渊雅，……惟少雄直之气，驱迈之势”。[④] 刘开也说姚鼐“丰于理而啬于辞，谨严精实则有余，

---

① 薛福成：《出使四国日记·凡例》，《出使四国日记》，社会科学文献出版社 2007 年，第 10 页。

② 吴德旋：《与王守静论大云山房文稿书》，《初月楼文钞》卷二，清光绪九年（1883）刊本。

③ 方东树：《书望溪先生集后》，《仪卫轩文集》，清同治七年（1868）刻本。

④ 曾国藩：《复吴屏南》，《书札》一四卷，《曾文正公全集》，见周中明《姚鼐研究》，安徽大学出版社 2013 年，第 593 页。

雄奇变化则不足，亦能醇不能肆之故也”。[①] 管同甚至认为，“与其偏焉而入于阴也，则无宁偏于阳。何也？贵阳而贱阴，伸刚而绌柔者，天地之道，而人之所以为德者也”。[②] 这类跟风似的批评，内含了时代审美心理的变迁，与前述对文章社会功利性的强调基本一致，与大激变时代的社会氛围密切相关，也与封建末世贵族精英人物不可为而为的悲剧精神密切相关。面对前辈作家，他们较多地靠近刘大櫆，普遍看重阳刚之美、波澜壮阔之境。涉及文章风格，这一阶段用得最为频繁的关键词，多为“雄直”、“雄奇”、“奇崛”。而改变风格的基本手段则是“引骈入散”，“相杂迭用”，无论曾国藩编选的《经史百家杂钞》，李兆洛编选的《骈体文钞》，黎庶昌编选的《续古文辞类纂》，都是为了改变姚鼐《古文辞类纂》收录古文偏于狭窄的不足，从而拓宽古文学习的取径范围，希望从扩大经典的角度，启发创造，洞开古文创作的境界。

在这方面，方东树、曾国藩值得一提。方东树好为深湛浩博之思，突破方、姚拘束不事宏放的局限，其为文务尽事理，以足乎吾人之心，依法而不拘于成法。那些析理辩难之作，多旁征博引，好铺排，整齐的短句与浩荡的长句相间而用，时或杂以设问、反诘、慨叹，于纵横捭阖之间把作文的古范尽行超脱。一些往还书信，也写得起伏变化，情味淋离。《化民正俗对》、《病榻罪言》、《答姚实甫书》等都是这方面较为优秀的作品。他说“仆之文粗而犷气未除，其于古人精醇境地实未能臻”。[③] 精醇或有所失，然具“飞动嫖姚跌宕之势”，正是他的长处。曾国藩虽谈阳刚、阴柔，但以阳刚为自己的崇尚，向往光明俊伟之境。他说：“文章之道，以气象光明俊伟为最难而可贵。如久雨初晴，登高山而望旷野。如楼俯大江，独坐明窗净几下，而可以远眺。如英雄侠士，裼裘而来，绝无龌龊猥鄙之态。此三者，皆光

① 刘开：《与阮芸台宫保论文书》，《桐城派文论选》，贾文昭编著，中华书局2008年，第262页。

② 管同：《与友人论文书》，见姚永朴《文学研究法》，许振轩校点，黄山书社2011年，第163页。

③ 方东树：《答戴存庄》，《仪卫轩文集》，清同治七年(1868)刻本。

明俊伟之象。文中有此气象者,大抵得于天授,不尽关乎学术。”[1]他对归有光境界较窄的文章很不以为然,讥之为“浮芥舟以纵送于蹄涔之水,不复忆天下有曰海涛”。他自己则在扩大古文取径范围的同时,加强理学人格的锻炼,即使身在军中,也能放声诵读古人雄奇之文,因声求气,陶铸雄声。其所撰虽无多少可供示范的作品,但倡导、影响之功不可抹杀。对于曾氏的努力,桐城派中人给予了肯定。吴汝纶后来对姚永朴说:“桐城诸老气清体洁,独雄奇瑰玮之境尚少。盖韩公得扬、马之长,字字造出奇崛。欧阳公变为平易,而奇崛乃在平易之中。后儒但能平易,不能奇崛,则才气薄弱,不能复振,此一失也。曾文正公出而矫之,以汉赋之气运之,而文体一变,故卓然为一代大家。”[2]

二、开辟了新的古文流派:阳湖派和湘乡派

旁枝斜出,扶摇呼应,是文派兴盛的重要标志。在发展阶段,桐城派由一地而影响全国,由一派而生演众多支流。还在鸦片战争之前,在江西新城,即形成了以姚鼐门生陈用光及姚鼐友人鲁九皋为中心的古文写作圈;在江浙,由于姚鼐门生吴德旋等人的努力,桐城派古文得以广泛传播;鸦片战争之后,在京城,形成了以梅曾亮为中心的古文写作圈;在广西,梅曾亮的学生朱琦、吕横、龙启瑞、王拯开辟了一个岭南作家群;在河北、天津,以张裕钊、吴汝纶主持的莲池书院为中心形成了一个池莲古文流派。[3] 众水纷流之际,这时期的两个流派——恽敬、张惠言主导的阳湖派和曾国藩主导的湘乡派尤其突出。这两个流派有一些共同的东西,如尊方、刘、姚为师,以桐城派古文为学习的正宗,又反思桐城古文传统,突破古文藩篱,扩大学习的取径范围。同时,又根据各自的要求,别有拓新,丰富和发展了

---

① 曾国藩:《王守仁·申明赏罚以历人心疏》,《鸣原堂论文》,卷下,《曾文正公全集》,李翰章编纂、李鸿章校勘,宁波等校注,吉林人民出版社 1995 年,第 2932 页。

② 吴汝纶:《与姚仲实》,《桐城派文论选》,贾文昭编著,中华书局 2008 年,第 398 页。

③ 参见陈春蕊:《晚清古文研究》,百花洲出版社 2007 年;王达敏:《张裕钊诗文集·前言》,《张裕钊诗文集》,上海古籍出版社 2007 年。

创立时期的桐城派古文传统。

阳湖派最初出现在清乾嘉年间，其时离鸦片战争尚有一段时间，但经世致用思潮已经启动。其主要成员有恽敬、张惠言、陆继辂、秦瀛、董士锡、李兆洛等，因盟主恽敬(1757—1817)、张惠言(1761—1802)等人都是阳湖(今常州)人，且在形成过程中受到常州词派的影响，又具有地域因缘，故称为阳湖派。恽敬在《上曹俪笙侍郎书》中说到自己及张惠言等人与刘大櫆门生王晦生交往并得识桐城古文源流时说："……后与同州张皋文、吴仲伦、桐城王晦生游，始知姚姬传之学出于刘海峰，刘海峰之学出于方望溪。"①张惠言也说："余友王晦生见余《黄山赋》而善之，劝余为古文，语余以所受于其师刘海峰者，为之一、二年，稍得规矩。"②阳湖派后期重要成员陆继辂把桐城派前辈作家方、刘、姚和阳湖派的恽敬、张惠言等人的作品选编成《七家文钞》，在其序言中说："乾隆间钱伯坰鲁思，亲受业于海峰之门，时时诵其师说于其友恽子居、张皋文。二子始尽弃其考据、骈俪之学，专志以治古文。盖皋文研精经传，其学从源而及流，子居泛滥百家之言，其学由博而返约。二子之致力不同，而其文之澄然而清，秩然而有序，则由望溪而上求之震川、荆州、遵岩，又上而求之庐陵、眉山、南丰、新安，如一辙也。"③他在这里讲清了两个问题，一是交代了阳湖派出自桐城派，是桐城派的一支；二是说明阳湖派治古文虽然具有特色，或从源及流，或由博而返约，但都是由桐城派而上溯唐宋八家，从而文章表现出"澄然而清，秩然而有序"的特点。这一派的出现是桐城创立时期走向发展时期的重要过渡，标志了桐城派已走出地域的局限，并且能够因时而变，吸纳创造，具有强大的生命力。

雅洁、渊雅是桐城派在创立时期的主要风格，但雄奇恣睢也是桐城派的风格。桐城派立派时期，刘大櫆力主神气，驱役

---

① 恽敬：《上曹俪笙侍郎书》，《大云山房文稿初集》，卷3，四部丛刊本。

② 张惠言：《文稿自序》，《茗柯文三编》，《续修四库全书》1488册，上海古籍出版社2001年，第551页。

③ 陆继辂：《七家文钞序》，《崇百药斋续集》，卷三，《续修四库全书》1497册，上海古籍出版社2001年，第82页。

百氏，其文波澜壮阔，特显恣睢之雄。如果独举方、姚而遮掩了刘大櫆，显然有违桐城派的全貌。阳湖派的风格界于奇正之间，正者文之法，为桐城派创立时期所提倡，奇者不为法所缚，奇峭瑰玮，但必出于"不得已"(苏东坡语)，乃历练后的自然胜境。阳湖派注意到桐城派主流取径过窄，"体气纤弱"的不足。所以，张惠言编选《七十家赋钞》，选录从先秦到魏晋七十家赋181篇，后李兆洛又编选《骈体文钞》选录从先秦到隋代骈体散文近800篇，他们除六经、唐宋八家之外，特别看重子、史、辞赋、杂家。恽敬认为"百家之敝，当折之以六艺；文集之衰，当起之以百家"；[①]李兆洛则打通骈散，把骈文也纳入古文范畴，认为秦汉文是骈文的源头，"尊两汉非自骈俪入不可"。[②] 他们都感到百家杂学自由恣肆，更能激发作家对社会人生的考悟。从这些可以看出，他们在由桐城派入门的时候，实际上更多地靠近刘大櫆，从刘大櫆的路子走来，并给予了更充分地发展。

阳湖派代表人物都不是当朝政要，多以文事为主业，与刘大櫆、姚鼐等相近似。恽敬做过富阳、平阴、新喻、瑞金几个地方的县令，官做到最高处只是同知，主要从事文事活动。张惠言只是做翰林院编修，四十岁不到就离开了人世，不太长的年华多用心于经传辞赋文章之间。李兆洛当过凤台县令，因丁父忧便很快离任，不再入宦，主讲江阴书院近二十年。与此相关，他们游弋于百家，学以济文，融考据、骈俪于一冶。他们承续桐城派重视文章本体特征的传统，又力矫桐城主流的不足，"要于粗豪中带些学养，学养中又足于气势。醇中见肆，肆中有醇"。[③]他们与后起的湘乡派都扩大学习古文的取径范围，但他们与湘乡派对"经济"的理解不完全相同，他们重视"经世致用"，但不特别在政治上用力，而是更宽泛地讲求益于"世用"，少理学气，而与社会底层有较多的关联。《游庐山记》(恽敬)、《游庐山后

---

① 恽敬:《大云山房文稿二集自序》,《桐城派文论选》,贾文昭编著,中华书局2008年,第333页。

② 李兆洛:《答庄卿珊》,《养一斋文集》,卷18,清光绪四年(1878)刻本。

③ 郭绍虞:《中国文学批评史》,1979年12月新1版,第679页。

记》(恽敬)、《谢南冈小传》(恽敬)、《赁春赋》(张惠言)、《菊谱序》(李兆洛)、《藤花吟馆记》(李兆洛)等都是这一派的较好作品。

湘乡派因其盟主曾国藩系湖南湘乡人而得名,主要成员有曾国藩、刘蓉、郭嵩焘、罗泽南、王闿运、李元度、曾纪泽、薛福成、黎庶昌、张裕钊、吴汝纶等人。曾国藩说:"其(方苞)古文为一代正宗,国藩少年好之。"[①]又说:"姚先生(鼐)持论闳通,国藩之初解文章,由姚先生启之也。"[②]他对桐城派的开创者心怀尊敬之心,曾经在日记中记道:"梦见姚姬传先生,颀长清癯,而生趣盎然。"[③]曾国藩编选的《经史百家杂钞》体现了继承并拓充姚鼐《古文辞类篹》的努力,其中补录了姚鼐未收的经世名篇和少收的辞赋;重视了骈体散文及"经济"文章,认为古文之道乃骈散相通。他一方面学习桐城先辈,"曲折以求桐城之辙",同时又在时代的驱动之下,适应经世致用思潮,继刘大櫆、姚莹之后把"经济"纳入文章的要求;尤其强调文章与现实政治的关系,重视文章的社会功利性。与那个时代封建士子浓重的忧患意识和热烈事功的开张胸襟相一致,集顽固与开放于一体,他"平生好雄奇瑰玮之文",[④]主张文以载道、文道并重。他继承并光大刘大櫆、姚鼐的阳刚、阴柔之说,将此两大类细分为八种:"阳刚之美曰:雄、直、怪、丽;阴柔之美曰:茹、远、洁、适。"[⑤]他说:"吾尝取姚姬传先生之说,文章之道分阳刚之美,阴柔之美。大抵阳刚者,气势浩荡;阴柔者,音味深美。浩荡者,喷薄而出之;

---

① 曾国藩:《家书》,卷七,《曾文正公全集》,李翰章编纂、李鸿章校勘、宁波等校注,吉林人民出版社 1995 年,第 5330 页。

② 曾国藩:《圣哲画像记》,《曾文正公全集》,李翰章编纂、李鸿章校勘、宁波等校注,吉林人民出版社 1995 年,第 1594 页。

③ 曾国藩:《求阙斋日记类钞》,卷上,《曾文正公全集》,李翰章编纂、李鸿章校勘、宁波等校注,吉林人民出版社 1995 年,第 4887 页。

④ 曾国藩:《复吴南屏》,《书札》,卷九,《曾文正公全集》,李翰章编纂、李鸿章校勘、宁波等校注,吉林人民出版社 1995 年,第 2102 页。

⑤ 曾国藩:《求阙斋日记类钞》,卷下,《曾文正公全集》,李翰章编纂、李鸿章校勘、宁波等校注,吉林人民出版社 1995 年,第 4936 页。

深美者，吞吐而出之。”[①]两大类型之中又尤其看重阳刚之美。接受曾国藩的影响，湘乡派主要成员都看重文章的社会功利性，在服务于封建国家的同时，致力于经世之文的写作。文章风格虽不完全一致，但多雄直瑰玮，其政论气势磅礴，其记述时含议论，精妙者境界阔大且典雅雄奇。对于这一派的风格，钱基博评价说：“探源扬（雄）马（司马相如），专宗韩愈，奇偶错综，而偶多于奇，复字单谊，杂侧相间，厚积其气，声彩炳焕，戛然有声。”[②]

这一派的文章成就，突出之处，是对出使国外的日记体散文和游记的开辟，以及与之相关的汉语修辞的革新。郭嵩焘、薛福成、黎庶昌、曾纪泽等人这方面的作品虽各有特色，成就不等，但在那个时代无不具有先锋性。这一点，前面已经论及。这一派的成就还在于出现了薛福成等人关乎国家时政的那些气象恢宏的政论文章，这批作品秉持中西比较的广阔视野，立足现实的国家危机，纳中西古今于一冶，纵横驰骋，淋漓酣畅，颇能引人思虑，振拔人心，实为继起者严复政论文章的前奏。此外，曾国藩的那些家书、家训发乎独立精到的人生体验，发乎情理交融的亲情召唤，也具有启迪人生的切要借鉴的价值。总之，湘乡派继阳湖派之后，在理论和实践上再次拓大了桐城派的文章功能，拓新了桐城派文章及诗词的审美精神，出自桐城又丰富了桐城，显示了“有所变而后大”的活力。

当然，曾国藩与方、戴、刘、姚等人论文的立足点并不完全相同。作为文人，曾国藩讲行气，崇尚阳刚之美，甚至以为“发明义理”与文章是两回事，“欲学为文，则当扫荡一副旧习，赤地立新，将此前所习荡然若丧其守，乃使别有一番文境”；[③]但是作为王朝政治家，他又特别重视“坚车行远”，讲究文章为政治服

---

① 曾国藩：《求阙斋日记类钞》，卷下，《曾文正公全集》，李翰章编纂、李鸿章校勘、宁波等校注，吉林人民出版社 1995 年，第 4935 页。

② 钱基博：《钱基博学术论著选》，华东师范大学出版社 1997 年，第 87 页。

③ 曾国藩：《与刘霞仙》，《书札》，卷六，《曾文正公全集》，李翰章编纂、李鸿章校勘、宁波等校注，吉林人民出版社 1995 年，第 2011 页。

务的工具性。早年曾国藩的湖南同乡理学家唐鉴(字镜海)告诉曾国藩:“文章之学,非精于义理者不能至。经济之学,即在义理之内。……诗文词曲,皆可不必用功。诚能用力于义理之学,彼小技亦非所难”。曾氏听后说,“听之昭然若发蒙也”。[①]就是说,他心悦诚服地接受了唐鉴的思想。后来,曾国藩在保定任直隶总督,劝勉直隶士子专心向学,指出:“程朱诸子遗书具在,曷尝未而言本?”关键是各人要立定志向,“志向既定矣,然后取程朱所谓居敬穷理,力行成物云者,精研而实体之。然后求先儒所谓考据者,使吾之所见,证诸古制而不谬;然后求所谓辞章者,使吾之所犹,达诸笔札而不差”。[②] 在这些论述中,“义理”是本,“经济”在“义理”之中,“文章”、“考据”皆小技,文章之事就是运用小技传达义理的工具。他的诗句“文章不是救时物,扬雄、司马乌足骄”,所唱述的也是这种文章观念。曾国藩批评方苞徘徊在道与文之间,他自己正是如此,他的不少言论表明他看重“道文兼顾”,但封建卫道者的立场,决定了他难以克服的倾向,即把“道”和清王朝的政治结合起来,而视文章为仆从。当这种倾向见于政论文章的写作,则从属于封建国家“政事”和方针政策,排斥“私门”之见的弊端势必产生;而当他以此规范美文、诗词等文学创作,就会把文章束缚在政治的车子上。曾国藩及湘乡派这期间写作的那些讨伐太平天国等农民革命运动的文章,便成了这样的御用工具。

曾国藩及其弟子都看重在封建国家的政治生活中打造雄强的文化生命。曾国藩写信给儿子曾纪泽,要求他到自己的军营里读书学习。他的弟子中不少人都被引入其镇压太平天国的军帐,充任幕僚,协助撰写文书奏折,同时也彼此切磋文章。对此,他心怀惬意,在与吴南屏通信中称:“弟精力日颓,厌苦兵事……劳人暮齿,意绪凋疏,殆古今人之恒态也。幕僚多好学

① 曾国藩:《问学》,卷上,《求阙斋日记类抄》,《曾文正公全集》,李翰章编纂、李鸿章校勘、宁波等校注,吉林人民出版社1995年,第4867—4868页。

② 曾国藩:《劝学篇示直隶士子》,《杂著》,《曾文正公全集》,李翰章编纂、李鸿章校勘、宁波等校注,吉林人民出版社1995年,第2011页。

之士，足慰老怀。”[1]有些弟子不在军中，但也与曾氏谈战、论文。譬如张裕钊给在安庆营中的曾国藩写信，提议处理乱局宜“从江西吏治着手”，曾国藩回信称：“旬月以来，皖事日坏，宁国被围，广德失守，岌岌有不可终日之势”；同时，格外赞同他的意见，以为“可谓探骊得珠”。[2] 在通信过程中，他勉励张裕钊说，“尊作古文著句，俱有筋骨，日进无疆，至为欣慰”。[3] 正因为如此，在曾国藩及其弟子这里，政治与文学总免不了发生龃龉，总免不了要求古文成为宣传统治阶级意识形态、维护封建利益的“坚车”。当然，作为封建时代的文人，湘乡派的多数人就如同杜甫所说的那样，“致君尧舜上，再使风俗醇”，总是把忠君、爱国与同情劳动人民统一在一起，他们为封建末世“补残”，其意在于造就“天理、人欲不容并立”(朱熹语的)封建理想世界。这是严重的历史唯心主义，带着阶级的、时代的局限，应该给以辩证对待。

二　启蒙新思潮中的桐城派

1894 年，当北洋军舰的残骸、大清龙旗的碎片和烈士尸体在黄海波涛中漂流的时候，喧腾数十年的洋务运动也就破产了。这一年，桐城派立于经世致用思潮中的思想高峰薛福成从伦敦回到祖国，还来不及到京城复命，便因积劳成疾在上海去世。仿佛是一个象征，他倒在这个历史的关节点上，为经世致用思潮和洋务运动，也为桐城派在这个时期的发展画了一个休止符。第二年，桐城派又一代的思想高峰、北洋水师学堂总办、毕业于英国海军大学的严复，在天津《直报》接连发表《论世变

---

[1] 曾国藩：《致吴南屏》，《书札》，卷二十五，《曾文正公全集》，李翰章编纂、李鸿章校勘、宁波等校注，吉林人民出版社 1995 年，第 2524 页。

[2] 曾国藩：《复张廉卿》，《书札》，卷十二，《曾文正公全集》，李翰章编纂、李鸿章校勘、宁波等校注，吉林人民出版社 1995 年，第 2178 页。

[3] 曾国藩：《复张廉卿》，《书札》，卷十一，《曾文正公全集》，李翰章编纂、李鸿章校勘、宁波等校注，吉林人民出版社 1995 年，第 2142 页。

之亟》、《原强》、《救亡决论》、《辟韩》等重要时政论文，揭开了近代启蒙新思潮的序幕。

面对惨烈和屈辱的现实，经世致用思潮和洋务运动中叱咤风云的桐城派精英的后继者们，不能不沉入痛苦的反思。他们以吴汝纶为中心，抛弃汉宋畛域，会通中西学术，“无古今，无中外，唯是之求”。这一时期的桐城派从两个方面谋求着新的发展：一方面，一部分人把学习西方的思想，从学习器物制艺提升到广泛接受思想文化的层面，从关注工商富民转向标本兼治，强调瀹民智、育人才，运用古文大量翻译西方自文艺复兴以来的哲学人文社会科学著作和文学作品，掀起和推动了近代启蒙新思潮；另一方面，一部分人直接参与近代“文界革命”，为文学的发展谋求新路，对桐城派古文实行了开放性持守。由此，桐城派在经世致用思潮之后继续发展，并进入最后的阶段。

（一）“开风气之先，绾新旧之枢”

如果说姚莹、薛福成等人是近代经世致用思潮中的弄潮儿，那么在新的发展时期桐城派代表人物中，吴汝纶、严复和林纾则是启蒙新思潮中的弄潮儿。他们立足潮头，“开风气之先，绾新旧之枢”，把桐城派的文化思想推进到了近代启蒙思潮的前沿。

近代启蒙思潮主要是在反思洋务运动和戊戌变法运动过程中完成的。这期间有两次反思。第一次反思，即反思洋务运动失败，戊戌知识分子认识到，仅仅“师夷长技”并不能“制夷”，满足于器物层的学习西方是不够的，还要学习西方的体制文化，学习其管理经验，变革政权体制。作为第二次反思，即反思戊戌维新失败和洋务运动失败，戊戌后知识分子认识到，只是在制度层面作一些维新改良也不能救国，欲图救国，思想领域的根本之道在“治愚”、“新民”，传输西方先进的思想文化，开启国民智慧。作为一个历史时期一股完整的启蒙思潮，它便包括了一个取向、两个方面的思想要求：一个取向，即取向西方，向西方寻求救国救民的真理和道路，两个方面，即一方面改造旧国家，另一方面欲改造旧国家必须改造旧文化，唤醒民众的自主意识、民族国家意识和社会责任意识。并且，只有在后一方面用力气，才能谈得上实现前者，这就是人们所说的欲救亡必须启蒙。

吴汝纶是近代启蒙思潮中的先觉者。吴汝纶（1840—1903），字挚甫，桐城西乡高甸（今属枞阳县）人。早年师从曾国藩，与张裕钊、黎庶昌、薛福成并称“曾门四弟子”，长期受聘于曾国藩、李鸿章幕府，曾、李的许多奏折均出自吴汝纶之手。吴汝纶曾任深州、冀州知州，代理过天津知府，光绪十五年（1889）主持保定莲池书院，历十二年。1902 年，管学大臣张百熙以吴汝纶“淹贯中西，详悉中外”，奏请朝廷，荐为京师大学堂总教习，吴推辞不就，但未获允准。遂以京师大学堂总教习身份赴日本考察教育，1903 年回国后先归桐城，创办桐城学堂，学堂始成因劳累病逝。

吴汝纶的思想观念曾经属于洋务派。甲午中日海战之前，他如同那些洋务派思想家一样，充分肯定西方制艺之术，但信守夷夏大防，带着盲目的华夏优越感。他认为，西人“为学无所谓道也，器数名物而已。其为治，无所谓德厚也，富强而已……其于中国圣人所谓父子君臣夫妇之礼、道德之说、诗书之文，渺然不知其何谓，若爰居之于九奏也”。[①] 其思想显然落后于薛福成，拘囿在一般洋务派的视域之中。甲午惨败之后，他一方面继续批判顽固派保守观念，同时开始反思和清算洋务派的思想。他敏锐地发现了严复译著《天演论》重大思想价值和文化价值，为其作序，充分肯定其所阐明的“天行人治同归天演”的基本理论和对于启迪“吾民之智”的重要意义，[②]推动了一个以“进化论”为主导的启蒙新潮的兴起。他充分肯定严复译著《原富》，认为该书广开财路，利可富民。在为《原富》写的序言中，他批判“违言利”和“重农抑商”的保守观念，指出：“以利为讳，则无理财之学，重农抑商，则财之可理者少。夫商者，财之所以通也，农者，生财之一途也。闭财之多途使出于一，所谓隘也。

---

① 吴汝纶：《送曾袭候入觐序》，《吴汝纶全集》，第 1 册，施培毅、徐寿凯校点，黄山书社 2002 年，第 25 页。

② 吴汝纶：《天演论 · 序》，《吴汝纶文集》，第 1 册，施培毅、徐寿凯校点，黄山书社 2002 年，第 147—148 页。

其势常处之于不足，尚何通之可言！”[①]他针对“西学中源”、“西体中用”、“夷夏之辨”等观念，提出了一系列的批评。他问道：“天算、格致等学，本非邪道，何谓不悖正道？西学乃西人所独擅，中国自古圣人所未言，非中国旧法流传彼土，何谓礼失求野？……今之欧美二洲与中国自古不通，初无君臣之分，又无僭窃之失，此但如春秋列国相交，安有所谓夷夏大防者？”[②]他强调：“救亡之法，必以士大夫讲求西学为第一要义。使我国人人有学，出而应世，足以振危势而伐敌谋，决不是今日之束手瞠目，坐为奴虏。”[③]从盲目自尊到低心于西学，不仅是行为举措的改变，更是文化心理的转变，吴汝纶希望国人实现这一转变，他把这种转变当作转弱为强的兆头。

而且，从现实的利害出发，在中、西比较之间，他注意思考中学的不足，希望国人在中西两学之间择善而从。他说：“日后西学盛行，《六经》不必尽读。”[④]又说：“此后必应改习西学，中学浩如烟海之书，行当废去。”[⑤]吴汝纶对于那些一辈又一辈的章句之儒，终其一生而白首无成的悲剧命运深怀感慨，他决绝的言词，并不表明真的要废除中学，而是尖锐指陈其存在问题。中国之学可谓博大，然数千年积累，汗牛充栋，惟择其精要而创造性研发方是大道。这是一个寄生于其间的末代学人清醒而大胆的真言。他又说：“中国之学，有益于世者绝少。就其精要者，仍以究心文词为最切。古人文法微妙，不易测识，故必用功深者，乃望多有新得，其出而用世，亦必于大利害、大议论皆可得其深处，不徇流俗毁誉也。然在今日，强国棋置，国国以新学

---

① 吴汝纶：《原富·序》，《吴汝纶全集》，第1册，施培毅、徐寿凯校点，黄山书社2002年，第197页。

② 吴汝纶：《答牛蔼如》，《吴汝纶全集》，第3册，施培毅、徐寿凯校点，黄山书社2002年，第130页。

③ 吴汝纶：《与冀州绅士》，《吴汝纶文集》，第3册，施培毅、徐寿凯校点，黄山书社2002年，第229页。

④ 吴汝纶：《答姚慕庭》，《吴汝纶全集》，第3册，施培毅、徐寿凯校点，黄山书社2002年，第186页。

⑤ 吴汝纶：《吴汝纶全集》，第3册，施培毅、徐寿凯校点，黄山书社2002年，第231页。

致治，吾国士人，但守其旧说，独善其身则可矣，于国尚恐无分毫补益也。”[①]亦如上面所言，他不是不要中学，而是深感旧学不能敷用，需要创造性研发，而不是陈陈相因，寄希望于“有新得”的大手笔“出而用世”；他又感到，新学日蒸，强国棋置，当务之急尤其需要虚心于西学，而不至于落伍于时代，封闭了自己。

吴汝纶是维新思潮中的思想者，但不属于维新派。维新派寄希望于政治体制的改良，实行君主立宪以救亡图存，其最终理想乃是康有为带有空想性质的“大同”世界。吴汝纶不具备这种理想，但他赞同制度的因革，提倡“因时立制”。认为：“制度因革，每代不同，苟其当于人心，不必悉依经典。至若格于时势，虽法出古圣，亦须变通。”[②]在政治与教育之间，他更多的重视瀹民智、育人才。对于独夫卖国而窒息民智的行为，他发出愤怒的责难：“他国人人有学，唯恐民愚，务瀹其智。中国不惟民愚也，乃至满一国尽愚士、愚卿大夫。奉国与人，尚唯恐他人搀与，必以我恭送为德，可不谓大哀矣乎！”[③]他认为，“人才不兴，政令不改，习俗不变，殆未有可以转危为安者也”。[④] 人才、政令、习俗三者，把人才置于首位，可见其重视。在他看来，若人才不兴，则政令、习俗，断难转好。正因为看重人才，所以当发现严复、林纾统中西之学而一新学界之时，兴奋不已，引为同道，结忘年之交。

吴汝纶重视人才的思想中有两点尤足称道：一是强力主张废科举，办新学；二是看重视西学在教育中的位置，培养中西兼得的通才。1898 年维新变法的新政举措中，规定取士考试废除八股时文，改行策论，但吴汝纶认为：“窃谓废去时文，直应废去科举，不复以文字取士，举世大兴西学，专用西人为师，即由

---

① 吴汝纶：《与阎鹤泉》，《吴汝纶全集》，第 3 册，施培毅、徐寿凯校点，黄山书社 2002 年，第 193 页。

② 吴汝纶：《祔祧议》《吴汝纶全集》，第 1 册，施培毅、徐寿凯校点，黄山书社 2002 年，第 20 页。

③ 吴汝纶：《吴汝纶尺牍》，黄山书社 1990 年，第 12 页。

④ 吴汝纶：《吴汝纶尺牍》，黄山书社 1990 年，第 78 页。

学校考取高才，举而用之，庶不致鱼目混杂。”[①]当时光绪诏令各省改书院为学堂，吴则提出，“不改科举则书院势难通变；不筹天算、格致、出仕之途，虽改课亦少应者”。[②] 他的教育主张带有根本变革的性质，思想已走到了维新派的前面。他执掌莲池书院时，学校还办起东文（日文）、西文（英文）两个学堂，聘用日人、英人来校任教。1903 年，他创办桐城学堂，还聘请两名日本人到桐城任日文教员。他的学生李光炯创办安徽公学时也采取了这种办法。在他看来，不造就精悉中外的通才，中国要走出困境，从根本上说是难以做到的。吴汝纶在去世前为桐城学堂撰书楹联：“后十百年人才奋兴胚胎于此，合东西国学问精粹陶冶而成”；撰书匾额：“勉成国器”。此中寄托了他对故乡教育的期望，也浓缩了他教育思想的精华。

严复是后期桐城派的思想高峰。严复（1854—1921），谱名传初，又名宗光，字又陵，登仕籍后改名复，字几道。福建侯官县阳崎人。吴汝纶与他亦师亦友，他的古文和译著得益于吴汝纶的引导，但思想的高深过于吴汝纶。毛泽东在《论人民民主专政》中提到近代向西方寻求真理的四个中国人有洪秀全、孙中山、康有为，还有一个就是严复。此一点，足见严复在近代思想史上的地位。严复的贡献主要在于：

其一，他旗帜鲜明地扬弃并批判包括桐城派前辈在内的洋务运动中的思想，确立文化总体观，提倡全面学习西方文化，会通中西，执西用中。

洋务派认为中国的格物致知等形下之学不如西方，但人文、社会等形上之学则以我为胜，严复打破了这一错误观念，他广泛译介西方近代哲学、社会科学，传输近代资产阶级的思想和文化观念，意在于矫这一历史时期学习西方之弊。

而且，严复的思想常常在批判洋务派的时候显示出来。他也提倡学习西方格致之学，但认为其好处不但在于该学问的本身，还特别在于其微妙的寓含，在于其能给人以普遍性“至理”。

---

① 吴汝纶：《与李季皋》，《吴汝纶全集》，第 3 册，施培毅、徐寿凯校点，黄山书社 2002 年，第 201 页。

② 吴汝纶：《吴汝纶尺牍》，黄山书社 1990 年，第 88 页。

他留学英国期间就对郭嵩焘说："格物致知之学，寻常日用皆寓至理。深求其故，而知用之无穷，其微妙处不可端倪，而其理实共喻也。"[①]他从各自然学科的专业知识之间看到了其中寓含着实证、求真的科学精神，因而把问题提到了哲学的高度。这是当时的洋务派不可能企及的。在此后的学术活动中，他一直坚持着这一思维取向。即以对待进化论的态度而言，赫胥黎运用生物界物竞天择的现象解释生存斗争，严复实际上用其所需，给予"创造性误读"。他相信社会进化与自然进化都遵从着一个基本规律。在《天演论》译文中有这样的话："凡兹运行之理，乃化机所以不息之情。苟能静观，随在可察。小之极于跂行倒生，大之放乎日星天地；隐之则神思智识之所以圣狂，显之则政俗文章之所以沿革，言其要道，皆可一言蔽之，曰：天演是已。"[②]这段话实际上是严复的发挥。一部《天演论》，在不少地方，常常是严复因赫氏之书引发思考，言说自己的世界观与认识论。而且，他将"天演"之理运用于社会，并不是提倡人与人之间相互争斗，各为自己，而是希望国人团结友爱，匡时救国，与外强争胜。在《天演论》按语中，他这样说："班孟坚曰：'不能爱则不能群，不能群则不胜物，不胜物则养不足，群而不足，争心将作。'吾窃谓此语，必古先哲人所已发，孟坚之识，尚未足以与此也。"[③]

严复跟吴汝纶一样，也批判"中体西用"的思想，但他进一步打破机械式的体用之分，认为文化是一个整体，必须执西用中。他讥讽地把"西体中用"称之为"牛体马用"，说："有牛之体，则有负重之用；有马之体，则有致远之用。未闻有以牛为体，以马为用者也。中西学之为异也，如其种人之面目然，不可强谓似也。故中学有中学之体用，西学有西学之体用，分之则并立，合之则两亡。议者必欲合之为一物，且一体而一用之，斯

---

① 见徐立亭：《晚清巨人传：严复》，哈尔滨出版社1996年，第75页。

② 严复：《天演论》，《严复集》，第5册，王栻编，中华书局1986年，第1326页。

③ 严复：《天演论》，《严复集》，第5册，王栻编，中华书局1986年，第1347页。

其文义违舛，固已名之不可言矣，乌望言之而可行乎？”[①]又指出：“一国之政教学术，其如具官之物体欤？有其元首脊腹，而后有其六腑四肢，有其质干根核，而后有其枝叶华实。”[②]因此，他主张全面向西方学习。

但对他来说，全面学习并不是要全盘西化，他所要打破的是“中体西用”的片面之规，把西方器物、制度、精神三个层面的文化都引进来，以便在中西比较之间，为我所用。他对待中西方文化的理想态度是，“阔视远想，统新故而视其通，苞中外而计其全”。[③] 在与熊纯如通信中谈及教育的诸多举措时，严复说：“士生蜕化时代，一切事殆莫不然，依乎天理，执西用中，无一定死法，止于至善而已。”[④]从中可见，他希望打破洋务派和戊戌维新派在学习西方问题上的片面性，依循客观规律，执西用中，止于至善，以求取文化发展的新出路。

其二，他提倡鼓民力、开民智、新民德，认为塑造“自由”新人是教育之本，获得“自由”乃为“全受”。

1895 年 3 月天津《直报》刊载严复论文《原强》，文章针对洋务派“师夷长技以制夷”的做法，提出“标本兼治”、突出“治本”的观念。严复指出：“夫自海禁既开以还，中国之仿西方法，亦不少也：总署，一也；船政，二也；招商局，三也；制造局，四也；海军，五也；海军衙门，六也；矿务，七也；学堂，八也；铁道，九也；纺织，十也；电报，十一也；出使，十二也。凡此皆西洋至美之制，以富以强之机而迁地弗良，若亡若存，则有淮橘为枳之叹。”[⑤]究其原因，他认为在于“民智已下矣，民德已衰矣，民力已困矣”。所以“治本”即在于开民智、新民德、振民力，“果使民智

---

① 严复：《与〈外交报〉主人书》，《严复卷》，欧阳哲生编校，河北教育出版社 1996 年，第 622 页。

② 严复：《严复集》，第 3 册，王栻编，中华书局 1986 年，第 560 页。

③ 严复：《严复集》，第 1 册，王栻编，中华书局 1986 年，第 3 页。

④ 严复：《与熊纯如书》，《严复集》，第 3 册，王栻编，中华书局 1986 年，第 615 页。

⑤ 严复：《原强》，《严复卷》，欧阳哲生编校，河北教育出版社 1996 年，第 551 页。

日开,民力日奋,民德日和,则上虽不治其标,而标将自立”。[①] 1897 年,在给五弟严观衍的信中,严复说,甲午战败以来赔款巨大,民不聊生,虽有能者、圣者,“无救灭亡”,“中国不治之疾尚是在学问上,民智既下,所以不足自立于物竞之际”。[②]

那么,何以开民智、新民德、振民力?在《直报》发表的《救亡决论》中,严复强调必须废除戕害人才的八股取士制度,提出欲“变法”最先要变的是“莫亟于废八股”,直接地指出,“八股非自能害国也,害在使天下无人才”。[③] 他具体分析了八股“锢智慧”、“坏心术”、“滋游手”三大害处,非圣非经,批判“天不变,地不变,道亦不变”的俗儒之见,力主由学习西学来培育新人,并以日本为例,提出“深恶西洋”,“而于西学则痛心疾首,卧薪尝胆求之”。[④]

严复特别强调培养自由人格的意义。他说:“夫自由一言,真中国历代圣贤之所深畏,而未尝立以为教者也。彼西人之言曰:唯天生民,各具秉畀,得自由者,乃为全受,故人人各得自由,国国各得自由。第务令毋相侵相损而已。侵人自由者,斯为逆天理,贼人道。”[⑤]所谓“全受”,乃全面应对各种环境的最佳“秉畀”,或者说具备了这种自由人格就可以自如自在地应对自然界和人类社会的各种环境并感到自在、快乐,他说:“富强者,不外利民之政也,而必自民之能自利始,能自利自由始;能自由自能自治始,能自治者必其能恕,能用挈矩之道者也。”[⑥]就是说,欲国家富强,也必须从民人“皆得自由”开始,只有把自由当

---

① 严复:《原强》,《严复卷》,欧阳哲生编校,河北教育出版社 1996 年,第 550 页。

② 严复:《与五弟书》,《严复集》,第 3 册,王栻编,中华书局 1986 年,第 733 页。

③ 《严复卷》,欧阳哲生编校,河北教育出版社 1996 年,第 552 页。

④ 严复:《救亡决论》,《严复卷》,欧阳哲生编校,河北教育出版社 1996 年,第 562 页。

⑤ 严复:《论世变之亟》,《严复集》,第 1 册,王栻编,中华书局 1986 年,第 2—3 页。

⑥ 严复:《原强》,《严复卷》,欧阳哲生编校,河北教育出版社 1996 年,第 550 页。

成教育的根本，当成万事之源，才能真正谈得上开民智、新民德、振民力。在严复这里，所谓“愈愚”，就是使民人从蒙昧的精神状态中解放出来，获得自由的精神，锻造出自由人格。当然，他肯定的自由并非西方极端个性主义一流的“任性”，而是握有真理、有所担当的理性自觉。他说：“自繇者凡所欲为，理无不可，此如有人独居世外，其自繇界域，岂有限制？为善为恶，一切皆自本身起义，谁复禁之？但入群而后，我自繇者人亦自繇，使无限制约束，便入强权世界，而相冲突。故曰人得自繇，而必以他人之自繇为界。”[①]所以他总是注意到自由主体与他人、与群体、与民族国家的关系，要求彼此有一个“权界”。在谈到“小己自由”与“国群自由”的关系时，他道：“特观吾国今处之形，则小己自由，尚非所急，而所以祛异族之侵横，求有立于天地之间，斯真刻不容缓之事，故所急者，乃国群自由，非小己自由也，救国群之自由，非合通国之群策群力不可。”[②]显然，在严复这里，道德理性与主体自由并非完全对立，而是辩证地统一在一起。

其三，他传输了新的认识论“进化论”，又提出了“改用新式机器”开发传统、光大传统的“归求反观”的方法论。

进化论来自达尔文。英国生物学家达尔文著《物种起源》，把物种的生存和发展归结为生物之间的生存斗争。即所谓“物竞天择，适者生存”，破除了人类是万物之灵的观念，对生物界的发生、发展，对人与自然的关系作出了唯物主义解释。如果说哥白尼“日心说”回答了地球在宇宙中的位置，那么生物进化论则回答了人在自然界的位置，被认为是人类认识史上的第二次革命。马克思在致斐迪南·拉萨尔的信中说：“达尔文的著作非常有意义，这本书我可以用来当作历史上的阶级斗争的自然科学根据。”[③]恩格斯则把“进化论”同细胞学说、能量守恒学

---

① 严复：《严复集》，第 1 册，王栻编，中华书局 1986 年，第 132 页。

② 严复：《法意·按语》，《严复集》，第 4 册，王栻编，中华书局 1986 年，第 981 页。

③ 马克思、恩格斯：《马克思恩格斯书信选集》，人民出版社 1962 年，第 127 页。

说列为19世纪自然科学的三大发现。赫胥黎信奉和宣传达尔文的学说，他的《进化论与伦理学》（严译《天演论》）坚持达尔文的生物学思想，并把它运用于人类社会。在赫胥黎看来，宇宙运动中，宇宙万物都循着“物竞天择”的规律，但又认为人类社会并不能简单依从自然界的规律，而要注意到自身的特殊性，即严复所译述的，要做到“以人持天，与天争胜”。在严复翻译《天演论》之前，虽然也有人译介过进化论的著作，但未能造成多大影响。严复的译著《天演论》为近代启蒙提供了新式思想武器“进化论”，引导了一个时代。

在译介进化论的同时，严复还提出了“改用新式机器”开掘传统、光大传统的“归求反观”的思维方法论，或曰“思维路线”。严复的知识结构具有中西融会的特点，既有中国传统文化又有西方近代文化，所以当他谈论问题时总是具有一般人难以具备的中西比较的眼光。我们已经谈及，这种方法在薛福成那里已经出现，但严复较之薛福成有了新的进展，他在中西比较之间提出：“对于传统文化，应在‘既通西学之后，以归求反观，而后有以窥其精微’”。

在《天演论·自序》中，严复谈到一个深刻的体会，他说“近二百年，欧洲学术之盛，远迈古初。其所得以为名理公例者在在见极，不可复摇”；而中国文化曾经先于西方，但我“古人发其端，而后人莫能竟其绪；古人拟其大，而后人未能议其精”，以致窒息了文化的生机。“古书难读，中国为尤。二千年来，士徇利禄，守阙残，无独辟之虑。是以生今日者，乃转于西学，得识古之用焉。此可与知者道，难与不知者言也”。[①] 就是说，我国传统文化的精微宏大一直窒息在抱守残阙的陈陈相因过程当中，当近代转学于西学之后，这种情况才有所改观，传统的价值才有可能重新发掘。严复说，这种心得只能与掌握了西方近世学术的人交流，而难以与没有学习西学的人谈论。这个体会之所以重要，在于它暗合了人类文化发展过程中的一个认识规律，即人类处在低级阶段的行为、思想，只有在处于高级阶段新的

---

① 严复：《天演论·自序》，《严复集》，第5册，王栻编，中华书局1986年，第1319页。

理性的洞照之下才会更加清楚。此前在《救亡决论》中，严复就说："即吾圣人之精意微言，亦必既通西学之后，以归求反观，而后有以窥其精微，而服其为不可易也。"①后来在给吴汝纶的信中，他又说："新学愈进，则旧学愈益昌明，盖他山之石，可以攻玉也。"②在《与熊纯如书》中，他说得更为生动："鄙人窃尝究观哲理，以为耐久而无弊，尚是孔子之书。四书五经固是最富矿藏，惟须改用新式机器，发掘淘炼而已。"③恩格斯说："人体解剖对于猴体解剖是一把钥匙，低等动物身上表露的高等动物的征兆，反而只有在高等动物本身已被认识之后才被理解。因此，资产阶级经济为古代经济提供了钥匙。"④他谈的是资产阶级经济对于认识古代经济的意义，其实这些社会意识资产阶级其他社会意识，例如哲学、政治、文化等，对于认识古代的这些社会意识也具有这种意义。当然，当我们这样说的时候，并不抹杀一切历史差别和民族差别，而只是注意到了后者对于认识前者的"钥匙"的价值。

这样，我们就看到了严复的卓绝之处。这个学贯中西的学者，在中国封建社会结束封闭之初，承认西方近代文化超迈中国古代文化的进步性，又看到了中国古代文化与西方近代文化之间的相通之处，从自己的实际经验中触摸到了人类思想发展的一个重要规律，提出"他山之石，可以攻玉"的"归求反观"的思维路线，以致惊人地靠近了恩格斯的认识。这是他关于民族传统文化向现代转化的一个重要的思想成果，一个重要的方法论。他认为这是中华民族造就 20 世纪文化人才的重要方法。他在《论今日教育应以物理科学为当务之急》一文中，反复强调学习西文对于国人成才的重要性，其中特别提到："更有异者，中文必求进步，与欲读中国古书，知其微言大义者，往往待西文

---

① 严复：《救亡决论》，《严复卷》，欧阳哲生编校，河北教育出版社 1996 年，第 562 页。

② 严复：《严复集》，王栻主编，中华书局 1986 年，第 1549 页。

③ 严复：《与熊纯如书》，《严复集》，第 3 册，王栻主编，中华书局 1986 年，第 668 页。

④ 恩格斯：《政治经济学批判·导言》，《恩格斯选集》，人民出版社 1972 年，第 108 页。

通达之后而后能之……且西文既通，无异入新世界，前此教育虽有缺憾，皆可得此为之补苴。大抵二十世纪之中国人，不如是者，不得谓之成学。”[①]秉持这个方法论，能够看出中学的弊病，也会看到中学的长处；看到西学的优长，也能见出西学的存在问题，因而有可能在更高的层次上对中西两学实行一个综合性扬弃，从而使学术在整体上来一个提升。

对于严复来说，秉持这一方法论，同时又持着进化论社会历史观，最终站到了那个时代学术的前沿。不过，方法论不是唯一的灵丹妙药，较之方法论带有根本性的当是认识论。进化论反对凝固、僵化，但庸俗进化论可以导向激进的革命论，也可以导向拒绝革命的渐进主义和改良主义。通观严复一生，他的思想特征在于怀抱中庸，反对革命。这种政治、文化理念与桐城派的政治保守主义有关，也与他从渐进主义的角度接受进化论有关。

其四，他系统翻译和介绍近代西方资产阶级哲学人文社会科学的经典著作，和林纾翻译的西方近代文学作品相互补充，为近代启蒙思潮中的人们学习西方思想文化和文学艺术提供了完整而又丰富的思想资源。这一点，还将专门予以论述。而林纾对于启蒙思潮的贡献，也在讨论他的文学翻译时一并予以论说。

可以看出，在近代启蒙新思潮中，桐城派因时应变的传统仍然显示了巨大的历史张力。他们持守民族本位，但批判、反思洋务运动和戊戌变法的失误，不只是学习和引进近代西方器物、制度层面的文化，还特别要求学习近代西方精神层面的文化。吴汝纶、严复、林纾仿佛三足鼎立，分别从教育、哲学社会科学、文学艺术三个方向传输西方近代文明，运用西方近代教育、人文哲学社会科学和文学艺术观念阐释和转化传统，高度重视教育、学术在开启民智上的作用，他们的思想成果在启蒙新思潮中发挥了举足轻重的作用。

---

① 严复：《论今日教育应以物理科学为当务之急》，《严复卷》，欧阳哲生编校，河北教育出版社 1996 年，第 586 页。

(二)参与文界革命,坚守古文传统

跻身启蒙新思潮中的桐城派作家,承续经世致用思潮中的"通时合变"、"与世变相应"的传统,获益于启蒙新潮的激发,秉持中西会通、中西比较的视野和方法,无论是写作实践还是文章理论,都在前一阶段的基础上取得了新的成就。他们以独立的主体精神介入和推动近代"文界革命",对古文实行开放性持守,产生了又一个新的傍支——莲池派,出现了具有集大成性质的总结性"文章学"著作。而且,运用古文翻译西方宏富的学术著作和长篇小说,替古文开辟了一个"新殖民地"。

其一,介入和推动近代文界革命。

桐城派在晚清"文界革命"中发挥了积极作用。文界革命实为近代启蒙新思潮的重要一环,它以提倡白话文为起点,然后在诗歌、小说、戏曲领域兴起波澜,实行文学启蒙。黄遵宪、梁启超、陈季同,桐城派的严复、林纾都站在文界的前哨,成为其中的推动者。

早在1887年,黄遵宪(1848—1905)从日本语言的变化受到启示,在《日本国志》卷三十三《学术志》二中道:"语言与文字离,则通文者少;语言与文字合,则通文者多,其势然也。"他历数中国文字的变迁,然后说:"周秦以下文体屡变,逮夫近世章疏移檄,告谕批判,明白晓畅,务其达意,其文体绝为古人所无。若小说家言,更有直用于方言以笔之于书者,则语言文字几乎复合矣。余又乌知夫他日不变更一文体为适用于今,通行于俗者乎!嗟乎,欲令天下之农工商妇女幼稚皆能通文字之用,其不得不于此求一简易之法哉!"[①]他首次提出文字必须改革,实行言文合一,通行于俗。与此相关,他还在诗歌领域首倡"诗界革命",宣扬"我手写我口,古岂能拘牵"的厚今从俗精神。到世纪之交,一场白话文运动几乎遍及文界,从1897年11月7日第一份白话报《演义白话报》(又名《白话演义报》)创刊到辛亥革命,白话报刊如雨后之笋,《无锡白话报》、《杭州白话报》、《苏

① 黄遵宪:《日本国志》卷33,《学术志》,见严家炎主编:《二十世纪中国文学史》,上册,高等教育出版社2010年,第7—8页。

州白话报》、《中国白话报》、《直隶白话报》、《通俗白话报》、《京津白话报》，等等，纷纷问世，有四五十家之众。

桐城派林纾也是这一运动的前驱者。他深感运用通俗文字启迪民智的迫切性，创作了《闽中新乐府》(32 首)，于 1897 年年底付梓印行。时当甲午海战失败之后，林纾与人“每议论中外事，慨叹不能自已”，认为“转移风气，莫如蒙养”。在这些作品中，他痛感外强瓜分之烈，激励报国热情(《国仇》)；提倡改良教育，反对科举制度(《破蓝衫》)；提倡女子教育，振兴民族国家(《兴女学》)；揭发苛捐杂税，体恤民间冤情(《关上虎》)；感叹鸦片祸国，启人走出沉沦(《生髑髅》)……都能通俗易懂，触发忧思，催人奋醒。魏瀚在《闽中新乐府·序》中提到林纾自己吐诉的用心：“廿六年村学究，乃欲吟诗为童子启悟之阶，自度吾力未至也。且吾不善为诗，俚词鄙谚，旁收杂罗，谈格调者，将引以为噱，而吾又不乐为诗人也。”[①]郑振铎五四后评价说：“在他的闽中新乐府里，可以看出林先生的新党的倾向。”[②]胡适三十多年后看到这册作品，也不能不承认：“林先生的新乐府不但可以表示他文学观念的变迁，而且可以使我们知道，五六年前的反动领袖在三十年前也曾做过社会改革的事业。我们这一辈的少年人只认得守旧的林琴南，而不知道当日的维新党林琴南。只听得林琴南老年反对白话文学，而不知道林琴南壮年时曾做过很通俗的白话诗，——这算不得公平的舆论。”[③]而且，1900 年，林纾客居杭州，还和友人林万里、汪叔明在杭州创办《杭州白话报》，林万里为主笔，林纾在这份报上发表《白话道情》，风行一时。

如果说林纾在白话文运动中功不可没，那么严复在小说革命中也具有特殊的功劳。1897 年梁启超在日本创办中国第一

---

① 欧阳健：《林纾：福州近代的文化巨人》，中国小说网，2007 年 12 月 18 日。

② 郑振铎：《林琴南先生》，《林纾研究资料》，薛绥之、张俊才编，福建人民出版社 1983 年，第 154 页。

③ 张俊才：《林纾年谱简编》，《林纾研究资料》，薛绥之、张俊才编，福建人民出版社 1983 年，第 23 页。

份小说杂志《新小说》，刊发作品和理论文章推行小说革命。他在《小说丛话》中说，“文学之进化有一大关键，即由古语之文学变为俗语之文学是也”，“小说者，决非以古语之文体而能工者”。他提倡白话小说，然而所持的理论恰是桐城派严复引进来的进化论。就是说进化论在晚清的启蒙新思潮中发生了重大作用，也影响了“小说革命”发动者的思想观念。

1902年梁启超发表《小说与群治的关系》，从“人类之普遍性”和小说的特殊性立论说事，认为“凡人之性，常非能以现境界而自满足者也”，小说则可以帮助实现这一目的。“小说者，常导人游于他境界，而变换其常触常受之空气”；“人之恒情，于其所怀抱之想象，所经阅之境界，往往有行之不知，习矣不察者”，小说则可以“和盘托出，彻底而发露之”。进而，梁启超又具体阐释小说具有支配“人道”的四种力量（“熏”、“浸”、“刺”、“提”）。最后得出结论：“今日欲改良群治，必自小说界革命始，欲新民，必自新小说始。”①

然而前此五年，即1897年，严复和夏曾佑就在天津创办的《国闻报》上连续发表了论述和提倡“使民开化”的新小说的《本馆附印说部缘起》。这篇文章除把进化论作为立论的依据外，还特别地把人性论引入小说研究，认为凡人类必有“原出于天，流为种智”的“公性情”，小说（“说部”）能经久不衰，就因为反映了“崇拜英雄”、“系情男女”这类“公性情”。文章分析了小说与史书的不同，认为：“书中所用之语言文字，必为此种人所用，其书易传，其语言文字为此族人不行者，则其书不传，此一也”；“书传之界之大小，即以其与口说之语言相去之远近为比例，此二也”；“繁法之语言易传，简法之语言难传，此其三也”；“言日习之事则易传，而言不习之事者不易传，此其四也”；“书之言实事者不易传，而书之言虚事者易传，此其五也”。总之，严复和夏曾佑具体肯定了小说的现实性、通俗性、丰富性、真实性和传奇性。因为小说具有这些为史书所不可能具备的特点，所以他们认为：“夫说部之兴，其人人之深，行世之远，几几出于经史

---

① 梁启超：《论小说与群治之关系》，《饮冰室合集》，文集之十，第10页，中华书局1936年，1988年重印本。

上，而天下之人心风俗，遂不免为说部之所持。”[①]正因为如此，他们一扫传统文论视小说不能登大雅之堂的观念，为其“易伟行远”的功能正名。就是说，严复及夏曾佑立足“公性情”和小说特殊性论述小说的优长，与五年后梁启超从“人类之普遍性”、“人道”立论，讨论“小说之为体，其易入人”的特性，实有着内在的一致性。梁启超的思想可能另有取径，但说他受到了严复等的影响也并不为过。

更为重要的是，晚清的这场文界革命成就最大、意义最大者当属翻译。翻译西方近代哲学人文社会科学著作，翻译西方自文艺复兴以来的文学艺术作品，为中国文化和中国文学拉开了一个未曾出现过的新世界、新天地，从而带来了中国文化和中国文学观念的更新，促进了中国现代性的生成和发展。“译才并世数严、林”，这已经是晚清以来所有人的共识。是桐城派的严复、林纾为文界革命和后来的五四新文化运动及文学革命提供了别人无可比拟的西方资源。他们的那些译著使文界革命获得了从未有过的“世界文学”意识，激起了从未有过的灵感和新鲜经验，从而开始了对民族文学的反省，晚清白话文运动、诗界革命、小说界革命、戏曲界革命都是因为有了西方文化和文学艺术的参照才得以生成。这中间与文界革命参与者直接取自西方的经验有关，但毫无疑问也与他们受到了严复、林纾译著无所不在的影响有关。梁启超就曾经结合自己治学的历程谈到严复《天演论》对自己的意义，他道：“启超既略述所闻，作《变法通议》。又思发明群义，则理奥例赜，苦不克达。既乃得侯官严君复之治功《天演论》，浏阳谭君嗣同之《仁学》，读之犁然有当于其心。”[②]而林纾的那些古文翻译小说同时期的启蒙者谁人不读？梁启超虽贬其为“皆欧洲第二三流作者”的作品，“于新思想无予焉”，也不能不承认“颇风行于时”。不仅如此，后来当五四新人反对旧道德提倡新道德，反对旧文化提倡新文化，反对旧文学提倡新文学的时候，所援引的一个重要的

---

① 严复、夏曾佑：《本馆附印说部缘起》，《国闻报》，1897 年 10 月 16 日。

② 梁启超：《说群·序》，《饮冰室合集》，文集之二，第 3 页，中华书局 1936 年，1988 年重印本。

思想武器便是严复引进的进化论；当他们打倒“孔家店”，欢迎“德先生”和“赛先生”登堂入室的时候，一个重要的原因便是严复、林纾译著里的那些民主、科学、自由、平等、个性解放的观念帮助他们开启了思想的堂奥；当他们打破贵族文学、宫廷文学的殿堂，走向平民，走向劳工，着重抒写中国底层百姓悲欢离合的时候，林纾译著中的西方近世平民世界，林纾对狄更斯专写“下等社会”写作精神的肯定，已经为他们的写作提供了先在的经验……这些，无不表明作为近代启蒙思潮中的严、林译著丰富和推动了晚清启蒙思潮和晚清文界革命，同时也为即将到来的五四新文化运动和文学革命积累了强大的文化势能。由此，可以得出一个基本的认知：是严复、林纾的译著“传输欧化”，传播新知，开启新潮，极大地开拓了古文的表现领域，使桐城派文化和文学的意义超出那个时代的所有其他文章诗词流派。

其二，创立了一个桐城派傍支——莲池派。

莲池书院匾额

晚清“文界革命”提倡白话但不废除古文，古文写作与通俗白话写作并行不悖。桐城派参与文界革命的严复、林纾等人都是这样。与严复、林纾提倡通俗写作不同，桐城派中的多数人这时期还是热衷于古文写作及研究。并且，继湘乡派之后，适时应变，又创立了一个傍支——莲池派。

吴汝纶在保定任冀州知州期间十分重视教育事业，得李鸿章支持，延聘一批饱学之士到冀州从事教育，他们多为桐城派学人，其中张裕钊功劳最著。张裕钊从光绪九年（1883）开始主持保定莲池书院，光绪十四年（1888）南归湖北，共五年之久。继张氏之后，吴汝纶于光绪十五年（1889）亲自接手莲池，直到 1902 年任京师大学堂总教习。吴汝纶之后又有莲池派中的后起者执管其事，前后成为一个统系，以致在洋务运动败落、启蒙思潮兴起的过程中，适应社会文化心理和文学思潮的变动,“开拓了桐城派一个新的支脉——莲池派”。[1] 张裕钊、吴汝纶和莲池学生们“继轨桐城”,却又另辟路径,从清末到民国创立之初,在文章、文化和政治变动之间发挥了重大作用。在这里,理学、文章作为问学的途径,继续受到尊重。但他们处在近代启蒙思潮当中,已经不讫讫于文章一途,桐城—湘乡派面向世界的开放精神继续主导了他们的价值取向和文化精神。吴汝纶“开风气之先,绾新旧之枢”和“合中西学问精粹”用以育人的通才教育思想,贯注于莲池书院的教育之中。吴汝纶之子吴闿生说:“河北自古尚质朴,学术人文视东南不逮远甚。自廉卿(裕钊)先生来莲池,士始知有学问。先公继之,日以高文典册摩厉多士,一时才俊之士风起云兴,标英声而腾茂实者,先后相望不绝也。”[2]马其昶在文章中也特别提到吴、张等人以莲池书院为重镇,振兴北方“文学”的情况,他道:“冀州自吾乡吴至父莅官,一以振起文化,造士为急,延礼通儒王君晋卿、贺君松坡、范君肯堂专教事,一时瑰异之材得所规范,人人皆知文章利病,旁衍及他郡邑。而武昌张廉卿先生暨吴先生又先后主莲池讲习,师友源澜,同流共贯,徒党蔚然。于是北方文学之传,与东南侔矣!”[3]

张裕钊、吴汝纶都是曾国藩的弟子,其文事从湘乡派的路子走来,但是他们已经不雷同于湘乡派。莲池学子已不像湘乡派主流人物那样专于政治,突出之处在于不再特别要求于文章对政治的“坚车行远”功能,回归“义法”理论的哲学元典,强调“文”的致上性。吴汝纶在谈到张裕钊和自己的文章追求时,都表现了这一思想。他说到张裕钊:“桐城诸老,气清体洁,海内所宗,独雄奇瑰玮之境尚少。……曾文正公出而矫之,以汉赋之气运之,而文体一变,故卓然为一代大家。近时张廉卿又独

---

① 王达敏:《张裕钊诗文集前言》,《张裕钊诗文集》,王达敏校点,上海古籍出版社 2007 年,第 21 页。

② 吴闿生:《吴门弟子·序》,《吴门弟子》,莲池书社 1930 年刊行,第 1 页。

③ 马其昶:《赵超甫先生墓表》,《抱润轩文集》,卷十五,民国十二年(1923)刻本。

得于《史记》之谲怪，盖文气雄俊不及曾，而意思之恢诡，辞句之廉劲，亦能自成一家。是皆由桐城而推广，以自为开宗之一祖，所谓'有所变而后大'者也。"[①]话到这里，他接着又道："说道说经，不易成佳文。道贵正，而文者必以奇胜。经则义疏之流畅，训诂之繁琐，考证之该博，皆于文体有妨。故善为文者，尤慎于此。"[②]这段话里，他肯定了张裕钊"自为开宗之一祖"的开创性，又理清了张氏与"桐城诸老"、曾文正公的联系及异同。更为重要的是，他突出地强调"说经说道，不易成佳文"，不直接指向谁，但暗含着对张裕钊文章超越曾国藩的本体性追求。我们已经知道，曾国藩曾经推重"用力于义理之学"而视文为"小技"，吴汝纶此番言说当是有所感而发。他在说到自己"为文"与"为学"的心得时，态度更为明朗，明确地把二者划为两事而不能混同。在给姚永概的信中，他对姚永概、马其昶"以宋儒之学施之文章"委婉地提出告诫："通白（马其昶）与执事皆讲宋儒之学，此吾县前辈家法，我岂敢不心折气夺？但必欲以义理之学施之文章，则其事之难，不善为之，但堕理障。程朱之文，尚不能尽餍众心，况余人乎！方侍郎学行程朱，文章韩欧，此两事也，欲并入文章之一途，志虽高而力不易赴，此不佞所亲闻之达人者。"[③]

与此相关，在文章风格上，他们已经突破曾国藩的类型风格，从推重阳刚之美，到不以一种风格独尊。湘乡派前期普遍倾向于阳刚之美，形成了一种类型取向。张裕钊名列"曾门四杰"，但到后期却不雷同于曾氏。初曾国藩发现张裕钊笔力稍弱，雄肆不足，希望他能"熟读扬、韩各文，而参以两汉古赋，以救其短"。[④] 张裕钊接受曾国藩的指导精神，又不亦步亦趋，他

---

① 吴汝纶：《与姚仲实》，《吴汝纶全集》，第3册，施培毅、徐寿凯校点，黄山书社2002年，第51—52页。

② 吴汝纶：《与姚仲实》，《吴汝纶全集》，第3册，施培毅、徐寿凯校点，黄山书社2002年，第52页。

③ 吴汝纶：《答姚叔节》，《吴汝纶全集》，第3册，施培毅、徐寿凯校点，黄山书社2002年，第138页。

④ 曾国藩：《加张裕钊片》（光绪二年），《书信》（二），《曾文正公全集》，第22册，岳鹿书社1994年，第934页。

没有简单抛弃原有的长处，而是经过探索，把雄肆注入平淡，在平淡悠远之间曲包忧愤之情，突显奇崛之思。他行气于文章始末，又时或设以转折、诘问、反语、隐伏，气韵朴茂，气魄雄深。有时看似客观叙述，实隐含忧时伤世的精思，给人意想不到的震撼。《游狼山记》、《送吴筱轩军门序》、《书魏其武安传后》、《书元后传后》等，都各自从某些方面显示出他个性特异的总体特征，保持原本对淡远的喜爱，又灌注以雄肆之力，以致独标风骨。

吴汝纶盛赞曾国藩矫前期桐城派雄奇瑰玮之境的不足，但他到晚年却不以雄奇瑰玮为文章的唯一至境，以为“文章之道，绚烂之后，归于老确”。[①] 在方苞和刘大櫆之间，倾向于方苞而薄刘大櫆。他秉持桐城派前辈以气论文的传统，认为：“夫文章以气为主，才由气见者也，而要必由其学之浅深，以觇其才之厚薄。学邃者，其气之深静，使人厌饫之久，如与中正有德者处，故其文常醇以厚，而学掩才。学之未至，则其气亦稍自矜纵，骤而见之，即如珍羞好色，罗列目前，故其文常宏以肆，而才掩学。若昌黎所云先醇后肆者，盖谓既醇之后，即纵所欲言，皆不失其为醇耳，非谓先能醇厚，而后始求宏肆也。今必以宏肆为宗，而谓醇厚之文为才之不赡，抑亦过矣。”[②]经过对韩愈“先醇后肆”之说的创造性阐释，反对“以宏肆为宗”，认为“既醇之后，即纵所欲言，皆不失其为醇”。[③] 看重老确之文，又不以一种风格为尊。对于吴汝纶的努力，不少学者都持理解和肯定的态度，管林、钟贤培认为：随着洋务运动的破产，湘乡派散文走向衰落，吴汝纶起而纠偏，“尚醇厚而诎闳肆，反对古文说道说经，重裁剪与雅洁，使湘乡文重向方、姚桐城派文复归”。[④] 关爱和认为：

---

① 吴汝纶：《与杨伯衡论方刘二集书》，《桐城派文论选》，贾文昭编著，商务印书馆 2008 年，第 395 页。

② 吴汝纶：《与杨伯衡论方刘二集书》，《桐城派文论选》，贾文昭编著，商务印书馆 2008 年，第 395 页。

③ 吴汝纶：《与杨伯衡论方刘二集书》，《桐城派文论选》，贾文昭编著，商务印书馆 2008 年，第 395 页。

④ 管林、钟贤培：《中国近代文学发展史》，中国文联出版公司 1991 年，第 260 页。

“从桐城派到湘乡派，其为文风格有一个由气清体洁到奇崛雄俊的变化过程。吴汝纶在《与杨伯衡论方刘二集书》中借评方苞、刘大櫆之文，力辩醇厚与宏肆之文的优劣，旨在建立一种新的审美风范。”[①]张裕钊、吴汝纶大体一致性的努力，主导了池莲学子的文章风尚。贺涛、李刚己、吴闿生等就是这新的文学风尚的产儿。吴闿生曾经历数桐城派的文学传承：“要之，清代文学至姚先生而后醇，至曾而后大，张、吴两先生力跻崇奥，追还三古两汉之隆，而贺先生(涛)卓然为其后劲。”[②]对莲池派张裕钊、吴汝纶以及后来者贺涛的探索，给予了历史性定位。虽然属门派之论，却也符合桐城派的实际。

其三，产生了具有总结性的古文理论《文学研究法》。

晚清之际讫讫于古文之事的还有马其昶和姚永概、姚永朴兄弟。其中，姚永概、姚永朴诗、文并举，“恪守邑先正法，载其清静，而能止节淫滥”。[③] 马其昶不在莲池，但师从张裕钊、吴汝纶，文风也受二人影响。杨怀志论及其成就说，姚鼐倡义理、考据、词章合一，“能真正做到这一点的并不多，只有马其昶得桐城派真传，最擅其胜”，其“遣词造句，斟酌古今奇偶雅洁之宜，确乎其为学者之文”。[④] 马其昶所撰《西山精舍记》、《游治父山记》，都是为人所传的佳篇。

不过，处在近现代之交、除旧布新之际，倘没有生动的新变，纵得桐城派真传也实难突破历史的限制。比较而言，值得重视的更在于姚永朴的专著《文学研究法》。这部著作 1914 年由京华印书局初印，最初写作时间当是姚永朴 1909 年在京师法政专门学堂任教前后。近现代之交，中西会通，学术交流，进化论流行，致使清代学术发生了一大新变，产生了专门化、综合

① 关爱和：《二十世纪初文学变革中的新旧之争》，《文学评论》2004 年第 4 期。

② 吴闿生：《明清八大家文抄序(代)》，《桐城派文论选》，贾文昭编著，商务印书馆 2008 年，第 461 页。

③ 钱基博：《现代中国文学史》，《钱基博卷》，河北教育出版社 1996 年，第 562 页。

④ 杨怀志：《马其昶传略》，《清代文坛盟主桐城派》，杨怀志、潘忠荣主编，安徽人民出版社 2002 年，第 136—137 页。

化的特点。即一方面门类细分，出现了专门性研究领域和专门性研究成果，另一方面总体性研究较前有了大的加强，许多具体门类出现了纵横贯通的综合性成果。姚永朴置身这一学术新潮之中，治国学但秉具了中西比较、古今贯通的学术视野。“兼综汉、宋，实事求是，以训诂通大义，重在归纳”。[①] 所以这部《文学研究法》能够在中国文章、中国文论变迁的大背景下，搜罗史实，取精用宏，辩证比较，条分缕述，综论古文的变迁、成就和特征，以综合性、资料性、系统性见长。是桐城派关于文章理论，提交给当时的文界革命，提交给历史的一份总结性报告，也是提交给后人的一份交代，实有承前启后之功。张玮在《序》中说，“先生论文大旨，本之姜坞（姚范，永朴之五世祖，姚鼐之伯父）、惜抱两先哲。然自周秦以迄近代，通人之论，莫不考其全而撷其精。故虽谨守家法，而无门户之见存”。[②] 吴孟复在《序》中说：“吾国古代文家之论文，大抵皆言一己之心得，以谕其同时之人，而非有义于原始要终，平章考镜，以著为专门之书也。其足为‘文章学’之专者，唯有《文心雕龙》与此书耳。《文心雕龙》成书于齐、梁，论不及唐、宋以下。此书既收刘书之精义，又廣以后来一千余年诸家之论述，‘于古今流变，洞中奥会’，从而成为吾国最佳之‘文章学’专书。”[③]张、吴二人均系姚永朴的弟子，所论或有谥美，但对《文学研究法》的历史定位和基本评价是可以成立的。概而言之，这部《文学研究法》的成就和价值主要在于：

第一，全书仿《文心雕龙》体例，较为系统地归纳了桐城派文论的基本范畴，抓住桐城派文论中的精要之点，赋予其普遍性价值。全书分四卷二十五篇，卷一论述文章特性，分起原、根本、范围、纲领、门类、功效；卷二论述文章类别，分运会、派别、

---

① 吴孟复：《姚仲实先生文学研究法序》；姚永朴：《文学研究法》，黄山书社 2011 年，第 1 页。

② 张玮：《文学研究法·序》；姚永朴：《文学研究法》，黄山书社 2011 年，第 1 页。

③ 吴孟复：《姚仲实先生文学研究法序》；姚永朴：《文学研究法》，黄山书社 2011 年，第 1 页。

著述、告语、记载、诗歌；卷三论述文章品质，分性情、状态、神理、气味、格律、声色；卷四论述文章风格，分刚柔、奇正、雅俗、繁简、疵瑕、工夫；最后有一简短结论。所论无不维系着“古文义法”而展开，也无不是古文义法的具体体现。在姚氏看来，“文之有法，犹室之有户也”。[①] 然而他从先人的论说中悉知，“止以义法论文，则得其一端而已”，高妙之文，“惟其妙之一出于自然而已，自然者，无意于是，而莫不备至，动皆中乎其节，而莫或知其然，日星之布列，山川之流峙，是也”。[②] 尽管如此，义法总是不可避免地存在着，它总要为学文者详察和体悟。所以吴孟复认为，“先生于此特致详焉，此汉语语用之通例，非一家一派之私言也。此其所以为文章学之专书，亦我国‘篇章语言学’之先导也。盖总结二千年学者文人论文之精义，而冥合于新兴之语言科学，此其所以‘光景常新’，历久不磨也”。[③]

第二，全书富有创意地阐释了“文学”的性质及其基本观念。清代治学专门化加强，与此相关厘清概念、范畴，以“名正言顺”，常常是治学者首先必须解决的问题。姚永朴得此风气治“文学研究法”，必得首先回答何谓“文学”。在姚永朴这里，文学即“文章”，是传统意义上的“文学”，并不是现代所称谓的文学，即不只是一种运用语言进行言说的、审美的意识形态。尽管如此，他的阐释依然具有创意。他把文学分为广义和狭义两种，不以广义“文学”为研究对象，而是取向于狭义的文学观。何谓狭义的“文学”？他道：“吾尝论古今著作，不外经、史、子、集四类。约而言之，其体裁惟子与史而已。盖诸子中，管、晏、老、墨、列、庄、扬、韩非、吕览、淮南，皆说理者也；屈、宋则述情者也；左、国、马、班以下诸史，则叙事者也。经于理、情、事三者，无不备焉，盖子、史之源也。如子之说理者本于《易》，述情者本于《诗》；史之叙事者，本于《尚书》、《春秋》、‘三礼’。此其

① 姚永朴：《文学研究法》，黄山书社 2011 年，第 27 页。

② 姚永朴：《文学研究法》，黄山书社 2011 年，第 31 页。

③ 吴孟复：《姚仲实先生文学研究法序》；姚永朴：《文学研究法》，黄山书社 2011 年，第 3 页。

大凡也。集于理、情、事三者，亦无不备焉，则子、史之委也。”[①]他把经、史、子、集统归于文学，而文学的功能则为说理、叙事、述情，它们集中地见之于子书与史书，经书为子、史之源，集书为子、史之委。这就从原委之处讲清了中国文学的功能和性质。就是说，文学分为说理、叙事、述情三种，它的思想的哲学基础、体裁来自于经书及集书。由这里，他又把文学分为著述、告语、记载、诗歌四大门类予以论述，每一门类都有“义法”可循，且各自有自己的特性和格律。他特别看重诗歌，说：“诗歌亦著述门之一类，但古今作者既众，而境之变化又多，大抵文中或论道，或叙事，或状物态，或抒性情，诗皆有之，兹不得不别为一篇。”[②]这是实事求是之举，不仅符合中国文学的实际，也注意到了诗歌在桐城派文事中的存在。为了讲清文学的特殊性，他特别提到文学家别出于性理家、考据家、政治家、小说家，它的说理、叙事、述情，应措意于词章，以推陈出新；如水自来，“自为江海”；忌急功近利，以雅洁为美；叙琐事以助文澜，但意在言外。然而，这种特殊性并非表明“文章特一艺耳”，而把文章的“根本”丢了。所以他又说，“为文章者，苟欲根本盛大，枝叶扶疏，首在于明道”，“其次在于经世”。“吾辈苟从事兹学，必先涵养胸趣。盖胸趣果异乎俗流，然后其心静；心静则识明而气自生……否则，虽告以文章为‘经国之大业，不朽之盛事’，彼乌从而知之？即知之，乌能允蹈之？”[③]就是说，要在文事上有所成就，必须务其本，涵养胸趣，以异于俗流。

要而言之：1. 姚永朴划定了文学说理、叙事、述情三种功能；2. 区分了文学与理学、考据、政治、小说（“街谈巷议”）的不同；3. 指出了文学有“义法”可循，最高境界是无法与有法的统一；4. 提出了治文学必须务本，宜在涵养胸趣以异乎俗流上用功夫；5. 突出诗歌在著述门中的地位。对文学作如此综合的阐释，在中国历代文论中确为罕见，当然在桐城派中也未曾见到。他保持了桐城派文论看重文学本体和文家主体性的优长，在强

---

① 姚永朴：《文学研究法》，黄山书社 2011 年，第 23—24 页。

② 姚永朴：《文学研究法》，黄山书社 2011 年，第 92 页。

③ 姚永朴：《文学研究法》，黄山书社 2011 年，第 15 页。

调其特殊性时又注意到必须注重务其本，以避免视文学唯"特一技艺"的偏颇。桐城派研究中，人们总是把桐城派作家的诗歌创作放在其文统之外进行评说，姚永朴把诗歌纳入著述门又专门论述，打破了仅仅视散文为桐城派文章的传统观念，重新规划了桐城派文章的范围。那些认为别有一个"桐城诗派"的研究者应该引以为省察。

第三，全书归纳中有取舍，在若干重要问题上丰富和发展了桐城派的既有的文论。对"文学"的性质及其基本观念的认识是一例，但不仅如此。桐城派作家一般都讲究作家的主体性，到了姚永朴的时代，西方个性意识被介绍进来，更激起了主体意识的自觉。反映在这部著作中，特别表现在有关"性情"的论述上。在《卷三》"性情"篇中，姚永朴引述古代文论中多种有关性情、个性的论述，强调说："自成一家，而后谓之立言。"[①]把"立言"与"自成一家"联系起来，就是说，所谓"立言"并非一般化的作文言事，而是发乎"一家"的独立独特之见、独立独特之思、独立独特之情，即所谓"根乎性情"。唯如此，他引述方东树《昭昧詹言》关于诗的观点："诗中须有我"，认为其"意正相同"。[②] 他指出，"盖既为文学家，必独有资禀，独有遭际，独有时世，著之辞，彼此必不能相似"。而且这种"性情"并不是不变的，它因人而异，随时而迁。他援引吴汝纶与自己的谈话予以证明："吴挚甫先生亦告永朴云：凡儒、释之辨，朱、陆、汉、宋之争，在始言之者，因其时说之方炽，故为卓识正论；若今日取而覆衍之，虽欲不谓之腐，得乎？'"[③]然而，他并没有陷入唯心之论，认为学文者在初始阶段"必力求与古人相似，而不能不从事于模仿"，这种模仿的最佳方法是"转益多师"，而且用功深者其收名远。但模仿不是目的，目的在于与前人"逼似"后，"自能融铸古人，自成一体"，达到"脱化"[④]。他的结论是："夫模仿者，所

① 姚永朴：《文学研究法》，黄山书社 2011 年，第 103 页。
② 姚永朴：《文学研究法》，黄山书社 2011 年，第 104 页。
③ 姚永朴：《文学研究法》，黄山书社 2011 年，第 106 页。
④ 姚永朴：《文学研究法》，黄山书社 2011 年，第 107 页。

以求古人之法度也；脱化者，所以见一己之性情也。”[①]所以他看重归有光《五岳山人前集序》中的一段话：“夫西子病心而颦其里，其里之丑人亦捧心而颦其里。其里之富人见之，坚闭门而不出；贫人见之，挈妻子去之而走。故曰知美颦而不知颦之所以美。夫知《史记》之所以为《史记》，则能《史记》矣。”[②]胡适、周作人等人以为只是五四文学革命的时代中国文学才有“人的觉醒”，才有“自我”，联系姚永朴关于“性情”一说，可见出他们反传统的褊狭性的一面。他们面向西方，但对中国文学自身的实际状况未免知之不细，此乃激进革命论之一病。

对“风格”的论述也是姚永朴的得意之笔。“卷四”论“刚柔”，论“奇正”，都显见其卓越之识。关于刚柔，他从易经中的贲卦“彖辞”说起：“柔来而文刚”，“刚柔交错，天文也。文明以止，人文也”，认为“文章之体本于阴阳、刚柔，其来远矣，顾后世文学家未有论及此者”。[③] 立论可谓高远。接着述及姚鼐论说刚柔，概括其基本观点，“必刚柔相错而后为文”，阳刚之文，亦具阴柔之美，阴柔亦然，“止可偏胜，不可绝无”；又接着述及曾国藩论说刚柔，概括其于二者中尤其推崇“气象光明俊伟”的阳刚之美。又经过一番论辨，最后得出结论：“人各有能有不能，若必难进于阳刚，惟有用‘避所短而不犯’之法，此亦非‘进之以学不可。”就是说，于阳刚、阴柔二者，当尊重各人的性情和条件，刚柔相济，善于处理各自的长短，不可争不能之长。这就调和了前辈学人的论说，取其所长，发展了关于刚柔的观点。这种观点与同时期莲池派的观点大体相近，呼应了时代审美心理的变迁，赋予阳刚、阴柔风格以充分的主体自由。他离开了曾国藩对阳刚的偏好，也与姚鼐谈刚柔相济而未能充分顾及主体自由的不足。

关于“奇正”，他列举历代文家“未有不以奇为尚”的例证，说明文章贵奇。接着运用韩愈“百物朝夕所见者，人皆不注视也；及观其异者，则共观而言之”的观点，揭示之所以会有这种

---

① 姚永朴：《文学研究法》，黄山书社 2011 年，第 109 页。

② 姚永朴：《文学研究法》，黄山书社 2011 年，第 110 页。

③ 姚永朴：《文学研究法》，黄山书社 2011 年，第 159 页。

审美习惯，在于人类习性的使然。但他强调："此种文字虽极可喜，然非根本深，魄力厚，而以鸷悍之气，喷薄之势，诙诡之趣，倔强之笔，浓郁之辞，铿锵之调行之，必不能窥其奥窔。"[①]初学之人贸然行之，只能如刘勰所言"逐奇而失正"。他推崇苏东坡"不得已"之说，强调"怪奇"出于自然，文章之境如行云流水，行于所当行，止于不可不止。如果有意为奇，不是造于自然，当是为文者所不取。他的结论是：正者文之法，奇者不为法缚，虽迷离变化而不失自然，惟功深以待自至，"奇怪乃文章胜境，而未可一蹴几也"。[②] 桐城派历代作家中都有人论说奇正，他们的观点为姚氏所吸收，但历代未见有如此系统、周致的言说。

当然全书也有不足，一个重要不足在于轻视了"小说家言"，把小说排除在传统文学之外。这表明他的文论中保留了封建士大夫的情趣，处在近现代之交，与严复、林纾看重小说的启蒙功能又注意到小说的特征的观点大有差距。

姚永朴之后，中国文论进入现代发生和发展阶段，西方文论的大规模介入，改变了中国文章学的面貌，出现了历史性进步。然而姚氏处在近现代之交的这部著作确为后世文学观念的变革及其发展提供了极具价值的综合性学术前提，而且在西方强势话语笼罩下的中国文坛，百年之后重温这部著作，它的言说，给出的一系列范畴、概念，对中国文论的现代复兴，格外具有珍贵的史料价值和许多重要的启示。

三 结 语

在方、戴、刘、姚开宗立派后的一百多年间，中国社会的半封建、半殖民地化不断加深，清王朝从中兴走向衰亡，资本主义因素自明代以来持续增长。思想文化领域显示这一历史大趋势的便是近代经世致用思潮和启蒙新思潮的次第兴起。处于数千年未有的变局，封建文化及其意识形态日趋解体，西方近

---

① 姚永朴：《文学研究法》，黄山书社 2011 年，第 167 页。

② 姚永朴：《文学研究法》，黄山书社 2011 年，第 172 页。

代资本主义文化成了中国现代化的催化剂，传统文化的固有体系、质态、形式相应地发生了裂变，即使是那些稳固的领域也滋长出趋向现代的新因素。

桐城派的变迁正是如此。方、戴、刘、姚之后的桐城派几代作家，继承前辈看重"变易"的传统，尊重"为文章者有所法而后能，有所变而后大"的精神，把桐城派由一个地域性文章学派推衍为全国性文章学派，并且先后产生了"阳湖"、"湘乡"、"莲池"三个傍支。他们以积极入世的士子情怀和主体精神，致力于封建国家的改良和民族现代化的探求。历汉宋之争和中西之争，从信守宋学、兼容汉宋，到抛弃汉宋轸域，会通中西，执西用中，文化思想在剧烈的冲突和论争中不断走向新变。姚莹、薛福成、严复等一代又一代的人们置身向西方寻求真理的前沿，开放而又守成，探求民族的复兴。其中，薛福成"中外联属"的时代观以及与此相关的打破"闭关独治"的治世方略，"考旧知新"、"返本开新"的思维路线；严复传输进化论、认真翻译介绍西方近代资本主义哲学、社会科学著作，提倡和宣传自由、民主及科学精神，"改用新式机器"开掘传统以"归求反观"的思维路线；林纾广泛翻译西方自文艺复兴以来的文学艺术作品，传输西方近世文学精神，等等，为包括桐城派在内的传统思想文化、传统文学的转换提供了新的思考、丰富的思想资源和中西比较的视野，也使桐城派远远高于同时代的其他文学流派。

反映在文章本事上，桐城派看重文学的社会功利性但尊重文学本体的精神，一直作为珍贵的传统被一代又一代的桐城派作家所信守；"古文义法"适应时代语境的变迁，被不断地赋予新的内容，创造性运用于域外文章写作，运用于西文翻译实践，产生了新的文章形式；文章风格适应社会审美心理的变迁，由开创时期的雅洁为主、恣睢为辅，到曾国藩宗雄直瑰玮的阳刚之美，再到吴汝纶复归雅洁醇厚而主多样风格并存；与文章形式和风格的要求相关联，文章的取径范围不断扩大，由唐宋八家、史迁班马，而接纳骈赋、引骈入散，而适当融铸外国语和寻常俗语，对古文实行了开放性持守。

1912 年"中华民国"成立后，京师大学堂改为"北京大学"，临时大总统袁世凯任命严复为校长。在此之前，林纾已进入北京大学任教。受严复之聘，马其昶、姚永概都相继获得教席，姚永概任文科学长。1914 年，姚永朴也进入北京大学。于此，继 1902 年吴汝纶任京师大学堂总教习，严复、林纾主导京师大学堂编译局之后，桐城派第二次执掌了中国首善之区学术文教的重镇，可谓烹油着锦之盛！这种情况与桐城派在经世致用思潮、启蒙思潮及文界革命中的重大影响有着内在的一致性。然而，仿佛是回光返照，瞬间即逝。严复任职不久即离任，随着严复的离去，特别是缘于局势的变化，章太炎、黄侃、刘师培等“文选派”，陈独秀、胡适等《新青年》派次第领主北京大学文科。新潮迭起，党同伐异，桐城派精英们无以应对，以至于丧失了学派的阵势，相继离开北京大学，并走向边缘。传统文化的沉重负荷和改良主义立场，终于使他们走向了五四时代“彻底的不妥协的反封建”精神的对立面。在行将消亡之际，它的精英们所创造的一系列重大成就，仿佛新旧交替之际历史天空中的一声灿烂而又悲壮的绝响。这绝响和这一派人的局限混合一起，都无不叫人振聋发聩。

第三章

严复、林纾译著的现代性曙光

后期桐城派成员中，严复和林纾是两个特例。他们大抵都是在进入京城前后自觉加盟桐城派的。此二人，一个精通西文，致力于运用古文翻译西人深奥的理论著作；一个不懂西文，却也运用古文翻译大量的西人文艺作品。在近现代之交，很少有人能够像他们那样了解西方文化，但直到生命终结时，他们又都深信传统文化和古文不可灭绝，以致成为“桐城派的嫡传”。

前面已经论及严复、林纾在近代思想文化与文界革命中的贡献。可以看出，他们受到吴汝纶的看重，和桐城派同人一起为中国现代性建构，为后起的五四新文化和新文学提供了不容抹杀的思想和艺术资源。而且，他们运用古文翻译西书，“输入欧化”之功在近代启蒙思潮当中很少有人可以相比。康有为称：“译才并世数严、林，百部虞初救世心。”[①]蔡元培说：“五十年来，介绍西洋哲学的，要推侯官严复为第一。”[②]胡适说，“严复是介绍西洋近世思想的第一人，林纾是介绍西洋近世文学的第一人”，[③]林纾的翻译使“古文的应用，自司马迁以来，从没有这种

---

① 康有为：《琴南先生写万木草堂图，题诗见赠，赋谢》，《庸言》，1913年第1卷，第7号。

② 《蔡元培全集》，第4卷，中华书局1984年，第351页。

③ 胡适：《五十年来中国之文学》，《胡适文集》，第3卷，欧阳哲生编，北京大学出版社1998年，第211页。

大的成绩”。[①] 所以，在谈论桐城派与五四新文学的关系时，便不能不特别谈及严复、林纾译著的贡献。

一　严复的翻译

在传统的桐城派研究中，人们不大考虑严复在桐城派中的位置；在严复研究中，也不大重视他与桐城派的关系。人们在讨论他的翻译的时候，总不能与桐城古文及其文论联系起来考察。以至于无论是桐城派研究、严复研究还是近现代文学研究，都是一大局限。所以在讨论严复译著之前，有必要先考察一下他与后期桐城派的关系。

（一）严复与后期桐城派诸人的关系

问题当然离不开严复与吴汝纶等人的交往。

严复十一岁师从福建宿儒黄宗彝，黄“汉宋并重”。严复十二岁，黄去世，其子黄孟修继续教严复。严复十三岁终止了这种学习，考入洋务派左宗棠、沈葆桢创办的福建船厂附设的船政学堂，学习英文，着重接受近代西方的器数名物之学。1871年，严复从福州船政学堂毕业后即被派往“建威”练习舰实习。1877年，严复二十三岁派赴英国留学。其时适逢英国资本主义黄金时期——维多利亚时代，严复除专业学习外，对西方哲学社会科学发生了浓厚兴趣，广泛阅读资产阶级经济学家、哲学家和思想家亚当·斯密、孟德斯鸠、卢梭、达尔文、赫胥黎等人的著作。由这些可以

严复译著胥黎《天演论》富文书局本书封(1901)

① 胡适：《五十年来中国之文学》，《胡适文集》，第3卷，欧阳哲生编，北京大学出版社1998年，第215页。

知道，严复青少年时期具有一定的古文根底，但实际上谈不上深厚，在英留学时，清廷驻英国公使、桐城派人物曾纪泽谈及核改严复所写文章，认为他“才质甚美”，“然颇有狂傲矜张之气”，又说他的文章“于中华文字未尽通顺”。作为一个长者对后起者的这种判断是大体准确的。严复的特点是进入青年阶段，在洋务派兴起的背景上走向西方世界，较广泛地吸纳近现代之交的资本主义文明，接受西方黄金时代的科学技术、哲学和社会科学，因而较早地获得了一个开放的文化视野。

秉持这种视野回到中国的政治、文化现实中来，就决定了他对中西文化的态度。当时国内虽然已经谈论西学，但多介绍西人器物之学，而且依然以“四书”、“五经”为尊，以科举取士为正途。这不能不使严复陷入极大的焦虑和困顿，于是对传统文化进行了返顾式学习。有的研究者注意到从英国格林尼治海军大学毕业回国后，严复屈服于国内现实，捐监生，考举人，重新钻研“四书”、“五经”的一面，但没有注意到严复在深入传统文化的过程中，也并非被动和无奈。一经走向传统，他便不能不有一个中西比较的文化视野，认识到西学不可少，又认识到传统并不能一概抛弃，中国的古人之书与西人近世之书倒是可以相通的。1881 年，他二十八岁，在北洋水师学堂教习任上，读斯宾塞尔《群学肄言》，以为“得未曾有”，并由此懂得“生平独往偏至”的偏颇，感到此书“兼《大学》《中庸》精义，而出之以翔实，以格至诚正为治平根本矣”。以致产生了融通中西、为我所用的思想，提出了“阔视远想，统新故而视其通，包中外而视其全”的革新传统文化的观念。以这种思想为基础，又兼国内尊古之风依旧，他很自然地靠近了视通中西，倡言欲富民、强国必须输入“外国之新学”的吴汝纶。而吴汝纶正是从严复的身上看到了他所期盼的中西兼通的文化新人。他曾经语于严复：“鄙论西学以新为贵，中学以古为贵，此两者判若水火之不相入，其能熔中西为一冶，独执事一人而已。”[①]二人之相遇以及严复以吴汝纶为师，正是出于文化心理的相通和救国维新的使

① 吴汝纶：《答严几道》，《吴汝纶全集》，第 3 册，施培毅、徐寿凯校点，黄山书社 2002 年，第 174 页。

命。那种所谓严氏企图借吴汝纶的声望抬高自己的观点不免失之片面。

实际上，正是出于这种文化心理和救国维新的使命，在与吴汝纶交往之前，严复留学英国期间就与桐城派的另一个重要人物——湘乡派的郭嵩焘有过一段交往。郭嵩焘当时任清朝驻英国钦差大臣，十分看重严复的识见，常与他讨论中西学术政制的异同，还带他到英国、法国的一些政治、文化场合实地考察，这些都使严复收获了中西兼融的启示和教诲。“湘阴郭筠仙侍郎嵩焘方使英，引（严复）与论析中西学术政制之异同，往往日夜不休。侍郎尝致函枢近某公，有出使斯邦惟严君能胜其任，如某者不识西文，不知世界大势，何足以当此语。”[1]严复多次在文章中提及他与郭嵩焘的这段忘年之交，称颂他的学识。严复说：“三百年来，欧之所以日兴，而亚之所以日微者，世有能一言而通其故者乎？往者湘阴郭先生尝言之矣，曰：吾观英吉利之除黑奴，知其国享强之未艾也。夫欧亚之盛衰异者，以一其民平等，而一其民不平等也。”[2]郭嵩焘因日记《使西纪程》遭至摈弃，严复颇为之不平，称其为“负独醒之累”。[3] 后来严复谈到桐城派的两个人物，提出了这样中肯的认识：“吾国人中，旧学淹贯而不鄙夷新知者，湘阴郭侍郎后，吴京卿一人而已。”[4]就是说严复走向桐城派是当时特定文化背景之上的某种历史性契合，融通中西的文化诉求和救国维新的政治倾向的一致，是严复走向桐城派，并成为桐城派后期代表人物的根本原因。

严复与吴汝纶的交往起于何时，于今不详，但从《天演论》成书过程中二人的往还信件可知，《天演论》连接并凝聚了他们的友谊。吴汝纶从《天演论》获取了西方近代思想的启迪，严复译《天演论》得到了吴汝纶的鼓励和指导。严复对吴汝纶的教

---

① 王遽常：《严几道年谱》，见杨正典：《严复评传》，中国社会科学出版社 1997 年，第 4 页。

② 严复：《严复集》，第 3 册，王栻编，中华书局，1986 年，第 962 页。

③ 严复：《严复集》，第 5 册，王栻编，中华书局 1986 年，第 1548 页。

④ 严璩：《侯官严先生年谱》，《严复集》，第 5 册，王栻编，中华书局 1986 年，第 1550 页。

诲和知遇之恩深怀感激，1897 年他在给五弟严观衍的信中真情吐露：《天演论》“经吴莲池（汝纶）圈点者正取修饰增案，事毕即付梓，颇有人说其书于新学有大益也”[①]。他致信吴汝纶：“复于文章一道，心知好之，虽甘食耆色之殷，殆无以过。不幸晚学无师，致过壮无成。虽蒙先生奖诱拂拭，而如精力既衰何！假令早遘十年，岂此如此？”[②]光绪二十二年（1896 年）七月十八日吴汝纶致信严复，信中对当时官绅昏聩、虚枉习气提出批评的同时，充分肯定严复学贯中西、出类拔萃之才，说：“独执事博涉，兼能文章。学问奄有东西数万里之长，子云笔札之功，充国四夷之学，美具难并，钟于一手，求之往古，殆邈焉罕俦。窃以谓为国家长此因循不用贤则已耳，如翻然求贤而登进之，舍执事其将谁属？然则执事后日之事业，正未可预限其终极。”[③]又说：“尊译《天演论》计已脱稿，所示外国格致家谓顺乎天演，则郅治终成。赫胥黎又谓不讲治功，则人道不立，此其资益于自强之治者，诚深诚邃。”[④]1897 年，严复把《天演论》书稿寄交吴汝纶，征求意见。同年 3 月，吴读后致信严复：“得惠书并大著《天演论》，虽刘先主之得荆州，不足为喻。比经手录副本，秘之枕中。盖自中土翻译西书以来，无此宏制。匪直天演之学，在中国为初凿鸿濛，亦缘自来译手，无似此高文雄笔也。钦佩何极！抑执事之译此书，盖伤吾土之不竞，惧炎黄数千年之种族，将遂无以自存，而惕惕焉欲进之人治也。本执事忠愤所发，特借赫胥黎之书，用为主文谲谏之资而已。”[⑤]并且，对书稿提出修改意见：“顾蒙意尚有不能尽无私疑者，以谓执事若自为一书，

① 严复：《与五弟书》，《严复集》，第 3 册，王栻编，中华书局 1986 年，第 733 页。

② 严复：《与吴汝纶书》，《严复集》，第 3 册，王栻编，中华书局 1986 年，第 619 页。

③ 吴汝纶：《致严复书》，《严复集》，第 5 册，王栻编，中华书局 1986 年，第 1559 页。

④ 吴汝纶：《致严复书》，《严复集》，第 5 册，王栻编，中华书局 1986 年，第 1560 页。

⑤ 吴汝纶：《致严复书》，《严复集》，第 5 册，王栻编，中华书局 1986 年，第 1560 页。

则可纵意驰骋，若以译赫氏之书为名，则篇中所引古书古事，皆宜以元书所称西方者为当，似不必改用中国人语。以中事中人，固非赫氏所及之，法宜如晋宋名流所译佛书，与中儒著述，显分体制，似为入式。此在大著虽为小节，又已见之例言，然究不若纯用元书之为尤美。”[①]严复根据吴汝纶的意见作了修改，将书稿中“《诗》曰”、“《易大传》曰”、“孔子曰”、“孟子所谓”等中国古人古书的话做了改正，有的归入正文后面的按语，有的列为小注。而且，吴汝纶在严复译稿中还写有若干批语，提出修改意见，严复都作了认真考虑，酌情采纳。例如，“卮言二”原稿译文中称述“欧美为之最”的天文物理学家，人名中原有赫胥黎，吴汝纶在这段文字旁边用黄绿色批字：“此译赫氏书似不宜称及赫氏”，严复采纳其意见将“赫胥黎”删除。又如，“卮言五”原稿译文有一段二百字的文字，吴汝纶用黄绿色批字：“鄙意欲自此句以上均归上篇”，严复采纳建议，将其移至“卮言四”末尾。吴汝纶还对《天演论》的标题、导言等提出修改意见，严复也接受了吴汝纶的意见。在正式出版前，严复致信吴汝纶乞序，吴欣然应诺。吴汝纶在序中盛赞赫胥黎进化论“斯以信美”，充分肯定了严复借此书演进化、瀹民智的深意，美其书“乃骎骎与晚周诸子相上下”。[②] 同年，该书由湖北沔阳卢氏慎始基斋木刻出版，天津嗜奇精舍石印出版。吴汝纶在阅读《天演论》书稿过程中，还择其主要内容，记入日记，经过整理，取名《吴京卿节本天演论》，1903 年 7 月由上海文明书局出版，对《天演论》的传播起了很好的作用。[③]

《天演论》出版后，严复每译一书，付排前都要与吴汝纶反复切磋，成书后都想到请吴汝纶写序。从 1898 年起严复翻译亚当·斯密《国富论》(译名《原富》)，1901 年、1902 年连续出

---

① 吴汝纶：《致严复书》，《严复集》，第 5 册，王栻编，中华书局 1986 年，第 1560 页

② 吴汝纶：《天演论序》，《吴汝纶全集》第 1 册，施培毅、徐寿凯校点，黄山书社 2002 年，第 147—148 页。

③ 围绕《天演论》，严复与吴汝纶的交往，参见徐立亭：《晚清巨人传严复》，第六章《天演论敲响警钟》，哈尔滨出版社 1996 年，第 239—293 页。

版。其间，严复把译稿寄吴汝纶审读，在书稿尚有五分之一未成之时就致信吴汝纶："成书后，一序又非大笔莫谁属矣。先生其勿辞。"①吴汝纶亦认真对待，审读过程中，把具体意见"记之书眉，以供采摘"。在给严复的信中，他肯定该书的成就及其价值："斯密氏元书，理趣甚奥赜，思如芭蕉，智如涌泉，盖非一览所能得其深处。执事雄笔，真足状难显之情，又时时纠其违失，其言皆与时局痛下针砭，无空发之议，此真济世之奇构。"②

1902年，清廷管学大臣张百熙聘吴汝纶为京师大学堂总教习，聘严复为京师大学堂编译局总纂，吴汝纶、严复力辞，均未允，接着吴汝纶以总教习名义先赴日本考察教育。严复之子严璩曾记述他们二人受聘前后的情况："长沙张尚书百熙为管学大臣，聘府君为编译局总纂时，吴丈汝纶为（大学堂）总教习，同居京都，又复时相过从。吴丈深知中国之不可不谋新，而每忧旧学之消灭。府君曰：'不然，新学愈进则旧学愈益昌明，盖他山之石可以攻玉也。"③

1903年，吴汝纶在桐城逝世。严复译成《群学肄言》想到吴汝纶，在《群学肄言译余赘语》中发高山流水之叹，痛感知音已失，悲痛难已。他道："不佞每译脱稿，即以示桐城吴先生。老眼昏花，一读即窥深处。盖不徒斧落徽引，受裨益于文字间也。故书成必求其读，读已必求其序。此译……方欲寄吴先生，乞加弁言，则闻正月十二日，弃浊世归道山矣。呜呼！惠施去而庄周亡质，伯牙死而钟期绝弦，自今以往，世复有能序吾书者乎！"④

由于吴汝纶与严复的关系，也由于学统的大体一致，严复与后期桐城派诸人物都较为切近。清廷聘严复为京师大学堂

① 严复：《致吴汝纶书》，《严复集》，第3册，王栻编，中华书局1986年，第522页。

② 吴汝纶：《致严复书》，《严复集》，第5册，王栻编，中华书局1986年，第1562页。

③ 严璩：《侯官严先生年谱》，《严复集》，第5册，王栻编，中华书局1986年，第1549页。

④ 严复：《群学肄言译余赘语》，《严复集》，第1册，王栻编，中华书局1986年，第126—127页。

译局总办时，林纾为严复所聘用，为译局副总办。1904年，安徽高等学堂总办刘葆良因为内外"多所要挟"难以开展工作，突然辞职，总教习姚永概与姚永朴、马其昶商议，拟聘请严复为学堂总办。安徽巡抚诚勋支持此议，亲自致信严复，由姚永概出面聘请，严复同意第二年上任，其时严复在上海协助马相伯创办复旦公学（复旦大学前身），后任该校校长，不久即辞职。1906年3月，恩铭接替诚勋为安徽巡抚，维持原议，聘严复到安庆任安徽高等学堂监督。其时校内教师多为一时人旺，其中有姚永概、姚永朴、苏曼殊、邓绳侯等。1907年5月，严复辞去安徽高等学堂之职；6月，离开安庆。严复离开安庆后的7月6日安庆发生徐锡麟刺杀巡抚恩铭事件。[①] 严复之所以辞职，高等学堂的学生高语罕后来在文章中有具体叙述，大抵因为其治校严厉，触犯众怒。聘任教师要经过他当面考试，不合格者不聘，东洋教师也不例外，所有学生均经资深教员考试后重新分科，行将毕业的学生须经过严格考试，合格者毕业，不合格者留级，这便酿成不满。又兼严复对安徽的司道、藩臬学使也不大理会，以致给当地士绅以可乘之机，鼓动学生闹起学潮。除巡抚、姚氏兄弟支持严复外，"余非反对，即系随风"。严复无法实现办学意图，只好辞去。

严复是后期桐城派的瑰宝。民族传统其中包括桐城派文化传统和西方近代思想文化都参与了对严复的塑造，严复的得失与"西方"有关，与"桐城"亦有关。他的译著从思想到语言，烙印着桐城派及吴汝纶的影响；后期桐城派又因为有了他和林纾的译著，也便在消亡之前透发着民族现代性的曙光。

（二）严复翻译的成就

严复是张扬进化、反对革命的近代资产阶级启蒙思想家。在近代学人中，他是第一个较为系统地把西方近代资产阶级哲学、社会学、政治经济学、法学、逻辑学等介绍到中国来的学者。

---

① 参见徐立亭：《晚清巨人传严复》，哈尔滨出版社1996年，第412页；高惠群、乌传衮：《严复年谱》，《翻译家严复传论》，上海外文教育出版社1992年，第143页。

他积极传输西方近代思想，但反对西化，是文化开放和文化保守的统一论者。他在《天演论》自序中说："近二百年，欧洲学术之盛，远迈古初。其所得以为名理公例者，在在见极，不可复摇。"接着又认为，"顾吾古人之所得，往往先之"，只是"古人发其端，而后人莫能竞其绪；古人拟其大，而后人未能议其精"，"生今日者，乃转于西学，得识古之用焉"。[①] 他所努力的，是运用"新式机器"——主要是进化论重新开掘传统，批判传统，从而实现思想更新。他翻译西人著作，其意在于启发蒙昧，以新的思想，实现鼓民力、开民智、新民德的愿望。

严复的翻译工作主要在1894年前后到辛亥革命前这段时间。经过洋务运动，严复意识到欲改造中国，仅仅学习西方的制艺、制度不能从根本上解决问题，还必须学习西方的思想文化，从"治愚"入手，实行标本兼治。自留学回国，在深入传统和西学的同时，反观传统，他感到西方近代思想与我国传统经典有许多"冥合"之处，因此生出借西学启发民智、激活传统的强烈愿望。戊戌变法失败后，他在致张元济的信中说："复自客秋以来（按：即戊戌变法失败以来）仰观天时，俯察人事，但觉一无可为。然终谓民智不开，则守旧、维新，两无一可。即使朝廷今日不行一事，抑所为皆非，但令在野之人，与夫后生英俊，洞识中西实情者日多一日，则炎黄种类未必遂至沦胥，即不幸暂被羁縻，亦得有复苏之一日也。所以摒弃万缘，惟以译书自课。"[②]

严复翻译的著作主要有：《天演论》（赫胥黎，1894年）、《原富》（亚当·斯密，1776年）、《群学肄言》（斯宾塞尔，1873年）、《群己权界论》（穆勒，1859年）、《社会通诠》（甄克思，1900年）、《法意》（孟德斯鸠，1743年）、《穆勒名学》（上部）（穆勒，1843年）等。这些都是十八、十九世纪西方资本主义发展过程中出现的资产阶级哲学、社会学、经济学、法学等方面的经典著作。经过严复的翻译，它们在晚清思想文化领域构成了与封建国家

---

① 严复：《天演论·自序》，《严复卷》，欧阳哲生编校，河北教育出版社1996年，第8页。

② 严复：《致张元济书》，《严复集》，第3册，王栻编，中华书局1986年，第525页。

及其意识形态的全面对立，从而引发了唤醒民智的启蒙热潮。

《天演论》原著名《进化论与伦理学》，是英国生物学家赫胥黎的著作，1894 年在英国出版。严复翻译了全书的主要内容，书中加有他写的 28 条按语，取名《天演论》。《天演论》的翻译起于 1895 年前后，大约于 1897 年 12 月至 1898 年年初陆续在《国闻汇编》上发表，后又经过修改，1898 年正式出版，与戊戌变法的起落相始终。

赫胥黎是生物进化论和社会进化论者，首次提出人猿同祖说。他接受并宣传达尔文主义，所著《进化论与伦理学》就是运用进化论原理论述自然界和人类社会的变化规律。他认为，自然界不是凝固不变的，而是一个无限变动的过程，其本质在于不稳定性。自然界的变动是通过生物之间的生存竞争实现的，生物之间在生存竞争过程中，适应存在环境的强者就被自然保存下来，弱者便被淘汰。"在宇宙发展过程中，丘岗上植被发展到顶峰是有杂草和金雀花的草皮。它们从斗争中胜利地生长出来；它们能够生存下来，就证明了它们最适于生存的"。[①] 严复所谓"物竞天择，适者生存"，即本于此。赫胥黎又认为："这种把进化原理应用到人类社会来的严格的科学方法，是很难用于实际的政治领域的；这并不是由于大多数人缺乏愿望，而是由于有一个原因，那就是不能指望单凭人类自己会有足够的智力来选择最适的生存者。"[②]那么如何解决这个问题呢？他引入"社会的伦理"，认为如果人类依据自然界生存竞争的规则，必然导致人性的沦丧。所以，"我们要断然理解，社会的伦理进展并不依靠模仿宇宙过程，更不在于逃避它，而是在于同它作斗争。这样使小宇宙对抗大宇宙，并且使人征服自然，以达到他的更高目的"。[③] 这也就是严复所译述的"以人持天，与天争胜"。赫胥黎意在"救斯宾塞任天为治"之失是值得肯定的，但他希望通过道德伦理最终解决社会矛盾，拯救人类，则是不可能的。

---

① 《进化论与伦理学》，科学出版社 1971 年，第 3 页。

② 《进化论与伦理学》，科学出版社 1971 年，第 24 页。

③ 《进化论与伦理学》，科学出版社 1971 年，第 58 页。

严复相信社会进化与自然进化都遵从着一个基本规律，希望国人由“天演”之律引起“惊悚”，“惕焉知变”，以奋起自强。他看重“物竞天择”，亦看重“以人持天，与天争胜”。他说：“赫胥黎氏此书之旨，本以救斯宾塞任天为治之末流，其中所论，与吾古人有甚合者。且于自强保种之事，反复三致意焉。”①也正因为切合了民族心理与时代要求，所以《天演论》在当时的影响无与匹敌，以至于开启了中国近代启蒙思潮之源，开启了国人运用进化论认识世界、社会、历史、人生的一个新的时代。章太炎说：“自严氏之书出，而物竞天择之理，厘然得于人心，中国民气为之一变。”②孙中山说：“自达文之书出后，一旦豁然开朗，大放光明，而世界思想为之一变。从此各种学术，皆归依于进化矣。夫进化者，自然之道也。而物竞天择，适者生存，不适者淘汰，此物种进化之原则也。”③他说的是达尔文之书，但所操持的用语却完全脱胎于《天演论》。日本人稻叶君山认为：“《天演论》发挥适者生存、弱肉强食之说，四方读书之子，争购此新著，却当1895年中日战争之后，人人胸中抱一眇者不忘视，跛者不忘履之观念。若以近代之革新，为启端于1895之后，则《天演论》者，正溯此思潮之源头，而注以活水者也。”④这是切近那个时代实际的精到之谈。

《原富》，今译《国民财富的性质和原因的研究》（《国富论》）是英国古典经济学家亚当·斯密著名的政治经济学著作，1776年在英国出版。严复从1898年开始翻译此书，并在书中写有118条按语，光绪二十七、二十八年（1901—1902）由上海南洋公学译书院陆续出版。该书为古典经济学经典著作，提倡自由竞争，五篇两大部分，第一部分（一、二篇）论述国民财富的性质，第二部分（三、四、五篇）论述如何增加国民财富。亚当·斯

① 严复：《天演论·自序》，《严复卷》，欧阳哲生编校，河北教育出版社1996年，第8页。

② 《述侯官严氏最近政见》，《民报》第2号。

③ 《孙中山选集》，中华书局2006年，第155页。

④ 贺麟：《严复的翻译》，见高惠群、乌传衮著《翻译家严复传论》，上海外语教育出版社1992年，第59页。

密认为，劳动创造社会财富，对于每个人来说，只要他遵守自然所赋予的正义的原则，就可以按照自己的方式创造自己的利益，就可以把自己的勤劳和资本投入与他人的自由竞争当中。他对重商主义“财富是金银”的观点，对重农学派的种种观点，都进行了有力批判，认为构成一国财富的不是金银，不是消极的积累，而是供人消费的“生活必需品和便利品”，它既可以通过国内生产，也可以通过国际贸易的交换获得。他承认必要的国家行为，但反对一切特惠和限制的制度，认为只有“最明白最单纯的自然自由制度”才能实现国民财富的极大增长。他推崇社会分工和交换，认为这是财富增进的首要途径，但尤其看重市场，提出必须充分发挥“看不见的手”的市场机制的作用。该书为英国乃至世界资本主义经济的自由竞争提供理论支持，在资本主义发展过程中产生了极其方泛而深刻的影响。

严复盛赞该书“富其君又富其民”，他译介《原富》，意在“指斥当轴之迷谬”，提倡“民力之自由”，为民间资本主义发展开道。[①] 在按语中，严复表现了对亚当·斯密自由经济思想的热情。他联系中国的实际，批评重农抑商的观念，认为必须农商兼容，相养并进，为民间百工商贾的发展提供理论依据。他说：“农桑树畜之事，中国谓之本业，而斯密氏谓之野业；百工商贾之事，中国谓之末业，而斯密氏谓之邑业。谓之本末者，意有所重，谓之野邑者，意未必有所轻重也。或谓区分二者为本末，乃中土之私论，非天下之公言，故不如用野邑之中理。虽然，农工商贾，固皆相养所必资，而于国为并重，然二者之事，理实有本末之分，古人之言，未尝误也，特后人于本末有轩轾之思，必贵本而贱末者，斯失之耳。”[②]他认为不宜贵“本”抑“末”，而应让各行各业平等相处，自由发展，这就推倒了农业社会的正统观念，是与明代中叶以来中国资本主义发展的历史趋势，与现实要求相适应的。严复的自由经济思想，是他整个自由观的一部分。

---

① 严复：《原富·按语》，《严复集》，第 4 册，王栻编，中华书局 1986 年，第 888 页。

② 严复：《原富·按语》，《严复集》，第 4 册，王栻编，中华书局 1986 年，第 865—866 页。

他所看重的自由有“群己权界”，只能为智力开化之民所享有，亚当·斯密自由经济中的自由人，必须以自然的正义为前提，必须有自觉的国家意识，这便与严复自由观相一致。所以严氏在按语中特别注意到“开民智”与经济自由的关系，他的结论是：“国之强弱，必以富庶为量。而欲国之富，非民智之开，理财之善，必无由也。”[①]

《群学肄言》是英国社会学家斯宾塞尔谈社会学研究的著作，今译《社会学研究》，1873 年在英国出版。该书谈社会学研究的内容、范畴、重要性和研究方法。严复分出十六章，分别为《砭愚》、《倡学》、《喻术》、《知难》、《物蔽》、《智絯》、《情瞀》、《学诐》、《国拘》、《流梏》、《政惑》、《教辟》、《缮性》、《宪生》、《述神》、《成章》。严复翻译引进该书，为中国学者打开了一个治学的新天地，知道“为群有学”，“强弱明暗，理有由来”，学会运用社会学认识国家、民生、心物、群己、政党、宗教等一系列社会问题。但严复的目的主要不是客观介绍社会学研究，而是宣传斯宾塞尔进化论社会观，借以阐发社会问题的复杂性和社会变迁的渐进性原理，回答中国的社会现实问题，希望学人对待社会秉持学理探求的精神，最终实现综合性治理。

该书严复始译于 1897 年，1901 年至 1902 年译完，1903 年正式出版。其时，洋务运动破产，维新变法归于失败，义和团运动尚未偃息，帝国主义瓜分中国的侵华战争不断，顽固派正在疯狂迫害和屠杀进步力量和革命者。如何总结正在行进中的历史？在《译〈群学肄言〉序》中，严复强调说，“群学”（社会学）“用科学之律令，察民群之变端，以明既往，测方来也”，它合“正德、利用、厚生”于一体，“将以明治乱、盛衰之由，而于三者之事操其本耳”；又特别指出，它之于执掌权柄的人，能够运筹帷幄，“穷事变，极末流，使功名之徒失步变色，俯焉知格物致知之不容已”。[②] 他进一步说：“乃窃念近者吾国，以世变之殷，凡吾民

---

① 严复：《原富·按语》，《严复集》，第 4 册，王栻编，中华书局 1986 年，第 900 页。

② 严复：《译〈群学肄言序〉》，《严复卷》，欧阳哲生编校，河北教育出版社 1996 年，第 115 页。

前者所造因，皆将于此食其报。而浅谫剽疾之士，不悟其所从来如是之大且久也，辄攘臂疾走，谓以旦暮之更张，将可以起衰，而以与胜我抗也。不能得，又搪撞号呼，欲率一世之人，与盲进以为破坏之事。顾破坏宜矣，而所建设者，又未必其果有合也。则何如稍审重，而先咨于学之为愈乎？"[①]就是说，他希望于乱世之中执持理性精神，分析事变的前因后果，以作出审慎的综合性治理。在《译余赘语》中，他说："不佞读此(《群学肄言》)在光绪七八年之交，辄叹得未曾有，生平好为独往偏至之论，及此始悟其非。窃以为其书实兼《大学》、《中庸》精义。而出之以翔实，以格致诚正为治平根本矣。每持一义，又必使之无过不及之差，于近世新旧两家学者，尤为对病之药。"[②]就是说，《社会学研究》持说执中，矫人偏激，与中国《大学》、《中庸》相通，对于当今或保守、或偏激的两类学者都是救治的药方。显然，他主张新变，反对顽固守旧，但又反对运动式变革，更反对革命。他以为旦暮更张，不可以起衰，搪撞号呼，举世盲进，于破坏则宜，但于建设未必有良好的结果。毋庸讳言，他不赞成迅速废除封建社会的根本制度，连戊戌变法那样的社会改良也要与之拉开距离，更视革命为"盲进"，这是桐城派前辈所信奉的封建理学的糟粕在对他发生作用，在这一点上与吴汝纶没有什么区别。但是他确实看到了戊戌变法乃至革命运动中的弊端，希望人们在前进着的历史运动中，重视和发挥理性的作用，"穷事变，极末流"，既宜于破坏，又益于建设，应该说是可取的。《群学肄言》中讲究"群义之大"，砭斥"不知本末"的愚昧流俗，提倡"民生有群"、治国以公、"惟诚无妄"的民生主义，重视"执果穷因"、"低徊中庸"的精神，警惕"执己量物"、"小不容大"的主观主义，等等，都是严复所看重的。

《社会通诠》，今译《社会进化简史》，是英国思想家甄克思(1861—1939)社会学的一本普及性读物，1900 年在英国出版。

---

① 严复：《译〈群学肄言序〉》，《严复卷》，欧阳哲生编校，河北教育出版社 1996 年，第 116 页。

② 严复：《译〈群学肄言序〉》，《严复卷》，欧阳哲生编校，河北教育出版社 1996 年，第 116 页。

该书运用进化论研究人类社会的发展，认为社会的进化从蛮夷社会到宗法社会，再到国家社会。甄克思在该书的序中说，书中“凡有所述，皆社会之已然之实进，自其已然，为推其所以然”。严复社会学思想深受斯宾塞尔等人影响，坚持进化论社会观，与甄克思的思想相合，故于光绪三十年（1904）翻译出版了这部书，他继续把发展进化的观点引入中国的社会研究，同时也隐含了建构现代民族国家及其意识形态的朦胧思绪。这是继《群学肄言》之后又一部社会学译著。

严复在《社会通诠》按语中常常于中西比较之间，召唤国人关心中国社会的历史和现状，打破凝固、静止的时空观念，以维新的姿态适应社会，积极参与社会的进化。他概括中国社会的变迁过程，指出：“异哉吾中国之社会也！夫天下之群众矣，夷考进化之阶级，莫不始于图腾，继以宗法，而成于国家。方其为图腾也，其民渔猎；至于宗法，其民耕稼、而二者之间其相嬗转变者以游牧。最后由宗法以进于国家，而二者之间其相受而蜕化者以封建。方其封建，民业大抵犹耕稼也。独至国家而后兵、农、工、商四者之民备具，而其群相生相养之事乃极盛而大和，强立蕃衍而不可以克灭。此其为序之信，若天之四时，若人生之童少壮老，期有迟速，而不可或稍紊者也。”[①]就是说，始于图腾，继以宗法，而成于国家，是一个不能颠倒、不能抹煞、不能克灭的的进化过程，就如同自然界的四季变迁、人的生命过程一样。他又考及西方社会，其结论是：“欧亚之地虽异名，其实一洲而已。殊类异化并生其中，苟溯之遂古之初，又同种也，乃世变之迁流，在彼则始迟而终骤，在此则始骤而终迟。故知天演之事，以万期为须臾，然而二者相差之致，又不能为无因之果，而又不能不为吾群今日之利害，亦已明矣。”[②]考察中西社会的变迁史，比较其异同，严复的心情是复杂的，大有天演之事不可违逆的社会悲情，他肯定西方“始迟而终骤”，为中国“始骤而

① 严复：《译〈社会通诠〉自序》，《严复集》第1册，王栻编，中华书局1986年，第135页。

② 严复：《译〈社会通诠〉自序》，《严复集》第1册，王栻编，中华书局1986年，第136页。

终迟”而遗憾。他没有接受马克思主义学说，故不能有一个历史唯物论的眼光，看不到革命在社会进程中的催化剂作用，所以当革命到来的时候就走向了对立面，进化论社会观启发了他，又局限了他。但在那个历史时期，他呼吁社会知进化而杜绝凝固，而走出沉沦，把救亡图存的意识灌注于国人当中，确又起到了唤醒革命的作用。

与翻译西方其他社会学著作一样，严复翻译《社会通诠》也同样看重西方资本主义发展时期重视民主、民生的思想，希望中国社会关注民生，扩大民主。他在按语中说：“盖西国之王者，其事专于作君而已；而中国帝王，作君而外，兼以作师。且其社会，固宗法之社会也，故又曰元后作民父母。夫彼专为君，故所重在兵刑而礼乐，宗教、营造、树畜、工商，乃至教育文字之事，皆可放任其民，使自为之。中国帝王，下至守宰，皆以其身兼天地君亲师之众责，兵刑二者，不足以尽之也。于是乎有教民之政，而司徒之五品设矣；有鬼神郊禘之事，而秩宗之五祀修矣；有司空之营作，则道理梁杠皆其事矣；有虞衡之掌山泽，则草木禽兽，皆所咸若者也。卒之君上之责任无穷，而民之能事，无由以发达。使后而仁，其视民也犹儿子耳；使后而暴，其过民也犹奴虏也。为儿子奴虏异，而其于国也，无尺寸之治柄，无丝毫应有必不可夺之权利，则同。由此观之，是中西政教各立，盖自炎黄尧舜以来，其为道莫有同者。舟车相通，种族相见，优胜劣败之公例，无所逃于天地之间，乃目论肤袭之士，动不揣其本源，而徒欲仿行其末节，曰是西国之所以富强也，庸有当乎？”① 叙述之间，对中西政事的态度，褒贬分明，即肯定西国给平民以自由、自主，发挥其积极性、主动性的为政之举，批判中国宗法社会长期形成的视民如儿子、奴虏，不施民以自主、自由的专制。在严复看来，给人民以自由、自主，才是西方富强的本源，要学习西方就要学习这个本原，如其不然，仿其末节是不能实现国家富强的。

《法意》，今译《论法的精神》，1743 年在英国出版。是法国

---

① 严复：《社会通诠·按语》，《严复集》第 4 册，王栻编，中华书局 1986 年，第 928—929 页。

启蒙思想家孟德斯鸠研究法律和国家政治制度的重要著作。孟德斯鸠撰写这部著作的时候，法国资产阶级革命尚未发生，封建政体严重阻碍着资本主义发展和资本主义生产关系的建立，他实际上是在为法国和欧美资本主义的发展立法，为资产阶级国家的建立提供理论基石。严复1900年后开始翻译该书，1909年脱稿，1904年到1909年陆续出版，原书共31卷，严复翻译了其中的29卷，书中有他写的330余条按语。严复看重法治，出于他对法的重要性的理解。他在《法意》按语中认为，法典之事起之于争，“国之于国，人之于人，皆待法而后有一日之安者也”。[①]

孟德斯鸠反对“君权神授”，认为体现人道的法律才是国家的根本。在《法意》中，他把政治体制分为民主政体、君主立宪政体和君主专制政体三种，认为民主政体是人民或人民的一部分掌握最高权力的政体，君主立宪政体是由君主根据固定和确立的法行使政权的政体，专制政体由君主单独执政，既无法律又无规则，一切出于独断专行。他肯定并欣赏共和政体，但最终选择君主立宪为自己的思想归宿。他提出了立法、行政、司法“三权分立”的著名学说，为资产阶级国家奠定了基本的政权组织原则和形式。他认为法律必须保证人民的自由，“自由就是做法律所许可的一切事情的权利”。他强烈反对专制政体，认为专制政体下君主的无限权力全部交给受他委托的人，但自认为不同凡响的人有可能造反，因此必须以“畏惧”窒息一切。他认为中国是一个“以畏惧为原则”的专制国家。在《法意》里他多次批判东方及中国的政治体制。他说：“至今中国，犹传前古皇帝之诏书，文辞粲然，训义深厚。”“考其历史，大抵一朝开创，莫不有初。仁圣恭俭，畏天勤民。而奕世之基以立。至其后嗣乃坠丧耳。”“夫百人作之，以衣一人，欲天下无寒不得也；一人耕之，十人聚而食之，欲天下无饥不得也；饥寒切于肌肤，欲其亡为奸邪不可得也”。严复不完全同意孟氏对中国政治体制的判断，但又认为他的一些话往往击中要害，学者不可以不

---

① 严复：《法意·按语》，《严复集》，第4册，王栻编，中华书局1986年，第935页。

留意。严复在《法意》的多处按语中激烈批判中国的封建政体，认为“中国自秦以来，无所谓天下也，无所谓国家也，皆家而已。一姓之兴，则亿兆为之臣妾。其兴也，此一家之兴也；其亡也，此一家之亡也。天子之一身，兼宪法国家王者三大物，其家亡，则一切与之俱亡，而民人特奴婢之易主耳，乌有所谓长存者乎？”[①]《法意》的翻译出版，为中国资产阶级民主革命及其政权建设提供了重要的思想源泉。

《群己权界论》，今译《论自由》，是英国启蒙思想家穆勒(1806—1873)的重要著作，1859年在英国出版。该书从认识论、历史观、伦理观等方面论述了个人自由的合理性，为个人自由提供理论辩护，反映了资本主义自由经济在思想文化领域的人格要求。穆勒认为，“如果整个人类，除一人之外，意见都一致，而只有那一个人持相反意见，人类也没有理由不让那个人说话。正如那个人一旦大权在握，也没有理由不让人类说话一样”。人类难免犯错误，唯有自由探讨才有可能发现新真理的途径。只要不涉及他人的利害，个人就有完全的行动自由，他人和社会都不得干涉，只有当个人言行危害他人利益时，个人才应接受社会的强制性惩罚。

严复翻译该书，意在澄清当时学界在自由问题上的混乱，振拔国人争求自由的精神，以适于救亡图存。他在《译者序》中说，十年之间，考察西方政事的人多起来，常听到士大夫谈论自由，顽固者视自由为洪水猛兽，喜新者则把自由理解为“恣肆泛滥”，他们完全不懂得自由的精神实质，所以必须澄清，“学者必明乎己与群之权界，而后自繇之说乃可用耳”。[②] 在《篇二释思想言论自繇》中，严复译道：“思想言论自繇”有四义：“一、言论不可禁止者，以所辟邪说之不必邪，而所谓非而禁之者，未必不合于真理也。……二、从来一民所奉之宗教，一国所立之名教，乃至物理人事，一切之成说，凡古人所诏垂，得为圆密无漏完全

---

① 严复:《法意·按语》,《严复集》,第4册,王栻编,中华书局1986年,第948—949页。

② 严复:《群己权界论译者序》,《严复卷》,欧阳哲生编校,河北教育出版社1996年,第421页。

不偏之真理，最寡而几绝无，必得后起之说，与之反对争衡，而后有以日进于完全而圆密。三，即旧行之说果诚，且果为全体之诚，然使其说孤行为不诤，或诤矣而不力，则被服成俗之民，往往徒受之以为先成之见，习焉由焉，不察其所以然之故，而道乃因之以不明，民德亦因之以腐败。四，又况其义，将以久而浸微浸灭，虽日诵其说，日习其礼，亦无补于身心言行之间，虽为至德要道，将为陈言虚器，而拘求灵性，使物理天明，无自牖之纳约，则尤可痛也。"①这种淋漓酣畅、层层剥笋式的精警之论，是穆勒的，同时也是严复的，它无异于掷向顽固派封建专制的致命投枪。

在西学中，严复还择译了两部逻辑学（又称名学）著作，一部是穆勒的《穆勒名学》（上部），一部是英国逻辑学家耶芳斯的《名学浅说》。《穆勒名学》，原著为《逻辑学体系：演绎和归纳》，是约翰·穆勒的重要逻辑学著作，全书分为"名与辞"、"演绎推理"、"归纳推理"、"归纳方法"、"诡辩"、"伦理科学的逻辑"六个部分，1843 年出版。严复从 1900 年起翻译该书，1902 年译成前半部，1905 年出版。据他说，因人事卒卒，老来精神疲敝，脑力不济，后半部没有完成。《名学浅说》是一部普及性逻辑学读本，是严复给学生讲授逻辑知识过程中，据以为教材而翻译的，1908 年翻译出版。

严复很看重逻辑学，以为这是教人致思穷理之术。他相信培根的话，认为"是学为一切法之法，一切学之学"。1936 年，蔡元培说，严复除《天演论》外，"最注意的是名学"，"严氏觉得名学是革新中国学术最重要的关键"。② 严复的这个观点是深刻的，因为逻辑学是关于思维方式、方法的学问，同时也直接关涉认识论和世界观，严复翻译这两部著作，其重要意义之一在于传输了穆勒等人的唯物主义世界观，此举与传输进化论一样，对于批判旧学，更新国人认识社会、治理学问的眼光具有启

---

① 严复：《群己权界论》，《严复卷》，欧阳哲生编校，河北教育出版社 1996 年，第 479—480 页。

② 蔡元培：《五十年来中国之哲学》，《蔡元培全集》，第 4 集，高叔平编，中华书局 1984 年，第 350 页。

发创造的作用。严复在《穆勒名学》按语中论及内籀(归纳法)、外籀(演绎法)及其关系时说:“西学之所以翔实,天函日启,民智滋开,而一切皆归于有用者,正经此耳。旧学之所以多无补,其外籀非不为也,为之又未尝不如是也,第其所本者,大抵心成之说,持之似有故,言之似成理。媛姝者以古训而严之,初何尝取其公例,而一考其所推概者之诚妄乎?此学术之所以多诬,而国计民生之所以病也。”[①]他在中西学的比较之间,认为西学讲事理,考本原,所以能够不断打开自然界的奥秘,开启人民的智慧,中学则大抵为主观心成之说,那些暧昧的学者又不愿推究古训的正确与虚妄,以致做成的学问就不能不是错误的,这种学问也就无补于国计民生,只有大害。当然他的说法带有片面性,但其主旨在于批判传统文化中的先验论及脱离百姓生计的倾向,强调实证、有用的科学精神。这实际上是近代启蒙思潮面向社会现实的要求在严复思想中的反映。

西方资本主义发展过程中所产生的这些一系列重要著作,所显示的思想观念和价值诉求,在人类文化史上是系统的,具有新锐性。它们反抗宗教神学,提倡个性解放、“物竞自存”和人性自由;反抗迷信,提倡科学和理性;反抗君权神授和专制政体,提倡民主和法制国家;反抗重农抑商,提倡自由经济和市场竞争……在西方,它们开辟着一个新的以资产阶级为主导的世界;进入中国,便不能不构成封建国家及其意识形态的强大对立面,不能不摇撼传统中的固有观念。严复的翻译及其解读,表明他走到了时代的前列;但这些译著本身的思想及其影响力,更要大于严复自身的思想。所以,无论如何,这种影响是空前的、巨大的,从世界观、价值观到方法论,从政治、经济到哲学,无不唤起新的思考和变革要求。目睹这些鸿篇巨制,与严复同时代的学人严修慨叹不已:“古今中外之书,所载内容之丰富如是,我辈即不必再事著述,但读之可也。”[②]连康有为也不能

① 严复:《穆勒名学·按语》,《严复集》,第4册,王栻编,中华书局1986年,第1047页。

② 见高惠群、乌传衮:《翻译家严复传论》,上海外语教育出版社1992年,第60页。

不对严复另眼相看，感慨“眼中未见此等人”。[①] 这种影响是如此的具有广泛性和深刻性，因此无疑对文学的变革也就功不可没，因为新的世界观、方法论、价值论、伦理观和人性论，必然会造就新的文学主体，必然启发文学艺术的开拓者打开新的认知领域，产生新的认知方式，从而开启一个新的审美天地。

二　林纾的翻译

林纾和严复一样，也是桐城派的瑰宝。他在学习古文过程中自觉认同桐城派的文论主张，与后期桐城派吴汝纶、严复、马其昶、姚氏二兄弟等交往密切，成为后期桐城派的重要代表。

（一）林纾与后期桐城派后期诸人的关系

林纾(1852—1924)，字琴南，号畏庐，又自号冷红生，晚号践卓翁，别号蠡叟。福建闽县人。幼时家贫，祖母教以“畏天循分”，九岁入村塾，十一岁跟同县薛则柯学古文辞，开始阅读《毛诗》、《尚书》、《左传》、《史记》，极勤奋，于壁上画一具棺材，旁书：“读书则生，不则入棺”。性质且狂，十九岁时对人说：“我的一支笔靠在南门城墙上，没有人搬得动。”从二十一岁起在村塾教书，后读书、应试，广泛阅读。光绪八年(1882)中举人。

林纾在授徒讲学的过程中，致力于古文研究。治《史记》、《汉书》二十五年，韩愈的文章则前后研读四十载。提倡学习左、马、班、韩，以为这四个人的文章是“天下文章的祖庭”，对归有光、方苞的文章也很推重。其论文主张积理养气，敷文明道，尊崇桐城义法。[②] 其文论有《韩柳文研究法》、《春觉斋论文》(即《畏庐论文》)、《文微》(林纾口述、朱羲胄整理)等。

1901 年，林纾五十岁，受北京五城学堂聘，为总教习，授修身、国文等课程。这一年会见吴汝纶，与吴谈论《史记》，颇得吴

---

① 严复：《严复集》，第 5 册，王栻编，中华书局 1986 年，第 1570 页。

② 参见曾宪辉：《林纾传》；张俊才：《林纾年谱简编》，《林纾研究资料》，薛绥之、张俊才编，福建人民出版社 1983 年。

汝纶激赏。后来，吴汝纶委托林纾校勘《古文四象》，林纾还为吴汝纶点勘的《史记读本》作序，颂扬吴汝纶的文章“繁而不涉猥酿，简而旨流疏牾”。由于吴汝纶的引见，林纾、马其昶又得相识。

对于他们的交往，林纾有一段记述：“余治古文三十年，恒严闭不以示人。光绪中，桐城吴挚甫先生至京师，始见吾文，称曰：是抑遏掩蔽，能伏其光气者。越六年，桐城马通伯至京师，其称吾文乃过于吴先生也。两先生声称满天下。吴先生既逝，世之归仰桐城者，必曰是马通伯先生。当世之能古文者，承方姚道脉而且见淑于吴公，今乃皆私余。”[①]

林纾与同时期的桐城派诸人也都过从甚密。1902 年，林纾进入严复主持的京师大学堂译局，与严复书文往还甚洽。林纾为严复绘《尊疑译书图》，并撰文《尊疑译书图记》。在该文中，推崇严译《群学肄言》，认为该书揭弊存理，窥微取精，使世人知道有社会学的存在，“不母乎名数诸学，其穷理也无程，范物也鲜度”，对“新学”持欢迎态度。[②] 严复也作诗赞叹林译小仲马《巴黎茶花女遗事》的广泛影响：“可怜一卷茶花女，断尽支那荡子肠”。直到晚年，严复在去世前一个月，还有诗《赠林畏庐》：“左海畸人林畏庐，早年补柳遍西湖。数基白发看沉陆，无限青山入画图。尽有高辞媲汉始，更搜重译读虞初。饶他短后成齐俗，佩玉居然利有趋。”严复逝世，安葬后三个月，林纾从北京回来致奠亡友之灵，“为文以告之曰：呜呼！君才之大，实北溟之鹏。其振翼也，若垂天之云，水击三千里。顾乃无厚风之积，虽未即于夭瘀，然亦不复逍遥矣。图南之不终，其责在风，宁复在鹏之翼耶？……君著述满天下，而生平不能一试其长，此至可哀也。”[③]直到临命之时，彼此都对对方作出真诚评价，吐诉胸中孤愤，大有惺惺相惜之慨。

---

① 林纾：《赠马通伯先生序》，《林纾研究资料》，薛绥之、张俊才编，福建人民出版社 1983 年，第 78 页。

② 参见张俊才：《林纾年谱简编》，《林纾研究资料》，薛绥之、张俊才编，福建人民出版社 1983 年，第 27—28 页。

③ 参见孙应祥：《严复年谱》，福建人民出版社 2003 年，第 550 页。

林纾与马其昶关系良好。他称赞马其昶能续古文之“危系”：“余居京师十年，出面士流，咸未敢与之言文。亦以古文之系垂泯，余力不足续其危系，何为以此自任。今得通伯，则私庆续者之有人也。”[①]马其昶在为林纾《韩柳文研究法》写的序言中，批评根底浅薄而自以为是的不良学风，肯定林纾注重积累、博而后能的品格及其意义：“世之小夫，有一得秘以自矜，而先生独举其平生辛苦以获之者，倾囷竭廪，惟巩其言之不尽，后生得此，其知所津逮矣。”[②]

林纾亦视姚永概、姚永朴兄弟为知己。他们先后在京师大学堂、正志学校共事八年。林纾在为姚永概的《慎宜轩文集》写的序言中肯定永概在后期桐城派中的地位，说：“古文一道，既得通伯，复得叔节，吾道庶几不孤乎！”[③]在离开京师大学堂时，林纾写诗赠姚永概：“天下争传姚氏学，八年聚首向长安。文名极盛身何补，世论尝深胆共寒。永日恋田颇在客，经时修史未成官。较量终胜闵南叟，江上无家把钓难。”1915年林纾《畏庐续集》出版，请姚永概为之序，姚永概在序中阐述了古之善为文者性情万变而义法不变的道理，肯定林纾文章“虽取法韩、柳，而其真不可掩瘀”。还记述了二人“守孤诣于京师尘壒之中，引迹自远”的行径，赞扬林纾“真古人”的性情，其心绪颇有孤愤不群的况味。[④]

1918年，林纾编选桐城派奠基者姚鼐《古文辞类篹》，形成一部十卷的《〈古文辞纂〉选本》，先后两次由商务印书馆完成出版。林纾在《〈古文辞类纂〉选本・序》中开宗明义：“文运之盛衰，关国运也。”他在历数古文兴衰际遇之后，说：“而近人复倡为班、马革命之说，夫班、马之说，又焉可及？不能学班、马者，

---

① 林纾：《赠马通伯先生序》，《林纾研究资料》，薛绥之、张俊才编，福建人民出版社1983年，第78页。

② 马其昶：《韩柳文研究法序》，《抱润轩文集》第4卷，民国十年（1922）刻本。

③ 林纾：《慎宜轩文集序》，《畏庐三集》，第6页，《林琴南文集》，中国书店1985年。

④ 姚永概：《畏庐文续集序》，《桐城派文选》，安徽人民出版社1984年，第496页。

正与革命无异。且浮妄不学者，尚不知班、马为谁，又何必革？仆为此惧，故趁未朽之年，集合同志，为古文讲演之会。若专编源流正别，溯源于周秦汉唐明清，虽备极详瞻，亦但似观剧，不得其曲谱，按节面调以宫商，究竟何益？先取前辈选本，采其尤佳者，加以详细之评语。然精粹之选本，实无如桐城姚先生之《古文辞类篹》一书。”[①]当时，陈独秀、胡适倡导的文学革命刚刚起步，林纾等人则借重桐城派经典，组织文学讲习会，宣传古文。林纾在文中指责“浮妄不学”，意在矫陈、胡“革命”之失，“力延古文之一线，使不至于颠坠”。

林纾加盟桐城派，成为后期桐城派的代表人物，并非出于狭窄的宗派之好，而是有其认真的思考，源自他深厚的古文习得。1914年林纾应北京孔教会之邀，讲演古文源流、作法及学习方法。他说：“古文一道，本不能以一人之见定为法律、一家之言定为宗派、一先生之说侈为嫡传。……虽然，全唐文一部，浩如烟海，何以后人不宗燕许而宗韩柳？南北宋文家，亦人人各有所长。何以后人但称欧曾王苏六家？讵上下六千年，仅有此八家能文耶？正以此八家者，有义法，有意境，入手者不至于迷惑失次耳。惟其有义法，则文字始谨严，不至有偎佻伧俗之弊；惟其有意境，则文学始饫衍，不至有险恶怪诞诸弊。夫文体之坏，岂但偎佻伧俗险恶怪诞而止？盖一染此病，则终身不药矣。有志之士，间有鄙八家而不为者，则高言周秦汉魏，猎采古子字句，摹仿典引封禅书及剧秦美新之体。又用换字之法，避熟字而用生字，舍俗书而用说文，一篇乍出，望者骇慄。以为文必如此，方成作手。不知此等文，直以健步与良车驷马斗力也。”[②]可见，他是把尊唐宋八家之文当成尊重古文写作的规律来对待的，在他看来，八家之文体现了文章写作的规律，尊八家者均遵从文章写作基本规律，鄙八家者皆违背了这个规律。

1921年，林纾在上海，康有为问及“足下奈何学桐城?”大

---

① 林纾：《〈古文辞类篹〉选本 · 序》，《林纾研究资料》，薛绥之、张俊才编，福建人民出版社1983年，第80页。

② 张俊才：《林纾年谱简编》，《林纾研究资料》，薛绥之、张俊才编，福建人民出版社1983年，第41页。

有不以为然的意思。林纾笑曰："纾生平读书寥寥，左、庄、班、马、韩、柳、欧、曾外，不敢问津。于归震川则数周其集，方、姚二氏，略为寓目而已。"[①]时当五四新人责骂林纾等人为"桐城谬种"之后，他的回答似乎不够明朗，但从他所列名单可知，这些都是两百余年桐城派所奉承的古文大家，至于对方、姚"略为寓目"，只不过是特殊情境中的语言策略而已。就是说，他并没有否定自己的桐城派学统。在《归震川集选序》中，他重提此事，并且说："夫文安得有派？学古者得其精髓，取途坦正，后生遂其轨辙而趋，不知者遂目为派，然则程朱学孔子，亦将谓之曲阜派耶？"[②]他的认识本乎学理，反对的是"宗派"，信守的是学派，实乃出乎一个学者的坦率和真诚。

（二）林纾翻译的成就

中国古文和西方近代文学似乎不大相及，但在历史转换时期，由一个不懂西文的林纾把二者铰合起来。就如同严复一样，林纾的这一工作显示了桐城派古文的开放性。

1897 年，林纾因中年丧妻极度悲苦，其友人王寿昌（字子仁，号晓斋主人）自法国留学回来，见其况，便说："吾请与子译一书，子可破岑寂，吾亦得以介绍一名著于中国，不胜于蹙额对坐耶？"这名著就是小仲马的《巴黎茶花女遗事》，于是二人合作，由王寿昌口译，林纾"涉笔记之"，运用古文译成书稿。刊行之后，一时洛阳纸贵，林纾也就与译事结下了不解之缘。据俞久洪考索，林纾共翻译英、美、法、俄、德、日、比利时、瑞士、希腊、西班牙、挪威等十一个国家九十八个作家一百六十三种作品（不包括未刊印的十八种）。其中翻译英国五十九位作家一百种作品，包括莎士比亚剧本五种；美国十三位作家十七种作品；法国十八位作家二十四种作品；俄国列夫·托尔斯泰作品十种；希腊、德国、比利时、西班牙、挪威、瑞士、日本各一位作家

---

① 林纾：《归震川集选序》，《林纾研究资料》，薛绥之、张俊才编，福建人民出版社 1983 年，第 77 页。

② 林纾：《归震川集选序》，《林纾研究资料》，薛绥之、张俊才编，福建人民出版社 1983 年，第 77 页。

一种作品;佚名作品五种。[①] 这些作品大多是经林纾翻译第一次与中国读者见面。其中莎士比亚、狄更斯、斯威夫特、哈葛德、雨果、巴尔扎克、小仲马、斯宾塞尔、华盛顿·欧文、列夫·托尔斯泰、易卜生、塞万提斯、斯托夫人等,都是世界一流作家。他不但翻译,还鼓励学生林长民等创办翻译杂志《译林》,自任"监译",该杂志1901年在杭州创刊。一般认为,林纾1912年(也有人说1913年)以前翻译的作品较为精美,翻译态度更为认真。这正是中国文学翻译事业的草创时期,林纾这一阶段的成就也就突出地表现在翻译上。举其要者,有如下数点:

一、林纾的翻译宗旨大抵与严复相通,在于开发民智,作爱国保种之一助。欧美近世文学的社会批判思想和人道主义精神,由于他的翻译而较广泛地传播到文学界和文化人当中。

林纾最初翻译《巴黎茶花女遗事》,带有个人特殊情境中的抒情释闷意图,但动机又不止于此。他说,"大涧垂枯,而泉眼未涸,吾不敢不导之;燎原垂灭,而星火犹爝,吾不得不燃之",透露了维新救国、烛照昏昧的愿望。翻译其他作品,也是如此。大体说来,就如同严复那样,他是希望借助翻译以启发民智,拯救国家。他说:"欲开民智,必立学堂;学堂功缓,不如立会演说;演说又不易举,终之唯有译书。"[②]1913年,林纾总结自己此前的翻译,说:"余老矣,羁旅燕京十有四年,译外国史及小说,可九十六种,而小说为多。其中皆名人救世之言,余稍为渲染,求合于中国之可行者。"[③]从这里也可以看出他启蒙救世的用心。

林纾不属于康有为、梁启超的政治维新派,更不属于以孙中山为代表的革命派,政治上忠于清王室,但倾向于君主立宪,其文化思想多与维新派同调。戊戌变法失败之后,更看重翻译启蒙,传输欧美近世文明。这种意图常常在译书的序、跋中,画

---

① 俞久洪:《林纾翻译作品考索》,《林纾研究资料》,薛绥之、张俊才编,福建人民出版社1983年,第403—427页。

② 林纾:《译林序》,《译林》,第1期,1901年。

③ 张俊才:《林纾年谱简编》,《林纾研究资料》,薛绥之、张俊才编,福建人民出版社1983年,第40页。

龙点睛一样地说出。

林纾翻译较多的要算婚爱言情作品，它们较充分地把西方自文艺复兴到19世纪小说中的婚爱主题及其所包蕴的男女平等、婚姻自主、个性自由等思想观念呈现在中国读者面前。他的这类译作中《巴黎茶花女遗事》及《红礁画桨录》、《迦茵小传》都产生了较大的影响。三部作品的男女主人公均一无例外地反叛世俗社会和家庭的控制，追求婚姻自主、个性自由，均渲染悲艳之情。《巴黎茶花女遗事》叙述巴黎名妓茶花女与贵族青年亚猛曲折凄迷的爱情悲剧，控诉旧式家庭对青年的迫害，有"外国《红楼梦》"之誉。茶花女玛克格尼尔拒绝王公贵族求婚，与青年亚猛真心相爱，她变卖所有财产偿还因往日奢华生活所欠债务，亚猛也瞒着茶花女筹款替她还债，他们希望摆脱世俗权贵，到幽静的乡间寻找自由幸福的生活。但亚猛的父亲以茶花女勾引儿子为由，离间二人关系，致茶花女违言不爱亚猛，充当了男爵的情妇，亚猛在不明真相的情况下愤而离开巴黎。经过一番曲折，当亚猛得知真相返回巴黎后，玛克格尼尔已经气息奄奄，遂酿成生离死别的悲剧。《迦茵小传》也是把全部的同情投放在两个叛逆的情人——男女主人公一边。出自"村墟"但"美文而通"的迦茵与出身贵族的亨利两情相悦，但亨利父母硬逼儿子娶贵族女子爱玛为妻。迦茵因之不情愿地与村中富人洛克结婚，两人各个婚之配后继续偷偷相爱，并产下私生子。富人洛克不能接受无情的事实，欲枪杀亨利，迦茵为保护亨利，以自己的牺牲捍卫了爱情自主的自由精神。有意思的是，林纾在翻译《迦茵小传》之前，同时期作家杨紫麟（蟠溪子）、包天笑（天笑生）已经翻译了该书的后半部分，把有关两个情人继续相爱而产下私生子的情节隐去了。林纾在自己的译序中一方面提及杨、包译书之妙，援引古代文人谦谨礼让的典故，慨叹"向秀犹生，郭象岂容窜稿；崔灏在上，李白奚用题诗"，一方面又说应蟠溪子之请，"补译其书"，并自谓"佛头着粪，狗尾续貂"。而当他把这个全译本提交到世人面前之后，便遭到一些文人的责骂，以为他"传其淫，传其贱，传其无耻也"。然而，正是林纾的"补译"，尊重了原作，还原了原作爱情主题的深刻性和尖锐性，同时也表现了林纾性格中为文学审美所唤醒的对婚爱自主的同情与尊重。

《红礁画桨录》是英国作家哈葛德的作品，林纾的翻译本突出其“情杀”，由此开掘“倡女权，兴女学”的思想。“哈葛德之书，论说往往斥弃其国中之骄妇人，如书中所述婀娜利亚是也。婀娜利亚之谯让其夫，词气清鲠，不宁为贤助。顾乃恐失一生之富贵，至以下堂要胁，语语离叛，宜其夫之不能甘而有外遇也。而其外遇者，又为才媛，深于情而格于礼，爱而弗乱，情极势逼，至强死自明”。从这个故事出发，林纾对“倡女权”进行了具体分析，感慨道：“呜呼，婚姻自由，仁政也。苟从之，女子终身无菀枯之叹矣。要当律之以礼。律之以礼，必先济之以学；积学而守礼，轶去者或十之二三，则亦无惜尔。……故欲倡女权，必讲女学，凡有学之女，必能核计终身之利害。知苟且之事，无利于己，唾而不为，而其保傅又预为白其失，亦所谓智育。……综言之，倡女权，兴女学，大纲也。”[①]他把“女权”与“越礼”对立起来，可见没有摆脱传统的“女德”观念，但是他赞同婚姻自由，其情感倾向于追求爱情而酿成悲剧的女人公，并希望通过兴学启蒙诉诸女性以婚姻自主、个人幸福的理性。他早些时候在《闽中新乐府》中提倡“新女学，美盛举”，也大抵如此，希望教女子识字知理，澄清神智。他传输西方近代女权思想，其意即在于实行以东方文明为本位的女性观念的再造。

在林译小说中，有关社会风俗的作品也较有影响。这类文学有的出自文艺复兴时期，有的是 19 世纪的批判现实主义作品。它们反映了时代变迁过程中西方社会的矛盾冲突和斗争，肯定积极向上的人生态度，揭露社会弊病，描写受欺凌者的不幸与反抗，焕发着热烈的人道主义激情。林纾往往把这些译作与中国的现实联系起来，寄予了真挚的社会关切。

他与魏易合译的《黑奴吁天录》（今译《汤姆叔叔的小屋》）系美国女作家斯托夫人的作品，该作品揭露美国南北战争前夕农奴制的罪恶，寄同情于受欺凌的奴隶。小说以黑奴汤姆的生活经历为中心，描写了黑人奴隶的悲惨命运。北方肯塔基州庄

---

① 林纾：《红礁画桨录·序》，《林纾研究资料》，薛绥之、张俊才编，福建人民出版社 1983 年，第 111—112 页。

园主谢尔比因无法偿还债务，决定把两个奴隶汤姆和小哈利卖掉。小哈利的母亲伊莱扎带着儿子逃离谢尔比庄园，又与丈夫乔治汇合，一起逃往加拿大。汤姆不愿反叛，得知主人要卖掉自己的消息后非但没有逃走，而且以为逃走是背信弃义。由于命运的拨弄，他几次被卖，最后卖到南方种植园主雷格里的手中。他在无情的事实面前渐渐觉醒，因为拒绝鞭打别的奴隶，拒绝说出两个逃跑女奴的下落，被雷格里毒打致死。林纾在译《序》中说："其中累述黑奴惨状，非巧于叙悲，亦就其原书所著录者，触黄种之将亡，因而愈生其悲怀耳。"[①]在《跋》中又说，"余与魏君同译是书，非巧于叙悲以博阅者无端之眼泪，特为奴之势逼及吾种，不能不为大众一号"，"为振作志气，爱国保种之一助"。林纾叙述了华工在美国遭到驱逐的悲惨遭遇，华工们不但遭受"栅而钥之"之苦，而且私人信件中如书及"美国"二字，即遭捕逐驱斥。他指责"吾华有司"视若罔闻，不为华人伸张正义，痛心疾首地发出诘问："吾华有国度耶？无国度耶？"他把日本与中国进行比较："若夫日本，亦同一黄种耳，美人以检疫故，辱及其国之命妇，日人大怒，争之。……上下之情，判若楚越，国威之削，又何待言？"他希望这本译作能够启发国人"蠲弃故纸，勤求新学"，"振作志气"。[②]

林纾与李世中翻译的《爱国二童子传》为法国作家沛拉的作品，出版时冠以"实业小说"，叙述恩泰、舒利亚兄弟"实业救国"的故事。林纾在这部译作的《达旨》中把源于思想自觉的"实业救国"作为拯救国家的根本道路予以提倡。他认同法国"爱国二童子""沿路见法民人人皆治实业，遂亦不务宦达，一力归农"的做法，认为振实业不应为私，而应为国。他指出："天下爱国之道，当争有心无心，不当争有位无位"，认为"有位爱国"

---

① 林纾：《黑奴吁天录·序》，《林纾研究资料》，薛绥之、张俊才编，福建人民出版社 1983 年，第 103 页。

② 林纾：《黑奴吁天录·跋》，《林纾研究资料》，薛绥之、张俊才编，福建人民出版社 1983 年，第 104 页。

乃专制政体和立宪政体之举。[1] 这实际上包含了对洋务运动和戊戌变法教训的认识。他反思国力荏弱而“恃兵”、持“语言外交”之无济于事，慨叹时不可待，只有青年拥有实业之本才是救国之基。又认为：“实业一道，当付之下等社会矣。西人之实业，以学问出之。吾国之实业，付之无知无识之伧荒。且目其人其事为贱役。此大类高筑城垣，厚储兵甲，而粮储一节，初不筹及。又复奚济！”[2]依然包含了对“上等社会”主导的洋务运动的反思，强调当务之急在于在“下等社会”实施实业教育，改变无知无识的状况，教百姓实业的学问，尊重其人格尊严。这实际上吸取了西方近代民主观念，把民主、授业、育人、爱国等统一起来，因而超越了一般的实业救国论，而汇流于启蒙思潮。

林纾与魏易还翻译了兰姆姐弟改编莎士比亚戏剧而形成的《莎士比亚故事集》，该译本出版时易名为《英国诗人吟边燕语》（简称《吟边燕语》）。全书包括《暴风雨》、《仲夏夜之梦》、《威尼斯商人》、《辛白林》、《李尔王》、《终成眷属》、《第十二夜》、《雅典的泰门》、《罗密欧与朱丽叶》、《哈姆莱特》等二十个故事。虽非戏剧，很难看出剧作的全貌，但是“译笔雅驯隽畅”，颇能悦人心目。莎士比亚是文艺复兴时期伟大的人文主义作家，被称为“时期的灵魂”。他的那些悲剧和喜剧作品，今天中国的文化人多已耳熟能详。早在 1842 年也有人用满文翻译过《麦克白》，几乎没有造成影响。把莎士比亚作品引入中国并产生重大影响的，其功劳当归于林纾。据郑正秋主编、冥飞辑述的《新剧考证百出》记载，文明戏时期各剧社上映的外国戏剧达三十多部，而最多的是英国戏剧，共二十一部，莎士比亚的就占了二十部，其中十九部均改编自《吟边燕语》。[3] 就是说由于林译的引导，莎士比亚戏剧里的那些人物，莎士比亚戏剧激扬着的欧

---

① 林纾：《爱国二童子传·达旨》，《林纾研究资料》，薛绥之、张俊才编，福建人民出版社 1983 年，第 116 页。

② 林纾：《爱国二童子传·达旨》，《林纾研究资料》，薛绥之、张俊才编，福建人民出版社 1983 年，第 114 页。

③ 参见叶庄新：《对林纾译莎剧故事的再认识》，《外国语言文学》，2007 年第 3 期，第 212 页。

洲文艺复兴时期的人文精神，才进入了中国的戏剧艺术天地，走进了中国人的精神世界。

二、林纾在翻译西方文学作品过程中获得了一个世界性的文学视野，他从西人的作品中看到西方文学与中国文学的相同相近之处，又看到了与中国文学的不同之处，以致形成了区别于传统观念的可宝贵的文学思想。

首先，他在近现代之交的文学理论与批评实践中，找到了一种新的批评方法，比较文学批评的方法。

世界范围内的比较文学批评始于 19 世纪初期的法国，到 19 世纪末先在法国，后相继在欧美各国形成文学批评学科。但对于林纾来说，这似乎并不重要，他在从事翻译心得写作的时候，并不知道有比较文学批评。他最早最广泛地翻译西方近代小说，对我国传统文学和小说又很熟悉，以致无论是看西方小说还是看我国传统小说，就很自然地建立起有别于传统的世界性批评视野。就是说，他不是从别人的理论中，而是从自己的翻译实践和批评实践中，形成了一种跨国界比较的文学批评方法。在《块肉余生述前编·序》中，林纾比较狄更斯的《块肉余生述》与我国《水浒》、《石头记》的异同。他以“锁骨观音”为喻，认为成功的小说当如锁骨观音，“以骨节钩联，皮肤腐化后，揭举之，则全具锵然，无一屑落者”，“大抵文章开合之法，全讲骨力气势”。他认为狄更斯的作品正是如此，“每到山穷水尽，辄发奇思，如孤峯突起，见者耸目，终不如此书伏脉至细，一语必寓微旨，一事必种远因。手写是间，而全局应有之人，逐处涌现，随地关合，虽偶尔一见，观者几复忘怀，而闲闲着笔间，已近拾即是，读之令人斗然记忆，循编逐节以索，又一一有是人之行踪，得是事之来源”。[①] 他拿施耐庵的《水浒》与之比较，认为《水浒》“从史进入手，点染数十人，咸历落有致。至于后来，则如一邱之貉，不复分疏其人，意索才尽，亦精神不能持久而周徧之故，然犹叙盗侠之事，神奸魁蠹，令人耸慑。若是书持叙家常至琐至屑无奇之事迹，自不善操笔者为之，且恹恹生人睡魔，而迭

---

① 钱基博：《林纾的古文》，《林纾研究资料》，薛绥之、张俊才编，福建人民出版社，第 179 页。

更司乃能化腐为奇，撮散作整，收五虫万怪，融汇之以精神，真特笔也”。[①] 又联系司马迁的《史记》、班固的《汉书》和清代《石头记》(《红楼梦》)，认为：“史、班叙妇人琐事，已绵细可味矣，顾无长篇可以寻绎。其长篇可以寻绎者，惟一《石头记》，然炫语富贵，叙述故家，纬之以男女之艳情，而易动目。若迭更司此书，种种描摹下等社会，虽可哕可鄙之事，一运以佳妙之笔，皆足供人喷饭，尤不可及也!”。[②] 就是说，讲究骨节勾连是中外文学的共通之法，施耐庵的《水浒》开始做得不错，但不能坚持到底，叙盗侠神怪令人耸慑，但叙家常琐细则不善操笔；司马迁的《史记》和班固的《汉书》叙妇人琐事能做到绵细有味，但不是长篇；《石头记》是一长篇，且渲染旧家富贵、男女艳情诸多琐细易于做到动人神色，但并非描写下等社会；唯狄更斯的《块肉余生述》多具优越性，其为长篇，伏脉细致，如善弈者着子，前后照应，而且专写下等社会，使民间弊俗具体生动地呈现在人们面前。在《孝女耐儿传・序》中，林纾又把狄更斯《孝女耐儿传》(今译《老古玩店》)与《石头记》、《北史》等进行比较，道：“天下文章莫易于叙悲；其次则叙战；又其次则宣述男女之情；等而上之，若忠臣孝子义夫节妇，决脰绝血，生气凛然；苟以雄深雅健之笔施之，亦尚有其人！从未有刻划市井卑污龌龊之事，至于二三十万言之多，不重复，不支离，如张明镜于空际，收纳五虫万怪，物物皆涵涤清光而出，如凭栏之观鱼鳖虾蟹焉；则迭更司者，盖以至清之灵府，叙至浊之社会，令我增无数阅历，生无穷感喟矣！”[③]在《斐洲烟水愁城录序》中，林纾把哈葛德的《斐洲烟水愁城录》与司马迁《史记》中的《大宛传》进行比较：“此篇……言穷斐洲之北，出火山穴底，得白种人部落；且因游历斐洲之故，取洛巴革为导引之人；书中语语写洛巴革之勇，实则语语自

---

① 钱基博:《林纾的古文》,《林纾研究资料》,薛绥之、张俊才编,福建人民出版社,第 178 页。

② 钱基博:《林纾的古文》,《林纾研究资料》,薛绥之、张俊才编,福建人民出版社,第 180 页。

③ 钱基博:《林纾的古文》,《林纾研究资料》,薛绥之、张俊才编,福建人民出版社,第 178 页。

描白种人之智。书与《鬼山狼侠传》似联非联，斩然复立一境界；然处处无不以洛巴革为针线，何以甚类我史迁也！史迁《大宛传》，其中杂沓十余国。文章之道，凡长篇巨制，苟得一贯穿精意，即无虑委散。《大宛传》固极绵褫，然前半用博望侯为之引线，随处均着一张骞，则随处均联络；至半道张骞卒，直接入汗血马；可见汉之通大宛诸国一意专在马，而绵褫之局，又用马以联络矣！哈氏此书，写白人一身胆勇，百写无禅，而与野蛮拼命之事，则乃委诸黑人；白人则居中调度之，可谓自占胜着矣！然观其着眼，必描写巴洛革为全篇之枢纽，此即史迁《大宛传》之篇法也；文心萧闲，不至张皇无措，斯真能为文章矣。"[①]在《伊索寓言·叙》(1902)中，针对文人中轻视此类谐谑作品的现象，林纾经过中西比较，肯定这类作品的风格和价值，指出中国刘讷言、苏东坡等人都有此类作品；同时又认为他们作品的艺术性均不如伊索氏。"伊索氏之书，阅历有得之书也，言多诡托草木禽兽之相酬答，味之弥有至理。欧人启蒙，类多摭拾其说，以益童慧。……有或病其书齐谐小说者，余曰，小说克自成家者，无若刘纳言之《谐谑录》、徐慥之《谈笑录》、吕居仁之《轩渠录》、元怀之《拊掌录》、东坡之《艾子杂说》然，专尚风趣，适资以侑酒，任为发蒙，则莫逮也。余非黜华仲欧，盖欲求寓言之专作，能使童蒙闻而笑乐，渐悟乎人心之变幻，物理之歧出，实未有如伊索氏者也。"[②]如此等等。

这些比较，有些或有牵强，如史传作品与纯文艺作品有相同处也有相异之处，并不具有完全的可比性，但立足世界文学的整体格局，打破故步自封的文学批评习惯，秉持中外古今的宏大视野来观照民族文学的得失，表明林纾的文学批评已经出离传统，开始具有现代性品格。在林纾之前，走出国门的中国人，在接触西方文化及文学作品后进行过比较分析的实践，桐城派中的郭嵩焘、薛福成等人的文章中都有这种比较分析的文字，其中薛福成的成绩更突出些，但仅就文学作品进行如此集

① 钱基博：《林纾的古文》，《林纾研究资料》，薛绥之、张俊才编，福建人民出版社，第177—178页。

② 林纾：《伊索寓言·叙》，《伊索寓言》，上海商务印书馆1913年。

中、如此广泛的平行比较而言，在近代文学批评中林纾当为其首。他摒弃盲目的中国文学优越感，不卑不亢，秉持己见，其学术品格实为难得。是他以西方近代文学为参照，打通了中外古今文学的联系，促进了中国传统文学经验和西方近代文学经验在中国文学现代化追求中的创造性转化。因此，林纾实为我国比较文学之父，他在开辟运用古文翻译西方近代文学作品新境界的同时，又成了我国比较文学批评的前驱。

其次，他重视文学的社会批判价值和“专为下等社会写照”的写作取向。

狄更斯是英国批判现实主义作家，林纾对他的作品格外推崇，接连翻译了他的《贼史》、《块肉余生述》（今译《大卫·科波菲尔》）、《滑稽外史》（今译《尼古拉斯·尼可贝》）等多部作品。林纾在《贼史序》中说：“天下之事，炫于外观者，往往不得实际。穷巷之间，荒伧所萃，漫无礼防，人皆鄙之。然而豪门朱邸，沉沉中逾礼犯分，有百倍于穷荒伧者，乃百无一知。……非迭更司描画其状况，人又乌知其中尚有贼窟耶？顾英之能强，能改革而从善也。吾华从而改之，亦正易易。所恨无迭更司其人，如有人能举社会中积弊著为小说者，用告当事，或庶几也。呜呼，李伯元已矣！今日健在者，惟孟朴及老残二君。果能出其绪余效吴道子之写地狱变相，社会之受益，宁有穷耶？”[①]他看到了狄更斯小说的社会批判价值，肯定了英国社会“改革而从善”的宽容态度，提倡运用小说揭露社会积弊，并由此肯定国内逝去的李伯元，活着的孟朴、老残等人“谴责小说”的价值。

尤为可贵的是，林纾特别推崇狄更斯把叙述眼光下移，“极力抉摘下等社会之积弊”的做法。前面已经述及，他认为文学描写之中刻画市井卑污龌龊之事难度特大。在这方面，中国那些杰出作家的成就都不如狄更斯。之所以难，并非限于技法上的原因，主要在于“用意着笔”。他颇有感情的赞扬说，“迭更司

---

① 林纾：《贼史·序》，《林纾研究资料》，薛绥之、张俊才编，第107页，福建人民出版社，第179—180页。

先生于布帛粟米述情，而情中有文，语语自肺腑中流出”。[①] 从这层意思出发，他依然把狄更斯的描写与我国的杰出作品相比较。与《红楼梦》相比，他指出：“中国说部登峰造极者，无若《石头记》，叙人间富贵，感人情盛衰，用笔缜密，着色繁丽，制局精严，观止矣！其间点染以清客，间杂以村妪，牵缀以小人，收束以败子，亦可谓善于体物，终竟雅多俗寡，人意不专属于是！若迭更司者，则扫荡名士美人之局，专为下等社会写照，奸狯驵酷，至于人意所未尝置想之局，幻为空中楼阁，使观者或笑或怒，一时颠倒，至于不能自已；则文心之邃曲，宁可及耶！”[②]在他看来，《红楼梦》取向于雅，未能免除“叙人间富贵，感人情盛衰”的俗套，唯“扫荡名士美人之局，专为下等社会写照”才是难以做到的，在这里，他实际上把狄更斯的“底层叙事”立为文学创新的一大增长点，而大力提倡。他指责《红楼梦》的观点不一定得到认同，但提倡叙事视角下移，实乃具有创新文学先声的重大意义。而且，为要达到自己的意图，传统主义者林纾不但把“中国说部登峰造极者”《红楼梦》置于狄更斯的作品之下，而且居然不断地把狄更斯的作品与儒家正史著作相比，抑正史而扬西人文学，大有反传统的意气。他把《孝女耐儿传》与我国《史记》、《北史》相比较，道：“余尝谓古文中叙事，惟叙家常平淡之事为最难着笔！”《北史》、《史记》均有摹写家常平淡之事，但《北史》“不能曲绘家常之恒状”，“史公于此等笔墨亦不多见；以史公书，亦不专为家常事发也！今迭更司则专意为家常之言，而又专写下等社会家常之事，用意着笔为尤难！”[③]

下等社会的积弊直接关系着国民性。林纾翻译西人小说，见到西人反抗强权、勇武不屈的精神，常反思“吾种倦敝”，希望振拔民族精神。在《埃斯兰情侠传・序》中，他由埃斯兰之民，

---

① 林纾：《洪嫣篁・跋》，《林纾选集》，小说卷上，林薇选注，四川人民出版社 1985 年。

② 钱基博：《林纾的古文》，《林纾研究资料》，薛绥之、张俊才编，福建人民出版社 1983 年，第 177—179 页。

③ 钱基博：《林纾的古文》，《林纾研究资料》，薛绥之、张俊才编，福建人民出版社 1983 年，第 178—179 页。

“洸洸有武概，一言见屈，刀盾并至……虽喋血伏尸，匪所甚恤”，“英、法之人，重私辱而急国仇”，思及我民族精神中的柔弱之弊：“自光武欲以柔道理世，于是中国姑息之弊起，累千数百年而不可救。吾哀其极柔而将见饫于人口，思以阳刚振之”。[①]在《鬼山狼侠传·序》中，他由狼侠洛巴革“始终独立，不因人而苟生”的精神，联系到中国“火气全泯，槁然如死人”的奴才等恶劣之徒。[②] 其言甚实，实有锥心之痛。

之所以看重“抉摘下等社会之积弊”，特别在于它联系着林纾文学启蒙的思想。他肯定有关“豪门朱邸”中逾礼犯分“有百倍于穷荒伧者”的描写，在于它可以警示人们正视高等社会的“积弊”，即后来鲁迅所说的“上流社会的堕落”；而重视“极力抉摘下等社会之积弊”，也即后来鲁迅所重点描写的“下层社会的不幸”。林纾谈到《贼史》时认为：这后一类小说可以“俾政府知而改之。每书必树一义。此书专叙积贼，而意则在揭田院及育婴堂之不善。育婴不善，但育不教，直长养贼才”。[③] 在他看来，下等社会的存在问题源于上等社会的政教之失，他虽揭露下等社会，但寄予了同情，而批判的矛头则指向高等社会的“但育不教”。这里蕴含了林纾“开发民智”、“教育启蒙”的平民化倾向。

复次，他区分了文学与政教，注意到文学独特的审美形式及其功能。在《英国诗人吟边燕语·序》中，林纾由莎士比亚、哈葛德作品中的神怪鬼蜮世界与现实世界不相磨合却受到读者欢迎，出现无尚感动的现象，认为文学与政教本不相同，不应该将它们混同起来。论及莎士比亚的作品，他赞赏英国“以新为政”但不以同一标准衡量莎士比亚作品的做法：“英人固以新为政也，而不耽莎氏之诗。”他说：“莎氏之诗，直抗吾国之杜甫，乃立义遣词，往往托象于神怪。西人而果文明，则宜焚弃禁绝，

---

① 林纾：《埃斯兰情侠传·序》，《林纾选集·文诗词卷》，四川人民出版社 1988 年，第 178 页。

② 林纾：《鬼山狼侠传·序》，《林纾选集·文诗词卷》，四川人民出版社 1988 年，第 180 页。

③ 林纾：《贼史·序》，《林纾研究资料》，薛绥之、张俊才编，福建人民出版社 1983 年，第 107 页。

不令淆世知识。然证以吾之所闻，彼中名辈，躭莎氏之诗者，家传户诵，而又不已，则付之梨园，用为院本。”究其原因，他认为，文学作品虽不能实用，但对于读者能够“以余闲用文章家娱悦其心目”，如“东坡所谓久餍膏粱，反思螺蛤者也”。他的结论是：“盖政教两事，与文章无属，政教既美，宜泽以文章，文章徒美，无益于政教。”[①]他说的“无益于政教”并不是文章不具备社会教化功能，他是重视教化功能的，其翻译西人作品正是用以启发民智，为救国保种之一助，他在这里所强调的，是“文章”不必如政治那样“以新”为上，其“托象于神怪”的非现实形式与政教本不是一回事，有着审美的特殊性。这种观点也并非他的创造，桐城派文论一个基本观点就是尊重文章的本体特征。但林纾的贡献在于，立足世界文学的高度，从文章审美形式的非现实性来论证文章的本体性，从而丰富了桐城派文论关于文章与政教关系的思想。在晚清，王国维受到西方唯美主义思想影响，也重视文学形式的独特性，但他从“纯审美”立论，开了“审美现代性”先河，林纾与他不同的地方在于公开承认和坚持文学的社会功利性，是功利性与审美性统一论者。在 20 世纪中国文学的源头，王国维较多地通向五四现代主义思潮，而林纾则通向五四现实主义和浪漫主义思潮。

林纾翻译的不少作品都是世界一流作家的作品，林纾在译著的《序》、《跋》中表达的观感，对于接受者自然会发生作用，但这不是问题的全部，接受者自行阅读当会生出自己的感悟，生出新的接受效果。因此在认识林纾译著的作用时，应当有一个综合性考量。概而言之，是林纾第一次在中国文化人中打开了西方自文艺复以来丰富多彩的文学世界，使我们领略了与中国政治、经济、文化大相异趣的西方世界，领略了与中国传统大相异趣的西方近代人文精神，为中国现代性建构，设立了一个从未有过的世界文学参照系统，为克服民族文学的局限，为新文学的创造与发展打通中外古今的联系，提供了新鲜的思想艺术资源，空前地激活了后起者丰富的艺术想象力和创造力。

---

① 林纾：《英国诗人吟边燕语·序》，《英国诗人吟边燕语》，上海商务印书馆 1904 年。

三 严复、林纾译著的经验和启示

在桐城派古文的发展链条中，严复、林纾承接姚莹、郭嵩焘、薛福成而来，是走向西方、兼融中西的一脉。就民族语言的革新而言，在姚莹、郭嵩焘、薛福成那里，主要是通过介绍西方政俗风情的方式，拓展古文的表意范围和表意功能；而在严复、林纾这里，特别之处在于直接运用古汉语和桐城派古文义法翻译西方著作，形成了值得珍视的翻译理论，形成了一种汉语文言形式、西方内容的文章域境，为中国语言的现代化提供了不可多得的经验和启示。

首先，他们运用古文翻译西文，是历史转换时期最佳的历史性选择。

严复、林纾译介西书的时候，主导学术、文学的语言工具还是古代语言，且流行于世的时文八股、文白夹杂的通俗读物又极大地败坏了民族语言的声誉。白话文的试验、言文的统一，在晚清刚刚提倡，认识多有轩轾，即便到五四新文化运动之后，也还有人把白话文称为“欧化白话”。所以，在当时的历史条件下要求运用白话译介西方著作，特别是学术著作，显然是不具备条件的空谈。

吴汝纶在为严复《天演论》所写的序言中回顾周秦以来我国文章传统的流变，认为晚周诸子各家有集录，有自著，汉之士以撰著为高，宋多集录之文，指出：“夫撰著之与集录，其体虽变，其要于文之能工，一而已。”“今议者谓西人之学，多吾所未闻，欲瀹民智，莫善于译书。吾则以谓今西书之流入吾国，适当吾文学靡敝之时，士大夫相矜尚以为学者，时文耳，公牍耳，说部耳。舍此三者，几无所为书。而是三者，固不足与文学之事。今西书虽多新学，顾吾之士，以其时文、公牍、说部之词译而传之，有识者方鄙夷而不之顾，民智之瀹何由？此无他，文不足焉故也。文如几道，可与言译书矣。”“往者释氏之入中国，中学未衰也，能者笔受，前后相望。顾其文自为一类，不与中国同。今赫胥黎氏之道，未知于释氏何如？然欲侪其书于太史氏、扬氏之列，吾知其难也。即欲侪之唐、宋作者，吾亦知其难也。严子一文之，而其书乃骎骎与晚周诸子相上下，然则文顾不重耶？”①他从中国文章传统的流变，肯定文、道统一的文章标准，指出“文不足”不能传道。在这个背景下，对当时盛行的时文、公牍、说部之文所造成的“文学靡敝”提出批评，以为“文不足”便不能成功地翻译西书，不能成功地翻译西书也就不能借西书瀹民智。正是在这个意义上，文、道统一的意义上，他充分肯定了严译《天演论》“骎骎与晚周诸子相上下”的功绩。后来胡适也正视了这个问题，他说《天演论》出版后“中国学者才渐渐知道西洋除了枪炮兵船之外，还有精到的哲学可以供我们采用”，接着就特别谈及该书的译文，他援引严复《天演论·例言》中关于“近世利俗文字”难以求得译文“达、雅”的观点，指出：“这些话都是当日的实情。当时自然不便用白话；若用白话，便没有人读了。八股文章更不适用。所以严复译书的文体，是当日不得已的办法。”②

陈敬之在《中国新文学运动的前驱》一书中的严复一章说到梁启超及胡适对严复译文的评价，并在此基础上提出了自己的观点：“梁以为严的‘文笔渊雅，刻意模仿先秦文体，然非多读古书之人，一缗殆难索解。’而胡则认为严复以古文译书，正如前清官僚戴着红顶子演说，很能抬高身价。’……然这正说明了严复的译书之所以受到当时中国知识界的极端重视，且至风行一时，也就得力于他的译文的‘渊雅’了。”③他对胡适观点的引述或未周全，但他旨在就事说事，巧妙地得出自己的结论。所谓“渊雅”，实乃《易》经、《春秋》笔法所造就的简洁精微、曲包丰富、隐显有致的语言风格，这是桐城派语言的基本风格，也确实是严、林译著在当时得以在文化人中风行的重要原因。而且，

---

① 吴汝纶：《天演论·序》，《吴汝纶文集》第 1 册，施培毅、徐寿凯校点，黄山书社 2002 年，第 147—148 页。

② 胡适：《五十年来中国之文学》，《胡适文集》，第 3 集，欧阳哲生编，北京大学出版社 1998 年，第 212 页。

③ 陈敬之：《中国新文学动动的前驱》，台北市，成文出版社有限公司 1980 年，第 153 页。

问题还不止于此，他们都未曾注意中国古文发展到桐城派这里，经数千年的积累和变迁，其表情达意的功能虽已高度自足，却也能适时因变。就如郭绍虞所言：桐城古文之所以卓有成就，通于古而又适于今，“因为他们所标举的虽是古文，而惩于明代文人强学秦汉之失，不欲袭其面貌，剽其句字，所以宗主唐宋文的目的与作用，又在欲作比较接近口语的文字。”[①]正因为如此，像鲁迅、郭沫若这些刚刚起步的文化少年阅读起严、林译文，也能因之与西方人神妙会通，忘乎所以。鲁迅谈到他少年时代读《天演论》的情景时说：“最好懂的自然是天演论，桐城气十足，连字的平仄也都留心。摇头晃脑的读起来，音调铿锵，使人不觉其头晕。”[②]郭沫若回忆读林纾译著时说：“《迦茵小传》……这怕是我所读过的西洋小说的第一种。这在世界的文学史上并没有甚么地位，但经林琴南的那种简洁的古文译出来，真是增了不少的光彩！”“C. Lamb 的 Tales from Shakespeare，林琴南译为《英国诗人吟边燕语》的，也是使我感着无上的嗜味，无形之间影响我最深的一种。我到后来虽然也读 *Tempest*，*Ha-mlet*，*Romeo and Juliet* 等莎氏的原作，但总觉得没有小时候所读的那种童话氏的译述更来得亲切了。”[③]

就是说，桐城派文、道统一的文章观，渊雅的文章风格，适时因变所造成的严、林译文的风格，适切了晚清主流文化界及知识青年对语言接受的要求。这在当时确为最佳的历史性选择。

第二，他们奉行的“信、达、雅”翻译理论，是桐城派古文义法理论的创造性运用和发展，同时又是促成西文中国化的重要推助。

“信、达、雅”翻译理论是严复提出来的。所谓“信、达、雅”，

---

① 郭绍虞：《中国文学批评史》，上海古典出版社 1979 年新 1 版，第 627—628 页。

② 鲁迅：《关于翻译的通信》，《鲁迅全集》，第 4 卷，人民文学出版社 1981 年，第 381 页。

③ 郭沫若：《我的幼年》，《林纾研究资料》，薛绥之、张俊才编，福建人民出版社 1983 年，第 210—211 页。

严复解释说：

> 《易》曰修辞立其诚。子曰：辞达而已。又曰：言之无文行之不远。三曰乃文章正轨，亦即为译事楷模。故信、达而外，求其尔雅，此不仅期以行远已耳。
>
> （《天演论·译例言》）

由儒家元典立论阐释译事三原则，这是与桐城派文论相通的精神，或者说是接受桐城派文论传统而进行的创造。桐城派文论的一个基本特征在于立足《易》经倡导“义法”之说，他们之所谓“义”即言有物，“法”即言有序，“义以为经，而法纬之，然后为成体之文”。这是在哲理的层面上要求文章达到内容与形式高度一致的精到之论。严复也是这样，稍有不同者，他在征引《易》的同时还征引了《论语》，由《易》释“信”，由《论语》释“达”、“雅”，并由“信”、“达”的总体性规约派生出“雅”的要求。在严复看来，源自于《易》的诚信是译文的首要原则，所译结果如失之诚信，当是失败。为实现诚信，就要做到“辞达”，运用适当的手段真实传达原作。如何才能做到真实传达？中西语言、语法、文化背景均不相同，机械的“硬译”实际上很难奏效。对此，翻译家自然各有自己的思考和实践，严复的做法是：“将全文神理融会于心，则下笔抒词，自然互备。至原文词理本深，难与共喻，则当前后引衬，以显其意。凡此经营，皆以为达，为达即所以为信也”。[①] 最后是“雅”，这个“雅”，对于严复来说，是由前面两条原则而来的，是“信”、“达”统一后内在的审美要求，是“收全文神理，融会于心”而获取的有机形式。前面已经论及，桐城派以“雅洁”、“渊雅”要求于文章，他们之所谓“雅”，意在讲究《易》之“本隐而之显”和《春秋》的“推见之隐”。对《易》和《春秋》的这两句评语出自司马迁，严复以为“此天下至精之言也”。[②] 所以在桐城派和严复这里，“雅”是发乎文章审美要求的

---

① 严复：《天演论·译例言》，《严复集》，第5册，王栻编，中华书局1986年，第1321页。

② 严复：《天演论·自序》，《严复集》，第5册，王栻编，中华书局1986年，第1319页。

文采焕然，辞章精美，更是曲包余味、隐显有致的风格。总之，在严复看来，翻译就是运用一种语种的语言形式迻述另一种语种所生成的有机文本，所讲求的是内容和形式的高度一致。这也就是桐城派古文"义法"所要求的"义以为经，而法纬之，然后为成体之文"。

正因为如此，严复总是把他的翻译当成不失原文本真的二度创造，从原文到译文，语种尽管不同，但努力做到吴汝纶所说的那样："其体虽变，其要于文之能工，一而已。"[①]所以他说自己的翻译是"一名之立，旬月踟蹰"。

当然，严复译著的水平并不平衡，《穆勒名学》和《群己权界论》，鲁迅就认为"译得最费力，也令人看起来最吃力"。这可能与严复的观念有关，他认为"精理微言，用汉以前字法、句法，则为易达；用近世利俗文字，则求达难"。[②] "近世利俗文字"固然不可取，但以为汉以后的字法句法难以传达"精理微言"则失实。其实，对于严复来说，在大多数场合，这种言谈与其说是一种理论，毋宁说是一种姿态；他在从事翻译实践时可能受过这种观念的干扰，但没有一部书专事于"汉以前字法句法"，他的那些受人欢迎的译著，其风格渊雅，但也还是大体如郭绍虞说的，"宗主唐宋文的目的与作用，又在欲作比较接近口语的文字"。

林纾的翻译思想与严复基本一致。钱基博说林纾"自以工为古文辞，虽译西书，未尝不绳以古文义法也"。[③] 正因为如此，他对"信、达、雅"的原则也自觉接受。孔立在《林纾和林译小说》中就认为："林纾受到严复的影响，他想根据信、达、雅的标准进行翻译。"[④]

---

① 吴汝纶：《天演论·序》，《吴汝纶文集》，第1册，施培毅、徐寿凯校点，黄山书社2002年，第148页。

② 严复：《天演论·译例言》，《严复集》，第5册，王栻编，中华书局1986年，第1322页。

③ 钱基博：《林纾的古文》，《林纾研究资料》，薛绥之、张俊才编，福建人民出版社1983年，第177页。

④ 孔立：《林纾和林译小说》，《林纾研究资料》，薛绥之、张俊才编，福建人民出版社1983年，第289页。

林纾在《撒克逊劫后英雄略·序》中说，“余不通西文，然每听述者叙传中事，往往于伏线、接笋、变调、过脉处，以为大类吾古文家言”。在与中国作品的比较之间，他指出，“此篇（《撒克逊劫后英雄略》）为人不过十五，为日同之，而变幻离合，令读者若历十余年之久”；“虽每人出语，恒至千数百言，人亦无病其累复者”；书中描写的太姆不拉壮士，“其雅有文采者，又谲容诡笑，以媚妇人，穷其丑态，至于无可托足”；“述弄儿汪霸，往往以简语泄天趣，令人捧腹”；所述“犹太人之寓欧，较幕鸟为危。顾乃知有家而不知有国，抱金自殉，至死不知国为何物。此书果令黄种人读之，亦足生其畏惕之心”；撒克逊王孙“愚智互形，妍媸对待，令人悲笑交作”；“吕贝珈者，犹太女郎也。洞明大义，垂青英雄。又能以坚果之力，峻斥豪暴。夫犹太中，未必果有其人。然司氏既恶天主教人，特高犹太人以摧残之，文心奇幻”；[①]都极言其妙。这些妙处，涉及时间的空间化、人物语言的个性化、人物性格的复杂性、人物形象的典型化、文学审美的生成等许多问题，显示了林纾对西方近代文学作品细致的感受和把握能力。不过，在当时的条件下，他不可能运用现代文论的概念予以阐释，而是以桐城派古文家的眼光看待这些艺术表达的手段和方法。在这篇序文中，林纾提到与同好谈及司各德，都认为“可侪吾国之史迁”，“出语隽妙”，“文心之幻，不亚孟坚”。可见，他从古文家的特定角度体会到中西文心本可相通；他所要做的，正是在中西文章的相通之处，运用“吾古文家言”，对西方近代文学著作给以创造性“改写”。

他不懂西文，不可能如严复那样直接运用文言与“元书”交流，直接迻译，他之贯彻“信、达、雅”，是在口译者提供的人物故事基础上，探其“文心”，得其神韵，而后“耳受神追”，以求取人情世态的委曲逼真。对于他来说，赖以施展才能的是一个经过第二者译述的文本，所得“信”、“达”的程度，首先受着这个“第二者文本”的制约，“第二者文本”愈切近“元书”，林译的“信”、“达”就愈充分，反之亦然。所以对于他来说，“雅”似乎更为重

① 林纾：《撒克逊劫后英雄略·序》，《林纾研究资料》，薛绥之、张俊才编，福建人民出版社1983年，第118—119页。

要，他是由与西人相通的“文心”，通过“第二者文本”与“元书”交相“神会”而得其本真，再由古文的“雅”通向“信”、“达”，从而实现三者的一致。

总之，无论二人的做法有何差异和得失，但“信、达、雅”实际上是桐城派古文义法在翻译领域的创造性运用和发展，它丰富了“义法”，赋予“义法”的运用以新的语域。它运用于体系严密且又深邃的近代西方理论著作的翻译，又运用于长篇的近代西方小说的翻译，胡适说林译《巴黎茶花女遗事》“替古文开辟一个新殖民地”，[①]这个观点也适合我们对严、林译著价值的总体性评价。

而且，“信、达、雅”翻译三原则自提出之后，在后世产生了广泛而深远的影响，它萌长于桐城派的古文义法，却又超越了桐城派的理论和实践。严、林之后的许多翻译家都以此作为自己的翻译宗旨和理论指导，并在自己的翻译实践中，丰富和发展了这一思想。也有人对这一理论提出批评，但不管是肯定的还是批评的，它们共同完成了一个以“信、达、雅”为轴心的、可称之为“信、达、雅”翻译学的中国翻译思想。在这个翻译思想的指导和影响下，数以千万计的外国哲学、人文社会科学、自然科学和文学艺术的著作被翻译到中国来，改变着民族文化和文学艺术的局限，促进了中国文化和文学艺术现代性的形成和发展。

第三，他们的翻译文本拓新了桐城派古文体裁，为传统文章体式及其认知的现代转化提供了先导。

桐城派古文体裁在经世致用思潮流行时期因旅外日记、游记、涉外纪事等散文文体的出现获得过一次拓新，在1894年后的启蒙新思潮当中因严复、林纾译著的出现又获得了一次拓新，这后一次即因运用古汉语及桐城古文义法翻译西方近代宏大的理论著作，建构了具有民族特征的宏大理论著作形式；因运用古汉语及桐城义法翻译西方近代近二百部长篇小说，改变了民族文化传统中轻视小说的顽固观念，使小说成为现代文学

① 胡适：《五十年来中国之文学》，《胡适文集》，第3集，欧阳哲生编，北京大学出版社1998年，第213页。

中的主要形式，从而开创了一个新的文学形式认知的时代。

中国传统理论著作，吴汝纶分为“集录之书”、“自著之言”两种，前者“篇各为义，不相统贯”，后者“建立一干，枝叶扶疏”。当严复从事西方近代体系严密、结构宏大的理论著作翻译的时候，作为古文家，他很自然的从古文传统中去求取形式。当他完成《天演论》书稿后，便与吴汝纶、夏曾佑商量该书的标题之事，他说：“此书上卷导言十余篇，乃因正论理深，先敷浅说，仆始翻‘卮言’，而钱塘夏穗卿曾佑病其滥恶，谓内典原有此种，可名‘悬谈’，及桐城吴丈挚父汝纶见之，又谓‘卮言’既成滥词，‘悬谈’亦延释氏，均非能自立者所为，不如用诸子旧例，随篇标目为佳。”[①]可见颇费踌躇。就其结果看，他还是较多地接受了吴汝纶的意见，“用诸子旧例，随篇标目”。该书正式出版时，分为“上卷”、“下卷”，“上卷”为“导言一　察变”、“导言二　广义”、“导言三　趋异”、“导言四　人为”、“导言五　互争”、“导言六　人择”、“导言七　善败”、“导言八　乌托邦”、“导言九　汰蕃”、“导言十　择难”、“导言十一　蜂群”、“导言十二　人群”、“导言十二　人群”、“导言十三　制私”、“导言十四　恕败”、“导言十五　最旨”、“导言十六　进微”、“导言十七　善群”、“导言十八　新反”，“下卷”为“论一　能实”、“论二　忧患”、“论三　教源”、“论四　严意”、“论五　天刑”、“论六　佛释”、“论七　种业”、“论八　冥往”、“论九　真幻”、“论十　佛法”、“论十一　学派”、“论十二　天难”、“论十三　论性”、“论十四　矫性”、“论十五　演恶”、“论十六　群治”、“论十七　进化”。《天演论》之后，其他译著的结撰形式也大抵如此。如《群学肄言》“随篇标目”为“砭愚第一”、“倡学第二”、“喻术第三”、“知难第四”……如《群己权界论》为“首篇　引论”、“篇二　释思想言论自繇”、“篇三　释行己自繇明特为民德之本”、“篇四　论国群小己权限之分界”、“篇五　论自繇大义之施行”。这种标目的方法来自古人，且与译文风格自成一体，也就很自然地切合了新旧转换时期文化人的接受心理，从而较好地借助传统形式传输了西人近代宏富的思想理论成果。而且，传统中的中国

---

① 严复：《天演论·译例序》，《严复集》，第5册，王栻编，中华书局1986年，第1322页。

文人重感性，崇尚意象思维，对严密的理性思维不大喜欢，即使是理论著作，也多是以短篇结大体，各篇独立，然后成一大著，吴汝纶所谓"建立一干，枝叶扶疏"即是。当严复浸淫于西方近代理论著作，并尊重特定时期中国文化人的接受心理，把它们翻译给中国同胞的时候，他实际上运用古代汉语和桐城古文义法，同时又运用传统理论著作的结撰形式，建构了传输西方近代思想、具有民族特征的"一干而众枝"的宏大理论著作形式。吴汝纶说他的《天演论》"骎骎与晚周诸子相上下"，其中也包括了对他译著的结撰形式的肯定。

中国传统文化一向轻视小说。所谓小说只不过是不登大雅之堂的街头巷尾言传，古文家从来不以做小说为正途。《庄子・外物》篇"饰小说以干县令，其于大达亦远矣"这句话，成为人们阐释小说之"本"。班固《汉书・艺文志》把"小说家"列在十家之后，认为"小说家者流，盖出于稗官，街谈巷语、道听途说之所造也"。但是，到了古文家林纾这里，情况发生了变化。他以桐城派古文嫡传自命，至死都怀抱着古文正统，却又以满腔的热情运用神圣的古文翻译正统文人所不齿的小说，并且在译著的序、跋中不断地告诫人们勿以"小道"视之。黄遵宪、梁启超倡言"小说革命"、小说"新民"，但始终不能形成大气候，拿不出作品。林纾做到了，他持守古文义法，朝着"信、达、雅"的原则努力，同时又本着"有所变而后大"的精神，打破桐城派先辈关于古文忌用"藻丽俳语"、"诗歌中隽语"、"佻巧语"的限制，译文中大量吸收和运用了具有生活气息的通俗语言、"藻丽俳语"，当时出现的"一见之字里行间便觉不韵"的"东人新名词"也进入译文当中。这样，他的译文也就丰富了古文叙事、表意和传情的功能。所以钱钟书作出这样的判断："林纾译书所用文体是他心目中认为较通俗、较随便、富于弹性的文言。它虽然保留若干古文成分，但比'古文'自由得多；在词汇和句法上，规矩不严密，收容量很宽大。"[①]

这样，林纾通过自己的实践，更新了中国文人关于文学的

---

① 钱钟书：《林纾的翻译》，《林纾研究资料》，薛绥之、张俊才编，福建人民出版社 1983 年，第 311 页。

观念，改变了小说在文化人中受到轻视的地位，推动了小说观念的现代化。他的这个成就，在五四后的学界已经成为共识。郑振铎在《林琴南先生》一文中说："中国文人，对于小说向来是以'小道'目之的，对于小说作者，也向来是看不起的，所以许多有盛名的作家绝不肯动手去做什么小说，所有做小说的人也都写着假名，不欲以真姓名示读者。林先生则完全打破了这个传统的见解。他以一个古文家动手去译欧洲的小说，且称他们的小说家为可以与太史公比肩，这确是很勇敢、很大胆的举动。自他以后，中国文人才有以小说家自命的；自他以后才开始了翻译世界的文学作品的风气。中国近二十年译作小说之多，差不多可以说大都是受林先生的感化与影响的。"[①]寒光在《林琴南》中说："林氏译小说的时候，恰当中国人贱视小说习性还未铲除的时期，一班士大夫们方且以帖括和时文为经世的文章，至于小说这一物，不过视为茶余酒后一种排遣的谈助品。加以那时咬文嚼字的风气很盛，白话体的旧小说虽尽有描写风俗人情的妙文，流利忠实的文笔，无奈他们总认为下级社会的流品，而贱视为土腔白话的下流读物。林氏以古文名家而倾动公卿的资格，运用他的史、汉妙笔来做翻译文章，所以才大受欢迎，所以才引起上中级社会读外洋小说的兴趣，并且因此而抬高小说的价值和小说家的身价。"[②]这些，都是较为中肯的判断。

严复、林纾处在大历史的转换时期，运用古文翻译西方近代著作的情况，到五四白话文兴起之后逐渐成为过往的史绩。然而，这是不能忘记的伟大史绩。处身近代启蒙思潮，他们运用"旧瓶装洋酒"的方式为中国面向世界提供了一个全方位的世界性文化和文学的参照，启发了国人现代意识的觉醒，启发了启蒙者，启发了一个时代。而且，因为时代风气之使然，他们使用的"旧瓶"，已经不是完全的"旧"；他们所传输的"洋酒"，也因为有"旧瓶"中"旧酒"的融汇而与原产不完全一样。这两个

---

① 郑振铎：《林琴南先生》，《林纾研究资料》，薛绥之、张俊才编，福建人民出版社 1983 年，第 163—164 页。

② 寒光：《林琴南》，《林纾研究资料》，薛绥之、张俊才编，福建人民出版社 1983 年，第 207 页。

方面的“不一样”就彰显了严、林用古汉语和桐城派古文义法翻译西文的价值及历史局限。新一代的文化人在接受他们的翻译成果时，固然受到他们思想的影响，但由于他们的翻译秉承了或大体秉承了“信、达、雅”的原则，所以接受时往往能够超越译作者本人思想，而更加靠近“元书”。

不管是价值还是局限，都无不令后来的人们生出对历史的敬畏之心，因为它们记录了桐城派消亡之前桐城古文给予近代启蒙思潮以来中国的文化和文学艺术，给予五四新文学一个无可替代的贡献。

第四章

五四桐城学案及桐城派的消亡

民国创立，在中华民族的历史上翻开了新的一页，然而旧经济、旧政治、旧文化决不会随着满清王朝的倒台而消失。中国民族资产阶级的软弱性所表现出的对封建势力的妥协，使革命成果落入北洋军阀手中。袁世凯复辟称帝、张勋拥戴溥仪复清，不断地让革命陷入风雨飘摇之中，与此相关联，思想领域的尊孔读经浪潮也此起彼伏。近代启蒙新思潮中的知识精英，资产阶级改良派以及部分革命文化人物在历史的阵痛中陷入迷茫，他们或者投入新权贵的门下，或者回归传统作回光返照中的无望求索。一时间，“历史走向何处”成了横亘在几代文化人中回避不了的课题。“江山代有才人出”，当太平天国的梦想在历史的尘埃坍塌之后，当康有为、梁启超、严复、章太炎们无力的手臂无法擎起引领历史的文化大旗的时候，又一代知识精英——曾经接受过前辈哺育，又从域外盗得火来的陈独秀、李大钊、高一涵、胡适、鲁迅、周作人、郭沫若等人，终于以一场新文化运动和文学革命回答了历史的提问。他们把近代启蒙思潮及其文界革命提升到了新的高度，开创了文学的新时代，同时又留下了后起者必须解决的问题。

五四新文化运动和文学革命以白话文运动为起点推及整个文化和文学领域。五四新人继近代启蒙思潮和文界革命之后，以决绝的“反传统”和“全盘西化”的姿态，在思想文化领域提倡科学、民主，反对封建、迷信，在语言文学领域运用白话文取代文言文，创造“人的文学”。正是在这场新文化运动和文学革命当中，桐城派成了革命的对象。

一 五四新人对桐城派的批判

事情是由从桐城派文化土壤里走出来的陈独秀(1879—1942)引起的。

1917年1月1日,陈独秀在他主编的《新青年》第二卷第五号上刊发邀约美国留学生胡适的文章《文学改良刍议》。胡适(1891—1962)在这篇文章中,从进化论出发提出"白话文学之为中国文学之正宗,又为将来文学必用之利器"。[①] 他独尊"白话文学",贬抑传统古文,认为要做白话文,必须"从八事入手"。所谓"八事","一曰,须言之有物。二曰,不摹仿古人。三曰,须讲求文法。四曰,不作无病之呻吟。五曰,务去烂调套语。六曰,不用典。七曰,不讲对仗。八曰,不避俗字俗语。"而古文,在他看来,都是和这"八事"相抵牾,因此对古文传统以及体现了古文传统的桐城派便颇为蔑视,他认为"今日之中国,当造今日之文学。不必摹仿唐宋,亦不必摹仿周秦也。……更观今之'文学大家',文则下规姚曾,上师韩欧,更上则取法秦汉魏晋,以为六朝之下无文学可言,此皆百步与五十步之别而已,而皆为文学下乘"。[②] 在这篇文章中,胡适虽然没有明确提出废除文言,但明确宣言:白话文学应为"中国文学之正宗",隐含了用白话文取代文言文的意向;而对桐城派古文及其所遵从的文统的否定,已经深刻地触及到桐城古文的历史地位及其存在的合理性。

紧接着,1917年2月1日,陈独秀在《新青年》第二卷第六号亲自撰发《文学革命论》,与胡适相呼应,提倡"三大主义":"曰推倒雕琢的阿谀的贵族文学,建设平易的抒情的国民文学。曰推倒陈腐的铺张的古典文学,建设新鲜的立诚的写实文学。曰推倒迂腐的艰涩的山林文学,建设明了的通俗的社会文

① 胡适:《文学改良刍议》,《新青年》第二卷第五号,1917年1月1日。

② 胡适:《文学改良刍议》,《新青年》第二卷第五号,1917年1月1日。

学。”[①]他说，“俗论谓昌黎文章起八代之衰，虽非确论。然变八代之法，开宋元之先，自是文界豪杰之士。吾人今日所不满于昌黎者二事。一曰文犹师古。虽非典文，然不脱贵族气派。……二曰误于文以载道之谬见。文学本非为载道而设，而自昌黎以讫曾国藩所谓载道之文，不过抄袭孔孟以来极肤浅、极空泛之门面语而已。余尝谓唐宋八家之所谓‘代圣贤立言’，同一鼻孔出气。以此二事推之，昌黎之变古，乃时代使然。于文学史上，其自身并无十分特色可观也。元明剧本，明清小说，乃近代文学之粲然可观者。惜为妖魔所厄，未及出胎，竟尔流产。以至今日中国之文学，委琐陈腐，远不能与欧洲比肩。此妖魔为何。即明之前后七子及八家文派之归方刘姚是也。此十八妖魔尊古蔑今，咬文嚼字，称霸文坛。……若夫七子之诗，刻意模古，直谓之抄袭可也。归方刘姚之文，或希荣慕誉，或无病而呻，满纸之乎者也矣焉哉。每有长篇大作，摇头摆尾，说来说去，不知道说些什么。此等文学，作者既非创造才，胸中又无物，其伎俩惟在仿古欺人，直无一字之存在价值。虽著作等身，与其时之社会文明进化无丝毫关系。”“所谓桐城派者，八家与八股之混合体也。所谓骈体之文，思绮堂与随园之四六也。所谓江西派者，山谷之偶像也”。[②] 文章呼吁：“吾国文学界豪杰之士，有自负为中国之虞哥（雨果）、左喇（左拉）、桂特（歌德）、郝卜特曼（霍普特曼）、狄铿士（狄更斯）、王尔德者乎。有不顾迂儒之毁誉，明目张胆以与十八妖魔宣战者乎。吾愿拖四十二生的大炮，为之前驱。”[③]陈独秀的这篇文章所论已不止于胡适所涉及的语言、文学问题，而是直逼封建传统的内容，批判的对象当然不只是桐城派，但论及文章一脉，则是把桐城派当成为重点对象，直接地向桐城派发动了攻击。今天的人们自然容易见出其中的偏激和有违常识之处，所谓“十八妖魔”、“方归刘姚之文……直无一字之存在价值”、“与其时之社会文明进化无丝毫关系”，以及对“文以载道”的简单否定，等等，都不是科学之论。

---

① 陈独秀：《文学革命论》，《新青年》第二卷第六号，1917年2月1日。
② 陈独秀：《文学革命论》，《新青年》第二卷第六号，1917年2月1日。
③ 陈独秀：《文学革命论》，《新青年》第二卷第六号，1917年2月1日。

但是，他立足世界文学背景，对封建意识形态的声讨，对中国主流文学走向的论述，欲变革语言、文学以求“文学革命”的强烈要求，都格外闪耀着革命性锋芒，显然具有开辟文学新时代的意义。

与陈独秀的文章刊于同一期的“通信”栏中，还发表了钱玄同给陈独秀的信。信中说：“倾接六号(实为五号)《新青年》胡适之先生文学刍议，极为佩服。其斥骈文不通之句，及主张白话体文学说，最精辟。……具此识力，而言改良文艺，其结果必佳良无疑。惟选学妖孽，桐城谬种，见此又不知若何咒骂。虽然，得此辈多咒骂一声，便使价值增加一分也。”[①]在声援胡、陈的同时，攻击的对象，与胡、陈相同，且更加明朗、具体，一是提倡学魏晋的“选学妖孽”，二便是持守古文的“桐城谬种”。显而易见，其言辞承接陈独秀的“妖魔”之说而更加放肆了。自此，“桐城谬种”成为一些人指称桐城派的代名词。据潘务正考索，钱玄同发明此语后，不断地重复使用它，仅在《新青年》一刊，他从1917年到1918年先后至少五次集中持用这一说法抨击后期桐城派人物，[②]极力发挥其杀伤力。

运动初起，“不特没有人赞同，并且也没有人反对”，到1918年也不见好转。这年8月鲁迅在与人通信中，真实地道出了新派同人对这种情况的感受。他继续道：“《新青年》第五期大约不久可出，……该杂志销路闻大不佳，而今之青年皆比我辈更为顽固，真是无法。”[③]由此可见传统的庞大和顽固。在如此沉寂之际，为了兴动阵势，1918年3月，钱玄同便和刘半农合作演出了一场愿打愿挨的“双簧戏”。先由钱玄同化名“王敬轩”，以新文化运动反对者的口吻写信，痛斥新文化运动的种种离经叛道之举，再由刘半农发表文章淋漓尽致地把“王敬轩”反驳一番，以收振动视听、大快人心之效。这曲双簧戏重申了

---

① 《新青年》，第二卷第六号，通信第12页，1917年2月1日。

② 潘务正：《“桐城谬种”考辩》，《桐城派研究》，2002年，第二辑，第21页。

③ 鲁迅：《致许寿裳》，《鲁迅全集》，第11卷，人民文学出版社1982年，第350页。

《新青年》杂志“排斥孔丘”,“对于西教不加排斥”的严正立场,和“大倡文学革命”的宗旨,其批判桐城派的地方也颇为突出。文章再一次把“桐城谬种”一说突显出来,说道:“敝志反对‘桐城谬种’、‘选学妖孽’,已将他们的弊病,逐次披露”,“还要无理取闹,刺刺不休,似乎不必仔细申辩”。双簧戏中还对林纾、严复的翻译大加揶揄,甚至否定严复、林纾秉持古文翻译西书的价值。

1918 年 1 月 15 日,《新青年》第四卷第一号刊出傅斯年《文学革命申义》,呼应钱玄同的批判,认为“钱玄同先生以为‘谬种’,盖非过情之言也”。文章认为桐城派违背写作规律,以致“桎梏心虑,戕贼性情”。傅斯年具体分析道:“今世流行文派,得失可略得言。桐城家者,最不足观,循其义法,无适而可。言理则但见其庸讷而不畅微旨也,达情则但见其陈死而不移人情也,记事则故意颠倒天然之次序以为波澜,匿其实相,造作虚辞,曰:不如是不足以动人也。故析理之文,桐城家不能为,则饰之曰:文学家固有异夫理学也。疏证家之文,桐城家不能为,则饰之曰:文章家固有异夫朴学也。抒感之文,桐城家不能为,则饰之曰:古文家固有异夫骈体也。……桐城嫡派无论矣,若其别支,则恽子居异才,曾涤生宏才,所成就者如此其微,固由于桎梏拘束,莫由自拔。”[①]他以为桐城派的古文义法都与言理、达情、述事不相容,换言之,即违背了作文的规律,以致从嫡派到恽敬、曾国藩两个别支都没有取得什么成就。他的文章虽说赞同钱玄同的抨击,但注意到从学理上推倒桐城派。他的可取之处在于看到了桐城派义法理论因概括化而没有对论说、抒情、叙事作专门性要求,以致有可能令不同文类的作者无所适从。但是他没有注意到古文义法的“有义”、“有法”确实又包含了对三类文章的普适性要求。

1918 年 4 月 15 日,《新青年》第四卷第四号刊出胡适《建设的文学革命论》,继《文学改良刍议》之后,提出不但要破坏还要建设,只有建设了“真文学”、“活文学”,才能代替“什么‘桐城’

---

① 傅斯年:《文学革新申义》,《新青年》,第四卷第一号,1918 年 1 月 15 日。

派的古文哪,'文选'派的文学哪,'江西'派的诗哪,梦窗派的词哪,聊斋志异派的小说哪"——这些"假文学和死文学"。胡适声明:"我的'建设新文学论'的唯一宗旨只有十个大字:'国语的文学,文学的国语。'……有了国语的文学,方才可有文学的国语。有了文学的国语,我们的国语才可算得真正的国语。"而"国语的文学"就是运用白话做的文学。他把废除文言文,运用白话文,以言、文的统一来造就现代国语的要求公开了出来。但是,他的论证显得偏激、武断,如认为"中国二千年……没有真有价值真有生命的'文言的文学'",二千年文言(或称"死文言")所做的文学都是"死文学","都是用已经死了的语言文字做的",[①]等等,都显得不顾历史事实,表现出严重的片面性。文章把桐城派当成"假文学和死文学"的例证,笼统轻率地予以讪笑。

对于《新青年》派的发难,桐城派的代表人物是敏感的、反对的,但多数人依然做自己的事,不以为然。此前,严复因被动挂名筹安会事,为时人所不齿,后因第一次世界大战中西方资本主义国家对于人类的残酷杀戮以及民国混乱不堪的国事,显得愤闷无奈,表现出复归传统的意向,大体陷入暮年颓唐之境。他在给熊纯如的信中说:"嗟乎!及吾之世,太平富强,固属不可复见矣。而一方稍为安静处所,使我得终余年,不知有否?元遗山句云:'何处青山隔尘土,一庵吾欲送华颠',真鄙人今日心绪也。"[②]面对陈、胡等人的所为,他居高临下,不直接与之接手论争,然从有关书信与文章可知,反对和厌恶的态度是鲜明的。1919年,严复在致熊纯如的信中,认为陈、胡的所作所为违反进化原理,说:"北京大学陈、胡诸教员主张文白合一,在京久已闻之,彼之为此,意谓西国然也。不知西国为此,乃以语言合之文字,而彼则反之,以文字合之语言。今夫文字语言之所以为优美者,以其名辞富有,著之手口,有以导达要妙精深之理

① 胡适:《建设的文学革命论》,《新青年》,第四卷第四号,1918年4月15日。

② 严复:《与熊纯如书》,《严复集》,第3册,王栻编,中华书局1986年,第697页。

想，状写奇异美丽之物态耳。……诗之善述情者，无若杜子美之《北征》；能状物者，无若韩吏部之《南山》。设白话，则高者不过《水浒》、《红楼》；下者将同戏曲中簧皮之脚本。就令以此教育，易于普及，而斡弃周鼎，宝此康匏，正无如退化何耳。须知此事，全属天演，革命时代，学说万千，然而施之人间，优者自存，劣者自败，虽千陈独秀，万胡适、钱玄同，岂能劫持其柄，则亦如春鸟秋虫，听其自鸣自止可耳。林琴南辈与之较论，亦可笑也。"[①]这显然没有多大力量，姑不论西国是否一律以"语言合之文字"，文言发展到近代，不断进化，其表达功能日渐接近普通读者，这是事实，但简单地以此来推断白话文不如古文是难以成立的，以现代白话为基础行"言文统一"，并不意味着用原生态的民间口语代替"文字"。他的要害在于回避了言文合一的意义，看重文言轻视了白话。同年，他又在《与熊纯如书》中说："不佞垂老，亲见脂那七年之民国与欧罗巴四年亘古未有之血战，觉彼族三百年之进化，只做到'得己杀人，寡廉鲜耻'八个字。回观孔孟之道，真量同天地，泽被寰区。此不独吾言为然，即泰西有思想人亦渐觉其如此矣。"[②]前面一说只是语言问题，后面一说乃是对民国成立后七年和西方资本主义列强发动的第一次世界大战"得己杀人，寡廉鲜耻"的谴责，并不直接指向陈、胡，却又从更宽广的背景上表达了对陈、胡极力张扬的、自己先于陈、胡热情引进的"德先生""赛先生"的质疑，以及对传统理性的回归。但是因为多是私人间的信件，没有造成大的影响。

面对五四新人的讨伐，向以怪倔立世的林纾实在按捺不住。此前他与严复"译才并世"，以传输西方近代文学而知名文坛，可算是"传输西化"的先锋。但他政治上倾向保守，一生十一次晋谒清崇陵，其中民国之后竟达九次之多（最后一次是1922年），"虽大雪弥天，而衰老之年仍跪起丹墀之下，不敢忘

---

① 严复：《与熊纯如书》，《严复集》，第3册，王栻编，中华书局1986年，第699页。

② 严复：《与熊纯如书》，《严复集》，第3册，王栻编，中华书局1986年，第692页。

敬”。他又是文化上的传统主义者，主张文化必当进化，反对文化上的突变。所以当感到五四新文化运动的暴风雨降临头上的时候，就出而反击。1917 年 2 月 8 日，林纾在上海《民国日报》上发表《论古文之不宜废》，针对胡适等人欲废古文的主张，直截了当地指出“古文之不宜废”。他也赞成白话，但以为不要以废除古文为前提。其文章开宗明义：“文无所谓古也”，唯有优劣可辨，故“汉唐之《艺文志》及《崇文总目》中文家林立”，而“马、班、韩、柳独有”。他特别指出：胡适所谓“八事”，不构成文言必废的理由；用白话作文章，有谁能保证篇篇“言之有物”、“讲求文法”、“不作无病之呻吟”、“务去滥调套语”？又针对胡适文章中肯定欧人不废拉丁之说，申辩说，“知腊丁之不可废，则马、班、韩、柳亦自有其不宜废者”。他提出“求新”但应该“宝旧”，使二者相得益彰，说：“民国新立，士皆剽窃新学，行文亦泽之以新名词。夫学不新而唯词之新，匪特不得新，且举其故者而尽亡之，吾甚虞古系之绝也。向在杭州，日本斋藤少将谓余曰：‘敝国非新，盖复古也。’时中国古籍如皕宋楼之藏书，日人则尽括而有之。呜呼，彼人求新而惟旧之宝，吾则不得新而先殒其旧。意者后此求文字之师，将以厚币聘东人乎？夫马班韩柳之文虽不协於时用，固文字之祖也；嗜者学之，用其浅者以课人，转转相承，必有一二钜子出肩其统，则中国之元气尚有存者。若弃掷践唾而不之惜，吾恐国未亡而文字已先之，几何不为东人之所笑也。”[①]所谓“求新而惟旧之宝”，大有薛福成当年“不忘旧，然后能自新”的遗绪。

1919 年，林纾在《与唐蔚芝侍郎书》中，对于唐蔚芝书中所言“吾清之亡，亡于废经”的观点极表赞同，呼之曰“悲哉言乎”。他在信中对于儒道破灭的现状深怀忧虑，慨叹“师道不立，天下决无正人。孔子岂有威力能约七十子及三千之徒？亦道之严毅胜于铁钺。今道不足以约众，人人恃其自由之力，虽师意亦不如是，而弟子可以作乱。为自由而师道扫地矣。”[②]他还谈及

① 林纾：《论古文之不宜废》，《畏庐集》，1917 年 2 月 8 日《民国日报》。

② 林纾：《与唐蔚芝侍郎书》，《畏庐三集》，第 28—29 页，《林琴南文集》，中国书店 1985 年。

自己在正志学校讲学情况:“纾年六十有八,卖画译书月可得数百金,则弃而不为而专力于教授,亦趁其未死之年,诠释论语之奥妙,佐以儒先之言,亦旁证及于西人之哲学。”[①]大有拯溺扶危的悲壮。这一年他与正志学校学生对话,表达了卫道的自觉与坚执:“予乞食长安,蛰伏二十年,第而忍其饥寒,无孟、韩之道,力而甘为其难。名曰卫道,若蚊蚋之负泰山,固知其事之不可干也;憾我者、将争起而吾弹也。然万户皆鼾,吾独嘐嘐作晨鸡焉;万夫皆屏,吾独悠悠当虎蹊焉。七十之年,去死已近,为年则羸胡角之砺?为马则驽,胡蹄之铁?然则哀哀父母,吾不尝为之子耶?巍巍圣言,吾不尝为之徒耶?苟能俯而听之,存此一线之伦纪于宇宙之间,吾甘断吾头而付樊于期之函,裂吾胸为安金藏之。——剖其心肝,皇天后土,是临是监!”[②]

这一年四月,林纾又发表《论古文白话之相消长》,继续对《新青年》诸人提出批评。他在文章中剥夺了胡、陈倡导白话的发明权,把白话文运动拉到晚清时期,指出“近人创为白话一门,自衒其持见,不知林万里、汪叔明固已先汝而为矣”。在这篇文章中,他提出“古文、白话之相消长”,认为随着时代的变迁,古文当退居次要地位,但要废除古文则不可,欲写好白话文必须学好古文。“废古文用白话者,亦正不知所谓古文也”。他具体分析白话在《水浒》、《红楼梦》两书中的运用,充分肯定其成就,又指出此乃古文传统发挥作用的结果,《水浒》“绘影绘声之笔,真得一肖字之诀”,许多地方乃《史记》笔法的传承,“不读《史记》而作《水浒》,能状出尔许神情耶?”他的结论是:“古文者,白话之根柢;无古文,安有白话?”[③]

同年,林纾致信北京大学校长蔡元培,对新起的新文化运动深表忧虑,痛感“名教孤悬”,望蔡氏“保全而护惜之”。文章总结戊戌变法以来的政治形势,指陈突变式革命无济于中国问

---

① 林纾:《与唐蔚芝侍郎书》,《畏庐三集》,第 29 页,《林琴南文集》,中国书店 1985 年。

② 林纾:《腐解》,《畏庐三集》,第 2 页,《林琴南文集》,中国书店 1985 年。

③ 林纾:《论古文白话之相消长》,《文艺丛报》,1919 年 4 月。

题之解决："晚清之末造，慨世者恒曰：去科举，停资格，废八股，斩豚尾，复天足，逐满人，扑专制，整军备，则中国必强。今百凡皆遂矣，强又安在？于是更进一解，必覆孔孟，铲伦常为快。呜呼，因童子之羸困，不求良医，乃追责其二亲之有隐瘵逐之，而童子可以日就肥泽，有是理耶！"又提出不能尽废古书，古文可与白话相消长，古文为主、白话为辅的方略，企图使新起的白话文运动停止对古文的攻击。他说，"若云死文字有碍生学术，则科学不用古文，古文亦无碍科学"，"若尽废古书，行用土语为文字，则都下引车卖浆之徒，所操之语，按之皆有文法，不类闽、广人为无文法之啁啾，据此则凡京津之稗贩，均可用为教授矣"，"非读破万卷，不能为古文，亦并不能为白话"，"盖存国粹而授古文，可也。以古文为客，以白话为主，不可也"。[①] 文章所谈尽其辩证之力，但是不只是以文字改良为目的，其要害在于看到了五四新人要"铲孔孟，覆伦常"，以致希望维护孔孟之道、封建伦理纲常。

1919 年 2 月 17 日至 18 日，林纾受激于钱玄同、刘半农的"双簧戏"，在上海《新申报 · 蠡叟丛谈》发表小说《荆生》，1919 年 3 月 18 日至 22 日又发表小说《妖梦》，讥讽《新青年》诸人如禽兽，如阴间鬼蜮。其中《荆生》写三少年：皖人田其美（影射陈独秀）、浙人金心异（影射钱玄同）、新归自美洲的狄莫（影射胡适）在京师陶然亭置酒悬谈，遭荆生排拒。三少年的议论大意为：中国将亡于孔氏之学；谈什么伦纪，天下有人种即有父母，父母于我有何恩；死文字安能生活学术，非去孔子灭伦常不可。不料遇伟丈夫荆生，听后唾骂、追打。蠡叟评议说："荆生良多事，可笑。……禽兽自语，于人胡涉？"《妖梦》写郑思康游鬼城的所见所闻：鬼城第一门"有高阀，大书曰，白话学堂。门外大书一联云：白话通神，《红楼梦》、《水浒传》真不可思议；古文讨厌，欧阳修、韩愈是什么东西？"引路的人告诉说，"鬼城学堂校长元绪（影射蔡元培），教务长田恒（影射胡适），副教务长秦二世（影射陈独秀），皆鬼中之杰出者也"。进入第二门，"匾上大书毙孔堂，又一联云，禽兽真自由，要这伦常何用；仁义太坏事，

① 林纾：《致蔡鹤卿书》，1919 年 3 月 18 日《公言报》。

须从根本打消”。最后见着言罗睺阿修罗王，这罗王身长十余丈，张口圆径可八尺，“直扑白话学堂，攫人而食。食已大下，臭不可近”。蠡叟评议说：“死文字三字，非田恒独出之言也。英国大师迭更先生，已曾言之：指腊丁罗马希腊古文也，夫以迭更之才力，不能灭腊丁，讵以田恒之力，能灭古文耶？……作白话须先读书明理，说得通透，方能动人。若但以白话教白话，不知理之所从出，则骡马市引东洋车之人，亦知白话，何用教耶？……此风一扇，人人目不知书；又引掖以背叛伦常为自由，何人不逐流而逝，争趋禽兽一路。……须知古文无害于科学，科学亦不用乎古文，两不相涉，尽人知之。……吾恨郑生之梦不实。若果有咁月之罗睺罗王，吾将请其将此辈先尝一脔也。”两篇小说的意思与论文和书信大体相同，不过是借文学形式以耸人听闻；且此种形式已经失去他在论文与书信中诚笃说理的君子之度，透露了因痛心疾首而致失常的心态。

人们当会注意到，林纾尊崇封建理性、维护文化传统，但也不赞成神化孔子。他反对废除古文，却又是白话文写作的践行者。1917 年，林纾组织古文讲习会，有人尊孔子为教宗，他却作《宣尼》一诗，斥之为“幽陋愚暗”。[①] 1919 年 2 月上海《新申报》辟“蠡叟丛谈”专栏，专发林纾文言短篇小说，同年 3 月北京《公言报》则为林特辟“劝世白话新乐府”专栏。《公言报》在专栏按语中说：“林琴南在《平报》作白话讽喻新乐府百余篇，近五年已洗手不作矣。然世变日屹，悲者不自胜，乃复为冯妇，请本报拓一栏容之，不收润笔。然不能逐日皆出，遇有关世道人心题目，即出一篇，此不得已之苦衷。琴南年垂七十，与世何争，既不为名，亦不为利，所争者名教耳。阅报诸君当能谅之。今世人既行白话，琴南亦以白话为之，趋风气也。”[②]就是说，林纾同时呈现出两面特征，这两面特征所告诉世人的是：这是一个传统主义者，同时又是一个渐进的文化改良主义者。倘若处在

① 张俊才：《林纾年谱简编》，《林纾研究资料》，薛绥之、张俊才编，福建人民出版社 1983 年，第 47 页。

② 张俊才：《林纾年谱简编》，《林纾研究资料》，薛绥之、张俊才编，福建人民出版社 1983 年，第 49 页。

社会改良时期(如晚清),他可能如鱼得水,但在风起云涌的文化和文学的根本变革时期,他不能不表现出对抗性。

对于林纾的批评,蔡元培是不满的。1919 年 3 月 21 日,《北京大学日刊》刊登蔡元培《答林君琴南函》,回应了林纾对北京大学、《新青年》的指责。信函集中概括出林纾的两点指责:一曰"覆孔孟,铲伦常";二曰"尽废古书,行用土语为文字"。他并未理足气壮地接受此两点指责,而是用事实说明他所主持的北京大学不存在林纾所指责的情况。在进行了具体辩解之后,又承认学校教员中存在着不同的学术观点和不同的生活作派,但认为学校无由干涉,进而申明了"对于学术,仿世界各大学通例,循'思想自由'原则,取兼容并包主义"的思想。[①] 蔡元培写这封回信时可能还没有看到林纾的两篇小说,倒也如林纾给他的信一样,不失雅量;而且,他的观点似乎也不像《新青年》的几个撰稿人那样态度坚执鲜明,但他申明的学术方针确使这封信超越了同时期那些立场坚执但不容论辩的《新青年》同人。以至于林纾得知这封信后发现蔡氏并非陈、胡,复信称:"足见我公宗圣明伦之宗旨,始终未背也。"[②]

陈独秀的态度与蔡元培成鲜明对比。早于蔡元培的这封信,1919 年 1 月 15 日,陈独秀作《本志罪案之答辩书》回击包括林纾在内的反对派对《新青年》的批评,高屋建瓴,毋庸辩驳。他道:

> 他们所非难本志的,无非是破坏孔教,破坏礼法,破坏国粹,破坏贞节,破坏旧伦理(忠孝节)破坏旧艺术(中国戏),破坏旧宗教(鬼神),破坏旧文学,破坏旧政治(特权人治),这几条罪案。
>
> 这几条罪案,本社同人当然直认不讳。但是追本溯源,本志同人本来无罪,只因为拥护那德莫克拉西(Democracy)和赛因斯(Science)两位先生,才犯了这几条滔天的大罪。要拥护那德先生,便不得不反对孔

---

① 蔡元培:《答林君琴南函》,1919 年 3 月 21 日《北京大学日刊》。

② 林纾:《再答蔡鹤卿书》,1919 年 3 月 24 日《公言报》。

> 教，礼法，贞节，旧伦理，旧政治。要拥护那赛先生，便不得不反对旧艺术，旧宗教。要拥护德先生，又要拥护赛先生，便不得不反对国粹和旧文学，大家平心细想，本志除了拥护德赛两先生外，还有别项罪案没有呢？若是没有，请你们不用专门非难本志，要有气力有胆量来反对德赛两先生，才算是好汉，才算是根本的办法。
>
> ……
>
> 西洋人因为拥护德赛两先生，闹了多少事，流了多少血；德赛两先生才逐渐从黑暗中把他们救出，引到光明世界。我们现在认定只有这两位先生，可以救治中国政治上道德上学术上思想上一切的黑暗。若因为拥护这两位先生，一切政府的迫害，社会的攻击笑骂，就是断头流血，都不推辞。
>
> （《本志罪案之答辩书》）

德先生、赛先生即资产阶级的科学和民主思想，或称为启蒙理性主义，是西方社会在资本主义发展过程中适应资本主义生产关系需要，反对中世纪宗教神学而形成的资产阶级意识形态。当西方资产阶级尚未成为统治阶级，尚未成为和平、民主、公正的反对派，尚未公开走向世界无产阶级和其他劳动阶级对立面的时候，它们是西方自文艺复兴到马克思主义产生之前的先进理论，作为法国资产阶级革命和美国独立的思想基础，它们对动员全人类反对中世纪的黑暗，反对封建主义等方面发挥了巨大的引领作用。受到这种思想影响，人类文学艺术发生了巨大变化，自文艺复兴以来出现了一座又一座文学艺术的丰碑。这种思想传输到中国之后，在中国共产党人尚未找到马克思主义之前，确实成了先进中国人反对封建主义的有力武器。所以当陈独秀等人高举这两面旗帜，据以为“铲孔孟，覆伦常”，反对旧政治、旧文化、旧文学、旧艺术的时候，他们确实站到了时代思想的至高点，具有划时代的意义。当然，这毕竟不是最好的武器，所以当他们据以批判传统，批判桐城派的时候，便总要暴露出局限性，只有坚持辩证唯物主义和历史唯物主义认真分析这场论争，才能把问题搞清楚，还历史以本来面目。

林纾小说《荆生》、《妖梦》的发表更激起了五四新人的愤怒。守常（李大钊）警觉到林纾小说《荆生》有“想用道理以外的势力”，“学术以外的势力”“来铲除这刚一萌动的生机”的企图。他在《每周评论》上发出警告：“你们应该本着你们所信的道理，光明磊落地出来同这新派思想家辩驳、讨论”，“总是隐在人家背后，想抱着那位伟丈夫的大腿，拿强暴的势力压倒你们所反对的人，替你们出出气，或是作篇鬼话妄想的小说快快口，造段谣言宽宽心，那真是极无聊的举动。”[①]他借眼前俄罗斯革命的事实，说明革命青年对于“伟丈夫”的摧残是无所畏惧的。他在除旧布新之际拥有高度警惕，其言论的实际意义已超出现实的论争。

鲁迅（1881—1936）杂文集《热风》中的不少作品，都是为批判包括林纾在内的新文化运动和文学革命的反对派而作。他针对张口闭口“保存国粹”的人，提出必须把“国粹”的“毒瘤”割去，说：“倘说：中国的国粹，特别而且好；又何以现在糟到如此情形，新派摇头，旧派也叹气。倘说：这便是不能保存国粹的缘故，开了‘海禁’的缘故，所以必须保存。但海禁未开以前，全国都是‘国粹’，理应好了；何以春秋战国五胡十六国闹个不休，古人也都叹气。”[②]他把攻击“白话鄙俚浅陋”的“高雅的人”称之为“现在的屠杀者”，他讥讽道：“做了人类想成仙；生在地上要上天；明明是现代人，吸着现在的空气，却偏要勒派朽腐的名教，僵死的语言，侮蔑尽现在，这都是‘现在的屠杀者’。杀了‘现在’也便杀了‘将来’。将来是子孙的时代。”[③]在这之后的一个时间里，他在和钱玄同通信时总喜欢借林纾小说用“金心异”影射钱玄同一事，称钱氏为“心异兄”、“心翁”，把林纾的批评化为幽默的一笑。

---

① 守常：《新旧思想之激战》，《每周评论》，第12号，1919年3月9日。

② 鲁迅：《随感录·三十五》，《鲁迅全集》，第1卷，人民文学出版社1981年，第305—306页。

③ 鲁迅：《热风·五十七，现在的屠杀者》，《鲁迅全集》，第1卷，人民文学出版社，1981年，第350页。

与五四新人的批判锋芒相比，梁启超的思想此时已不带激进色彩，对桐城派的批评取温和的调子，然态度较为轻慢。他在近代启蒙思潮中地位与严复、林纾同列，少年时期治戴、段、王之学，后师从康有为，是今文学派的“猛烈的宣传运动者”，信《大同书》，排满共和，思想路线与桐城派有异。其于文，自己说“夙不喜桐城派古文”，[①]但与谭嗣同一样都学过桐城派古文。胡适说“严复、林纾是桐城的嫡派，谭嗣同、康有为、梁启超都是桐城的变种”。[②] 周作人也说梁启超“受了桐城派的影响”，“文章是融和了唐宋八家、桐城派，和李笠翁、金圣叹为一起，而又从中翻陈出新的”。[③] 梁启超1920年出版的《清代学术概论》涉及对桐城派的评价问题，他道：“平心而论，‘桐城’开派诸人，本狷洁自好，当‘汉学’全盛时奋然与抗，亦可谓有勇。不能以其末流之堕落归罪于作始。然此派者，以文而论，因袭矫揉，无所取材；以学而论，则奖空疏，瘀创获，无益于社会。且其在清代学界，始终未尝占重要位置，今后亦断不能复自存，置之不论焉可耳。”[④]说桐城派于文、于学“无益于社会”，显非确论。谈及清代散文，他道：“以言夫散文，经师家朴实说理，毫不带文学臭味；桐城派则以文为‘司空城旦’矣。”[⑤]“司空城旦”语出《史记·儒林列传》，司空，管刑法的官员；城旦，刑法律令。据传，窦太后好《老子》，曾问《诗》博士辕固生《老子》书，辕答曰《老子》乃“家人之言”，太后愤而骂：“安得司空城旦书乎？”乃使固入圈刺豕。梁氏运用这个典故讽刺桐城派古文无“文”，是服务于封建国家的工具之书。至于翻译，他把“梁启超式”的输入，与严、林翻译并列比较，道：戊戌政变后，“壬寅、癸卯间，译述之业特盛，定期出版之杂志不下数十种。日本每一新书出，译者动数家。新思想之输入，如火如荼。然皆所谓‘梁启超式’的输入，无组

---

① 梁启超：《清代学术概论》，东方出版社1996年，第77页。

② 胡适：《五十年来中国之文学》，《胡适文集》，第3卷，欧阳哲生编，北京大学出版社1998年，第217页。

③ 周作人：《中国新文学的源流》，华东师范大学出版社1995年，第53—54页。

④ 梁启超：《清代学术概论》，东方出版社1996年，第62页。

⑤ 梁启超：《清代学术概论》，东方出版社1996年，第93页。

织，无选择，本末不具，派别不明惟以多为贵，而社会亦欢迎之。盖如久处灾区之民，草根木皮，冻雀腐鼠，罔不甘之，朵颐大嚼，其能消化与否不问，能无召病与否更不问也，而实无卫生良品足以为代。”在这个背景上，他提及了严、林译书，说道：“时独有侯官严复，先后译赫胥黎《天演论》，斯密亚丹《原富》，穆勒约翰《名学》、《群己权界论》，孟德斯鸠《法意》，斯宾塞《群学肄言》等数种，皆名著也。虽半属旧籍，去时势颇远，然西洋留学生与本国思想界发生关系者，复其首也。亦有林纾者，译小说百数十种，颇风行于时，然所译本率皆欧洲第二三流作者，纾治桐城派古文，每译一书，辄‘因文见道’，于新思想无与焉。”[①]对自己有似贬实褒之嫌，于严复、林纾则似不特别推重，否认二人的译著对于输入新思想的意义，说严译“半属旧籍，去时势颇远”，林译“率皆欧洲二三流作者”，“每译一书，辄‘因文见道’，于新思想无与焉”，都不是中肯之谈。不过他也多少看到了他们的贡献，如认为严译“皆名著也”，“西洋留学生与本国思想界发生关系者，复其首也”，如认为林译小说“颇风行于时”，还都是符合事实的言谈。

当然，新文化运动和文学革命的反对者也并非桐城派一家，更非林纾、严复等少数几个人。林纾出而反对废止文言，捍卫古文和儒家传统，并未与桐城派诸人如马其昶、姚永朴、姚永概、严复晤谈，因此与其说他的观点代表了文派意识不如说代表了几千年不愿退出历史舞台的主流文化传统，他是以传统守门人和殉道者的姿态站立到新旧交替的江头，希望喝退激进的五四大潮。稍后于林纾、严复，充当这一角色的还有“学衡派”的梅光迪、吴宓、胡先骕诸人，还有黄侃、章士钊。而且，双方论争的具体是非也并不是随着白话文的推行和文言的废止就可以完全澄清。譬如学衡派，其主体原是留学美国哈佛大学的学生，他们受到白璧德新人文主义及安诺德社会进化论的影响，深怀民族传统的危机感，希望能从传统文化中寻求具有普遍性的思想价值，挖掘其中的人文精神而给予转化，倾向于改良，却有着辩证的理性意识。有的研究者指出，是他们与“新青年派”

---

① 梁启超：《清代学术概论》，东方出版社 1996 年，第 89 页。

共同创造了五四新文化。[①] 他们不满意"新青年派""反传统"的唯"新"是从的激进姿态，不少地方靠近桐城派严复、林纾的观点，语言表达与桐城派代表人物也有相似之处。《学衡》杂志(1922年—1926；1928—1933)共出七十九期，以"昌明国粹，融化新知"为宗旨，其"于国学则主以切实之工夫，为精确之研究，然后整理而条析之，明其源流，著其旨要，以见吾国文化有可与日月争光之价值。而后来学者，得其研究之津梁，探索之正轨，不至望洋兴叹，劳而无功，或盲肆攻击，专图毁弃，而自以为得也"；"于西学则主博极群书，深窥底奥，然后明白辨析，审慎取择，庶使吾国学子，潜心研究，兼收并览，不至道听途说，呼号标榜，陷于一偏而昧于大体也"；于语言，"行文则力求明畅雅洁，既不敢堆积餖饤，古字连篇，甘为学究，尤不敢故尚奇诡，妄矜创造，总期以吾国文字，表西来之思想，既达且雅，以见文字之效用，……无须更张其一定之文法，摧残其优美之形质也"。[②] 梅光迪还援引严复反对徇名避实的观点，批评"新青年"诸人形式主义偏激之举，他道："彼等非创造家，乃模仿家。彼等最是动人听闻之说，莫逾于创造。'新'之一字，几为彼等专有物，凡彼等所言所行，无一不'新'。侯官严氏曰：名义一经俗用，久辄失真。审慎之士，已不敢用'新'字，惧无意义之可言也。彼等以推翻古人与一切固有制度为职志，诬本国无文化，旧文学为死文学，放言高论，以骇众而玄俗。然夷考其实，乃为最下乘之模仿家。"[③]

尽管如此，就历史大趋势而言，五四白话文运动和文学革命光大了此前晚清文界革命的成果，实为一重大事件，为中国新文学的兴起和发展打开了道路。这应该是无可争辩的事实。1920年1月2日，北洋政府颁布了废除文言文的法令："定本年秋季起，凡国民学校一、二年级先改国文为语体文"。经过从晚清到1917年后文学革命的连续倡导和论争，"废除文言文"终

① 见乐黛云：《世界文化语境中的〈学衡派〉》，《新华文摘》2005年第16期。

② 《〈学衡〉杂志简章》，《学衡》第1期，1922年1月。

③ 梅光迪：《评提倡新文化者》，《学衡》第1期，1922年1月。

于成为事实。而且，随着五四新人对包括桐城派在内的旧礼教、旧道德、旧文学的讨伐和批判，建设新文学的路子逐渐清楚起来。其中周作人关于“人的文学”的两篇文章《人的文学》和《平民的文学》，提倡人道主义文学，把陈独秀所提倡的文学革命军的“三大主义”具体化。尽管因进化论和人性论的局限不能科学阐释“人的文学”的性质和内涵，但其中所谓“个人主义的人间本位”，作家身份及叙述视角的平民性，叙述内容的民间化，叙述方法的真实性和真挚性，叙述目的“为人生”，等等，都与传统的“贵族文学”劣败面相对立，在当时的语境中发挥了革新作用。更有鲁迅的小说和散文，郭沫若的新诗，周作人、冰心、朱自清、郁达夫的散文，等等，“外之既不后于世界之潮流，内之乃弗失固有之血脉”，以具体的形质彰显了文学革命的实绩。

二　桐城派的消亡

如果说民国后的第二年，即 1913 年，桐城派严复、林纾、马其昶、姚永概等人还能伙同梁启超、夏曾佑等二百余文化名流成立“孔教公会”，“严古尊圣”，尊孔读经，那么五四新文化和文学革命运动兴起之后，这支取向保守和改良的文化队伍便再也不能聚拢起力量，梁启超等一些人还走到了新文化的营垒当中。

这时候，吴汝纶久已去世，原本由他所挽系的桐城派从事西方近世文化及文学翻译介绍以“归求返观”转化传统和从事古文写作、教学及研究的两部分人，虽然没有停止自己的工作，但毕竟大势已去，人事日非。那些原本接受过桐城派文化传统和古文教养的文化人，不少人都成了挑战桐城派的先锋，更有那些桐城派末流，再也不去归附桐城派，大都充当了桐城派的掘墓人。桐城派所建构的文化和文学传统在历史的辩证法面前受到了历史运动的解构。

文化、文学风气大变革之后，桐城派后期的代表人物退出了文化中心，走向了边缘。新桃旧符，光阴追迫，一些人的自然生命也在愤志难没的情境中先后消失在历史的悲风当中。1921年10月27日，严复在福州去世。他临终前立下遗嘱，内列三事："一、中国必不亡，旧法可损益，必不可叛。二、新知无尽，真理无穷。人生一世，宜励业益知。三、两害相权，己轻群重。"[①]建基于进化论，秉具独知笃志的严复，最终竟以如此奇绝的方式与五四新潮拉开距离，为自己也为桐城派在文化史和文学史上树立了一块相异于五四新文化和文学革命的界碑。

接着，1924年10月9日，林纾在北京寓所去世。前一年，林纾还在《续辨奸论》中斥责倡导新文化运动的人为"巨奸"，发出"呜呼！吾国四千余年之文化教泽，彼乃以数年烬之"的浩叹。[②] 1924年6月，他在孔教大学讲授《史记·魏其武安列传》后即辞去讲习之职，并作诗《留别听讲诸子》："任他语体讼纷纭，我意何曾泥古坟。驽朽固难肩比席，殷勤阴愧负诸君。学非孔孟均邪说，语近韩欧始作文。荡子人含禽兽性，吾曹岂可与同群。"8月28日，他在病榻上以板承笺，写绝笔书，其中有"清举人林纾，于甲子月日死"，死前一日以手指书其子林琮手上："古文万无灭亡之理，其勿怠尔修。"[③]临死之前还心系被摧毁的封建王朝，认为孔孟以外之学均为"邪说"，都未免愚枉，然不"泥古"却又对"古"深怀敬畏之心，坚执于"古文万无灭亡之理"，是林纾同时也是桐城派给予民族后来者的有益告诫。

与置身政治、思想漩涡中的林纾、严复相比，桐城派其他几个后期代表人物例如马其昶、姚永朴似乎要柔韧些，他们多在"学问"上用功，虽然胸怀末世的苦闷，但五四后都还不断有著述问世。马其昶（1855—1930）师从方宗诚、吴汝纶和张裕钊，被视为吴汝纶后的桐城派"殿军"，历史进入30年代才离开人

---

① 《严复先生学术年表》，《严复卷》，欧阳哲生编校，河北教育出版社1996年，第638页。

② 林纾：《续辨奸论》，《贞文先生年谱》，卷2，朱羲胄编，上海世界书局1949年，第60页。

③ 张俊才：《林纾年谱简编》，《林纾研究资料》，薛绥之、张俊才编，福建人民出版社1983年，第59—60页。

世。他青年时期曾整理桐城明清两代著名人物事迹，著《桐城耆旧传》，希望借以激励乡里后人弘扬乡声；吴汝纶创办桐城学堂，他大力襄助，还出任桐城学堂堂长。处在新旧转换之际，以桐城派为代表的传统文化的衰落实非人力所能强为。在一生的社会文化和教育活动中，马其昶继承了桐城派政统与道统相一致的精神，讲求志节、操守，不赞成革命，奉行改良，但不盲目趋附政治和文化上的反动派。辛亥革命后，章太炎、马叙伦因反对袁世凯遭到拘捕，马其昶出面营救。袁世凯欲以"上大夫"的称谓拉拢他，他则逃离南归，"不敢漫然附和"，反对袁世凯称帝。五四新文化运动中陈独秀讨伐桐城派，但当陈独秀身陷北洋政府囹圄，他却能和桐城派中人以及几个桐城派末流为这个出乎"桐城"的叛逆者声援。他的著述严谨，又能得桐城派从姚莹到严复会通中西的开放精神，力图开出治学的新局面，其《周氏费氏学》"初稿间取泰西新说以证明《易》象，后以科学夙未研求，惧涉附会，遂刊除焉"。[①] 与传统桐城文论的精神相一致，他看重文章的"益于世"功能，认为"世不能无赖以文，赖以文又不能不求其理"。但晚清以降古文地位日衰，其文章风格含藏末世悲凉的文人气象，雅洁、低徊，离开了曾国藩时期光明瑰玮的风尚，刘声木称"其为文思深辞婉，言虽简而意有余，幽怀微旨，感喟低徊，深造自得"。[②] 他一般不作虚饰之辞，写人，能于简洁处独到细致的刻划中见出人物独特的性情；写史，人称得"史迁之法"，又或于记述中寄寓独得深沉的感喟。《南山集序》写于民国初立之时，于历史的沧桑中总结持"道"、恃"势"与世运的关系："行之而可久者，道也。势则有时而穷，势之既穷，则前之抑者愈甚，后之动而反也愈力"，于历史和现实之间寄寓了深沉的惋愤忧思。马其昶有《抱润轩文集》《抱润轩遗集》传世。章太炎在《马通伯先生像赞》中称："文章之寄，是唯枞阳，公殿其行。圣泽斩矣，新学披昌，公能宪章。括囊《六艺》，大典洋洋，

---

① 参见吴怀祺：《桐城学术与时代》，《安徽新华学院学报》，2013 年第 1 期。

② 刘声木：《桐城派渊源考》，卷 10，黄山书社 1989 年，第 291 页。

《三经》作纲。我瞻法象，既温从方，没齿不忘”。[①]

姚永朴（1862—1939）离开北京大学后有诗《坐蜕私轩中有感示叔弟》，其中有云：“吁嗟乎，人生六十尚何求，而况朝市已非昨。金鞭宝马满京华，肯顾藩篱有鷃雀。寄言健翮莫轻飞，榆枋几见未矰缴。低首扶风马少游，款段能骑未为恶。”寄言姚永概置身形势日非的现实应该谨言慎行，不要张扬，又表示自己仍将与之相携相从，“款段”而行。1921 年姚永朴告别北京南归，先后执教于桐城中学、东南大学、安徽大学，其著作《蜕私轩易说》（2 卷）、《诗学》（8 卷）、《历代圣哲学粹》等相继问世。其中《诗学》亦如此前的《文学研究法》，广泛采纳史料，集前人成果之大成。“没有建一帜，守一隅，能广征博引，远自汉唐诸学者，如匡衡、韩愈，继之以宋人欧阳修、曾巩，明代的胡震亨，以至清人王夫之、方苞、马瑞辰，民国后的马其昶及乃弟姚永概等，莫不择善而从，尤以朱熹的《诗经集传》与《毛诗正义》相对照，相比较，以纠正汉儒说诗偏考据，宋儒说诗偏义理之弊，即所谓‘治考据、义理而一之’”。[②] 直到晚年他依然执持“通经致用”，寄语安徽大学李顺卿校长诸同事同学：“犹有一言思念世，通经致用莫云迂。”[③]而且对桐城派古文的价值也始终坚守不悔。抗日战争期间，举家避战乱流亡广西，1939 年 7 月病逝于桂林。

姚永概（1866—1924）是姚永朴的胞弟，先永朴十五年死。在京期间与严复、林纾交往甚笃，对于他们广泛译介西书的成就尤其推崇，然而他又深怀传统失坠之忧，曾在给陈三立的信中说：“甲午前患西学不知，今患中学之全弃；西学中惟政、艺可学，中学则六经韩欧之书、伦理纲常之道为不可弃。”[④]两学之间

---

① 《太炎文录续篇》，《章太炎全集》（第 5 册），上海人民出版社 1985 年。

② 张仁寿：《学界泰斗　教坛名师——姚永朴评传》，《桐城派名家评传》，杨怀志、江小角主编，安徽人民出版社 2001 年，第 319 页。

③ 《蜕私轩诗集补钞》，《晚清桐城三家诗》，徐成志点校，黄山书社 2012 年，第 554 页。

④ 姚永概：《与陈伯严书》，《中国近代文论类编》，贾文昭编，黄山书社 1991 年，第 65 页。

对中学的道、艺难以弃舍，耿耿于怀，思想基本停留在经世致用的层次上，姚永朴说他“制行一以宋贤为归”当为确识。其诗、文切时切己，以真为本，天姿、践履两相融与，“性情之真”受同好称誉，其诗犹受推仰。有《慎宜轩诗集》、《慎宜轩文集》传世。

目睹桐城派大势已去，民国初年江南桐城派古文崇仰者王文濡编《明清八大家文抄》，希望供好古者学习之用，亦以与世风相抗衡。吴汝纶之子、莲池派中的佼佼者吴闿生为其作序。在序言中，他总结古文发展变迁的沿革，并作出了自己的评价。在文章最后，他悲壮且不无哀伤地写道：“孔子曰：‘天之将丧斯文也，后死者不得与于斯文也。’文之为圣哲所重久矣。天苟不丧中国文章之业，必且婵嫣赓续以森布昭列于霄汉之间。数十百年之崇替晦显始若飘风之骤过，浮沤之灭没于江海之滹，倏起瞥逝而无足厝意者也。世有瑰玮特杰之才出，上视千古以来之豪杰，固将推襟挹抱而相与笑语于堂也已夫，又孰能之间隔乎哉！”①不甘于“斯文”的沦丧，寄期望于世之瑰玮特杰之才。但是他哪里知道，正是当世的瑰玮特杰之才加速了桐城派的消亡，而这些人还多是从桐城派文化传统里走出来的桐城派末流。他们偕同一批意气相投者，推襟挹抱，相与笑语，昭布森列，为桐城派送终，迎接了又一个文化和文学的新时代。

自方苞、戴名世开宗，经二百余年的流衍，桐城派历经世致用思潮、近代启蒙新潮和文界革命，其内部不断产生出与自身传统相背离的现代性追求，引领了中国文化和文学的现代化，同时也带来了它自身的转换。在这个过程中，吴汝纶、严复、林纾、马其昶、姚氏兄弟，还有张裕钊、吴汝纶创立的池莲书院派的人们，共同彰显了后期桐城派的风姿。但是，沉重的封建理学和传统文化使这个文章学派始终持守着传统本位的立场，最终陷落在政治和文化的改良主义涸辙里，以至走到五四新文化运动和文学革命的对立面。

他们集开放与保守于一身，坚持政治改良，反对政治革命；坚持文化改良，反对文化和文学革命；坚持古文之不当废，反对

---

① 吴闿生：《明清八大家文抄·序（代）》，《桐城派文论选》，贾文昭编著，中华书局2008年，第461页。

白话正宗和白话独尊。他们中的杰出者严复、林纾和吴汝纶，与稍前于他们的薛福成诸人，传输近代西方资产阶级思想文化与文学艺术，打开了从古代通向现代的闸门，走在了五四新文化运动和文学革命的前沿。这些代表人物始终疏离西化，注重于传统的现代转换，其思维成果成为五四后创造中国新文化的有益酵素。他们唤醒了一个文化和文学的新时代，却又反对这个新时代的到来，以至于随着自身的边缘化，延绵 200 余年的桐城派也在他们这一代终结。

作为一定时空中流动着的文化形质，一个动态的系统，桐城派消亡了；作为一份无形遗产，桐城派却融汇到 20 世纪中国新文化和新文学的创造当中。它为新文化和新文学运动积累了强大的文化势能，提供了丰富的思想文化酵素，它自身则消解在新文化和新文学的曙色当中。

三　五四新人对批判的反思

历史的进步总是伴同着某些退步而令后世的人们顾影徬徨。历史巨灵粗糙的大脚在前进的历程中总要踩踏旧事物中生长了的新芽，打压旧事物中的合理部分而使新的时代蒙受曲折，这似乎是一个宿命。

因此，当前进着的时代不断地把这一宿命渐次暴露出来的时候，与时代一同进步的人们便要回过头去检讨以往，生出反省，希望把路走得扎实些。接下来，我们所要谈论的五四落潮后五四新人及有关人物对讨伐桐城派的反思，就是这一文化现象的表现。

五四后对批判的反思，多数是在五四新人中进行的。人们的反思可分为两个方面：一个方面是专门就批判林纾（有时包括严复）所作的反思，另一个方面是对批判桐城派所作的总体性反思，这两个方面有时也交织在一起，但为了使问题有条理一些，故逐一展开论述。

在新文化和新文学运动当中，林纾作为公开反对派的表现显得格外具体、生动，所以遭致的批判也就格外突出。事过境迁,激情沉淀之后,那些接受过林纾影响的五四新人回顾过往,便感到自己的所作所为应该由自己重新审视一番,以至于有关反思批判林纾的文章也就格外多些。

《新青年》操演双簧戏后的第四个年头——1922 年的 4 月,钱玄同在《致周作人》一文中说:"前几年那种排斥孔教,排斥旧文学的态度很应改变。若有人肯研究孔教和旧文学,鰓理而整治之,这是求之不可得的事。即使那整理的人佩服孔教与旧文学,只是所佩服的确是它们的精髓的一部分,也是很正当,很应该的。用科学的精神(分析条理的精神),容纳的态度来讲东西,讲德先生和赛先生等固佳,即讲孔教,只是说明它们的真相,也岂不甚好。"[①]这篇短文由双簧表演之一者写出,极富意味,它成了一个信号,特别地预示了五四新人在对桐城派的认识上经由全盘否定之后必将有一个理性的反思。

林纾去世一个月后,1924 年 11 月,郑振铎在《小说月报》上发表文章,说:

> 现在,中国的这个老文学家已于今年十月九日在北京的寓所里逝世了。林琴南先生的逝世,是使我们去公允的认识他、评论他的一个机会。现在,他的顽固的言论已经不能再使我们听见了,我们所有的是他的三十余年的努力的成绩。"盖棺论定",我们现在可以公正的评判他了。 (《林琴南先生》)

言语间流露着难得的理性和对林纾逝世的伤感。郑振铎说,"当欧洲大战初停止时,中国的知识阶级,得了一种新的觉悟,对于中国传统的道德及文学都下了总攻击",林纾因为"尽力为旧的礼教及文学辩护,十分不满意于这个新的运动",使许多学者"都以他为旧的传统的一方面的代表"加以批判,"无论在他的道德见解方面,他的古文方面,以及他的翻译方面,都指出他的许多错误,想在根本上推倒他的守旧的道德,及文学的见解"。郑振铎在肯定其中的历史合理性的同时特别指出,"因

---

① 钱玄同:《致周作人》,《钱玄同文集》,第 6 卷,中国人民大学出版社 2000 年,第 75 页。

他的一时的守旧的主张，便完全推倒了他在文坛上的地位，……似乎是不很公允的”。郑振铎说，“由他的许多文字上，可以知道他是一个非常热烈的爱国者”，“又是一个很清介的人”。他认为，林纾的小说创作虽不能认为是成功之作，但是，“第一，中国的‘章回小说’的传统的体裁，实从他而始打破”；“第二，中国小说叙述时事而能有价值的极少”，林纾的《京华碧血录》、《金陵秋》等则叙事“较翔实”，“足供给讲近代史者以参考的资料”。他的“传奇”作品表明“他可算是一个能大胆的打破传统的规律的人”。郑氏又指出，从林纾的《闽中新乐府》里“可以看出林先生的新党的倾向”。他更加突出地阐述了林纾翻译的贡献，认为林译小说，第一，改变了国人对西方人的畸形的看法，让中国的一部分知识阶级知道西方人与“我们”“是同样的‘人’，同时，了然的明了他们的家庭的情形，他们社会的内部情形，以及他们的国民性。且明白了‘中’与‘西’原本不是两个相异的名词”；第二，让中国人认识到，近代西方不但武器与物质文明、制度组织优于中国，而且也有高度发达的文学艺术，“亦有所谓可与我国的太史公相比肩的作家”；第三，改变了中国传统文化中视“小说”为“小道”的习惯观念，自近代以来，把小说提高到中国文学的正典的位置，“小说的旧体裁，由林先生而打破”，欧洲近代一大批著名作家因林纾的介绍而始为中国人所认识。[①] 就是说，林纾的翻译帮助一大批文化人建立了总体性世界眼光，全面破除了“华夏中心”的传统观念，启导了文化观念、小说观念的现代化。

继郑振铎之后，周作人(1885—1967)的反思较为诚实和突出。他1924年12月1日在《语丝》第三期上发表《林琴南与罗振玉》，谈及林纾的成就与贡献，说：

> 他介绍外国文学，虽然用了班、马的古文，其努力与成绩决不在任何人之下。1901年所译的《黑奴吁天录》，例言之六云，“是书开场、伏脉、接笋、结穴，处

① 郑振铎:《林琴南先生》,《林纾研究资料》,薛绥之、张俊才编,福建人民出版社1983年,第149—164页。

处均得古文家义法”，虽说得很可笑，但他的意思想使学者因此“勿遽贬西书，谓其文境不如中国也”，却是很可感的居心。老实说，我们几乎都因了有林纾才知都外国有小说，引起一点对于外国文学的兴味，我个人还曾经很模仿过他的译文。他所译的百余种小说中当然玉石混淆，有许多是无价值的作品，但世界名著实在不少：达孚的《鲁滨孙漂流记》，司各得的《劫后英雄略》，迭更司的《块肉余生述》等，小仲马的《茶花女》，圣彼得的《离恨天》，更是英、法的名作；斯威夫得的《海外轩渠录》，以及西万提斯的《魔侠传》，虽然译得不好，也是古今有名的原本，由林先生的介绍才入中国。“文学革命”以后，人们都有了骂林先生的权利，但有没有人象他那样的尽力介绍外国文学，译过几本全世界的名著？中国现在连人力车夫都说英文，专门的英语家也是车载斗量，在社会上出尽风头，——但是英国文学的杰作呢？除了林先生的几本古文译本以外可有些什么！就是对于德配天地的莎士比亚，也何尝动手，只有田寿昌先生的一二种新译以及林先生的一本古怪的《亨利第四》。我们回想头脑陈旧，文笔古怪，又是不懂原文的林先生在过去二十几年竟译出了好好丑丑这百余种小说，回一看我们趾高气扬而懒惰的青年，真正惭愧煞人！林先生不懂什么文学和主义，只有他这种忠于他的工作的精神，终是我们的师，这个我不惜承认，虽然有时也有爱真理过于爱吾师的时候。（《林琴南与罗振玉》）

所论显得较为公允、客观，其中还带着年轻一代可贵的自我反省精神。

还要提到的是，1935 年 2 月寒光出版的专著《林琴南》。这是在五四新人对林纾批判及批判后反思的基础上写成的，显得系统，许多地方都较为中肯。该书充分肯定了林纾在中国新文化和新文学运动史上的贡献，其“结论”部分把对林纾的认识归纳为十七点，多为精当之论，有这样几点尤为值得写出：“二、他的功绩是使中国人明白欧美的强盛、发达不尽关于舰坚炮利和理化之学，根本原因实在文化的进展；和严几道同是散布这种思想的人，功绩极大。三、中国人轻视小说及小说家的习俗和陋见，由林氏而革除；小说的价值和小说家的身价，由林氏而提高。……六、他的翻译是有目的的，有作为的，就是他自己所说的：'强支此不死期内，多译有益之书，以代弹词为劝喻之助。'所以他这样要采外国之长和补吾国之短的诚意和苦心，是很值得尊崇而万万不可埋没的。……十一、神仙鬼怪和才子佳人团圆式的传统小说由林氏而扫荡；小说的形式由林氏而改造，小说的范围由林氏而扩张。十二、中国的旧文学当以林氏为终点，新文学当以林氏为起点。十三、中国的文学界由他才开放文学的世界眼光；所以他于新文化的功绩就象哥伦布的发现新大陆，荒谬的所在应该原谅，功绩却是永远不可埋没的。"① 作者写此书时"远处海外"，也许正因为如此，他就避开了近距离的现实干扰和人事牵扯，在间离之中取得了一种冷静比较的眼光。

五四后对林纾的重新认识，意义并不止于此，其中也包含了对桐城派的重新认识，因为林纾的著作和翻译不是脱离近代桐城派的孤立存在。在当时的文章中，还有一些人的反思直接就桐城派而发，他们在对桐城派的认识上纠正五四"反传统"的偏颇，显示了学术的进步和匡正错误的勇气。

在这些人中，周作人、胡适的观点较具代表性。他们大都比较讲究学理，力图对桐城派的得失作出辩证的评价。1932年7月，周作人在《中国新文学的源流》一书中专门用了一讲谈论桐城派古文，在第五讲"文学革命运动"中又继续有对桐城派的评论。他较为深刻地分析了桐城派严复、林纾反对文学革命的原因，他说：

> 对此次文学革命起而反对的是……严复、林纾等人。西洋的科学哲学和文学，本是由于他们的介绍才

---

① 寒光：《林琴南》，《林纾研究资料》，薛绥之、张俊才编，福建人民出版社1983年，第224—225页。

> 得输入中国的，而参加文学革命运动的人们，也大都受过他们的影响。当时林译的小说，由最早的《茶花女》到后来的《十字军英雄记》和《黑太子南征录》，我就没有不读过的。那么，他们为什么又反动起来呢？那是他们有载道的观念之故。严、林都十分聪明，他们看出了文学运动的危险将不限于文学方面的改革，其结果势非使儒教思想根本动摇不可。所以怕极了便出来反对。（《中国新文学的源流》）

这确实是问题的实质，点中了林纾、严复的要害。其实这也是当时新文化运动反对者的要害。此一点即可见出周作人触及问题的尖锐性。而且，在谈及桐城派的沿革及其对五四文学的影响时，他又给了这样一个公允的总体性评价：

> 假如说姚鼐是桐城派定鼎的皇帝，那么曾国藩可说是桐城派中兴的明主。……姚鼐不以经书作文学看，所以《古文辞类篹》没有经书上的文字。曾国藩则将经书中文字选入《经史百家杂钞》之内，他已将经书当作文学看了。所以虽则曾国藩不及金圣叹大胆，而因为他较为开通，对文学较多了解，桐城派的思想到他便已改了模样，其后，到吴汝纶、严复、林纾诸人起来，一方面介绍西洋文学，一方面介绍科学思想，于是经曾国藩放大范围后的桐城派，慢慢便与新要兴起的文学接近起来了。后来参加新文学运动的，如胡适之、陈独秀、梁任公诸人都受过他们的影响很大，所以我们可以说，今次文学运动的开端，实际还是被桐城派中的人物引起来的。（《中国新文学的源流》）

一反一正，辩证地统一在一起，基本符合桐城派的实际。秉持这种清醒的认识，在当时可能只有周作人一个人。不过，他的有些观点难以成立。为了从根本处否定桐城派古文的成就，他认定桐城派所推崇的唐代韩愈、柳宗元以及在他们之后的古文不如秦汉古文，以为韩文“滥八股腔调，读之欲呕”，柳文“矜张作态”，大有一代不如一代之叹。其实桐城派不只是尊重韩、柳，也推崇司马迁和班固，由归有光上推宋、唐、先秦，这个文统怎么可以抹杀？他又把桐城派古文说成是“八股文”。“八股文”是明清科举取仕的文体，起于宋，又称“时文”，乃古文之一体，代圣贤立言，发展过程中自成一套程式。王安石、归有光都从事过这种文体的写作。到桐城派大家崛起之时，八股文趋向僵化，故提出“以古文为时文”，希望用古文的精气神韵济八股的不足。笼统地把桐城古文视为“八股文”，显然混淆了桐城派古文与时人所不齿的“八股文”的界线，更无视了桐城派古文的丰富性，稍稍涉及桐城派古文便会知道，桐城派的那些山水游记、人物传记、文章序跋，哪里有“八股”的影子？他在谈论桐城派与五四新文学的关系时还涉及对“文以载道”的认识，也失之片面，我们在后面将要论及。

胡适的反思较早。在1922年写成的《近五十年来中国之文学》中，胡适把桐城派作为前于康、梁一批人的文派来考察，认为“严复、林纾是桐城的嫡派，谭嗣同、康有为、梁启超都是桐城派的变种”。他援引谭嗣同《三十岁自纪》和梁启超“四十八岁的自述”，证明“谭嗣同与梁启超都经过一个桐城时代”。[①] 指出他们原本学桐城，后又转治它学。他又说：“吴汝纶思想稍新，他的影响也稍大，但他的贡献不在于他自己的文章，乃在他所造成的后进人才。严复、林纾都出于他的门下，他们的影响比他们更大了。”[②]这种认识在当时可谓独出，而且较为诚实。

在叙述桐城派自姚鼐到曾国藩再到吴汝纶的历史沿革之后，胡适说：“平心而论，古文学之中，自然要算‘古文’（自韩愈至曾国藩以下的古文）是最正当最有用的文体。骈文的弊病不消说了。那些瞧不起唐宋下的古文的人，妄想回到周秦汉魏，越做越不通，越古越没用，只替文学界添了一些似通非通的假古董。唐宋八家的古文和桐城派的古文的长处只是他们甘心做通顺清淡的文字，不妄做假古董。学桐城古文的人，大多数还可以做到一个通字；再进一步的，还可以做到应用的文字。

---

① 胡适：《五十年来中国之文学》，《胡适文集》，第3集，欧阳哲生编，北京大学出版社1998年，第217—218页。

② 胡适：《五十年来中国之文学》，《胡适文集》，第3集，欧阳哲生编，北京大学出版社1998年，第205页。

故桐城派的中兴,虽然没有什么大贡献,却也没有什么大害处。……但桐城派的影响,使古文做通顺了,为后来二三十年勉强应用的预备,这一点功劳是不可埋没的。"①这种沿革论把桐城派古文仅仅限在"做通顺清淡的文字"和"勉强应用"上,显然失之肤浅,但与当年陈独秀所谓"惟在仿古欺人,直无一字之存在价值"的指责,已经不是一回事,也与周作人肯定唐代以前的古文、轻视唐代以后的古文的观念相异。在这之后,他的认识还继续深化。1919 年 11 月,胡适发表《新思潮的意义》,提出整理国故;1922 年 11 月,他在《〈国学季刊〉发刊宣言》中,就整理国故问题发表了较为系统的意见,在反思五四新文化运动激进思潮的当中,提出"研究问题,输入学理,整理国故,再造文明",这实际上是对世纪之交严复提出的"归求反观"的思维路线的积极呼应。而且,胡适在首批列出的"整理国故"的书目中,就有由沈尹默整理的姚鼐、曾国藩的著作。也正是出于理性的而非情绪的思考,所以到 1935 年,他在撰写《中国新文学大系建设理论集·导言》时指出:"姚鼐、曾国藩的古文差不多统一了十九世纪晚期的中国散文。"②

对于清代的汉学和宋学,胡适看重汉学的治学方法。从 1919 年 11 月到 1921 年 4 月,胡适连续在《北京大学月刊》发表《清代汉学家的科学方法》,着重推举汉学朴学的研究方法,其中也涉及对宋学的态度,所以胡适后来把这篇文章改为《清代学者的治学方法》。文章认为汉学朴学具有"科学"精神,顾炎武、阎若璩的方法同葛利略(即伽利略)、牛顿的方法一样,都是把学说建筑在证据之上,戴震、钱大昕的方法同达尔文、柏斯德的方法一样,都是大胆设想,小心求证。尽管他把论述的重点放到了汉学家,但对宋学的方法也还是给予了肯定,他认为印度哲学盛行之后,中国哲学复兴的重要标志应是方法论,程、朱之前禅宗主张"顿悟",不曾留下什么方法论,"直到后来宋儒把

---

① 胡适:《五十年来中国之文学》,《胡适文集》,第 3 集,欧阳哲生编,北京大学出版社 1998 年,第 205 页。

② 胡适:《中国新文学大系建设理论集导言》,《中国新文学大系导言集》(1917—1927),天津人民出版社 2009 年,第 2 页。

《礼记》里面一篇一千七百五十字的《大学》提出来，方才算是寻得了中国近代哲学的方法论”。他对方法论的认识，因为有了一个中西比较的视野，虽然认识不尽妥贴，但还是力图运用科学精神观照中国传统学术，因而避免了清代汉学家盲目非宋的倾向，具有调和汉、宋的色彩，这也就认同了桐城派中从姚鼐到吴汝纶融通汉、宋，唯真是求的做法。

胡适对后期桐城派代表人物吴汝纶、严复、林纾给予他的影响是承认的。林纾翻译的《爱国二童子传》出版后，1908 年 9 月 25 日《竞业旬报》第 28 期上发表了胡适的《读〈爱国二童子传〉》一文，文中说："现在上海出了一部极好、极有益处的小说，叫做《爱国二童子传》。那书真好，真可以激发国民的自治思想、爱国思想、崇拜英雄的思想。这一部书很可以算得一部有用的书了。"[①]到晚年，胡适谈到林纾，说："我那时还写古文……那时叙事文受了林纾南的影响。林琴南的翻译小说我总看了上百部。"[②]

当然，对他产生重大影响的还是进化论。这使他终生不忘。胡适在《四十自述》中回忆少年时期上海澄衷学堂杨千里先生要学生用《天演论》作文的情形："有一次，他教我们班上买吴汝纶删节的严复译本《天演论》来做读本，这是我第一次读《天演论》，高兴的很。他出的作文题目也很特别，有一次的题目是'物竞天择，适者生存，试申其义。'……这种题目自然不是我们十几岁小孩能发挥的，但读《天演论》，做'物竞天择'的文章，都可以代表那个时代的风气。"他接着说：

> 《天演论》出版之后，不上几年，便风行到全国，竟做了中学生的读物了。读这书的人很少能了解赫胥黎在科学史和思想史上的贡献，他们能了解的就只是那"优胜劣败"的公式在国际政治上的意义。在中国屡次战败之后，这个"优胜劣败，适者生存"的公式确

---

① 胡适：《读〈爱国二童子传〉》，《胡适全集》，第 19 卷，安徽教育出版社 2003 年，第 609 页。

② 胡颂平：《胡适之先生晚年谈话录》，中国友谊出版社 1993 年，第 280 页。

> 是一种当头棒喝，给了无数人一种绝大的刺激。几年之中，这种思想象野火一样，延烧着许多少年的心和血。“天演”、“物竞”、“淘汰”、“天择”等等术语都渐渐成了报纸文章的熟语，渐渐成了一般爱国志士的“口头禅”。还有许多人爱用这种名词做自己或儿女的名字。陈炯明不是号竞存吗？我有两个同学，一个叫孙竞存，一个叫杨天择。我自己的名字也是这种风气底下的纪念品。我在学堂里的名字是胡洪辛。有一天的早晨我请我二哥代我想一个表字，二哥一面洗脸一面说，就用“物竞天择适者生存”的“适”字，好不好？我很高兴就用“适之”二字。（《四十自述》）

他从少年时期的亲身经历和感受谈论问题，亲切真实地道出了那个时代《天演论》的流行和影响。如果说，把自己的名字和《天演论》联系在一起只是少年儿童的一种追风，但到五四文学革命时期，进化论就成了胡适投身文学革命的重要思想武器。他谈及自己对五四文学革命的贡献时说：“我在这十几年的中国文学革命运动上，如果有一点点贡献，我的贡献只在：一，我指出，‘用白话作新文学’的一条路子；二，我供给了一种根据于历史事实的中国文学演变论，使人明了国语是古文的进化，使人明了白话文学在中国文学史上占什么地位。三，我发起了白话新诗的尝试。这些文字都可以表出我的文学革命论也只是进化论和实验主义的一种实际应用。”①就是说，他的文学革命的思想基础一个是他从美国老师杜威那里得来的实验主义，另一个便是从严复、吴汝纶这里得来的进化论。对此，他自己也是承认的。他说：“我的思想受两个人的影响最大：一个是赫胥黎，一个是杜威先生。”②而赫胥黎的书，最初正是由于桐城派严复、吴汝纶的译介他才知道的。

胡适后来还对学生魏际昌说：“桐城派出在我们安徽，过去

---

① 胡适：《介绍我自己的思想》，《胡适论学近著》，第1集，上海书店1935年，第641页。

② 胡适：《介绍我自己的思想》，《胡适论学近著》，第1集，上海书店1935年，第630页。

叫它'谬种、妖孽'，是不是可以有不同的看法呢？希望能够研究一下。"[①]魏际昌果然不忘师教，于古稀之年写出了《桐城古文学派小史》，较为系统地总结了桐城派的流变。

四　桐城学案再思考

从认为"归方刘姚"之文"直无一字之存在价值"，到认识到"姚鼐、曾国藩的古文差不多统一了十九世纪晚期的中国散文"，从把桐城派归入韩愈后"十八妖魔"之中，"与其时之社会文明进化无丝毫关系"，到认识到"今次文学运动的开端，实际还是被桐城派中的人物引起来的"，五四新人在新文化运动之后观点的某些调整，表明历史运动趋向深化。

长期以来，人们总是把五四后新文化队伍的分化当成负面的现象来认识，观点未免片面。新文化运动后有人颓唐，有人投奔新贵，当然不足取，但是"寂寞新文苑"的背后是五四新人对中国文学现代性路向的又一次探寻。他们放下那种剑拔弩张的否定式姿态，反思对桐城派批判的得失，反思包括桐城派在内的民族传统，表明了他们内在的传统意识开始出现一定的自觉。原来，这一代学人较之他们的前辈更充分地接触了西方近代文化和文学资源，反传统的姿态格外决绝，但传统毕竟在他们的身上打下了深厚的烙印，他们批判桐城派，桐城派却沉潜在他们内在的文化结构当中，一旦反传统超过了传统的承受机制，传统力量就会从他们的灵腑里渗透出来，调控他们的言行举止。这种现象表明，包括桐城派在内的民族文化传统，在五四初起的西化道路上，形成了任何力量也难以回避的制衡效应。就桐城派而言，它坚持改良，反对革命，坚持民族本位，但不固守传统，因为抗拒了历史主潮，所以最终窒息在五四"反传统"的西化思潮当中。但作为一个潜传统，它所体现的传统文化的中庸之道始终存在着，并且对于西化思潮始终起着制衡

① 魏际昌：《桐城古文学派小史·后记》，《桐城古文学派小史》，河北教育出版社 1988 年。

作用。

不过，这种制衡在短期之内的理论效应是微弱的。五四新人的“反思”依然不够充分，有些反思还是在事后多年才出现的，他们对稍后于林纾、严复的学衡派的批评也不买账，时代还没有交给他们历史唯物主义的批判武器。在这之后，五四的“反传统”一直被理想化，五四后的人们不但没有深入、辩证地认识这场革命的是非，而且把五四新人自己的“反思”也淡忘了。尽管包括桐城派在内的文化和文学艺术的优良传统渗透到了新文学当中，但理性思维的偏执性总是使一些人把“反传统”一味地理想化、图腾化，以致在消受五四新文化运动积极成果的同时也遭受到了其中负面因素的惩罚。

所以，处在又一个世纪的开端，站立在中华民族复兴的新的历史起跑线上，回望中国现代文学，回望中国现代化的历程，考量“桐城学案”的历史是非，人们当会格外感到五四新人的那场批判还需要进行认真的再思考。

历史在20世纪初年交给五四新人的有两大资源：一是民族文化和文学传统，二是西方文化和文学艺术，特别是西方文艺复兴以来的文化和文学艺术资源。五四新人前头的桐城派，恰成了这两大资源的集结点。

处在数千年未有的变局，处在古代和现代交移转换之际，作为封建文化和“死文学”的一个典型，桐城派如同清季其他那些具有典型意义的文化品类一样，具有一种传统整合的特征。即作为一种新旧代变中的“文章”统合体，它以最后最集中的形式把传统交给现代，这中间有的是应该被淘汰的过时的、反动的东西，有的是可以经过创造性转化而成为新文化和新文学的新质，有的则是美籍华人学者王德威所说的因为强调五四新文学是现代文学的起点而“压抑”了的晚清文学中的“现代性”——“被压抑的现代性”——“由即将失去活力的中国文学传统之内所产生的一种旺盛的创造力。这种创造力或许得力于来自西方的新刺激，但是也自己发展出中国式的新意。晚清作家急切地以外来模式更新传承，他们自己都不可能留意到，最弥足珍贵的变化其实已经在传统中最不可能的地方出现了”。[①] 大体而言，这个文章学派的传统是一个具有多样性的、动态的、内部存在着差异性的文化结构，其中包含有从孔孟到程朱的封建正统观念和道统与政统相统一的儒家价值取向，有尊崇程朱理学又能兼容汉学考据的问学传统，有从“桐城四祖”而下的“古文义法”、“文以载道”和“有所法而后能，有所变而后大”的文章发展传统，有从姚莹经郭嵩焘、薛福成到吴汝纶、严复、林纾融通中西的思想文化、文学观念和文化开放传统，有桐城派作家丰富的古文创作经验，等等。

五四新人要创造现代民族国家，迎接“德先生”、“赛先生”，要追求个性解放，要创造民族新文学，桐城派的多样性文化结构中的负传统恰成了他们必须革除的对象。其一，桐城派所代表的封建主义道统，即从孔孟到程朱的儒家正统观念，严重阻遏了中国社会内部资本主义经济、政治和文化的发展，严重阻遏了建立现代民族国家的历史要求，严重抑制了与中国资本主义发展相关联的人的个性发展和自由。其二，桐城派所代表的古文形式，即运用文言记载、传承民族文化的语言形式，与口语殊异二分，束缚了新思想、新文化的传播，成为迎接“德先生”、“赛先生”的直接障碍，不利于对民众的广泛启蒙和新文学的产生。其三，桐城派所代表的阐道翼教的儒家正统文学观念，在新旧转换时期与个性主义文学新思潮不能嫁接，显得格格不入，阻遏着中国文学现代性的展开。其四，桐城派所代表的封建道统和某些古文传统，不但与五四新人所要传输的思想文化和所要创造的文学两相对立，而且也与五四后左翼文化和文学的要求根本对立。因此，五四新人之批判桐城派，具有历史的合理性，对于新起的中国资产阶级文化和文学要求，对于中国无产阶级和劳动人民的文化和文学要求，对于中华民族的现代化，都是必要的。就是说，就历史的动因来说，五四新人之所以

---

① 王德威：《被压抑的现代性——晚清小说的重新评价》，载《中国现代文学国际研讨会论文集：民族国家论述——从晚清、五四到日据时代台湾新文学》，台湾中央研究院研究所筹备处 1995 年版，见王晓明主编：《批评空间的开创——二十世纪中国文学研究》，东方出版中心 1998 年，第 125 页。

批判桐城派，不是因为它是桐城派，而是因为它的负面构成了新时代所要生成的新文化和新文学的严重障碍。正是那场对包括批判桐城派在内的旧文化、旧文学的批判运动，才推动了中国现代文学的发展，唤起了中华民族文艺复兴的新梦。

但是，五四新人处在桐城派之后，他们的思想武器有的是桐城派严复、吴汝纶和林纾等人交给的进化论、人性论和文学人道主义，有的是直接从西方拿来的近世资产阶级思想观念。这些武器中少数是西方若干非理性主义思想家的思想，多数是西方资产阶级启蒙理性主义思想，都一无例外的具有历史的进步性，但与当时已经兴起的马克思主义学说相比，又都不可避免地显示着巨大的局限性。因此，他们的批判便带着难以避免的失误。他们在对桐城派的负面进行清算的时候，把具有多样性的、动态的文化结构的桐城派混同于它的负面从整体上否定了。这种否定便构成了五四新文化运动和文学革命的局限。这局限大体表现为：

一、新文化运动中的五四新人在把桐城派作为封建文化和“死文学”的代表，批判其反动性、落后性的时候，未能充分注意到其中所具有的相对稳定的可传承、可改造的内容。桐城派所崇奉的程朱理学集中国儒学发展之大成，“致广大，尽精微，综罗百代”。[①] 其用来规范封建秩序的“天理”、规约伦理道德的“仁”，在封建生产关系变迁和变化的过程中，特别是在明代资本主义生产关系发生之后，愈来愈羁绊社会生产力的发展，愈来愈呈现出反动性、虚伪性，成为统治阶级巩固其统治地位、奴辱人民群众、抑制正常欲求和个性自由的御用工具。前面已经提及，这种反动性势必构成五四新人所向往的现代民族国家、所要创建的新文学的直接障碍。但是，反传统的思维定势使五四新人不可能具备事物价值的多面观，他们没有考虑到程朱理学处理天道与人道、天理与人欲、公与私、义与利、群体与个人等的理性辩证要求，在新的历史条件下，特别是在新的制度、新的秩序建立之后，如能“改用新式机器”，辩证批判，扬弃旧质，

---

① 全祖望：《宋元学案·晦翁学案》，见蔡方鹿：《朱熹与中国传统文化》，贵州人民出版社 2000 年，第 404 页。

给以创造性转化，对于调节群体与个体的关系、调节人与人之间的关系、处理人与自然的关系，仍然具有伦理人道主义价值和方法论的意义。伦理道德固然具有其阶级性、时代性，但其中又存在着民族共通性、传承性和某种稳定性，这便是民族精神、民族凝聚力赖以生存的一个方面的来源。五四后有新儒家一派，立足世界现代化的现实和多种文明并峙的局面，回观中国儒学传统，重温旧梦，承接斯文，力图重塑民族特色的终极关怀。就其本质，实在与后期桐城派先进人物"归求返观"的思维路线有着前后的贯通。新儒家的人们如能接受前人进化论认识论和世界观的局限，改用历史唯物论矫其思维之弊，确实能够改造和创造性光大桐城派的人文传统。

二、新文化运动中的五四新人在提倡白话、废除古文的时候，未能充分注意到桐城派文论和古文中可传承、可开掘和可创造转化的内容。"有清一代的古文，前前后后殆无不与桐城生关系。在桐城派未立以前的古文学家，大都可视为桐城派的前驱；在桐城派方立或既立的时候，一般不入宗派或别立宗派的古文家，又都是桐城派的羽翼与支流。由清代的文学史言，由清代的文学批评言，论到它散文的部分都不能不以桐城为中心"。[①] 桐城派的文论本乎《易》经，有的有服务于统治阶级的一面，但同时又具有超越性和民族性，有的更是具有普适性，实乃古代文学的丰富宝藏，是建设中国现代文学理论、繁荣民族新文学不能丢失的课题。五四新人继晚清白话文运动之后，用白话文实行言文统一，开创了现代汉语言说的新时代，他们肯定和捍卫文学史从唐诗宋词元曲到明清小说的主流走向，为中国现代文学生态的建立澄清了混乱，这是应该充分肯定的。但是因白话文一统而轻视了古文，轻视了对古文遗产的继承，显然不利于民族文学整体上的繁荣。

即以言、文论争来说，文学革命的结果无疑是白话文的胜利，但实际讨论过程中的观点十分丰富。新派人物中的认识大抵有：一种是胡适、陈独秀的独尊白话的"废除文言"说，一种是

---

① 郭绍虞：《中国文学批评史》，上海古籍出版社 1979 年新 1 版，第 627 页。

钱玄同的“废汉字”而行“拼音文字”说，一种是傅斯年等的“文言合一”说，还有一种是周作人的以口语为基础的“杂糅”说。保守派则是林纾、严复等桐城派中人的“文言不当废”说。在这些观念的博弈过程中，拼音说废止，文言不当废说失败。比较而言，周作人的杂糅说较为科学。周作人说：“以口语为基本，再加上欧化语、古文、方言等分子，杂糅调和，适调地或吝啬地安排起来，有知识与趣味的两重统制，才可以造出有雅致的语文来。”[①]一个“基本”、三个“分子”的“调和”和“有雅致”的总体风格，避免把口语等同于白话文，注意到对外来语的吸收和方言的运用，又注意到文言的创造性转化和传承，讲知识性又讲趣味性，这是较为科学的设计。这与毫无商量地“废除”文言不大一样，尤其应该看到他把“雅致的语文”作为总体性风格要求，与林纾所讥讽的“引车卖浆者流”风格划清了界限，其提法比较靠近桐城派的“雅洁”、“渊雅”。那么可以说，他吸收了白话文论争中的多方面成果，吸收了包括桐城派古文及其翻译经验在内的中国语文发展经验，从而形成了趋向成熟的意见。这与当时多种观点的切磋论辩有关，也与桐城派诸人对古文的持守及其翻译经验有关，或者说，桐城派诸人的顽强持守，对激进派的人们是多少起到了一些制衡作用的。遗憾的是五四后多数人对古文及其坚守者观点的正面价值认识不够，固守了新文化运动中的简单废除文言的定势，鲁迅是认识到的，但他认为“这并不在我现在所要说的范围以内”，[②]未能以其作为关注的重点。可以说，因为简单地“废止文言”，以致从古文变迁及其现代转化的角度讨论中国现代语文的建设，一直是“暂付阙如”。

三、新文化运动中的五四新人缺乏动态观，把桐城派凝定为一种单质性的固化存在，未能进入其变迁发展的全过程，更未能进入桐城派内部考察其中的差异性、丰富性，以至于对其中的优长未能给予充分的注意。五四后反思期间，周作人认识

---

① 周作人：《燕知草・跋》，《周作人散文全集》，卷5，钟叔河编订，广西师范大学出版社2009年，第518页。

② 《鲁迅全集》，第1卷，人民文学出版社1981年，第286页。

到曾国藩后的桐城派“慢慢便与新要兴起的文学接近起来”，“今次文学运动的开端，实际还是被桐城派中的人物引起来的”，其他一些人涉及对林纾的评价也有类似的看法，这是十分可贵的。但他们并未就这个观点展开过认真具体的分析研究。而且，对于曾国藩前的桐城派，他们都一直坚持着“妖魔”一说。实际上，在桐城派问世后的各个阶段，这一派的代表人物都能站到了文化思潮的前头。在汉宋之争的学术思潮时期，他们秉持宋学但兼容汉学考据之长，抗拒了汉学末流专注于繁琐考据，忽视社会关切和道德建构的倾向。在接下来的经世致用思潮和启蒙新思潮当中，他们更是拥浪中流，联通中外，在接纳异质文化、创新文学语言和形式等方面，都有别人不能替代的成就。离开这一派的存在，晚清思想文化史和文学史便会黯然失色。而这一派内部，自“桐城四祖”以下都有一种相互切磋、彼此质证，传承而又拓大的好传统，他们返本而又开新，立异却能和合，故有宗一说却傍支迭出，因一地而繁衍四方的二百余年文运气象。即便是桐城派中的具体人物，其思想和文章有局限，同时又有成就，是一个个丰富的世界，不是可以用“直无一字之存在价值”的大言就可以罔顾的。五四新人在尽着历史的使命，完成激进的革命性否定的时候，短时期还不能够从桐城派的发展和变迁过程、从其内部的差异性实行学理致密的动态思辨。桐城派具有历史合理性的思想文化和文章传统，从戴名世、方苞、刘大櫆、姚鼐到梅曾亮、张裕钊、吴汝纶、马其昶的古文成就，从姚莹经郭嵩焘、薛福成到吴汝纶、严复、林纾的传输西方文化和文学艺术之功，其中所呈现出来的复杂性和丰富性，都是需要在经历矫枉过正的运动式批判之后给予正视和认真总结的。

第五章

陈独秀与桐城派

陈独秀是五四新文化运动和文学革命的“总司令”。已如前述，新文化运动之后，一些五四代表人物都进行过程度不等的反思，但从目前见到的史料可知，陈独秀没有这类反思性的文字。那么，他与桐城派究竟是一种什么样的关系呢？本章就这一问题展开一些思考，以便从一个方面见出五四新文化运动和文学革命在与传统对话中生出的严肃性与戏剧性。

一　桐城派末流

在陈独秀研究中，人们对陈独秀与桐城派文化的关系一般都予以回避，而陈独秀在《实庵自传》中也不提起，只承认自己曾经是“选学妖孽”。但地域文化和理学世家的烙印难以否弃，桐城派文化相沿久远所造就的人文氛围、文化习俗乃至教育后代的传统，包括陈独秀在内的任何人都无法回避。

陈独秀是安徽怀宁人，旧按行政区分，怀宁虽与桐城分属两县，但两地山水相抱，鸡犬相闻，人文一体，素有“桐怀一家”之说，属桐城文化圈。陈独秀出身书香门第，理学世家，居安庆城中，到其生父陈衍中（象五）一辈，陈氏家族已“习儒业十二世矣，而功名俱未显”。祖父陈章旭，字太占，《义门陈氏宗谱》卷十五《陈太占先生及德配劳孺人合传》称：“太占先生精明强干，迥不犹人，上恹先绪，下启后昆。学问极其深醇，周济极其慷慨。居城郭而恶奢华，老成足羡；入公门而操笔墨，官长咸称。”

陈独秀的祖母劳氏“勤俭持家，姆仪足训，而于教子一端，尤足风世”。陈独秀的父亲陈衍中受母亲劳氏教诲极深，太平天国革命运动爆发后，陈章旭及长子如同桐城派文人戴钧衡等一样，投笔从戎，反对农民运动。衍中及季弟随母避乱乡间。家徒四壁，无以为生。劳氏勤女红以度日食，虽然流离失所，依然不忍衍中兄弟废止学业。夜间纺织灯下，衍中兄弟从旁诵读，无间寒暑。她告诉儿子：“吾家累叶以书为业，毋至若辈坠读书种子也。”陈衍中虽然仅中秀才，但“承母志，训诲季弟无微不至。……天性最厚，亲友困乏者解衣衣之，推食食之。自入学后，文名日甚，四方来学者日众。弟子贫不能供束修者，饮之，食之，教之，诲之，多所成就，皖中知名士半出其门焉”。后不幸染瘟疫，客死于江苏教习任上。其弟衍庶“从三兄衍中学，中乙亥乡试举人”。官至知府，赏戴翎。陈独秀因叔父衍庶无子，过继为其嗣子。陈独秀自 6 岁起即由祖父在家教读“四书”、“五经”及《左传》。祖父教孙极严，常呵斥，不如意即以木板抽打手心，称其长大“不成龙就成蛇”。又说：“这个小东西，将来长大成人，必定是一个杀人不眨眼的凶恶强盗，真是家门不幸。”母亲与祖父不同，多用劝勉的慈心感化他，大有祖母遗风，说：“你务必好好用心读书，将来书读好了，中个举人，替你父亲争口气。”陈独秀 11 岁时，祖父死，后家中聘过几任塾师，均不如意，便跟从已经中了秀才的大哥读书，学做八股文，除温习经书外，喜读《昭明文选》。祖父的苛严、母亲的慈惠、大哥的善诲，都使陈独秀受益匪浅。他尤其对大哥、母亲深怀感念，1909 年大哥患病逝于东北，他北上“载骨南还”，深为哀伤，作诗悼念，其中有云：“青灯课我读，文彩励先鞭。慈母虑孤弱，一夕魂九迁。弱冠弄文史，寸草心拳拳。”[①]理学世家“人习诗书”、“读书为业”的生活选择，读书穷理和学以致用的问学态度，重气节、崇礼让、取向忠孝节义的道德践履姿态，慈威并用的传统教养方式，

---

① 有关陈独秀家世的资料参见钟扬：《〈义门陈氏宗谱〉中的陈独秀及其家族》，《文献》，2002 年第 1 期；陈独秀：《实庵自传》，1937 年 7 月；朱洪：《陈独秀传》第一章，合肥：安徽人民出版社，1998 年；陈万雄：《新文化运动前的陈独秀》第一章，香港：中文大学出版社，1979 年初版，1982 年再版。

在陈独秀出生前后就这样客观地存在着，构成了他生命的出发点。日后，受到时代精神的感召，在封建末世的飘风浊浪之中，在家族衰败的严峻现实面前，陈独秀洞悉了封建理学的虚枉性，走上了反叛旧社会和旧家庭的道路。五四新文化运动中他放言桐城派"惟在仿古欺人，直无一字之存在价值"，[①]但理学世家所给予的传统文化和古文教养，世家子弟"弱冠弄文史"，一心向学、好为文章的志趣，还有积极用世的士子情怀，都在他的人生道路上发挥了潜在作用，是切割不了的内生性存在。

前几年《安庆日报》有阡城一叶著文，谈到安庆几个桐城派理学世家的交往，值得注意。该文称：安庆城内"南水关陈衍庶家族，小二郎巷方守敦、方守彝家族以及邓绳侯家族，都是皖江著名的理学世家，服膺桐城。陈衍庶工于绘画，方守彝工于宋诗，方守敦工于书法，邓绳侯热心教育，他们构成了儒雅的安庆士绅的核心阶层"。[②] 桐城派重要人物方宗诚重孙、方守敦孙舒芜，晚年也曾经在"口述自传"和《读陈独秀致台静农书札》中深情回顾过这三个理学世家的关系，他说："我还自幼习闻陈独秀家与我们家是几世通家之好。陈独秀的父亲陈昔凡先生，与我的伯祖父方伦叔（守彝）先生、我的祖父方盘君（守敦）先生，以及邓绳侯（姑丈邓仲纯之父）先生，都是安徽学界文林同辈交游；陈独秀与我的几位伯父、我父亲（方孝岳），以及邓绳侯先生的儿子邓双初（仲纯）、邓以蛰（叔存），又是同辈交游；我的六伯父方孝叔先生的夫人（方玮德之母）是陈独秀的表妹；我的父亲与我母亲在北京举行新式婚姻，因为邀请了新派两大代表人物陈独秀、胡适作为贵宾参加，致使我的外祖父旧派学者马通伯（其昶）先生愤而拒绝出席，只好由我的一个舅父代表女方家长。"[③]如同陈独秀一样，舒芜是反叛桐城派的，并且一直对桐城派持严厉批判的态度。但他提供的家族交往及其联姻的图景，倒是从一个细小的侧面给出了桐城派在转换和消亡过程中的

---

① 陈独秀：《文学革命论》，《新青年》，第二卷第六号，1917 年 2 月 1 日。

② 见阡城一叶：《从朱书〈告同郡征纂皖江文献书〉说起》，2004 年 4 月 26、30 日、5 月 14 日《安庆日报》。

③ 舒芜：《读陈独秀致台静农书札》，《炎黄春秋》2001 年第 4 期。

真实景况，具有文化学的价值。它告诉人们，特殊地域及家族流变中的文化传承是实际存在的，对于陈独秀来说也不例外。

而且，陈独秀早年的社会活动，都与桐城文化圈里一批大体上跟陈独秀家世相同、相近的桐城派末流密切相关。光绪二十二年(1896)，陈独秀在安庆参加院试，受到宗师赏识，中秀才，为院试第一，接着南京乡试落榜，便赴日留学。在日本他较多地阅读康有为、梁启超的时事政论和近代启蒙报刊，还结识了黄兴、陈天华、章太炎、邹容、张继等革命党人。因与张继、邹容夜入清政府派赴日本的陆军学生监督姚昱住室，强行剪了姚昱的辫子，日本政府接受清使节的吁求，将三人驱逐出境。从此陈独秀奔走于安庆、芜湖、上海和日本之间，从事革命宣传等活动。他参与革命报刊《苏报》、《国民日日报》的编辑，组织安徽爱国会、青年励志学社，两次举办藏书楼演说会，组织暗杀团，成立岳王会，创办《安徽俗话报》，等等。在这些活动中，桐城文化圈里一批桐城派末流，除陈独秀外，还有潘缙华、潘赞化、李光炯、吴汝澄、房秩五、陈嘏、光明甫、柏文蔚、邓仲纯、吴越、易白沙等，都彼此同声相应，同气相求，相互影响，构成为主导性力量。

所谓"桐城派末流"，并非贬称，乃是指桐城派处在末代消亡之际，在桐城派的发祥地或桐城派流衍地区生成的一批与桐城派脉息相关的人物。他们在少年时代接受过桐城派文化传统，或受益于桐城派前辈的文化荫庇，或得益于桐城派遗产的感发，走上社会后在一个短时期内还多少黏连着桐城派的脐带，但因为桐城派行将消亡，已经不再归附桐城派。他们有的面对过去，大有"白头宫女在，闲做说玄宗"的况味；但多数人在时代转易的过程中，因为历史环境的变迁、阶级关系的变动、人生际遇的变化，走上了反叛前辈或与前辈不同的道路，许多人成了新的时代文化和文学天地的开创者。他们大体上如陈独秀祖父说的，是一些"不成龙就成蛇"的人物。桐城派末流的出现和集群性"哗变"，对于桐城派来说，标志了这一派的终结；对于整个民族文化和文学艺术来说，则显示了民族新文化和新文学在涅槃中更生。

值得玩味的是，陈独秀一辈子也没有与桐城派末流脱尽联系。1919年五四运动爆发，陈独秀被北京警察厅逮捕，处在极端危险之中，北京多名文化人联名上书营救。事后胡适在给陈独秀的信中说："（而）署名营救的人中，便有桐城派古文家马通伯（其昶）与姚叔节（永概）……我觉得这个黑暗里还有一线光明……"其实，要求释放陈独秀并积极营救的还有桐城派末流李光炯、潘赞化、邓仲纯、刘叔雅、高一涵等人。胡适当时不可能洞悉这批人物声援陈独秀的深层次文化原因，但我们晓得，他们是对这个出自"桐城"，而在精神脉息上又始终与后期桐城派（即周作人所说的"与新要兴起的文学接近起来了"的桐城派）相通的这个末流人物的深度同情；更何况，李光炯、潘赞化、邓仲纯、刘叔雅、高一涵本来就是陈独秀的盟友。陈独秀的文学革命和社会革命思想虽然不能为马其昶、姚永概等完全接受，但会通中西之学、变革中国社会乃是出自"桐城"的大多数人共通的文化自觉。正是这个原因，陈独秀一辈子与这批出自"桐城"的人们命运与共，患难相交。走到垂暮之年，在离开这个世界之前，他在梦中常常见到早年和自己一道战斗的一些桐城派末流。他们都反叛了桐城派，但他们当初的出发点又是多么令他神往。他梦见支持并协同自己创办《安徽俗话报》的好友李光炯，梦后赋诗《悼老友李光炯先生》，诗前有序："六年前，老友李光炯视余于金陵狱中，别时余有奇感，以为永诀。其告余，生死未卜，先生亦体弱多病也。抗日军兴，余出狱，避寇入蜀，卜居江津。嗣闻光炯先生亦至成都，久病颇动归思。闻耗后数日，梦见先生推户而入。余忘记惊曰：闻君病已笃，何遽至此？彼但紧握余手，笑而不言。觉而作此诗"。其诗云："自古谁无死，于君独怆神；撄心惟教育，抑气历风尘；苦忆狱中别，惊疑梦里情；艰难已万岭，凄绝未归魂。"他还忆起另一个友人吴樾，在《存殁六绝句》中有诗云："伯先京口夸醇酒，孟侠龙眠有老亲；仗剑远游五岭外，碎身直蹈虎狼秦。"孟侠即吴樾的字，吴樾牺牲时，陈独秀在《安徽俗话报》发表诗歌歌赞他英雄赴死的精神，直到晚年还依然赞美他别离"龙眠老亲"，"碎身直蹈虎狼秦"的壮烈气概。

二　创办《安徽俗话报》

早年，在陈独秀等一些桐城派末流的活动中，与文化、文学有着直接关系，最值得提及的当是创办《安徽俗话报》。

（一）创办《安徽俗话报》的背景

光绪二十八年（1902）后期桐城派大师吴汝纶以京师大学堂总教习的身份赴日本考察教育，第二年回国后径赴故里，为了实现教育启蒙、教育救国的理想，在安庆创办桐城学堂，任堂长。学堂始成，不幸劳碌病逝。随吴汝纶赴日考察的，有他的学生李光炯和吴汝澄，他们在吴汝纶创办桐城学堂过程中发挥了积极作用。桐城学堂开办后，李光炯应湖南巡抚赵尔巽之邀赴湖南高等学堂任历史教习，并与无为卢仲农创办安徽旅湘公学，吴汝纶的另一学生房秩五和吴汝澄都成了桐城学堂的学长。当时陈独秀从日本回国从事爱国宣传活动，常去桐城学堂。他们经常谈论国家危难，深盼民众觉醒，经商量，决定创办一份通俗白话刊物《安徽俗话报》，俾使安徽民众通达时事，以达到启迪民智的目的。

创办《安徽俗话报》的核心人物是陈独秀、吴汝澄、房秩五、李光炯。李光炯（1870—1941），字德膏，晚年自号晦庐，桐城李兰庄（今属枞阳县）人，吴汝纶弟子，就读于保定莲池书院，清光绪举人，比陈独秀大 9 岁，倾向革命。李光炯重视教育救国，认为中国要想转弱为强，非教育不足以启迪民智，非革命不能改变政治，主张“取欧美富强之具，以异国长技，教育学子，谋求实现新学变法图强之政治思想”。[①] 早年协办桐城学堂，又创办安徽公学，后又在故里创办宏实小学。在安徽公学期间亲自授课，与陈独秀、柏文蔚等刺血为盟，发起并参加革命组织“岳王会”。辛亥革命后一度归隐，讨袁后复出，反对皖省贿选。他深

---

① 操建华主编:《走向共和的足迹——辛亥革命遗迹调查》，安徽教育出版社 2011 年，第 558 页。

仰吴汝纶，在桐城学堂开学演说中，勉励桐城学子继承吴先生遗志“一心向学”，“讲求新学”，不负国家：“是吴先生虽逝，人人心目中有一吴先生，即人人可以为吴先生，以一吴先生开创于前，无数吴先生保守于后，其不至于半途中止也决矣！”[①]吴汝澄(1973—1946)，字守一，桐城人，吴汝纶弟子，就读于保定莲池书院。参与陈独秀在安庆的爱国宣传活动，青年励志学社社员，桐城学堂学长。后参加反清革命活动，同盟会会员。房秩五(1877—1966)，字宗岳，晚号陟员老人，桐城白湖公塥(今属枞阳县)人，幼年跟随父亲习古文，清末秀才，县府名列第一。参与陈独秀在安庆的爱国宣传活动，青年励志学社社员，桐城学堂学长，倾向革命。新中国成立后曾任安徽省政协副主席。房秩五 1925 年回桐城创办浮山小学，1928 年改浮山小学为初级中学，自任校长，后又增设高中班，而为完全中学，此为堪与桐城中学比肩，传承桐城文化精华、影响深巨的现代中等学校。

出自桐城学堂的《安徽俗话报》，实乃“人人心目中有一吴先生，即人人可以为吴先生”的一次重要的文化实践。刊物由陈独秀任主笔，并负责编辑论说、新闻、实业方面的稿件和来往信函，吴汝澄负责编辑小说、诗词方面的稿件，房秩五负责编辑教育方面的稿件。经陈独秀与芜湖汪孟邹、上海章士钊联系，稿件编好后寄往上海，由东大陆印刷所印好后寄往芜湖，由汪孟邹发行。《安徽俗话报》刊行数期后，桐城学堂于光绪三十年(1904)秋季从安庆搬往桐城，刊物编辑部由陈独秀迁往芜湖科学图书社。这一年，李光炯把在湖南的旅湘公学迁回芜湖，改名“安徽公学”，又因为贯彻吴汝纶重视师范教育的思想，增设速成师范学校，电邀在日留学的房秩五回芜主持其事。安徽公学迁至芜湖后，李光炯聘请陈独秀、刘师培、柏文蔚、谢无量、苏曼殊、陶成章、潘赞化、邓绳侯等学界名流前来学校任教。这些人中有的是李光炯和陈独秀的好友，属桐城派末流，参加过安庆的爱国宣传运动。陈独秀“寄居在科学图书社楼上”，一边教学，一边继续编辑、出版《安徽俗话报》，房秩五、吴汝澄仍然参

---

① 李光炯：《李光炯开学演说》，《〈办学公文稿〉选登》，《桐城派研究》，2003 年第 1 辑，总第六辑，第 78 页。

与其事。没有李光炯及其安徽公学的卵翼，这份刊物不可能在芜湖坚持一年多时间。此期间，《安徽俗话报》也为安徽公学的招生、教学提供支持，如刊登招生广告（第十七期），报道“公学推广”，增添班级、附设速成师范学堂（第二十一、二十二期合刊）情况等。《安徽俗话报》冠名为“报”实为一份半月刊，从光绪三十年（1904）到光绪三十一年（1905）近两年里，共印二十二期。

全国解放后，1956年，当事人之一者房秩五因友人从旧书摊上购得《安徽俗话报》，勾起他对陈独秀的追忆之情，其诗云：“君是降龙伏虎手，拈花微笑散诸天。苍茫五十年前事，贝叶重翻亦惘然。季子音容犹仿佛，诸孙头角各峥嵘。藏书楼址依稀认，忍过山阳听笛声。”诗前有序，回顾了创办《安徽俗话报》的始末及桐城诸子的交往，叙述甚详，序中道：

> 三爱为故人陈仲甫（即陈独秀）主办《安徽俗话报》笔名也。
>
> 忆余在清光绪庚子前后作童子师，于安庆结交仲甫。仲甫少余两岁，意气甚豪。壬寅秋，先师吴挚甫（汝纶）先生自日本考察学制回安庆，创办桐城学堂，自任堂长，命余与吴守一诸人任学长。仲甫几无日不来校纵谈时事，极嬉笑怒骂之雄。一日，约共办《安徽俗话报》，余任教育，守一任小说，余稿悉由仲甫自任之。每期各稿汇齐，仲甫则寄至芜湖科学图书馆印行。计自甲辰（即1904年）正月出版，每月二册，风行一时，几与当时驰名全国之《杭州白话报》相埒。迨暑假时，桐城学堂改名“桐城中学”，移回县城，余赴日本学师范，守一亦回桐城授课。仲甫乃将俗话报全部迁至芜湖。适秋冬间，李晦庐、卢仲农两君将原在湖南创办之安徽旅湘公学迁回芜湖，改为安徽公学。次年夏，也由安徽公学附设一安徽公立速成师范学校，促余回芜主持其事。维时仲甫亦间在各校授课，俗话报出版如故也。未几，因登载外交消息，为驻芜英领事要求，中国官厅勒令停办。计此报存在为期不及两

年,亦久不在世人记忆中矣。近得残册,翻阅一过,三爱之名,屡接余目,而仲甫奄化忽忽十四年。[①]

这份刊物的创办并非偶然,它承接近代经世致用思潮和启蒙新思潮,是晚清文界革命和白话文运动有机的一环。此前,后期桐城派代表人物中,吴汝纶希望把"国语教育"作为统一现代民族国家思想工具的观念;严复与友人夏曾佑首倡新小说"使民开化";林纾实行通俗的白话诗文实践;等等,都为这份报刊提供了时代性影响。而且,由于启蒙思潮的推动,当时白话报刊和通俗文学纷纷出世。陈独秀说,白话报刊"现在已经出了好几种,上海有《中国白话报》,杭州有《杭州白话报》,绍兴有《绍兴白话报》,宁波有《宁波白话报》,潮州有《潮州白话报》,苏州有《苏州白话报》"。[②] 因此,《安徽俗话报》的开办是桐城派末流在桐城派发祥地对全国文界革命和白话文运动的一个呼应,与包括后期桐城派吴汝纶、严复、林纾在内的近代启蒙思想、文学观念及创作实践也有着前后的承续。

(二)《安徽俗话报》的宗旨

这份白话报刊的宗旨在于启蒙,是陈独秀走向"五四文学革命"的第一步。

陈独秀在《开办安徽俗话报的缘故》中开宗名义:"这报的主义是要用顶浅俗的话说,告诉我们安徽人,教大家好通达学问,明白时事,并不是说些无味的俗话,大家别要当作怪物,也别要当作儿戏,才不负做报的苦心。"[③]由这"通达学问,明白时事"的宗旨所派定,该刊内容丰富,视野开阔,共设十三门类,为:论说、要紧的新闻、本省的新闻、历史、地理、教育、实业、小说、诗词、闲谈(按:实为杂文)、行情、要件、来文,广涉省内外、

---

① 参见张湘炳:《陈独秀逝世后朋辈对他的挽悼怀念》,《合肥教育学院学报》,2003 年第 3 期,第 34—36 页。

② 《开办〈安徽俗话报〉的缘故》,《安徽俗话报》,第 1 期,第 2 页,光绪三十年七[三]月初十日,人民出版社 1983 年影印。

③ 《开办〈安徽俗话报〉的缘故》,《安徽俗话报》,第 1 期,第 4 页,光绪三十年七[三]月初十日,人民出版社 1983 年影印。

国内外的政治、经济、文化、文学、艺术，内政外交、天文地理、科学神话，无所不谈。广博中有重点，集中围绕开启民智、警醒国魂，宣传现代科学和文化，反对封建迷信；宣传男女平权，批判封建道德；宣传民族国家意识，反对帝国主义侵略，揭露封建国家的黑暗；宣传实业救国，提倡振兴工商，发展民族资本；宣传西方文明，提倡现代教育，反对科举制度；等等。如同晚清文界革命一样，不论何种文体均作“宏大叙事”或“宏大抒情”，不特别看重文章主体的个人性，而是以先觉者的姿态作救亡启蒙的动员。

当然不必特别抬高这些内容在当时的先锋性，它们多是近代经世致用思潮和启蒙新思潮的思想成果的具体运用和发挥；许多思想并非独创，甚至不少问题桐城派前辈和吴汝纶、严复、林纾都已经言说在先。陈独秀在《地理略》（第三、五、六、七期）中宣传的天文地理学知识，薛福成在《出使四国日记》中就已经向国人作过介绍；陈独秀在《说国家》（第五期）、吴汝澄在《痴人说梦》（第二期）中有关民族国家意识和对封建国家的批判，也正是严复当时翻译和介绍《法意》的内容；陈独秀、房秩五关于教育方面兴学堂、育人才、废科举的思想，在吴汝纶的教育思想中早已有之，严复发表于 1895 年的《救亡决论》中也已经旗帜鲜明地指陈“八股害国”，呼吁变革中国的教育与文化；陈独秀在《国语教育》（第三期）中提倡用“本国通用的俗话”教育儿童，以利于“同国亲爱”的国语教育思想，与此前吴汝纶考察日本教育所得“一国之民，不可使语言参差不通，此为国民团体最要之义”[①]的国语教育观念亦有相通之处。诗词歌谣《叹五更》《恨小脚歌》《闺中叹》等揭露封建伦理道德对妇女的残害，在早于它们之前林纾的通俗白话歌谣中就已经出现。甚至《安徽俗话报》中的有些诗词还是直接节录自林纾与友人创办的《杭州白话报》，如《招国魂》《鸦片战》《好江山》《文明种》《步步娇》《守财奴》等（见第二期）。尽管如此，在封建理学深厚的桐城派发祥地，由陈独秀、吴汝澄、房秩五、李光炯这些桐城派末流来完成

---

① 吴汝纶：《与张尚书》，《吴汝纶全集》，第 3 册，施培毅、徐寿凯校点，黄山书社 2002 年，第 436 页。

这一事业，其意义是重大的，它不但把较为封闭的安徽与国内外的思想潮流联系起来，引领了安徽思想文化的现代化，而且尖锐地显示了桐城派走向消亡的不可避免的时代趋势。

这份刊物上的文章形式都还未能从传统中完全解放出来，全部作品基本上可以包括在“文章”这个传统的“文”的范畴之内。诗词多为民间谣曲，戏曲也未能从根本处摆脱传统窠臼，小说还是旧时章回体，然而一个最大的不同，即在于基本上运用以白话作为运载思想的工具，甚至一则消息也用通俗的文字写成，此中已经没有桐城先辈所讲求的古文的影子，都是黄遵宪所倡导的“我手写我口”一类的上口文字，人皆能读能懂，绝无深涩的典故。胡适在十几年之后所要求的“不模仿古人”、“不用典”、“不避俗字俗语”，在1904到1905年全部二十二期的《安徽俗话报》就已经认真地做了。因为主要面向安徽民众，所以从主编到作者都注意运用安徽方言、俗语，增强亲切感。诸如“包管”、“别要”、“搭伙”、“留神”、“好笑”、“动身”、“保不住”、“顶要紧”、“顶好的法子”、“老山里头”、“念几句书”、“脚都跑扁了”、“肚子都气大了”、“穷到什么鬼相”、“救苦救难”，等等，自然吐露，随处可见。有些地方还由俗语引申出大道理，以收共鸣之效。如讲爱国：“常言道，人人有三不让，一祖坟不让，二田地不让，三老婆不让，况且是一个堂堂皇皇国家，岂可随便将土地让给外国吗?”比径直讲大道理打官腔强得多。而且，当时翻译界引进的新名词，如“自由”、“平等”、“爱情”、“群学”、“女权”、“男女平权”，等等，也都楔入平易野俗的语流当中，通俗而且新鲜。

文体形式中，“论说”可算是一大革新文体。这个栏目为陈独秀主持，也基本上是他的作品。名为“论说”，但不是板着面孔的理论文章，而是“演义”式“说书”。它以形象、生动的口语与接受对象交流，又用传奇式细节和曲折起伏的叙述叩动人心，是可以作为通俗文学看待的。陈独秀以笔名“三爱”在第一期“论说”栏内发表的《瓜分中国》，言说国家面临瓜分危局，警醒国人振作精神，作出反省。文章的开头，起势突兀，作惊人语，道：“唉！这是怎么好说呢，我们中国人又要做洋人的百姓了呵!”接着，由俄国人占领奉天说起，形象地解剖帝国主义列强效法俄国“瓜分中国”的阴谋：他们“打算把我们几千年祖宗相传的好中国，当作切瓜一般，你一块，我一块，大家分分，这名目就叫做‘瓜分中国’”。再接下来，便逐一数说德、法、日、意在中国各省的野心；对照之下，又真实刻画出从清廷到安徽难以应敌的破败病残景象。叙述跌宕起伏，步步紧逼，令人生出覆巢之下无完卵的忧惧。当接受者的这种情绪在寻求去路的时候，他又顺势纵笔扬起，敲响警钟：“大家赶紧振作起来，有钱的出钱，无钱的出力，或是办团练，或是练兵，或是开学堂，学些武备、枪炮、机器、开矿各样有用的学问。我们中国地大人众，大家要肯齐心竭力办起事来，马上就能国富兵强，哪还有怕外洋人欺负的道理呢？”①这种“论说”形式符合民众接受习惯，又提升了接受者的精神。他的《恶俗篇》（七篇连载）也“论说”得有声有色，在惊世骇俗的“趣谈”之间引起人们对封建“恶俗”的惊骇。文章开篇说道，“我们中国的坏风俗太多，现拣那顶要紧的，顶有关系国家强弱的，说几件给列位听。列位要是觉得我的话说得有理，不说全改了，就是改去一半，哪怕把我的嘴说歪了，手写断了，我都是心服情愿的”。以下接连三篇都是有关婚姻问题，他把婚姻的“要紧”与“恶俗”中婚姻的“不合情理”对立起来，引起接受者的惊醒。开头，正面提出问题：“夫妇乃人伦之首，为人间第一件要紧的勾当，若无夫妇，便没有世界。”接着一连串地演说中国婚姻“不合情理”，一是“结婚的规矩不合情理”，不是心服情愿、两情相悦，而是“要由旁人替他作主，恶逼成婚”；二是“成婚的规矩不合情理”，把女儿当商品讨价还价，把喜事当丧事；三是“退婚的规矩不合情理”，配了就不许退，不管好歹，使许多男女终生不得其所。② 他在批评中国婚姻恶俗的过程中总是把西洋近世婚姻自主、男女平权的思想和事实拿来作为比较，把传奇性、趣味性与开放性统一了起来。

戏曲在《安徽俗话报》中占着较为重要的位置。这与陈独

① 三爱：《瓜分中国》，《安徽俗话报》，第 1 期，光绪三十年七[三]月初七日，人民出版社 1983 年影印。

② 三爱：《恶俗篇》，《安徽俗话报》，第 2、3、4 期，光绪三十年三月十五日、四月初一日、四月十五日，人民出版社 1983 年影印。

秀重视戏曲启蒙的观念有关，他认为当时平民百姓中识字的人少，文字性的东西对他们还暂不相宜，惟观赏戏曲不必识字，普及面广。他在《论戏曲》一文中说："做小说，开报馆，容易开人智慧，但是认不得字的人，还是得不着益处，我看惟有戏曲改良，多唱些暗对时事开通风气的新戏，无论高下三等人，看看都可以感动，便是聋子也看得见，瞎子也听得见，这不是开通风气第一方便的法门吗？"[①]在这篇重要的文章中，陈独秀批评了"一般书呆子"笼统地视戏曲"俚俗淫糜游荡无益"、"唱戏不是正经事"的错误观点，为戏曲和"戏子"正名。他认为，戏曲这门艺术，"世界上人没有一个不喜欢，无论男男女女老老少少，个个都诚心悦意受它的教训，它可算得是世界上第一大教育家。……我看列位到戏园里看戏，比到学堂里去读书心里喜欢多了，脚下也走的快多了。所以没有一个人看戏不大大的被戏感动的。……依我说来，戏馆子是众人的大学堂，戏子是众人大教师，人上人都是他们教训出来的。"[②]为了把戏曲的重要地位强调出来，他还考究中国戏曲的由来："古代圣贤都是亲自学习音律，像那云门咸池韶护大武各种的乐，上自郊庙，下至里巷，都是看得很重的。"又援引孔孟言论，肯定"移风易俗，莫善乎乐"的道德审美功能。当然，他不是全盘肯定戏曲遗产，认为要实现运用戏曲开通风气、开启民智的作用，必须实行戏曲改良。如何改良？他反对一味尊古，提倡"随时代改变"，反对以雅为尚，提倡"俚俗"为美。指出"今古不同，现在的人漫说听了古代云门咸池古乐不懂，就是懂得昆曲的人，也不甚多了"。又指出，"现在的西皮二黄，通用当时的官话，人人能懂，便容易感人，你要说它俚俗，正因它俚俗，人家才能懂哩"。[③]出于这些原则，他具体提出了"要多排有益风化的戏"、"可采用西法，戏中

---

① 三爱：《论戏曲》，《安徽俗话报》，第11期，甲辰（光绪三十年）八月初一日，人民出版社1983年影印。

② 三爱：《论戏曲》，《安徽俗话报》，第11期，甲辰（光绪三十年）八月初一日，人民出版社1983年影印。

③ 三爱：《论戏曲》，《安徽俗话报》，第11期，甲辰（光绪三十年）八月初一日，人民出版社1983年影印。

夹些演说"、"不唱神仙鬼怪""煽惑愚民"的戏、"不可唱淫戏"、"除去功名富贵的俗套"等五项措施。[①] 在近代"文界革命"中，这是第一篇系统阐述戏曲改革的重要文章，为民族戏曲的现代化提供了建设性思考，其中重视文艺的启蒙功能，重视变古通今适于当世，重视学习西方，重视反对封建迷信，重视以俗为美，这些都与他在五四时期倡导文学革命的精神有着内在的联系。

《安徽俗话报》共刊戏曲作品六部，它们大体上体现了陈独秀戏曲改良的思想。这些戏曲为《睡狮园》(第三期)、《团匪魁》(署名：春梦生)(第九期)、《康茂才投军》(第十期)、《瓜种兰因》(第一本)(第十一、十二、十三期连载)、《薛虑祭江》(第十四期)、《胭脂梦》(署名：皖江爱国士)(第十八、十九期连载，未完)。《瓜种兰因》是汪笑侬的作品，刊发时，戏本前有一按语："这本戏，是上海春仙茶园有名的一位生角汪笑侬先生新排出来的。汪君颇通识时务，中国的诗文，也做得很好。听说本《瓜种兰因》是说波兰国被各国瓜分的故事，暗切中国时事，做得非常悲壮淋漓，看这戏的人无不感动。"其第一本在《安徽俗话报》载完，叙述波兰遭受土耳其入侵，因内奸告密大败求和，国中贵族议院诸官员莫衷一是。剧中人物语言暗含作者反讽的用心，如"且将同种卖，自己好发财"；"千军容易得，一奸最难求"。而且探讨波兰衰亡原因，如"以异族之君王，临我同胞之百姓"，"民不得与政治"，"各党半倚外人之势"，等等，都透露着现实批判、针砭时弊的锋芒。《睡狮园》、《康茂才投军》、《胭脂梦》、《薛虑祭江》、《团匪魁》均为周祥骏的作品。周祥骏(1870—1914)，字仲穆，睢宁马浅村人，南社早期诗人、剧作家。少时师从安徽萧县儒士徐葵南(徐树铮之父)，留学日本时结识陈独秀、柏文尉，辛亥革命中受聘第一镇军统制柏文蔚军事顾问官，后遭张勋以"乱党"罪杀害于徐州。周氏的作品均体现"以文学起革命"的宗旨。其中《睡狮园》借唐朝人说清朝事，唐朝太监利业阴游睡狮园，遭遇堂主女儿金官唱词曲演绎维新党与守旧党的斗争，谴责守旧党弄权误国。《胭脂梦》写女子从军报国，宣传

---

① 三爱《论戏曲》，《安徽俗话报》，第 11 期，甲辰(光绪三十年)八月初一日，人民出版社 1983 年影印。

女性解放。《康茂才投军》借写康茂才追随朱元璋抗元事，隐藏着反清的志气。《团匪魁》刻画庐财及其门人表面维新、实际卖国的嘴脸，借义和团的皮囊演绎达官贵人的灵魂，暗含了“心传妙法皮毛相，莫叫新人笑旧人”的用心。《薛虑祭江》是直接回应时事的一出戏。当时中俄战争中沙皇军队把东北平民百姓6000多人赶下黑龙江活活淹死，举世大哗，国人愤怒。这一暴行也受到了革命导师列宁的痛斥，他道：“欧洲各国政府（最先恐怕是俄国政府）已经开始瓜分中国了。……他们杀人放火，把村庄烧光，把老百姓驱入黑龙江中活活淹死，枪杀和刺死手无寸铁的居民和他们的妻子儿女。就在这些基督教徒立功的时候，他们却大叫大嚷反对野蛮的中国人，说他们胆敢触犯文明的欧洲人。”①列宁旨在揭露和剖析沙皇帝国主义的侵略本性。《薛虑祭江》则重在启发国人生出反省，救亡图存。全剧不以情节胜，而是写江南士子薛虑来到黑龙江边祭奠冤魂，借事抒怀，谴责长期以来国事日非、富豪淫逸、文人空谈，提倡启迪民智，去虚文、务实学，自主自强。这些戏曲均摆脱了陈独秀所反对的神仙鬼怪、煽惑愚民、淫邪游冶、功名富贵、以雅为尚的套路，努力于开通风气，移风易俗，启迪民智。

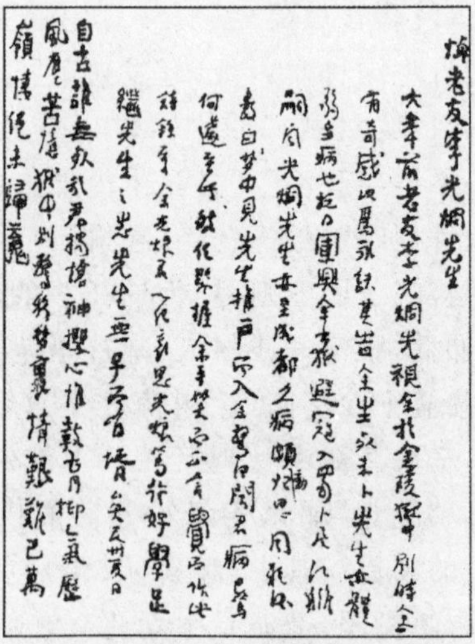

陈独秀悼念李光炯诗文手迹

《安徽俗话报》所载诗歌多为民间歌谣体，多俗语，有时杂以通俗文言。如《叹五更》《恨小脚歌》《闺中叹》《湘江郎调》《仿十送郎调》《梦醒歌》《观物杂谣》《女儿叹》，等等。皆通俗押韵，能唱能诵。作品的情感取向已非私人的一己情怀，起于平常百姓，

① 列宁：《中国的战争》，《列宁选集》，第1卷，人民出版社1960年，第214—215页。

关乎国事民情，诸如反对包办婚姻、反对封建迷信、提倡男女平权、谴责鸦片害人、抗议外国入侵，歌唱保种爱国，等等，系今人所谓“宏大抒情”。吴越牺牲之时，《安徽俗话报》便有诗歌《好男儿》歌赞其事。吴越系吴汝纶族侄，少怀壮志，不甘心在国势颠危之际终老于斗室。1901 年赴京津附吴汝纶，入保定高等学堂读书，文化上受惠于吴汝纶的教诲和莲池书院派的影响，但不满足于维新改良，希望用暗杀清廷大员的手段振奋民众。1905 年 6 月，吴越南归省亲，在芜湖科学图书社与陈独秀商谈暗杀计划。这年 9 月 24 日，吴越乘清政府五大臣乘火车出洋考察宪政之机，怀揣炸弹欲于车上刺杀，不料车身震动刺杀未果，壮烈牺牲。当时正值《安徽俗话报》第二十一、二十二期（合刊）出版，该期刊出的诗歌《好男儿》，作者为“今前”，显系化名，诗歌最后一节唱道：“好男儿，血性真，牺牲一身献国民，登高大呼招国魂，尚武振精神，振精神，收拾旧河山，铸造新乾坤。”鲜明地表达了对吴越事件的评价，和对吴越“牺牲一身献国民”的壮烈精神的礼赞。[①]《安徽俗话报》所载小说只有三篇，章回体，名为“小说”实则“大说”，都是关乎国事的“宏大叙事”，语言为白话，其中一些表现方法呈现出革新意图，表现出向现代文体过渡的可喜迹象。吴守一（汝澄）的长篇小说《痴人说梦》（第一、第二、第四、第五、第六、第七、第九、第十、第十六期，未完）陈独秀的长篇小说《黑天国》（第十一、十三、十四、十五期，未完）都是在近代宏大的政治背景上组织人物故事，由人物对话、具体情境有机地楔入政治议论。《痴人说梦》以“梦”的形式把古今中外的事件、人物组合到极具现实性的救国故事当中。《黑天国》的不少地方改变单向度时间叙事，把时间的变迁纳入空间转换之中，运用插叙、倒叙，突显故事的波浪和人物的性格命运。这些都透露了现代社会小说的审美趋向。

---

① 吴越 1905 年 9 月 24 日牺牲，《安徽俗话报》第二十一、二十二期（合刊）的出版日期标为：阴历乙巳年八月望日发行，公历应为 1905 年 9 月 19 日，在吴越牺牲之前，但刊物的实际出版时间常常与封面标出的时间不完全相符，而且印刷过程中只要没有装订，也还可以增添紧要内容。联系诗歌的内容，《好男儿》当为吴越牺牲而作。

当然,《安徽俗话报》中的语言并不能算作成熟的现代国语,文艺作品的形式并不能算作严格意义上的现代文艺形式,如同晚清整个文界革命一样,都带有过渡时期的特点,它们还要在实践过程中不断走向规范。这应当是五四后的任务。

胡适曾在《四十自述》中说到自己少年时期在《竞业旬刊》所从事的白话文写作实践的意义,他说:"这几十期的《竞业旬刊》,不但给了我一个发展思想和整理思想的机会,还给了我一年多作白话文的训练。……我不知道我那几十篇文字在当时有什么影响,但我知道这一年多的训练给了我自己绝大的好处。白话文从此成了我的一种工具。七八年之后,这件工具使我能够在中国文学革命的运动里做了一个开路者。"①他说得多好!对于陈独秀,又何尝不是这样?套用胡适的话来说,是《安徽俗话报》近两年的思想锻炼和白话文写作的训练,给了陈独秀绝大的好处,以致使他后来能够在五四文学革命的运动里做了一个开路的工人。

(三)《安徽俗话报》与理学传统的关系

还要指出的是,在当时,《安徽俗话报》从陈独秀到主要撰稿者,都还与桐城派的学统保持了一定的精神脉息。桐城派在二百余年的传承过程中,一方面讲求"有所变而后大",另一方面对程朱理学始终有着亲和感。即便到了陈独秀这些叛逆性人物,在《安徽俗话报》中,基本倾向靠近后期桐城派代表人物吴汝纶、严复、林纾;但也和他们一样,对于桐城派前辈的学统依然自觉不自觉地保持着某种尊重,引以为光荣。

《安徽俗话报》从第 16 期起刊载《近代安徽学案》,作者瑟詹,显然是个化名,他在这篇文章的"总论"中提出,近三百年讲的"都是考据词章",接着特别提到桐城派"定鼎者"姚鼐。说:"当那个时候,桐城有一位老先生,唤做姚惜抱,他有句话说是皖南经学皖北文章,这两句话就是安徽人学术的真相。"作者由此出发又增加了"格致派"和"美术派",细分成四派,他道:"考

① 胡适:《四十自述》,《胡适文集》,第 1 集,欧阳哲生编,北京大学出版社 1998 年,第 85 页。

古派、美术派，天下讲究的虽多，安徽一种特起的力量，却是别省不会有的，那个格致派、文章派更是安徽自家开创，天下人皆是从安徽学去的，这是安徽人可以拿来傲人的。”四派之中“考古派”指以江永、戴震为代表的汉学考据派；美术派指新安画派；“格致派”指的是践行宋儒理学“格物穷理”的一路人，当是指信奉程朱理学而专为学术的学者（其中也包括桐城派中的一些人）；“文章派”则是桐城派的又一指称。这后两派受到推崇的层次较前两派更高，说它们均为“安徽自家开创，天下人皆是从安徽学去的”，满怀了自豪感而不夸大。姑不论作者到底是谁，但无疑代表了刊物主持者的观点和情感取向。遗憾的是文章连载两期未完，刊物就停刊了，对“文章派”、“格致派”的具体评价也未能见到。即便如此，从其他一些文章中，也还是可以感受到陈独秀等人对待桐城派所信守的封建理学的态度。这文章一篇是吴汝澄（守一）的小说《痴人说梦》，一篇是陈独秀（三爱）的“论说”《王阳明先生训蒙大意的解释》。

吴汝澄的小说《痴人说梦》在《安徽俗话报》连载八回，未完，但基本主题和框架已大体清楚，是《安徽俗话报》刊载的三篇小说中较好的一篇。[①] 小说以晚清内政外交为背景，叙述南痴、北痴忧心国事，表达忧国伤时之愤。北痴闵自强乃春秋末期闵子骞的七十二代孙，闵子骞是孔门中的七十二贤人之一，忍受后母虐待，不在父母之间搬弄是非，以孝闻世，孔子称其“孝哉！闵子骞，人不间于父母昆弟之言”。南痴朱先觉系南宋理学大家朱熹第十五代孙。南痴酒醉四五日，醒来向北痴诉述所历梦境。梦里，他在先祖晦庵公（朱熹）的导引下参加了孔夫子招集的历代圣贤共商救国大计的盛会，与会者有孔夫子的学生子路、冉有、曾子、子思、孟子以及一班汉宋大儒，大家就强兵、外交、理财、教育等方面发表了建设性意见，又有诸葛亮出来，提出了联合英、美、日本，抗击沙俄的救国方略。当孔子和圣贤们散去之后，晦庵公给南痴解释说：“这班人是夫子命贾长沙、董江都、韩昌黎、欧阳永叔招来的，智识也开通，心肠也狠

① 另外两篇，一篇是陈独秀的《黑天国》，一篇是棠樾树人的《自由花弹词》，均未刊完。

热，平日极会说大话做大文章，只是体质太柔弱，莫说是冲锋打仗，就是走三五里路，也怕要喘不过气来，因为现在的教育权、著作权、出版权，都在他们手里，将来立法部里也还少他不得，所以特地找来，把铁血主义来激动他，等他好多造几个军国民，自己也好改个法子，预备些内治的功夫，免得天天瞎闹。”晦庵公又说，当务之急是要具备德国宰相比士马克（俾斯麦）所说的“黑铁赤血”，这就需要另一班豪杰，这个道理孔夫子是清楚的，他“叫子路、诸葛亮、王守仁等，物色了几个人，开了个册子，加上赞语，说都是数一数二的大豪杰，将来中国的国力总是要在这些人手里振兴起来的”。晦庵公便把从孔夫子那里转抄的一份册子交给南痴，嘱他“按图索骥”，寻找册子里的大豪杰协同救国。梦中的南痴遂根据先祖的指点寻得了册子里标定的一个又一个大豪杰，如张国威、张国威之妹张无畏，以及华勃兴、夏振武等，奔走呼号，发动了联合犹太人、德国人共同抗击沙俄的斗争。小说受到了《红楼梦》构思艺术的影响，由梦说事。但有趣的是，梦境中的孔子成了统领历代圣贤的灵魂，朱熹成了连接古今的枢纽，他们与现实中的民族复兴并不构成实质性对抗，对诸多儒者“体质太弱”的弊病也了如指掌，都成了关怀现实，预知未来，开启光明的先知。梦境展开的过程中，豪杰们的思想实际上与封建理学大相径庭。如南痴所谈“新政”，成立大中国国会议院，准人民议政举官，全国统一学制，全民实行“强迫教育三年”，“行全国皆兵制度”，“收回一切治外法权”；如豪杰们要“从新铸造民气”，强调“民气不张，万万不能立国”；如张无畏力举“女权”，认为“中国的女权不张，是个极可恨的事情”，“男女总是平等，何必（把女人）当做个妖怪呢”；等等，都与孔子、朱熹儒家思想多相背离，已经属于近代维新、启蒙思潮的产物。就是说，在这部未完成的小说中，叙事结构的隐层次存在着一个内在的矛盾，而这种矛盾，在语义上便生成了连作者也未曾清楚的张力，即传统在现实的关系中已经发生新变，但原传统却被作者无批判的肯定了。就是说，桐城派末流实际上超越了桐城先辈所崇尚的封建理性，但他们的脐带却还是牵连着母体，表现出对母体难以割舍的依恋。

这种矛盾的情形，从刊于第十四期陈独秀的《王阳明先生训蒙大意的解释》一文也可以看出。在这篇文章中，陈独秀推崇王阳明尊重儿童心性，引导儿童在欢悦之间接受道德伦理的“训蒙”思想，批评记诵词章而不考究理学精神的“俗儒”习气。他说：“‘古之教者，教以人伦，后世记诵文章之习起，而先王之教亡。’先生这几句话的意思，是说古时候教人的道理，是要叫人去实行那忠孝节义，才算是尽了人伦，才算是一个人。后来教育的法子，是专门叫人抱着几本古书，闭了眼睛乱念并不知道古书里所说的道理，教学生照样去做。照这个样子，就是书念的极多，又记的极熟，到底有什么用处呢？或者专门叫学生做文章，就是文章做的刮刮叫，还是不能够实实在在做忠孝节义的事，这也算得是一个人么？”[①]王阳明继承陆九渊“心即理”的主观唯心主义心学思想，又看重“致良知”和“知行合一”。当他提出“无善无恶心之本”，并以此为前提强调“致良知”和“知行合一”的时候，显然具有唯物论的因素。就是说，他注意到了道德实践对于“致良知”的意义，这也是宋儒道学中的传统。南宋以后陆、王心学与宋儒道学统属理学，呈合流趋势。当然，陆王心学不等同于宋儒理学，且多有背异，但王阳明讲儿童教育，实际上触及了以记诵词章为能事、轻视儿童道德伦理建构以致“先王之教亡”的汉学末流风尚；而清代汉宋之争中，桐城派与汉学家的分歧，也即在于反对一些汉学家专于书本考据而忽视社会关切和道德建构。在这一点上，二者却有着相近之处。陈独秀当时不可能知道桐城派与陆、王心学的理学因缘，但我们还是有理由认为，团结在《安徽俗话报》旗帜下的桐城派末流，并没有与桐城派的学统自觉地拉开距离。他们认同“致良知”，但时过境迁，处于封建瓦解之时持守“着实躬行”的知行统一，“实实在在做忠孝节义的事”，就有可能阻遏社会的变革，维护了封建统治。他们虽然实际上开始把矛头指向了桐城派所维护的封建理性，但不具备历史的眼光，还没有从封建理性的传统中完全抽身出来，依然近乎蒙懵地保持着光荣的记忆。

---

① 三爱：《王阳明先生训蒙大意的解释》，《安徽俗话报》，第 14 期，第 11 页，甲辰年九月十五日，人民出版社 1983 年影印。

(四)《安徽俗话报》的价值

如果说五四新文化运动和文学革命时期,陈独秀、高一涵、胡适、李大钊、钱玄同、周作人、鲁迅等人以北京大学为保垒,在蔡元培的支持下,形成了一个《新青年》派,那么晚清时期的陈独秀、房秩五、吴守一、李光炯等人则以桐城学堂和安徽公学为堡垒,在吴汝纶精神的光照之下,构成了一个《安徽俗话报》派。两个阵营中,陈独秀都是中坚人物。《安徽俗话报》在近代安徽乃至全国的作用不容抹杀,特别对安徽民众的启蒙作用不容低估。当时的青年学生,如安徽巡警学堂的朱蕴山、安徽高等学堂的高一涵,后来追忆往事时,都认为这一报刊"对青年界的反帝爱国思想散播了较为深刻的影响","起了宣传革命和组织革命的作用"。[①] 当然,它并不能和后来的《新青年》相比。不过,没有《安徽俗话报》也就很难有后来的《新青年》,前者为后者的出现奠定了基础,作出了相应的准备。所以陈独秀研究者沈寂在论及《安徽俗话报》时认为,"在一定意义上也可以说,它是《新青年》的雏形,在某些问题上,它还是新文化运动的先声"[②]。

在《安徽俗话报》时期,陈独秀的主导性思想还大抵处在改良和革命相混杂的阶段,他反叛传统桐城派所代表的封建理性,但还不自觉地保留着与其文化传统的脐带黏连;更重要的是,他受到了后期桐城派吴汝纶、严复、林纾的重要影响,他们的近代启蒙思想与康有为、梁启超等人的思想一起成为《安徽俗话报》的重要思想源泉。到《新青年》的文学革命时期,陈独秀已经发展成为激进的资产阶级革命家和思想家,而且在五四运动之后,开始转变为马克思主义的信仰者和宣传者。文学革命时期,在他身上,桐城派吴汝纶、严复、林纾的影响还很突出,特别是严复传输的"进化论"以及思想自由的个性主义思想,成了他发起文学革命的重要的思想武器,但吴汝纶前桐城派的遗蜕已经不再显迹,他纵情于激进"反传统"和"全盘西化"的时代浪潮,开始走上全面反叛桐城派的道路。

---

① 见《辛亥激荡的安徽》,黄山书社,2011年,第38页。

② 沈寂:《陈独秀传论》,安徽大学出版社2007年,第126页。

三 从《青年杂志》到《新青年》

《安徽俗话报》停刊后十二年,1915 年 9 月 15 日陈独秀在上海又创办了《青年杂志》。

(一)皖籍同人刊物《青年杂志》

这仍然是以皖籍同人为主要作者群的一份启蒙刊物,刊物的发行人依然是徽州的汪孟邹。刊物为月刊,内设理论、创作、翻译、国内外消息、读者通信、广告,从这些形式可以看到当年《安徽俗话报》的影子。所不同的是,文章的语言已多由通俗白话回到通俗文言,思想评论分量加重,刊物的启蒙精神没有改变,但是已经有了很大的提升。而且特别推重青年,直接面向全国青年。

在《安徽俗话报》停刊后的十二年间,陈独秀奔走于旧民主主义革命的烽火之中,往来于日本、上海、芜湖、安庆之间,由改良派而成为革命派。他所联系的人的范围也扩大了,李光炯、吴汝澄、房秩五投身于他种进步、革命的事业,没有直接参与《青年杂志》的工作,但更多的皖籍学子又团结在陈独秀的周围,这些人多属桐城派末流,也有些人少年时代生活于桐城文化圈,都程度不等地接受过桐城派文化的滋养,大都是早年安庆爱国宣传运动的参加者。

香港学者陈万雄格外关注近现代之交的文学现象研究,注意到五四前后"新"、"旧"文学的联系和传承,他在研究五四新文学时注意到以陈独秀为首的皖籍知识分子创办《青年杂志》的开拓之功,他认为《新青年》之前有一个《青年杂志》的"同仁杂志时期",他说道:"《青年杂志》的创办是以陈独秀为首的皖籍知识分子为主的同仁杂志,且互相间有共事革命的背景。"[①]他还专门用了一章(第四章)叙述了"五四运动在安徽"的情况。

---

① 陈万雄:《五四新文化的源流》,北京生活·读书·新知三联书店1997 年,第 6 页。

如果他把问题继续深入下去，当会发现这个皖籍青年文化新军中支撑刊物的主导性力量陈独秀、陈嘏、高一涵、高语罕、潘赞化、刘叔雅、易白沙、薛琪瑛等，或者属于桐城派末流，或者与桐城派文化传统有着一定的渊源。在这些人中，陈嘏（1890—1956）系陈独秀兄长陈建生之子，小于陈独秀，但与陈独秀一样，接受了桐城理学世家文化的浸润，曾跟陈独秀一起留学日本，帮助陈独秀组建《青年杂志》，任英文编辑，屠格涅夫的小说《初恋》、《春潮》均由他翻译，连载于《青年杂志》。后在家乡多所学校任教师，担任过安徽大学日语教授。高一涵（1885—1968），安徽六安人，系安徽高等学堂的学生，后与陈独秀、陈嘏等一起留学日本，参与过《苏报》、《民立报》、《甲寅》等报刊的编辑工作。他和高语罕在安徽高等学堂学习期间，适逢后期桐城派代表人物严复在该校主事，严复狠抓学堂学风建设和重视外语教学，对他们发生了深刻影响。高一涵刊登在《青年杂志》上的那些重要文章如《共和国与青年之自觉》、《近代国家观念与古相异之概略》、《民约与邦本》等，思想观念乃至古文风格，都带有严复的影子，他这期间的文章多处引用严复观点以作为支撑的材料。《青年杂志》改为《新青年》之后，较长时间内，高一涵一直很活跃，被一些研究者称为《新青年》的"二把手"。潘赞化（1885—1959）原名世璧，字瓒华，桐城西乡练潭潘家楼人，祖父潘藜阁曾为李鸿章幕僚，后任天津知府。潘赞化早年随兄潘缙华参与陈独秀在安庆组织的安徽爱国会和青年励志社，积极从事爱国宣传。因遭清廷通缉，流亡日本，入振武学校和早稻田大学学习，参加孙中山组织的兴中会。后往还日本、安庆、芜湖之间从事孙中山领导的革命事业。抗日战争期间曾流亡四川江津，任教于江津国立第九中学，对客居江津、多病无助的陈独秀多有照料。1940 年夏回桐城创办孟侠中学，因吴越字梦侠，故以其字命名，纪念先烈、激励后人。新中国成立后担任安徽省文史馆馆员。刘叔雅（1889—1958），又名文典，合肥人，祖籍怀宁，与陈独秀同乡，早年就学于安徽公学，系李光炯、陈独秀的学生，学习期间，参加陈独秀等组织的反清组织岳王会，并加入同盟会。留学日本，与章太炎等革命派建立了联系，为《甲寅》撰稿。后在安徽大学、北京大学、西南联大先后任教，1928

年在安徽大学校长任上，因学潮事不理会蒋介石的训斥，而以“狂傲”闻于世。易白沙(1886—1921)，祖籍四川，不属皖籍，但从少年时代起一直在安庆学习、生活，还长期主讲怀宁中学，深受桐城文化和皖学风气的熏陶。薛琪瑛，虽不属皖籍，但系吴汝纶外孙女、薛福成孙女，系桐城派后裔，陈独秀称其“幼承家学，蜚声乡里”，为“吾国文艺复兴之嚆矢，女流作者之先河”，故可以桐城派末流视之。

《青年杂志》自 1915 年 9 月 15 日创刊，出了六期(第一卷第一号至第六号)，因与上海的一家教会刊物同名，到 1916 年 9 月 1 日第二卷第一号起便改名《新青年》，改刊后的卷、号顺着原《青年杂志》第一卷第六号下延，且于封面《新青年》后标注“原刊名《青年杂志》”，以示二者间的承接关系。从第七卷第一号(1919 年 12 月 1 日)起不注原刊名，但卷、号一直顺延至 1926 年 7 月 25 日《新青年》终刊。《新青年》第二卷第一期的《通告一》说，刊物“得当代名流之助，如温宗尧、吴敬恒、张继、马君武、胡适、苏曼殊诸君，允许关于青年文字皆由本志发表”。表明这份杂志开始打破安徽同人刊物的界线，面向全国文化界。尽管如此，起码在第二卷第五号(1917 年 1 月 1 日)，即被一些现代文学研究者视为“文学革命”的起点之前，由桐城派末流及曾经程度不等地接受桐城派文化影响的青年精英主导的皖籍作者群，依然在其中保持着强劲的势头。因此研究陈独秀应蔡元培之聘于 1917 年带着《新青年》进入北京大学之前，由陈独秀等皖籍作者群主导的《青年杂志》(含第二卷第五号之前的《新青年》)的情形，对于揭示陈独秀等人的文化思想与桐城派的关系，揭示他们在五四新文化运动和文学革命伊始以桐城派为革命对象的思想基础，显然是必要的。

他们在第二卷第五号之前的《青年杂志》(含《新青年》)发表的文章主要有：

陈独秀 24 篇(次)，其中一卷一号 4 篇，一卷二号 3 篇，一卷三号 3 篇，一卷四号 2 篇，一卷五号 1 篇，一卷六号 1 篇，二卷一号 2 篇，二卷二号 3 篇，二卷三号 2 篇，二卷四号 3 篇。

陈嘏，每期均有翻译小说连载，其中一卷一号至四号连载屠格涅夫《春潮》，一卷五号至二卷二号连载屠格涅夫《初恋》，二卷三号载王尔德《弗罗连斯》。此外尚有多篇未署名的英文翻译作品。

高一涵 9 篇(次),其中一卷一号 1 篇,一卷二号 2 篇,一卷三号 2 篇,一卷四号 2 篇,一卷五号 1 篇,二卷一号 1 篇。

刘叔雅 5 篇,其中一卷三号 1 篇,一卷四号 1 篇,一卷六号 1 篇,二卷二号 1 篇,二卷三号 1 篇。

潘赞化 2 篇,其中一卷四号 1 篇,一卷五号 1 篇。

易白沙 7 篇(次),其中一卷二号 1 篇,一卷五号 2 篇,一卷六号 2 篇,二卷一号 2 篇。

他们的文章几乎占了刊物文章的四分之三,更重要的是体现刊物倾向的文章主要都是出于他们之手。这批文章较为广泛地传播西方资产阶级革命以来出现的思想文化观念,提倡科学与人权,张扬自由、民主、平等,推崇资产阶级上升时期的价值观、人生观、独立自主的人格和雄强勇武的身心素养,批判老中国旧道德、旧文化、旧文学的积弊和国民劣根性,揭露近代封建顽固派、改良派尊孔祀孔的倒行逆施,为现代民族国家意识形态建设和"新青年"理想人格的建构摇旗呐喊。有些文章和译著还表现出对西方近代文明的辩证批判精神。

和《安徽俗话报》时期一样,《青年杂志》作家群在传输西方近代思想文化观念,接受近代启蒙新思潮和革命思想观念的过程中,也仍然不自觉地受到了后期桐城派吴汝纶、严复、林纾,特别是严复所传输的西方思想的影响。但是与《安徽俗话报》时期相比,如果说《安徽俗话报》时期还不自觉地保留了与传统桐城派情感上甚至学理上的某些牵连,那么这时候已经彻底地走到了桐城派理学传统的对立面,批判的矛头虽然不是指向桐城派,但锋芒所向无不是传统桐城派所维护的从孔孟到程朱的儒家正统观念。而且批判的广度和深度已经大大超过了《安徽俗话报》时期较多地着眼于封建迷信、包办婚姻、重利轻义等表层的世俗弊害,而具有总体性和深层审视的特点。

(二)五四的前锋

在《青年杂志》皖籍同人中,严复的学生,同时也是李光炯、陈独秀的学生高一涵是仅次于陈独秀的峻拔者,他呼吁青年觉醒，鼓吹自由人格的建造。从《青年杂志》一卷一号到一卷三号，他连载《共和国家与青年之自觉》，系统阐述了青年觉醒与现代民族国家的关系，提出青年应该具备自觉的“共和国家意识”，具备“自利利他主义”，应该“练志”、“练胆”、“练识”，“以理想变事实”，“不可以事实拘理想”，欲新国家，自必“超出已然之现象，而别启将然之新机”。他注意到，青年欲“对于国家之自觉”，必须改造旧道德。这种旧道德，“多为先王之道是从，不问其理是否合于今世，但问其例之有无”；虽“本诸学理”，“而非一成不变”。“道德而不适时势之用，则须从根本改造之”，代之以新的道德。他以挑战的口吻道：“狂此不佞所以有改造道德之说也，持今之道德以与古较，则古之道德重保守，今之道德多进取，古之道德拘于社会之传统，今之道德由于小己之良心，古之道德以违反习惯与否为善恶之准，今之道德以违反天性与否为是非之标，古道德在景仰先王，师法往古，今之道德在启发真理，楷模将来”。如何改造？他坚定、明确地指出：“道德之根据在天性，天性之发展恃自由”，“启瀹之机将谁，是赖自由尚焉”。矛头直指儒家道德观，强调自由乃是改造旧道德，启发青年自觉之魂。进而，他具体阐述了从西方传入的自由观，认为自由之说不外三种：一是绝对自由说，二是绝对无自由说，三是限制自由说。他同意第三种，道：“顾自由要义，首当自重其品格，所谓品格，即尊重严正，高洁其情，予人以凛然不可犯之威仪也，然欲尊重一己之自由，亦必尊重他人之自由。以尊重一己之心，推而施诸人人，以养成互相尊重自由之习惯，此谓之平等的自由也。发扬共和精神，根本赖此，凡我青年，时应以自省也。”[1]由此，他把民族国家意识的自觉、旧道德的改造、“平等的自由”的建立三者关系辩证地揭示出来。在他看来，“平等的自由”乃诸事之本，有此自由人格，人始能为人，也才能有新的道德，才能有民族国家共和的精神。他还注意到，要想获得真正的自由必须防止自由的滥用，重视自治对于自由的意义。在《自治与自由》一文中，他援引英人鲍桑葵“自治者，勉小己以赴

① 高一涵：《共和国家与青年之自觉》(一)，《青年杂志》第一卷第一号，1915年9月15日。

大己，克私利群之谓也，自由者，事由己决，不为物制之谓也”的观点，阐述必须处理好自治与自由的关系。他道：“小己者何？离群独具之身，偏颇奇特之用，孤立而外于群者也。大己者何？由历史以观，即立国以来世世相传之民族性；由人道以观，则人类众生心心相印之公同。”“举凡大地民族，其最能享受自由之福者，自治之力必最强，反之则终不得入自由福境之一步”，“人欲胜物，必先合群，欲发扬民性，必心心相印，向同一之方面齐趋”。他的结论是：“自由乃自治之归宿，自治实自由之途径。二者常相得相用，而不可相离，舍自治以求自由，自奴而已矣，自缚而已矣，北辙而南其辕，宁可能达之时邪？”①这类观点与此前严复关于自由与群己权界、小己自由与国群自由的关系等观点完全一致。

易白沙有关孔子的文章在民初反击尊孔复古浪潮中具有先锋性。他的《孔子评议》（上、下）辩证论学，持论特具批判袁世凯等“独夫民贼”的锋芒，与陈独秀的一批反对尊孔复辟的文章直接呼应。他把孔子的优点与缺点、孔子与孔学（儒学）、儒学与国学具体区分开来，揭露“独夫民贼”尊孔复辟的实质。他指出，中国古今学术概括起来有儒家之学、九家之学和域外之学。“儒者，孔子集其大成，九家者，道家、阴阳家、法家、名家、墨家、纵横家、杂家、农家、小说家”，“域外之学，则印度之佛，皙人之物质与精神之科学”，“三者混成，是为国学”，“印度、欧洲，土宇虽远，国人一治其学，螟蛉之子，视其类我”。② 易白沙具体论及孔子之学，指出：“孔子之学只能为儒家一家之学，盖孔子与国学绝然不同，非孔子之学小，实国学范围之大也。朕即国家之思想，不可施于政治，尤不可施于学术。三代文物，炳然大观，岂一人所能统治？”③他从源流、仁义、法先、丧葬、天命、事功、道器等七个方面阐述了儒、道、法、墨、农诸家的异同，揭示

---

① 高一涵：《自治与自由》，《青年杂志》第一卷第五号（正月号）。

② 易白沙：《孔子评议》（下），《青年杂志》第二卷第一号，1916 年 9 月 1 日。

③ 易白沙：《孔子评议》（下），《青年杂志》第二卷第一号，1916 年 9 月 1 日。

“各家学说，皆有统系”。他又指出，孔子有优点也有缺点，野心家利用孔子，盖因孔子有可利用之处，他认为孔子“尊君权漫无限制，易演成独夫专制之弊”，“讲学不许争论问难，易演成思想专制之弊”，“少绝对之主张，易为人所借口”，“重作官，不重谋食，易入民贼牢笼”。[①] 他甚至言他人所未言，认为孔子“宏愿”不在“素王，而在其王”，“儒家革命”的思想为孔子、孟子、荀子及孔子学生们一以贯之的主张和实践，“汤武革命，一以七十里，一以百里，天下称其仁，儒家用心，较汤武犹苦，而诛残贼，救百姓之绩，为汤武所不逮”。他的结论是：“独夫民贼利用孔子，实大悖孔子之精神。孔子宏愿，欲统一学术，统一政治，不料为独夫民贼作百世之傀儡”。[②] 他对儒学的存在问题未能作深入的剖析，但力图作政治与学术的区分，既珍视儒学的成就又揭露“独夫民贼”尊孔复辟的政治图谋，实乃从桐城派文化土壤里走出来、“执西用中”的新一代学人的文化精神。

刘叔雅的两篇文章，一篇翻译，一篇介绍叔本华非理性主义，都是较为难得的文字。译作《近世思想中之科学精神》，系赫胥黎所著，译文前面有刘叔雅一个简短的题记，题记称：“英国赫胥黎(Huxley)，近代生物学大家也。生于一八二五年，卒于一八九五年。所著《天演论》，侯官严氏曾译为华言，风行中土，斯篇乃钞自其所著 *Lay Sermon* 中之 *On the advisableness of improving natural knowledge* 者也。”[③]可以见出他受到了严复翻译《天演论》的影响。赫胥黎的这篇文章从英国伦敦发生的两起灾难(1664 年疠疫横行和 1666 年秋复有大火毁及伦敦六分之五)说起，论及自然科学和哲学乃人类进化的体现，并由这种进化阐述了人类宇宙观念、时间观念的觉醒，揭示出科学对于人类进步的重要性。文章最后说：“吾人已识上下四方古

---

① 易白沙：《孔子评议》(上)，《青年杂志》第一卷第六号，1916 年 2 月 15 日。

② 易白沙：《孔子评议》(下)，《青年杂志》第二卷第一号，1916 年 9 月 1 日。

③ 刘叔雅：《近世思想中之科学精神》，《青年杂志》第一卷第三号，1915 年 11 月 15 日。

往今来之为无穷，且知地球为宇宙间目所得见处之一微尘。唯其期间，若以吾人之时间标准较之，则为无穷耳。又人类者，不过圆与上无量数生物中之一而已，且实历无数级进化，乃成今日之状态也。……此等观念之存在，与其为自然界知识之进步所不可逃免之结果，实无人能否认之。诚如是，则其万事变更吾人所怀最重要之信念，决无疑义也。”[①]就是说，科学带来了人类空间意识与时间意识的觉醒，使人类认识到自己在时空运动中的位置，并且确知宇宙万象的无限性和不断变更的真理。于此，这篇译著与陈独秀等人此期间宣传科学祛魅的文章相辉映，宣扬了科学启蒙的重要性。

刘叔雅的《叔本华自我意志说》在我国学界是较早介绍叔本华唯意论的专门文章。文章一反学界无视叔本华学说的现状，高度肯定唯意志论在哲学和文学艺术中的贡献，指出：“叔氏去今五十年矣。今之学者或病其说之旧而短之，然要为希世大哲，其学说浸润于人心者至深。征诸北欧之文艺，自然派，新理想派之人生观艺术观，与旷世文豪托尔斯泰之思想，实皆与叔氏之作有同感焉。斯可见其影响于世人之精神生活者至大。”他介绍唯意志论：“意志者众生之本原，故亦万恶之本源也，其所生之世界非最善之世界乃最恶之世界也”，“生存即痛苦，故积极之乐全属幻想，唯大彻大悟明生命快乐，一切皆空，则意志自断自灭可以寂灭免痛苦耳，此意为佛教与基督教所同……故自断其求生意志以己身为牺牲，此其所以为救世主也”。[②] 可以看出，当人们以欧美启蒙理性为尚的时候，刘叔雅把目光转向了质疑理性主义的非理性主义前驱，注意到了非理性主义在西方造成的新的美学精神和文学审美流派，还特别看到了叔氏学说的悲剧精神及其与佛教、基督教学说的相通之处。在这之前，王国维运用叔本华的唯意志论阐释我国传统美学中的意境说，又运用唯意志论和悲剧观阐释《红楼梦》，他指出《红楼梦》

---

① 刘叔雅：《近世思想中之科学精神》，《青年杂志》第一卷第三号，1915年11月15日。

② 刘叔雅：《叔本华自我意志说》，《青年杂志》第一卷第四号，1915年12月15日。

中“所有种种之人物、种种之境遇，必本于作者之经验”，《红楼梦》的悲剧乃是“通常之道德，通常之人情，通常之境遇为之而已，由此观之，《红楼梦》可谓悲剧中之悲剧”。[①] 刘叔雅的文章与王国维相呼应，在近现代之交对中国新文学接受西方非理性主义、唯美主义，促进美学现代性的发生起到了发蒙和引产作用。

陈嘏翻译的屠格涅夫小说《春潮》、《初恋》及唯美主义剧作家王尔德的戏剧《弗罗连斯》，薛琪瑛翻译的王尔德的《意中人》等世界性名著，都是经《青年杂志》首次与我国读者见面的。屠格涅夫《初恋》描写女主人公菊娜达与少年沃洛加及其父亲彼得之间的一场爱情纠葛。少年沃洛加对菊娜达产生了纯真的爱恋之情，但菊娜达不在意这种感情，爱上了沃洛加的父亲彼得，彼得出于情欲的爱征服了她，彼得的隐私被妻子知道后，他便离开了菊娜达，在最后分离的时候，还对她施以虐待，粗暴地鞭打她。《春潮》描写青年贵族萨宁与少女杰玛之间的爱情故事。俄国青年萨宁从意大利回俄国途中，在德国法兰克福的一个意大利糖果店里遇上了店主的美丽善良的女儿杰玛，并产生了感情，又由于一个偶然的机会，他挽救了店主儿子爱弥儿的生命。后来在与这个家庭的一次郊游中，当一个德国军官侮辱杰玛的时候，杰玛的未婚夫忍辱退让，萨宁却不顾生命安全挺身捍卫杰玛的荣誉与尊严，以致杰玛离弃了未婚夫，与萨宁建立了正式的爱情。为了结婚，萨宁急于变卖在俄国的田产，在这个关点上，萨宁的同学波洛索夫的妖娆美丽的太太借谈田产之机勾引了萨宁，使萨宁在一场雷雨中陷入情欲的陷阱，并且最终被抛弃。两部作品中，屠格涅夫告诉人们，受情欲冲动和出于纯粹利益的爱情都是不可取的，“爱是那能摧垮我们的‘我’，迫使人忘掉自己和自己利益的那样一种激情”。陈嘏在《春潮》译作的前言中说，屠氏的作品，“咀嚼近代矛盾之文明，而扬其反抗之声音”，表达了他对屠格涅夫作品的理解和对西方近代文明的辩证批判精神。

---

① 王国维：《红楼梦评论》，《王国维文选》，林文光编，四川文艺出版社 2009 年，第 11 页。

在1915年、1916年陈嘏把俄国屠格涅夫的《春潮》和《初恋》翻译给我国读者之前，1912年郁达夫在日本东京第一高等学校读书时就读到了这两本小说，但将其引入国内文坛的第一人还是陈嘏。在陈嘏之后，才有人不断将屠格涅夫的作品翻译过来，据阿英介绍，从民初到五四时期"译印最多的，是屠格涅夫的著作"。屠格涅夫在五四作家中的影响是很大的，他作品"深切哀伤，幽婉美妙"（郁达夫语）的风格，他创造的"零余者"形象，在新文学作品中产生了重要影响，从郁达夫、蒋光慈、茅盾、巴金等人创造的小资产阶级知识分子形象、革命者形象都可以见到屠格涅夫小说投下的影子。由此可知，陈嘏对屠格涅夫小说的译介之功，不可埋没。

薛琪瑛翻译的王尔德的《意中人》（现通译为《理想丈夫》）[①]也值得一提。这部戏剧揭露和讽刺伦敦上流社会营私舞弊、尔虞我诈的丑态。罗伯特·切尔突恩爵士因出卖内阁一桩秘闻，以致在众议院获得了一个重要职位，但他的妻子却不明真相，始终把他当成"理想的丈夫"。一次偶然的机会，谢费利太太来到他家，在舞会上揭穿了罗伯特的秘密，要他在众议院支持一项开发阿根廷运河的项目，否则就要公布他的丑闻。罗伯特夫人万分无赖，只好写信求助于哥林子爵。这个哥林曾经爱过谢费利太太，这位太太又正向他求爱，他掌握着这个女人的许多隐私。靠了哥林的帮助，"理想的丈夫"才避免了不幸。薛琪瑛在《意中人》译序中说，"此剧描写英人政治上之生活与特性，风行欧陆。每幕均为二人对谈，表情极真切玩味。作者王尔德晚近欧洲著名之自然派文学大家也，此篇为其生平得意之作"。有意思的是，她还说："曲中之意乃指陈吾人对于他人德行之缺点，谓吾人须存仁爱宽恕之心，不可只知憎厌他人之过；尤当因人过失生怜爱心，谋扶掖之，夫妇之间，亦应尔也。"[②]可见，她把王尔德的这部社会喜剧理解和处理为伦理和情感之剧，其中保持了对西方上流社会营私舞弊、尔虞我诈丑行的谴责，却又表露了用中国传统美德化解和处理西方近世利己主义的用心。

---

① 见《青年杂志》，第一卷第二、三、四、六号及第二卷第二号。

② 《青年杂志》，第一卷第二号，1915年10月15日。

她对西方“近代矛盾之文明”的批判精神与陈嘏是一致的。

在这批文章中，陈独秀的文章不但数量居于首位，而且思想的深刻性和尖锐性也居于领先地位。陈独秀抓住影响国家发展和社会进步最为关键的人群——青年，把刊物的宗旨定位于青年启蒙。他的《青年杂志》发刊辞《敬告青年》从“进化论”立论，高举“科学和人权”两面旗帜，为青年启蒙引路。他认为：“陈腐朽败者无时不在天然淘汰之途”，“人身遵新陈代谢之道则健康，陈腐朽败之细胞充塞人身则人身死；社会遵新陈代谢之道则隆盛，陈腐朽败之分子充塞社会则社会亡”。“世界进化，骎骎未有已焉。其不能善变而与之俱进者，将见其不适环境之争存，而退归天然淘汰已耳”；又认为，近代欧洲所尊奉的科学与人权缺一不可，说：“近代欧洲之所以优越他族者，科学之兴，其功不在人权说下，若舟车之两轮”。全文从六个方面提出鲜明的价值观和人生观取向，这六个方面是：自主的而非奴隶的、进步的而非保守的、进取的而非退隐的、世界的而非锁国的、实利的而非虚文的、科学的而非想象的，号召青年立德立言，脱离“忠孝节义，奴隶之道德”，革除名教的虚枉，塑造“自主自由之人格”，“以科学与人权并重”，脱离蒙昧的时代。① 在《青年杂志》改为《新青年》的当期，陈独秀又作《新青年》，在生理、心理两个方面对“新青年”之“新”作出阐释，在与世界青年的比较之间，号召青年健壮其身体，结束“东亚病夫”的贱称，摈弃封建社会“做官发财”的腐败堕落的旧思想，雪洗“支那贱种”的耻辱，别构真实新鲜的信仰，“内图个性之发展，外图贡献于其群”。②

陈独秀的政治信仰，当时是希望建立“共和立宪”的资产阶级国家。他说，“此所谓立宪制之潮流，此所谓世界系之轨道也。吾国既不克闭关自守，即万无越此轨道逆此潮流之理”。而欲图这一理想的实现，国人必须努力做到“最后之觉醒”，使多数国民“自觉其居于主人的主动的地位为唯一根本之条件”。

---

① 陈独秀：《敬告青年》，《青年杂志》，第一卷第一号，1915 年 9 月 15 日。

② 陈独秀：《新青年》，《新青年》，第二卷第一号，1916 年 9 月 1 日。

“共和立宪而不出于多数国民之自觉与自动，皆伪共和也，伪立宪也，政治之装饰品也”。他认为，这就必须接受西洋自由、平等、独立的伦理，“吾人果欲于政治上采用共和立宪制，复欲于伦理上保守纲常阶级制，以收新旧调和之效，自家冲撞，此绝对不可能之事。盖共和立宪制，以独立、自由、平等为原则，与纲常阶级制绝对不可相容之物，存其一必废其一”，基于这种文化总体观，他的结论是：“伦理之觉醒，为吾人最后觉醒之最后觉醒”。[①] 因此，他就把包括文学在内的文化启蒙确立在国民主体人格的建构上，希望用西方近世自由、平等、独立的伦理道建构能够创造新国家的自由自主的新人。他所期望的“新青年”与此恰完全一致。

正是以西方近代资产阶级启蒙理性为参照，陈独秀看到了民族传统中国民精神的劣根性，批判锋芒开始指向“国民性”。他在《我之爱国主义》一文中说：“中国之危固以迫于独夫与强敌，而所以迫于独夫与强敌者，乃民族之公德私德之堕落有以召之耳。即今不为拔本塞源之计，虽有少数难能可贵之爱国烈士，非徒无救于国之亡，行见吾种之灭也。”他继续说，“外人之讥评吾族，‘而实为吾人不能不承认者，曰‘好利无耻’，曰‘老大病夫’，曰‘不洁如豬’，曰‘游民乞丐国’，曰‘贿赂为华人通病’，曰‘官吏国’，曰‘豚尾客’，曰‘黄金崇拜’，曰‘工于诈伪’，曰‘服权力不服公理’，曰‘放纵卑劣’；凡此种种，无一而非亡国灭种之资，又无一而为献身烈士一手一足之所可救治。”他痛心疾首地说，“一国之民，精神上，物质上，如此退化，如此堕落，即人不我伐，亦有何颜面，有何权利生存于世界”。所以，他坚定地认为，外人之讥，我当惊醒，“欲图根本之救亡所需乎国民性质之改善”，此乃“持续的治本的爱国主义”。[②] 我们当会明白，五四新文学中“国民性批判”造就了以鲁迅为代表的一大批杰出作家作品，鲁迅《呐喊》、《彷徨》、《故事新编》中的许多小说如《阿Q正传》、《药》、《祥林嫂》、《闰土》等都是这方面的杰作。鲁迅

① 陈独秀：《新青年》，《新青年》，第二卷第一号，1916 年 9 月 15 日。

② 陈独秀：《我之爱国主义》，《新青年》，第二卷第二号，1916 年 10 月 1 日。

等人从对实际生活的感受出发，同时也可能从传入的西方思潮，例如西方传教士对中国的讥评中受到激发，形成了“国民性批判”的主题，但在五四新文化运动之初陈独秀等人关于国民劣根性的思想观念却构成了这一文学主题的前期成果，其对这一文学主题的酝酿和产生无疑具有启示作用。

而且，直面民国初年政治的、意识形态的倒退，陈独秀批判的锋芒还显露出了鲜明的反孔倾向。民国初年泛起了一股尊孔读经的文化保守主义思潮，先是配合袁世凯复辟称帝，由杨度等人操演孔教会发起“政治劝进”和尊孔读经宣传，袁氏倒台后，原维新派代表人物康有为又上书总统黎元洪、总理段祺瑞，要求“以孔子为大教，编入宪法”，主张民国“祀孔”。针对这种倒行逆施，陈独秀接连发表《驳康有为致总统总理书》、《宪法与孔教》、《孔子之道与现代生活》、《袁世凯复活》、《再论孔教问题》等一系列论战性文章。

在《驳康有为致总统总理书》中，陈独秀肯定了康、梁绍介域外政教学术的成就，承认其对“吾辈”的开塞之功，接着尖锐指出辛亥以来，康有为退后于学生梁启超，“于国人流血而得之共和，痛加诅咒。《不忍》杂志，不啻是筹安会导其先河。”就是说，康氏诅咒共和，所创办的《不忍》杂志重蹈不久前杨度等筹安会诸人的覆辙，导演重辟丑剧。文章抓住康有为的矛盾之处，指出其提倡孔教入宪的不合时宜，他说：“孔教与帝制，有不可离散之因缘；若并此二者而主张之，无论为祸中国与否，其一以贯之精神，固足‘自成一说，’”，但康有为一面通电赞成共和，一面又要尊孔，还说“不与民国相抵触”，此举“不啻主张专制国之祀华万盛顿与卢梭，推尊孔教者而计及抵触民国与否？是乃自取其说而根本毁之耳，此矛盾之最大者也！”[①]在《宪法与孔教》中，陈独秀依然从文化总体观立论，指陈其荒谬性，痛斥其抗拒共和，阻挠思想自由。他指出，孔教乃专制时代的产物，“本失灵之偶象，过去之化石”。孔教之“礼”“别尊卑，明贵贱之阶级制度，乃宗法社会封建时代所同然”，“使今犹在闭关时代，

---

① 陈独秀：《驳康有为致总统总理书》，《新青年》，第二卷第二号，1916年10月11日。

而无西洋独立平等之人权说以相较，必无人能议孔教之非”，然而今国行共和，宪法从欧，却又独尊孔教，此乃大相抵触。“挟堂堂国宪，强全国之从同，以阻思想信仰之自由，其无理取闹，宁非奇谈！”他进一步指出，如果不废孔教，“则不徒共和宪法为可废，凡十几年来之变法维新，流血革命，设国会，改法律及一切新政治、新教育”统归谬误，悉皆废罢，而“妄欲建设西洋式之新国家，组织西洋式之新社会，以求适今世之生存，则根本问题，不可不首先输入西洋式社会国家之基础，所谓平等人权之新信仰，对于与此新社会、新国家、新信仰不可相容之孔教，不可不有彻底之觉悟，猛勇之决心，否则不塞不流，不止不行”。①

在《孔子之道与现代生活》中，他从“道与世更”的进化观立论，说明孔子之道不适宜于现代生活。他指出，“孔子生长封建时代，所提及之道德，封建时代之道德也；所垂示之礼教，即生活状态，封建时代之礼教，封建时代之生活状态也；所主张之政治，封建时代之政治也。封建时代之道德、礼教、生活、政治，所心营目焉”，“即在数千年前宗法时代封建时代，亦只行于公卿大夫士之人伦日用，而不行于庶人，更何能行于数千年后之今日共和时代国家时代乎？”②透过民国初年继袁世凯称帝之后鼓噪孔教入宪的一幕，他敏锐地观察到复辟势力的猖獗，在《袁世凯复活》中，他批评袁世凯死后的民国依然有袁世凯存在，这“袁世凯二世”以中国国情特殊论阻遏欧美文明进化的成果。当时蔡元培在文章中说，肉体之袁世凯已死而精神的袁世凯犹活泼泼地生存于吾国，陈独秀接下来说，“不第此也，即肉体之袁世凯，亦已复活”，亟言复辟势力的嚣张。他认为此“袁世凯二世则完全代表袁世凯，不独代表过去之袁世凯，且制造未来之无数袁世凯。袁世凯之废共和复帝制，乃恶果非恶因；乃枝叶之罪恶，非根本之罪恶。若夫别尊卑，重阶级，主张人治，反对民权之思想之学说，实为制造专制帝王之根本恶因。”他的深

① 陈独秀：《宪法与孔教》，《新青年》，第二卷第三号，1916 年 11 月 1 日。

② 陈独秀：《孔子之道与现代生活》，《新青年》，第二卷第四号，1916 年 12 月 1 日。

刻之处在于着眼于复辟的因果论，揭示出鼓吹“国粹礼教之说”实乃其根本原因。因此，他呼吁青年志士、护国军人勿苟安，勿随俗，奋力抗争，以争求“法律上之平等人权，伦理上之独立人格，学术上之破除迷信，思想自由”，导国民“出黑暗而入光明”。①

这时候的陈独秀充分肯定“近代文明”的三大特征，认为“最足以变古道而一新人心社会划然一新者，厥有三事：一曰人权说，一曰生物进化论，一曰社会义”。② 这实际上道出了他自己的世界观、价值观和社会理想。他当时还是一个激进的资产阶级民主义者，他把社会主义当成近世文明之一，但他对社会主义的理解并不是科学的，他所信奉的哲学是后期桐城派代表人物严复从西方介绍过来的“进化论”，意识形态是资产阶级革命中成熟起来的启蒙理性主义。

概括起来，陈独秀还处在皖籍同人之间，处在皖籍同人刊物《青年杂志》期间的思想观念，集中地表现在以欧美资产阶级民主共和国为蓝图，以法律上的平等人权、伦理上的独立人格、科学上的文明祛魅、学术上的思想自由为文化理想，批判以孔教为代表的封建国家意识形态、批判国民劣根性等重要方面。桐城派末流和曾经接受过桐城派文化影响的皖籍青年精英，也都在这些思想观念上与陈独秀同声相应，同气相求，结成了一支实力强大的文化新军。明乎此，我们就会知道，被人们所津津乐道的陈独秀高举的科学和民主两面大旗，不是起于与胡适结盟之时，而是始于皖籍文化新军经营同人刊物《青年杂志》期间。这当然不只是要明辨一下时间的先后，而是说明在从《青年杂志》到《新青年》的演进过程中，桐城派末流和受过桐城派文化影响的皖籍青年精英，原本是五四新文化运动和文学革命的前头部队。他们曾经程度不等地接受过桐城派文化，同时又成了反叛桐城派的先锋。

---

① 陈独秀：《袁世凯复活》，《青年杂志》，第二卷第四号，1916 年 12 月 1 日。

② 陈独秀：《法兰西人与近世文明》，《青年杂志》，第一卷第一号，1915 年 9 月 15 日。

四　出乎“桐城”，反叛“桐城”

从以上所论可以看到，从《安徽俗话报》(1904—1905)到《青年杂志》(含第二卷第五号之前的《新青年》)(1915.9—1917.1)再到标志陈独秀、胡适结盟的《新青年》第二卷第五号(1917.1)，历史铸就了一条毋庸回避的思想文化链条。这根链条所显示的是：以陈独秀为首的桐城派末流和受到过桐城派文化影响而又叛离桐城派的皖籍青年精英，在从晚清启蒙思潮和文界革命到五四新文化运动和文学革命的历史变革和转换过程中举足轻重，充当了先锋和桥梁。

因为有桐城派文化的发蒙，有理学世家文化传统的教习，有桐城派后期代表人物吴汝纶创办的桐城学堂及李光炯创办的安徽公学的支撑，有包括桐城派后期代表人物吴汝纶、严复、林纾在内的近代启蒙思想家的影响，有一批桐城派末流的通力合作和相互影响，才有了陈独秀的发迹和成长，才有了《安徽俗话报》。在这之后，又因为有以陈独秀为首的一批桐城派末流和接受过桐城派文化影响的皖籍青年精英携手合作打造《青年杂志》，才有了“五四时期”的《新青年》。他们在交给五四新文化和新文学一份独大的《新青年》杂志的同时，把一套新的思想文化观念也传输给了“五四时期”。五四新人在新文化运动和文学革命当中所践行的启蒙理性主义，所接纳的非理性主义，以及以个体本位为核心的人的文学的思想观念，在此前的皖籍文化新军中已经率先鼓吹了。

从“桐城”到“五四”，是历史性的变革，同时又是历史性的传承。传统就是这样处在生动的、不断的自我扬弃的过程当中，它在为自己培育掘墓人的过程中走向消亡，同时又走向新生——历史在这里排演着富于喜剧色彩的人间正剧。

从“桐城”到“五四”的这一历史的辩证逻辑，对于文化学来说，是一个颇有意味的课题。人们当会叩问：为什么会出现这种现象？桐城派的掘墓人为什么竟然出在它的传统之中？

原因应该有多种，但有两个带有根本性因素不可忽视。一是桐城派文化传统“变易”精神所收获的结果，二是事物运动过程中“物极必反”的效应。

先讲“变易”精神。桐城派从来都没有凝固自己。它的发生在于前驱者秉持积极入世的士子情怀，惩于明末以降形式主义学风、唯美主义文风和明代文人强学秦汉之失欲图振兴古文。就其问学而言，它面向当世，立于学术前沿。在汉宋之争中，坚持义理、考据、辞章三者的统一，尊重汉学重考据的求实精神，但鄙薄汉学末流离开经济的形式主义空疏之失，从“桐城四祖”方、戴、刘、姚，到姚莹、曾国藩、薛福成，无不倾向于宋学却又兼容汉、宋。在中西之争中，从姚莹到薛福成到严复，都是率先打破中西壁垒，“传输欧化”，以传统为本位却又不封闭自己，尽量运用“新式机器”转换传统，致力于探求民族文化的复兴。无论处于经世致用思潮还是近代启蒙思潮，这一派的代表人物都在时代的文化斗争中推动民族文化的发展，实行创造性转化，并带动着文章观念、样式、风格、流派的变迁。就其为文来说，与以“变易”为灵魂的问学态度相适应，它持守“有所法而后能，有所变而后大”的文章传统代代相传，在传承衣钵的同时，桐城派作家总是一代又一代地质证，一代又一代地发扬光大。刘大櫆之于方苞、戴名世，姚鼐之于刘大櫆、方苞、戴名世，阳湖派恽敬、张惠言、李兆洛和湘乡派曾国藩、刘蓉、郭嵩焘、罗泽南、王闿运，之于正统桐城派，莲池派张裕钊、吴汝纶之于方、戴、刘、姚和湘乡派，等等，莫不是如此。以至于到近代与现代之交，这个文章学派就顺理成章地积蓄了破除自身躯壳的文化势能，提供了创立《安徽俗话报》和《青年杂志》的文章基因。

再讲“物极必反”效应。陈独秀等皖籍文化新军因为出生在桐城派的发祥地（也有极少数人并非出生在桐城文化圈，但长期在这个地方生活、成长），处身理学传统的核心地带，对于封建末世“理学杀人”的现象有着更为直接的感知。如果一直沉湎于其中，无知无识，当会司空见惯，但一旦有人走出这个现实，并且接触了与之相异的文明之后，就会在巨大的反差中体悟出传统的荒谬性，从而产生巨大的离心力和叛逆精神，表现出集体性“哗变”。这支文化新军中的多数人都是在少年时代接受过桐城派文化传统，进入青春期又东渡日本，从而感知了明治维新后日本的现实进步性，接受了西方近代文化和文学思潮，接受了孙中山、章太炎等革命派以及康有为、梁启超等维新派的影响，因而走上了与桐城派前辈迥然不同的问学和文学之路。譬如陈独秀，因为领导安庆、芜湖的青年爱国运动遭受迫害而留学日本，在广泛接受日本政治、文化革新后的社会现实和西方近代思潮之后，便特别地体会到故乡——桐城派的发祥地——这个理学重镇乡亲们的偏窄和封闭："皖南皖北老山里头离上海又远，各种报都看不着，别说是做生意的，做手意的，就是顶刮刮读书的秀才，也是一年三百六十天，坐在家里没有报看，好像睡在鼓里一般"，[①]以致在理学"软实力"的阉割之下万般蒙昧。他和吴汝澄、房秩伍、李光炯等几个桐城派末流创办《安徽俗话报》的重要原因之一，正是痛感于这种蒙昧，希望惊起故乡人的觉醒。他们在"论说"、"新闻"、"戏剧"、"诗词"、"小说"等门类发表的作品，无不是起于乡亲们的偏窄、封闭，及其与世界近代以来先进文明的反差，生出针砭和启蒙的宗旨，而希望开出民风民俗的新世界。

一是"变易"精神，一是物极必反的法则，这两极似乎彼此对立，但在桐城派这里是有机地统一着。这是一个趋向进步却又执锐守诚的文章学派，它趋向进步但又死守着一条底线，这底线即推进渐变，反对突变；推进改良，反对革命。它期望旧事物变好，但不愿意其毁灭。所以程朱理学尽管在封建末世已经显示出虚枉性，尽管文言文已经阻碍着民族语言文学的现代化和统一性，但它的核心部分在不断为新事物开路的时候却失去了彻底解构自身的力量。而处在其边缘的一批人——桐城派末流，因为受到大时代的振荡，被抛出了这个学派的"圈子"，他们接受了这个学派长期积蓄的"变易"更新的文化势能，却又在"间离"之后特别地洞悉了这个学派不合时宜的底线的"反动性"和"顽固性"，从其内部发出了致其解体的猛烈攻击。《安徽俗话报》和《青年杂志》的创立，便是他们发动攻击的阵地。当然，在陈独秀、胡适结盟之前，他们并没有直接地把矛头指向桐

① 《开办安徽俗话报的缘故》，《安徽俗话报》，第一期，第 2 页，光绪三十年七[三]月初七日，人民出版社 1983 年影印。

城派，但他们所操持的通俗白话和通俗文言（接近白话），他们所批判的孔孟之道及理学传统，都是传统桐城派所关切的“核心利益”。而正是由这批“文化浪子”为前导，胡适、钱玄同、鲁迅、周作人、郭沫若等一大批新人也就在新文化运动中相继加入到他们的阵营中来，开创了实际上与桐城派相关却又异质的五四新文学。

陈独秀研究者石钟扬论及对陈独秀的评价，指出：“‘男子立身惟一剑，不知事败与功成。’这是陈独秀 1903 年所写《题西乡南洲游猎图》的末联，当为其剑侠之梦的寄托。然陈独秀身上侠气或有之，与剑却无缘。有着浓厚人道主义精神的陈氏虽不遗余力地反专制主义，但即使图谋对腐朽的中国社会以根本之改造，主要途径在动文而非动武。”[①]这个观点是可取的。陈独秀之所以是如此之“陈独秀”，究其原因，在于其虽然视桐城派为“妖魔”，一辈子抱着反抗的态度，但这个“妖魔”却始终没有从他的灵腑里清除干净，而且以变相的形式影响着他的事业，影响着他的命运。

晚年，陈感激早年承担《安徽俗话报》和《青年杂志》印制、发行的好友汪孟邹等人在江津对自己的照顾，赋诗道：“除却文章无嗜好，世无朋友更凄凉”。所谓“文章”，在江津，除了写作一些时论之外，大量的是拾掇旧时意趣，治起小学、考据，有著述《小学识字教本》《甲戌随笔》等十余种，这或可视为桐城派“妖魔”没有从他的灵腑里清除干净的一个方面的表征。也许有人会说，“小学”并非桐城派之所好，但是这种观点难以成立。桐城派特别讲究文章的根底，长于陈独秀 18 岁的姚永朴在《文学研究法》中谈“文章”，从其根本处立论，认为：“天地之元音发于人声，人声之形象寄于点画，点画之联属而字成，句之联属而篇成。文章起原，其在斯乎！其在斯乎！”[②]基于此，他强调说，“欲文章之工，未有可不用力于小学者”。[③] 桐城派前后的代表

---

① 钟扬、郭春萍：《从“随感录”到鲁迅风——陈独秀与中国现代杂文》，《江淮论坛》2004 年第 6 期。

② 姚永朴：《文学研究法》，许振轩校点，黄山书社 2011 年，第 2 页。

③ 姚永朴：《文学研究法》，许振轩校点，黄山书社 2011 年，第 5 页。

人物以文章之事为主业，但从未弃置“小学”、经史、考据，陈独秀晚年从事“小学”、考据，或受益于日本留学时章太炎的点拨和影响，但又岂可抹杀理学世家和桐城派文化环境在其少年时代所给予的培基之功？其实，宝爱“文章”，以“文章”自好，自持，甚至自娱，抗拒外部世界的心态和作派，也都是桐城派先辈如戴名世、刘大櫆，后期的马其昶、姚氏兄弟所共通的文人品性。陈独秀，这个桐城派末流反叛了“桐城”，却又拖带了“桐城”文人这个“劣根性”。

总之，桐城派的掘墓人最初实由这个传统所孕育，他们在反叛桐城派的同时，传统也构塑着他们一辈子都抹煞不掉的某些文化性格。五四新文学反叛了旧文化和旧文学，但从形态到质地，又何尝不隐含了传统母胎中的印记？知道这些，人们也就明白为什么鲁迅、胡适、周作人、郭沫若、郁达夫、茅盾等五四新人那么浸淫于反传统的战斗，他们的文学作品中却又不自觉地传承了包括桐城派在内的某些文化和文学传统。原来，传统是割不断的，人们反叛它却又在传承中更新它。

第六章

新文学中桐城派的影响

是的,传统是割不断的。这里,我们进入五四新文学的语境,领略一番其中的一些况味。

姚永朴的弟子吴孟复(常焘)曾经记述其师于1935年间与自己有关"桐城文"与白话文关系的一段对话:"(姚问:)子亦青年,以为奇文耶?谬种耶?"焘谨对曰:"'为文章者,有所法而后能,有所变而后大。'自其当变者而观之,则未变者皆谬种也;自其足法者而言之,则可法者皆其文也。先生《文学研究法》言之详矣。"先生莞尔曰:"有是哉!'奋臂拨眦',几何不为引车卖浆者语耶?昔在京中,林琴南与陈独秀争,吾固不直琴南也。若吾子之言,桐城固白话文学之先驱矣。"[①]姚永朴从传承与革新的辩证逻辑入手,认为"桐城文"当为白话文学的先驱,这是有道理的;而且,还不独是"桐城文"如此,经后期桐城派代表人物"放大范围后的桐城派"在思想文化领域的作为,也是与要兴起的五四新文学接近起来。

一　文学革命的认识论和价值理想

桐城派后期代表人物严复、林纾、吴汝纶"传输欧化",为五四新人携来了文学现代性曙光,这应该特别看重。这里着重谈

---

① 吴常焘:《书姚仲实先生〈文学研究法〉后》,见于《文学研究法》卷末,黄山书社1989年,214页。

的便是这些精神成果在五四文学革命中的影响。

首先,要说的是严复所翻译的赫胥黎的《天演论》的影响。《天演论》影响了一个时代,给了从晚清到五四至少两代知识分子以新的眼光,成为五四文学革命重要的认识论和方法论。

五四之前,陈独秀、胡适、鲁迅等新一代少年都呼吸着《天演论》吹进来的进化论新风,进化论成为他们文化自觉和个性自觉的重要精神食粮。成为他们倡导新文学的重要思想基础。胡适的名字甚至和《天演论》永远地拴在了一起。进化论、"进化"和"进化"的衍生语,是五四新人早期话语结构中的关键词。

从《青年杂志》发刊到五四文学革命,进化论构成了陈独秀分析人类社会、国家、传统和文学的重要认识论和方法论。在《青年杂志》发刊词《敬告青年》中,陈独秀把达尔文生物进化论和赫胥黎社会进化观嫁接起来,作为发刊立论的根据。他说:"人身遵新陈代谢之道则健康,陈腐朽败之细胞充塞人身则人身死;社会遵新陈代谢之道则隆盛,陈腐朽败分子充塞社会则社会亡。"[①]他告诉青年,社会处在新陈代谢的过程当中,"新鲜活泼之青年"应该"自觉其新鲜活泼之价值",适应物竞天择、适者生存的规律,"奋其智能,力排陈腐",以"适于今世之争存","自度度人",创造"清宁之社会"。[②] 而且他提供青年抉择的"六义"之中,"三义"都是直接以进化论为根据,如"进步的而非保守的",盖因"自宇宙之根本大法言之,森罗万象无日不在演进之途,万无保守现状之理";"进取的而非退隐的",原因在于"生存竞争,势所不免,一息尚存,即无守退安稳之余地";"世界的而非锁国的",也是因为"投一国于世界潮流之中,笃旧者固速其危亡,善变者反因以竞进"。[③] 这时期,他提倡科学、民主,提倡爱国,反对尊孔,都无不以进化论为立论之基。

---

① 陈独秀:《敬告青年》,《青年杂志》,第一卷第一号,1915 年 9 月 15 日。

② 陈独秀:《敬告青年》,《青年杂志》,第一卷第一号,1915 年 9 月 15 日。

③ 陈独秀:《敬告青年》,《青年杂志》,第一卷第一号,1915 年 9 月 15 日。

他的《文学革命论》，也是操持进化论呼应胡适的“文学改良”。这篇文章有三处皆援引“进化”一说。文章开头由进化论立论，认为西方自文艺复兴以来政界、宗教界、伦理道德和文学艺术界“莫不因革命而新兴而进化”。反观中国，则认为，“文学艺术诸端，莫不黑幕丛张，垢污深积”，“推其总因，乃在吾人疾视革命，不知其为开发文明之利器故”。在陈独秀看来，唯“革命”才有“进化”，也唯有“进化”才有文学的前途。持着这种观点，他分析中国文学的变迁，认为魏晋的五言，抒情写事，一变前代板滞堆砌之风，在当时为文学一大革命，“即文学一大进化”；又认为“方归刘姚之文”，“其伎俩惟在仿古欺人，直无一字有存在之价值。虽著作等身，与其时之社会文明进化无丝毫关系”。在陈独秀这里，文学革命就是文学“进化”；“进化”是判断文学价值的标尺。他所推崇的“三大主义”：“推倒雕琢的、阿谀的贵族文学，建设平易的抒情的国民文学”，“推倒陈腐的、铺张的古典文学，建设新鲜的、立诚的写实文学”，“推倒迂晦的、艰涩的山林文学，建设明了的、通俗的社会文学”，就是这种文学“革命而进化”的目标和结果。

胡适与陈独秀相同。在《尝试集・自序》中，他说：“那时影响我个人最大的，就是我平常所说的‘历史的文学进化观念’，这个观念是我的文学革命的基本理论。”①所谓“历史的文学进化观念”就是运用进化论分析文学艺术的历史。在《文学改良刍议》中，他开宗明义：“文学者，随时代而变迁者也。”②亦如陈独秀一样，进化论构成为基本理论基石，也成为支撑其具体观点的支柱。谈到“不摹仿古人”，他道：“周秦有周秦之文学，汉魏有汉魏之文学，唐宋元明有唐宋元明之文学。此非吾一人之私，乃文明进化之公理也。”他以散文、诗词为例，历数文学演变的事实，指出：“吾辈以历史进化之眼光观之，决不可谓古人之文学皆胜于今人也。左氏史公之文奇矣，然施耐庵之《水浒传》视《左传》、《史记》，何多让焉。《三都》、《两京》之赋富矣，然以

① 胡适：《尝试集・自序》，《胡适文集》，第9集，欧阳哲生编，北京大学出版社，1998年，第74页。

② 《文学改良刍议》，《新青年》，第二卷第五号，1917年1月1日。

视唐宋诗词，则糟粕耳。此可见文学因时进化，不能自止。唐人不当作商周之诗，宋人不当作相如子云之赋。即令作之，亦必不工，逆天背时，违进化之迹，故不能工也。”在谈到“不避俗语俗字”时，他历数白话文学在中外文学史上的变迁发展，认为中国白话文学发展到明代，因以八股取士受阻，然后道：“然以今世历史进化的眼光观之，则白话文学之为中国文学之正宗，又为将来文学必用之利器，可断言也。”①

他把文学的变迁当成线性进化过程。他宣告：“一千多年中国文学史是古文文学的末路史，是白话文学的发达史。”②认为“古文学”是“死的文学”，白话文学是“活的文学”，白话文学是文学的正宗和发展进化的目标。他的《白话文学史》希望为白话文运动寻找历史背景和源流上的支持，在勾勒历朝各类白话文写作时，他运用进化论线性思维和实证分析，力图证明白话文学乃是中国文学正宗的历史想象。他在《文学进化观念与戏剧改良》中具体分析了文学进化的四个层次的内涵：第一层，文学是人类生活状态的一种记载，“人类生活随时代变迁，故文学也随时代变迁，故一代有一代的文学”；第二层，文学的发达不是三年五载的事，“须是从极低微的起原，慢慢的，渐渐的，进化到完全表达的地位”；第三层，文学在进化过程中，经过一个时代往往带着前一个时代留下来的“遗形物”，如男子的乳房，“形式虽存，作用已失”，在他看来，戏曲中的乐曲、脸谱、嗓子、台步、武把子等，都是这一类的“遣形物”；第四层，“一种文学有时进化到一个地位，便停住不进步了，直到它与别种文学相接触，有了比较，无形中受了影响，或是有意地吸收人的长处，方才再继续有进步”。③ 这类进化观轻视了中国文学史的丰富性和中国古代文学的整体成就，轻视了文学自身的特殊性，它以“新”否“旧”，以“白话”挤兑“文言”，遮蔽了各个历史时期文学

---

① 《文学改良刍议》，《新青年》，第二卷第五号，1917年1月1日。

② 胡适：《白话文学史·引子》，《白话文学史》，上卷，东方出版社1996年，第3页。

③ 胡适：《文学进化观念与戏剧改良》，《胡适文存》（一），外文出版社2013年8月影印本（原本上海亚东图馆版），第197—205页。

的成就和价值，因而也就遮蔽了中国文学的传统性，但是因为倡导言文统一，倡导白话文学，符合了历史的大趋势，以致走到了历史的前沿。

五四文学革命的重要成果在于开创了白话文学的新时代，实现了胡适所说的“国语的文学”，这其中“人的文学”观念的产生及其实践不容忽视。但要知道，这一观念的产生也是以进化论为其认识论的。如同陈独秀一样，周作人在《人的文学》一文中，把生物进化观与作为文化学范畴的“人学”观嫁接在一起，使生物进化论成为他的文学人道主义的基础。他说，“我们要说人的文学，须得先将这个人字略加说明”，这个人，“乃是从动物进化的人类”，“其中有两个要点，(一)‘从动物进化的’，(二)从动物‘进化’的”。[①]“我们承认人是一种生物，他的生活现象，与别的动物并无不同。所以我们相信人的一切生活本能，都是美的善的，应得完全满足。凡是违反人性不自然的习惯制度，都应排斥改正。但我们又承认人是一种从动物进化的动物。他的内面生活，比他动物更为复杂高升，而且逐渐向上，有能够改造生活的力量。所以我们相信人类以动物的生活为生存的基础，而其内面生活，却渐与动物相远，终能达到高尚和平的境地”。从这两个“要点”出发，他提出人的生活“便是人的灵肉二重的生活”，“这灵肉本是一物的两面，并非对抗的二元。兽性与神性合起来便是人性”，“从动物进化的人，也便是指这灵肉一致的人”。这样的“人的理想生活”“首先便是改良人类的关系。……营一种利己而又利他，利他即是利己的生活”。[②] 在周作人看来，这种人道主义，并非悲天悯人或是博施济众的慈善主义，“乃是一种个人主义的人间本位主义”。周作人认为，“用这种人道主义为本，对于人生诸问题，加以记录研究的文学，便谓之人的文学”。这其中，可分为两项，一项是“正面的，写这理想生活，或人间上达的可能性”，二项是“侧面的，写人的平常生活，或非人的生活”。如果满足于“写人间兽欲的人的文学”，那便是“非人的文学”，必须在人的“灵肉”两面“兽性与神性”统合

---

① 周作人：《人的文学》，《新青年》，第五卷第六号，1918年12月15日。

② 周作人：《人的文学》，《新青年》，第五卷第六号，1918年12月15日。

之中，表达出“对非人的生活怀着悲哀或愤怒”，以“人的文学为是”，而不是以“非人的文学为是”。[①] 可以看出，若没有进化论，便没有了周作人关于人的灵肉两面、神性兽性一体观，便没有了用“人的文学”排斥“非人的文学”的伦理人道主义倾向。当然它的局限在于把生物进化等同于人的进化，由二者的连接派生出“个人主义的人间本位”主义，把人的自然属性当成了动物的自然属性，并以此作为人的进化的出发点，这就抹杀了社会性对人性最初的制约。马克思主义认为，人的自然需求“不是纯粹的自然需求，而是历史上随着一定的文化水平而发生变化的自然需求”，[②] 人的本质“实际上，它是一切社会关系的总和”。[③] “人的文学”观因为不能科学区分人的自然属性与动物的自然属性，没有正确回答个人与社会、个人与时代、个人与阶级的关系，所以不可能切实引导文学充分地正确地表达人道主义诉求；但是在当时的语境中，在生命禁锢在无处不在的理学高压的社会里，又确实具有把人从封建礼教的桎梏中解脱出来，反对封建主义，追求个性解放的革新意义。

鲁迅也是持着进化论投身文学革命的。1898 年严复翻译的赫胥黎《天演论》正式出版，鲁迅正在南京读书，就跑到书店买了来，“翻开一看，是写得很好的字”，震惊于“世界上还有一个赫胥黎坐在书房里那么想，而且想得那么新鲜？一口气读下去”，看到了一个“物竞”“天择”的新天地。以致拒绝本家老辈劝读“参康有为变法”一类的书，“一有闲空，就照例地吃侉饼，花生米，辣椒，看《天演论》”。[④] 在一个时期内，进化论成为他观察和处理社会、人事和文学的认识论和方法论。他由进化论看到了中国社会变革的希望，看到了青年胜于老年，看到了新文学要取代旧文学，他发表于《新青年》及《语丝》等报刊上的“随感录”一类的文字，也大都以此为武器。他把生物进化论引入

---

① 周作人：《人的文学》，《新青年》，第五卷第六号，1918 年 12 月 15 日。

② 《马克思恩格斯全集》，第 47 卷，人民出版社 1979 年，第 52 页。

③ 《马克思恩格斯全集》，第 3 卷，人民出版社 1960 年，第 5 页。

④ 鲁迅：《朝花夕拾・琐记》，《鲁迅全集》，第 2 卷，人民文学出版社 1981 年，第 295—296 页。

社会学，以为人类应该像生物界一样，新陈代谢，走“进化的路”，“老的让开道，催促着，奖励着，让他们走去。路上有深渊，便用那个死填平了，让他们走去。少的感谢他们填了深渊，给自己走去；老的也感谢他们从我填平的深渊上走去。……明白这事，便是从幼到壮到老到死；而且一步一步，多是超过祖先的新人”。[①] 他寄希望于青年，关爱着青年，他说，“依据生物界的现象，一，要保存生命，二，要延续这生命；三，要发展这生命（就是进化）。生物都这样做，父亲也就是这样做”。为要发展这生命，做父亲的人，就应该“自己背着因袭的重担，肩住了黑暗的闸门，放他们（儿童）到宽阔光明的地方去，此后幸福的度日，合理的做人”。[②] 他由这进化论驱赶着内心的寂寞和抑郁，作前驱的呐喊，其作品无论是对国民性的批判，对食人礼教的讨伐，对封建复古主义的狙击，都是尽着掀掉“人肉宴席”，创立“人国”于地上的使命。他把中国的历史概括为：“一，想做奴隶的时代；二，暂时做稳了奴隶的时代”，告诉青年不要跟着“复古家”去“神往于三百年前的太平盛世”，无须反顾，“前面还有道路在”，“创造这中国历史上未曾有过的第三样时代”。[③] 他听到复古主义的“高雅的人”发出“白话鄙俚浅陋，不值识者一哂之者也”的议论时，便愤怒地把他们称之为“现在的屠杀者”，说他们“做了人类想成仙；生在地上要上天；明明是现代人，吸着现在的空气，却偏要勒派腐朽的名教，僵死的语言，侮蔑尽现在”。[④]

鲁迅还由进化论看出了新旧进化过程中的某些辩证法，认识到“新”也决非全新，提出了历史“中间物”的观点。他说：“在进化的链子上，一切都是中间物。当开首改革文章的时候，有几个不三不四的作者，是当然的，只能这样，也需要这样。他的

---

① 鲁迅：《热风·随感录四十九》，《鲁迅全集》，第 1 卷，人民文学出版社 1981 年，第 328 页。

② 鲁迅：《坟·我们现在怎样做父亲》，《鲁迅全集》，第 1 卷，人民文学出版社 1981 年，第 130 页。

③ 鲁迅：《坟·灯下漫笔》，《鲁迅全集》，第 1 卷，人民文学出版社 1981 年，第 213 页。

④ 鲁迅：《热风·随感录五十七》，《鲁迅全集》，第 1 卷，人民文学出版社 1981 年，第 350 页。

任务是在有些警觉之后，喊出一种新声；又因为是从旧垒中来，情形看得较为分明，反戈一击，易制强敌的死命。但应该和光阴偕逝，逐渐消亡，至多不过是桥梁中的一木一石。跟着起来的，便该不同了，倘非天纵之圣，积习当然也不能顿然荡除，但总得更有新气象。”①秉持了这一辩证进化观，他“彷徨于明暗之间”，独自“远行”，虽感到“黑暗与虚无乃是实有”，还是永远地进击，向着前面走，就如同他所描写的那个以色列人钉杀在十字架上的“人之子”，他“永久地悲悯他们的前途，然而仇恨他们的现在”。②

第二，还要注意到五四文学革命的价值理想。

在桐城派发展历程中，经世致用思潮中的薛福成已经注意到西方近代科学和民主对于国家富强的意义，在其《出使四国日记》中热情地向国人介绍近代西方科学知识及技术，还注意到了西方民主政治的新气象。启蒙新思潮兴起后，严复、林纾的译著成为文化人关注的重心。除引进进化论外，严复的那一系列译著无不维系着科学、民主、自由、平等，他的许多论述也由此展开了思想文化的新境界，而成为思想文化的价值理想，林纾众多的翻译小说则为这类价值理想提供了感性的具体生动的观照。这些，我们在前面都论述过了。

陈独秀倡导文学革命，正是以此作为价值理想的。他公开打出科学、民主两面大旗：“拥护德赛两先生”。他以此作为思想武器，与封建保守势力相对垒，他说：“要拥护那德先生，便不得不反对孔教，礼法，贞节，旧伦理，旧政治。要拥护那赛先生，便不得不反对旧艺术，旧宗教。要拥护德先生，又要拥护赛先生，便不得不反对国粹和旧文学。”③这两面大旗是陈独秀坚持的理念，同时也是五四文学革命的核心价值观，五四新人大都

---

① 鲁迅：《坟·写在坟后面》，《鲁迅全集》，第 1 卷，人民文学出版社 1981 年，第 286 页。

② 鲁迅：《野草·影的告别》、《野草·复仇》(其二)，《鲁迅全集》第 2 卷，人民文学出版社 1981 年，第 165 页、第 174 页。

③ 陈独秀：《本志罪案之答辩书》，《新青年》第六卷第一号，1919 年 1 月 15 日。

秉持这种核心价值观去创造新文学。这种价值理想的诉求，与陈独秀等文学革命前驱者直接接受西方启蒙理性主义的思想资料有关，也与近代启蒙新思潮的影响有关。在这个方面，近代启蒙新思潮中的代表人物、改良主义者梁启超、康有为，革命者章太炎对他们产生了重要影响，启蒙新思潮中的桐城派后期代表人物严复、林纾、吴汝纶也都对他们产生了重要影响。《青年杂志》(含《新青年》)上的不少文章在阐述科学、民主及自由的时候，严复早期的言论和译著常常是作者们据以立论的重要依据。譬如高一涵《共和国家与青年之自觉》、《民约与邦本》、《自治与自由》等文章论及青年与国家、自利与利他、自由与民主等问题，与此前严复的观点前后一致。高一涵论及自由的种类，特别提及严复，指出自由的有限制性一说，“此物理家之言，赫胥黎等主之，吾国侯官严氏即承其绪余者也”。在谈及自由与民主政治的关系时，他又说：“顾自由要义，首当自重其品格，所谓品格，即尊重严正，高洁其情。予人以禀然不可侵犯之威仪也。然欲尊重一己之自由，亦必尊重他人之自由。以尊重一己之心，推而施诸人人，以养成互相尊重自由权利之习惯，此谓之平等的自由也。发扬共和精神，根本赖此。”[①]这段话与严复观点前后相通，此前严复在《群己权界论译凡序》中说，“自入人群而后，我自繇者人亦自繇，使无限制约束，便入强权世界，而相冲突，故曰人得自繇，而必以他人之自繇为界”。[②] 周作人关于“个人主义的人间本位”的“人的文学”的价值诉求也与严复等人所宣传的价值理想相通。周作人说，个人主义的人间本位“须营造一种利己而又利他，利他即是利己的生活”，“是从个人做起。要讲人道，爱人类，便须先使自己有人的资格，占得人的位置。……如不先知自爱，怎能‘如己’的爱别人呢？至于无我的爱，纯粹的利他，我以为是不可能的”。[③] 这种言说，人们从严复译著《群学肄言》、《社会通诠》和严复本人早期的著述中都大

---

① 高一涵：《共和国家与青年之自觉》(一)，《青年杂志》第一卷第一号，1915年9月15日。

② 严复：《严复集》，第1册，王栻编，中华书局1986年，第132页。

③ 周作人：《人的文学》，《新青年》第五卷第六号，1918年12月15日。

体能够见到。

如果说五四新人欢迎“德先生”和“赛先生”登堂入室，打倒“孔家店”，创造新文学的时候，后期桐城派的代表人物严复等人所传输的那些科学、民主以及自由、平等的价值观念，为他们开启了思想的堂奥，那么他们打破贵族文学、宫廷文学的殿堂，走向平民，走向劳工，质询“国民性”，抒写底层百姓悲欢离合，歌咏个性解放和自由爱情的时候，林纾翻译小说中的西方文艺复兴以来的这类价值诉求，已经为他们的写作提供了新鲜的审美经验。

周作人曾经提到，“我们几乎都因了林纾才知道外国有小说，引起了一点对于外国文学的兴味”。[①] 他在谈到清末作家对鲁迅的影响时称，“……对于鲁迅有很大影响的第三个人，不得不举出林琴南了”。他具体谈到：鲁迅还在南京学堂的时候，林琴南已经用了冷红生的笔名，译出了小仲马的《茶花女遗事》，很是有名。鲁迅买了来读。还很佩服林译司各得的《撒克逊劫后英雄略》，“原本既是名著，译文相当用力，而且说到撒史逊遗民和诺曼人对抗的情形，那时看了含有暗示的意味，所以特别地被看中了。《埃及金塔剖尸记》的内容古怪，《鬼山狼侠传》则是新奇，也都很有趣味。”在日本留学期间，只要林译小说“印出一部，来到东京，便一定跑到神田的中国书林，去把它买来，看过之后鲁迅还拿到订书店去，改装硬纸板书面，背脊用的是青灰洋布。”早期的林译小说《迦茵小传》、《鲁滨孙漂流记》正续、《玉雪留痕》、《橡湖仙影》等都是鲁迅阅读过的。[②]

郭沫若(1892—1978)也曾经带着真挚的感情，谈到林译小说对他的影响。他说：“林琴南的小说在当时是很流行的，那也是我所嗜好的一种读物。我最初读的是 Haggayd《迦茵小传》。那女主人公的迦茵是怎样的引起了我深厚的同情，诱出了我大量的眼泪哟。”“《迦茵小传》有两种译本，林琴南译的在后。在前的一种只译了一半。这两种译本我都读过，这怕是我读过的

① 周作人：《林琴南与罗振玉》，《语丝》第3期，1924年12月。

② 周启明：《鲁迅与清代文坛》，《林纾研究资料》，薛绥之、张俊才，福建人民出版社，1983年，第239—240页，

西洋小说的第一种。这在世界的文学史上并没有什么地位，但经林琴南的那种简洁的古文译出来，却增了不少的光彩。……他在文学上的功劳，就和梁任公在文化批评上的一样，他们都是资本制革命时代的代表人物，而且是相当有些建树的人物。林译小说中对我后来的文学倾向上有决定的影响的，是Scott（司各特）的《Ivanhoe》，他译成《撒喀逊劫后英雄略》。这书后来我读过英文，他的误译和省略处虽很不少，但那种浪漫主义的精神他是具象地提示给我了。我受Scott的影响很深，这差不多是我的一个秘密。"[①]他把林纾在文学上的成就与梁启超在文化批评上的功劳相提并论，很见出他公正的学术眼光和较为宽广的学术视野，他袒露自己接受林纾影响的"秘密"，特见出了诗人的赤诚。从他五四时期的那些带着浪漫气息的小说如《残春》《喀尔美萝姑娘》《叶罗提之墓》及一些剧诗中，从这些作品所透露的时代苦闷、个性解放和爱情诉求，是不难看出林译小说，特别是那些青年男女爱情题材的小说，在他独特经历和情感世界作用之下所生发的作用。他抗战时期创作的著名历史剧《屈原》也带着林译兰谟《莎翁本事》的影响。诗人徐迟阅读过《屈原》后写信给郭沫若，认为《屈原》里大气磅礴的"雷电独白"与莎士比亚《李尔王》里的句子"有平行"，建议郭沫若将其删除，郭沫若没有接受徐迟的意见，他在回信中说："的确有些相似，相似得连我自己都感觉着有点惊讶。但我要告诉你，我很惭愧，象这《厘雅王》（按：即《李尔王》）——这'戏剧中最完全的典型'（雪莱语）我却是第一次才阅读的。三十年前读过兰谟的《莎翁本事》（林纾译《英国诗人吟边燕语》），向暴风雨愤怒的一段大概也是有的吧，目前的兰谟原书和林译本都没有，无法引证。"[②]他不承认受到了当时翻译本《李尔王》的影响，却坦诚地道出了一个重要信息：林译《英国诗人吟边燕语》虽然"无法引证"，但因为"三十年前读过"，那里面"向暴风雨愤怒的

---

① 《郭沫若全集·文学编》，第11卷，人民文学出版社1983年，第122—123页。

② 郭沫若：《〈屈原〉与〈厘雅王〉》，《沫若剧作选》，人民文学出版社1978年，第187页。

一段”及其精神气氛，就不能不渗入他的灵腑当中，作用于《屈原》的“雷电独白”。

其实，也不独胡适、鲁迅、周作人、郭沫若接受过林纾翻译小说的启蒙和影响，五四那一代作家少年时代没有阅读过林纾翻译小说的实在不多。只要翻阅一下那一代人的传记和回忆，那里面常常都会提到林译小说。苏雪林晚年回忆说：“林琴南所译的几种名著如《块肉余生述》、《贼史》、《十字军英雄记》、《萨克逊劫后英雄录》、《红礁画桨录》、《迦茵小传》都是我的国文启蒙老师，到今回忆，尚有余味。”[①]钱钟书说：“商务印书馆发行的那两小箱《林译小说丛书》是我十一二岁时的大发现，带领我进了一个新天地，一个在《水浒》、《西游记》、《聊斋志异》以外另辟的世界。”[②]茅盾还曾经把林纾的译本《撒克逊劫后英雄略》重新注释，并由万有文库刊印。林纾可能没有想到，他的“词藻妍练，文笔雅洁”古文译本，仿佛一个潘多拉的盒子，那里面跑出来的“魔鬼”——主导西方近世文学的启蒙理性，却又转过来激起了中国新一代青年人与他多有龃龉的兴奋，把他所坚守的儒家理想尽情打煞，生出了令他痛心疾首的结局。

由以上两点可以看出，如同晚清启蒙新思潮中的梁启超、章太炎等人一样，后期桐城派代表人物严复、林纾等人对五四文学革命的影响是重大的，他们传输的进化论和启蒙理性构成了五四文学革命的重要认识论和价值理想，成就了五四文学的实绩。但是，进化论和启蒙理性毕竟是带有局限的西方资产阶级理论。近代启蒙新思潮中的一些代表人物在深入西方，在接触中国的社会现实之后，逐渐感到这些理论不能充分科学地解决中国的问题，怀了深重的怀疑和失落，萌生出回归传统的思想。譬如严复，第一次世界大战和民国后的社会现实，打破了他对曾经热心介绍的进化论、启蒙理性特别是启蒙理性的梦想。1917 年 4 月，他在回复熊纯如的书信中谈及近世西方启蒙理性，认为：“世变之当法轮大转之秋，凡古人数百年之经历，

---

① 苏雪林：《我所爱读的书》，《苏雪林文集》（第 2 卷），安徽文艺出版社 1996 年。

② 钱钟书：《林纾的翻译》，《七缀集》，上海古籍出版社 1979 年。

至今可以十年尽之，盖时间无异空间，古之程途，待数年而后达者，今人可以数日至也。故一切学说法理，今日视为玉律金科，转眼以为蘧庐刍狗，成不可重陈之物。譬如平等、自由、民权诸主义，百年以往，其如第二福音；乃至于今，其弊日见，不变计者，且有乱亡之祸。试观于年来，英、法诸国政府之所为，可以见矣。乃昧者不知，转师其已弃之法，以为至宝，若土耳其、若中国、若俄罗斯，号皆变法进步。然而土已败矣，且将亡矣；中国则已趋败轨；俄罗斯若果用共和，后祸亦将不免，败弱特早暮耳。吾辈生于此日，所得用心，以期得理者，不过古书。而古人陈义，又往往不堪再用如此。虽然，其中有历古不变者焉，使读书者自具法眼，披沙见金，则新陈递嬗之间，转足为原则公例之铁证，此《易》所谓'见其会通，行其典礼'者也。鄙人行年将近古稀，窃尝旧观哲理，以为耐久无弊，尚是孔子之书。四书五经故[固]是最富矿藏，惟须改用新式机器以发掘淘炼而已；其次则莫如读史，当留心细察古今社会异同之点。"[①]1918 年 7 月，严复又道："西国文明自今番欧战，扫地以尽。……英国看护妇迦维勒 Mavell 当正命之倾，明告左右，谓：'爱国道德为不足称，何则？以其发源于私，而不以天地之心为心故也。'此等醒世名言必重于后。正如罗兰夫人临刑时对自由神谓：'几多罪恶假汝而行也。'往闻吾国腐儒议论谓：'孔子之道必有大行人类之时。'心窃以为妄语，乃今听欧美通人议论，渐复同此，彼中研究中土文化之学者，亦日益加众，学会书楼不一而足，其宝贵中国美术者，蚁聚蜂屯，价值千百往时，即此可知天下潮流之所趋矣。"[②]同年，他对西方近代启蒙理性所谓科学能够给人类带来福音的观念也表达了疑惧，说："欧洲二百年科学，尽作驱禽食肉看。……利器极杀人之能事，皆得于科学者也。孟子曰：'率鸟兽以食人。'非是谓欤？"[③]

---

① 严复：《与熊纯如书》，《严复集》，第 3 册，王栻编，中华书局 1986 年，第 666—668 页。

② 严复：《与熊纯如书》，《严复集》，第 3 册，王栻编，中华书局 1986 年，第 690 页。

③ 严复：《严复集》，第 2 册，王栻编，中华书局 1986 年，第 403 页。

严复传输了进化论和启蒙理性，并据以反对儒家传统观念，但最终却又怀疑起进化论和启蒙理性。而且，他希望“改用新式机器”陶冶儒家学说以为正路。正是基于这一深层次的理性要求，他非议并反对那些吸吮过他传输的西方乳汁而兴起激进革命的新一代。但他始终没有明白，在近现代之交的那个历史转换时期，他“传输欧化”，他依据西方近代资产阶级观念批判中国的社会现实及其传统，在他之后的又一代新人援引他传输的思想兴起更为激进的新文化运动和文学革命，并且以包括他在内的桐城派为革命的对象，都同样具有历史的合理性。而且，时当封建末世，晚清的体制已经如《老残游记》中的那条破船，修修补补越来越显得不合时宜，唯革命才是正道，桐城派的文化改良为五四新人的新文化运动和文学革命所唾弃，所替代，实乃时代的运命和历史的必然。

严复等人在生命的晚期丧失了对进化论和启蒙理性，特别是对启蒙理性的信仰，但遗憾的是，他们没有找到破解中国社会和文学发展的密码；五四新人运用他们所传输的认识论和价值理想进行了新文化运动和文学革命，而且其中一批杰出者也如他们一样，先后丧失了对进化论和启蒙理性的热情。但是不同的是，五四新人中的这批杰出者在五四新文化运动取得重大胜利的同时，又转向了马克思主义，转向了中国新民主主义，把文学革命推向了“革命文学”(左翼文学)的新时代，五四后的新文学因为他们而获得了丰富的发展和提升。

譬如鲁迅，他是在接受马克思主义和被共党人、革命者的血“吓得目瞪口呆”之后，才疏离启蒙理性主义和进化论，获取了历史唯物论和唯物辩证法的。他说到和创造社论争的收获时说：“我有一件事要感谢创造社的，是他们‘挤’我看了几种科学的文艺论，明白了先前的文学史家们说了一大堆，还是纠缠不清的疑问。并且译了一本蒲力汗诺夫的艺术论，以救助我——还因我而及于别人——的只信进化论的偏颇。”[①]鲁迅思想的飞跃，瞿秋白于1933年在《鲁迅杂感选集·序言》中作

---

① 鲁迅:《三闲集·序言》,《鲁迅全集》第4卷,人民文学出版社1981年,第6页。

出过科学地判断，他道：经历大革命的失败，鲁迅“才从进化论最终地走到了阶级论，从进取的个性主义进到了战斗的改造世界的集体主义”。“鲁迅从进化论进到阶级论，从绅士阶级的逆子贰臣进到无产阶级和劳动群众的真正的友人，以至于战士，他是经历了辛亥革命以前直到现在的四分之一世纪的战斗，从痛苦的经验和深刻的观察之中带着宝贵的革命传统到新的阵营里来的”。[①] 他的这个观点得到了鲁迅的认同。尽管如此，作为“历史的中间物”，鲁迅以及五四新人在五四新文化和文学革命中运用进化论认识论和启蒙理性价值理想开辟了中国话说言说的新时代，确是无须回避的事实。

二　桐城派文论的现代转化

谈论桐城文论的现代转化，首先，必须谈及“文学改良八事”和“古文义法”。

胡适文学改良的“八事”并没有脱离“古文义法”的基本框范。有的学者已经提到，“文学革命运动中的胡适尽管否定包括桐城派在内的旧文学，《文学改良刍议》提出的改良文学八法，其三即是须讲求文法，可以说是对桐城义法的改良”。[②]“改良”之说不一定精准，但注意到从“古文义法”到“文学改良八事”之间的某种相似性，确是敏锐的。其实还不只是“八事”之中的第三点“须讲求文法”与“古文义法”之间存在着相似性，就“八事”和“古文义法”的整体框架来说，二者的相似性也是明显的。“古文义法”所要解决的是“言有物”和“言有序”两大方面的问题，其中“言有物”是对内容的要求，“言有序”是对形式的要求。胡适的“八事”，实际上也循着这个框范进行“文学改良”。胡适在刊出《文学改良刍议》的前一年与陈独秀有过一次

---

① 瞿秋白：《鲁迅杂感选集·序言》，《瞿秋白选集》，人民文学出版社1959年。

② 萧晓阳：《从方孝岳〈中国文学批评〉看桐城文化精神的现代影响》，《安徽大学学报》2010年第6期。

通信，他在这次的《寄陈独秀》信中即已提出“文学革命须从八事入手”，虽未敞开论述，但把“八事”分成两大方面，一个方面是内容（“精神”），一个方面是“形式”。他这样说：“八事者何？一曰，不用典；二曰，不用陈套语；三曰，不讲对仗（文当废骈，诗当废律）；四曰，不避俗字俗语（不嫌用白话作诗词）；五曰，须讲文法之结构。此皆形式上之革命也。六曰，不作无病之呻吟；七曰，不摹仿古人，语语须有个我在；八曰，须言之有物。此皆精神上之革命也。”[①]就是说，不作无病之呻吟、不摹仿古人、言之有物三点讲的是“言有物”，不用典、不用陈套语、不讲对仗（文当废骈，诗当废律）、须讲文法之结构五点讲的是”言有序”。如果要说二者在大框范上有什么差异，桐城派主流始终重视二者之间的辩证统一，方苞所谓“义以为经而法纬之，然后为成体之文”，[②]就是其经典性表述；而胡适则还来不及把二者的辩证统一问题纳入“八事”的讨论。

揭示出二者的相似性，并不是轻视了胡适“文学改良”的历史性功劳，只是说明桐城派古文并非这些激进的革命者所能一概否弃，他们要否定前人，实际上也还是踩着前人的脚印往前走。桐城派文论中的精华因为得着了文事活动的基本规律，又因为产生于中国古代文论后期的统合阶段，那些精要之论便传承古人传统的精华，往往具有超越派别的普遍性价值。其以《易》经为哲学基础的“古文义法”便具有这样的价值。不论什么学派、流派，也不论什么人，要在基本处解决文章的发展问题就不能不顾及文章的内容（义）和形式（法），就不能不顾及实现二者高度统一的手段。方苞曾经谈到“古文义法”的价值时这样说：“孔子于《艮》五爻辞，释之曰：‘言有序’。《家人》之象，系之曰：‘言有物。’凡文之愈久而传，未有越此者也。”[③]因为“古文

---

① 胡适：《致陈独秀》，《胡适文存》，卷一，外文出版社 2013 年 8 月影印本（原本上海亚东图馆版），第 4 页。

② 方苞：《又书货殖传后》，《方苞集》，刘季高校点，上海古籍出版社 1983 年，第 58 页。

③ 方苞：《书归震川文集后》，《桐城派文论选》，贾文昭编著，中华书局 2008 年，第 43 页。

义法”揭示了文学创作的基本规律，自古以来为文章者都“未有越此者”，胡适要实行文学革命当然也就不可能越出这个基本规律。当然，由于两种理论出现在不同的历史时期，所要解决的问题各不相同，所接受的各自时代的驱动也不相同，所以各自的意义并不一样，对文章的具体要求也就不可能完全相同，甚至会两相反对。

桐城派方苞、戴名世忧心文道的坠毁，希望以一次古文运动和“古文义法”纠正明代唯美主义文风之失，避免因片面的唯美追求而丧失文章的社会关切功能，讲求内容、形式的统一，以推动文事的复兴，其思维取向在于匡复旧物，尊古开新；胡适“文学改良八事”所要解决的是打破言、文二分，以白话统一国语，开创现代中国文学，其取向则在破除旧物，蔑古开新。也正是由于这不同处，所以胡适“文学改良”在自觉不自觉地承接“古文义法”基本框范的同时，在具体的举措上也就秉具了自身的要求。

具体而言，在内容（义）方面：胡适的“言之有物”与桐城派的“言有物”用语相同，意思也相同。胡适的“不作无病之呻吟”实际上依然讲“言之有物”，是就思想情感而言的，是“言之有物”的具体展开。桐城派也是如此，方苞强调“诗之用，主于吟咏性情”，反对人为的“穷极工丽”；[①]方东树也说：“诗以言志，如无志可言，强学他人说话，开口即脱节，此谓言之无物，不立诚。”[②]胡适的“不摹仿古人，语语须有个我在”，依然是“言之有物”的具体展开，讲究创作须是发乎主体的真实书写。这一点，桐城派与他有相异处，也有相近处。相异处在于，桐城派不反对摹仿古人，要求学习归有光乃至唐宋八家，并上推司马迁、班固，同时还要学习古人辞赋，但他们坚决反对停留在摹仿的阶段，而是强调文从己出，要求“善因善创”。方东树认为作家应“师古而不可袭乎古”，“文犹己也，生民以来，四海之众而中以

① 方苞：《徐司空诗集序》，《桐城派文论选》，贾文昭编著，中华书局2008年，第57页。

② 方东树：《昭昧詹言》卷一，《通论五古》，《桐城派文论选》，贾文昭编著，中华书局2008年，第207页。

有己，立己于此，将使天下确然信知有是人也，则必不俟假他人之衣冠笑貌以为之亦明矣”。[①] 梅曾亮也一贯主张文学创作肖乎我、生乎情，反对肖乎人的摹仿，他批评说：“今以吾一人之身，俄而廊庙，俄而山水，俄而斋居，俄而觞咏，将拘拘然类以居之，派以别之，取古人之所长而分拟之，是知有物而不知有我也。”[②]

再看形式(法)方面。胡适提出“须讲求文法”，“不讲文法，是谓‘不通’”，这是对形式的基本要求。桐城派也是这样，他们的“有所法而后能，有所变而后大”，其前提是“有所法”，是对“文法”的尊重，以为没有对这“法”的学习，是不能够为文的。姚鼐批评汉学家为文“繁碎缴绕”，又批评宋学家为文“如语录而不文”，以“天与人一”、“道与艺合”、“文与质备”为文章的最高境界。然而，虽说同样看重形式，但胡适旨在对旧形式实行革命，所以他接连用“务去滥调套语”、“不用典”、“不讲对仗”(“文当废骈，诗当废律”)、“不避俗字俗语”四点断然与古文相反对。当然，他所陈四点的背面确是当时古文中带有普遍性的事实，但具体而论，仍然存在着必须认真区分的问题。其中“务去滥调套语”，也是桐城派的观点，如果堆砌陈言，陈陈相因，则视其为与“雅洁”风格相背，方东树明确表示：“文者，辞也。其法万变，而大要在必去陈言。”[③]胡适的“不用典”一说，据他自己说颇遭友人非议，为此他作了细致的区分，把“典”分为“广义之典”和“狭义之典”，“广义之典”包括古人所设譬喻、成语、引史事、引古人作比，如果属于这四种，他认为“可用可不用”。他反对的是用“狭义之典”，他说，“吾所谓‘用典’者，谓文人词客不能自己铸词造句以写眼前之景，胸中之意，故借用或不全切，或全不切之故事陈言以代之，以图含混过关”。[④] 如果从这区分后

---

① 梅曾亮：《李芝龄先生诗集后跋》，《柏枧山房文集》，卷 2，《续修四库全书》1513 册，上海古籍出版社 2001 年。

② 梅曾亮：《李芝龄先生诗集后跋》，《柏枧山房文集》，卷 2，《续修四库全书》1513 册，上海古籍出版社 2001 年。

③ 方东树：《昭昧詹言》卷一，《通论五古》，《桐城派文论选》，贾文昭编著，中华书局 2008 年，第 207 页。

④ 胡适：《文学改良刍议》，《新青年》第二卷第五号，1917 年 1 月 1 日。

的精神看，桐城派的意见与胡适颇相近。姚鼐的一个突出之处即在于反对考据派在文章中滥用考据，他提出义理、考据、辞章三者相济，要遵重文章的特点，不要陷入“言义理之过”，“语不可了当”的错误。[①] 胡适的“不讲对仗”意在贯彻“话怎么说，就怎么写”，为此，他特别提出“文当废骈，诗当废律”。桐城派在立派阶段方、戴、姚均不提“引骈入散”，但在发展过程中，他们的弟子为了经营神韵、提振气势，克服文章格局狭窄、文气不足的缺点，自觉地扩大取径范围，把“引骈入散”当作了重要手段，并且受到了文坛的普遍推崇。至于诗歌，桐城派“以文为诗”，但“文”者乃是以“古文义法”的精神入诗，而并非“废律”。胡适的“不避俗字俗语”为现代国语取向民间打开通道，此为桐城派所禁忌，后期的林纾对“引车卖浆者流”语言不屑顾及，显露了他们维护精英古文的贵族姿态。

可以看出，在具体问题上，胡适与桐城派有相同、相近处，又有相异处，而且某些具体问题就学理的逻辑而言，桐城派显然较胡适周致。他们看重“言有物”和“言有序”辩证统一的观念在“文学改良八事”中也未能顾及。但如果据此形成臧否，将会做出错误的判断。桐城派处于古文整合时期，考究于艺，转益多师，而又高扬自我，自有其长；胡适则处于现代白话的创辟时期，必得扫荡旧范，从古文坚硬的躯壳里突破出来，如果一味摹仿古人，亦步亦趋，就势必窒息了革命。更何况处在当时的语境中，进化论庸俗的一面实在很难使胡适等人获取一个更为科学的文学革命观，他们是以“立意在反抗，旨归在动作”的坚定性和多少带着些缺欠的言说，内含了大历史的进步要求。

对于这一点，陈独秀是比较清醒的。他在致胡适的《答书》中说：“改良文学之声，已起于国中，赞成或反对者各居其半。鄙意容纳异议，自由讨论，固为学术发达之原则，独至改良中国文学，当以白话为文学正宗之说，其是非甚明，必不容反对者有讨论之余地，必以吾辈所主张者为绝对之是，而不容他人之匡正也。其故何哉？盖以吾国文化，倘已致文言一致地步，则以

---

① 姚鼐：《述庵文钞序》，《桐城派文论选》，贾文昭编著，中华书局 2008 年，第 91 页。

国语为文，达意状物，岂非天经地义，尚有何种疑义必待讨论乎？”[①]斩钉截铁，义无反顾。就是说，具体问题可以继续讨论，可以取舍，但方向问题不容异议。这样，在文章及其话语表达的历史链条上，胡适等人站在自己所处的时代自觉不自觉地承接了“古文义法”的大形式框范，在内容、形式两个方面以革命的姿态转换了中国语言的发展方向，致力于从古文到国语的现代转化，最终完成了以言、文统一的白话文开创现代中国文学的使命。

到现代白话文学风行后，坚持内容和形式辩证统一的基本思想，依然是文学理论必须解决的问题。五四后，朱光潜没有正面系统阐释“古文义法”，但他讲内容与形式的关系，依然内涵了“古文义法”的精要。

朱光潜（1897—1986）桐城杨湾吴庄（今属枞阳县）人，其祖父与吴汝纶有所交往，其父亲虽接触过新学，但始终是个私塾先生，朱光潜从6岁到14岁随父亲接受私塾教育，15岁进高小，半年后到吴汝纶创办的桐城中学读书，新式学校交给了朱光潜新的知识和视野，但桐城故里的古文传统，重义理、考据、辞章的教化，还是在学校生活中占着重要位置。1918年，他在武昌高等师范国文系受北洋军阀政府选招，去香港大学学习，广泛接触了西方教育、哲学和人文社会科学。1925年，又赴英国留学，从事变态心理学、美学及文艺批评的学习和研究。他青年以后接受的虽然主要是西方学说（其中包括马克思主义），但少年时代种下的桐城文化之根，在一生中始终没有丢掉。他的贡献是多方面的，在桐城派文论的现代转化方面亦有突出之处。如果说晚清时期姚永朴的《文学研究法》在古代、近代与现代之交，通过对传统文论和桐城派文论的梳理，在桐城派文论的现代转化进程中发挥了承前启后、传递薪火的作用，那么五四后的朱光潜则是立足中西会通的广阔背景，在历史的联系中，从现实的问题出发运用和转化桐城派文论中的相关观点，开掘了桐城派文论中的精华，使其释放出现代热能。本章将不

① 《胡适文存》，卷一，《致陈独秀附录：陈独秀答书》，外文出版社2013年8月影印本（原为上海亚东图馆版），第43页。

断提及他的贡献。

在桐城派经典文论里，没有无“物”(内容)的“序”(形式)，也没有无“序”(形式)的“物”(内容)，讨论文章时虽不免要谈到各个侧面，但二者的高度统一方谓之“成体之文”则是“古文义法”的精要。朱光潜正是得其精要进行了现代式阐释，并用以解决现实文艺领域一些人把内容与形式机械划割而造成的混乱。他说:“我所要求的是语文的精确妥帖，心里所要说的与手里写出来的完全一致，不含糊，也不夸张，最适当的字句安排在最适当的位置，那一句话只是那一个说法，稍加增减更动便不是那么一回事。”①这正是“古文义法”对文章的要求，在方苞看来，成功的古文，“一篇之中脉相灌输而不可增损。然其前后相应，或隐或显，或偏或全，变化随宜，不主一道”。“法之变，盖其义有不得不然者。”②在刘大櫆那里强调“文主神气”，侧重点与方苞不同，但义法仍是其论文的前提，他说，“凡行文多寡短长，抑扬高下，无一定之律，而有一定之妙”，③这“一定之妙”，便是“义”与“法”融会贯通后所造成的自由自在的神会。所以，朱光潜说:“在完成的作品中，内容如人体，形式如人形，无形不成体，内容与形式不能分开，犹如体与形不能分开。形式未成就时，内容也就没有完全成就；内容完全成就，就等于说，它有了形式；也就等于说，它被表现了。”④秉持着这有机统一论，它澄清了两个“误解”:一个误解是以为语文是思想以外的事，“思想原无语文，到写或说时，才去另找语文”，第二个误解是“以为语文是思想以后的事”，有了思想后才出现语文。澄清了内容、形式机械二分的错误，也就避免了重内容轻形式，或重形式轻内容的片面性，避免了所谓“主题先行”、“艺术至上”等错误认识。

---

① 朱光潜:《文学与语文》(上)，《谈文学》，安徽教育出版社 1996 年，第 70 页。

② 《方苞集》，《书五代史安重诲传后》，刘季高校点，上海古籍出版社 1983 年，第 64 页。

③ 刘大櫆:《论文偶记》，《桐城派文论选》，贾文昭编著，中华书局 2008 年，第 71 页。

④ 朱光潜:《文学与语文》(上)，《谈文学》，安徽教育出版社 1996 年，第 76 页。

朱光潜告诉人们,“文学的思想不在起于飘忽迷离的幻想,而在使情感思想凝定于语言,在这凝定中实质与形式同时成就”。作品“在未完成时,思想常常是一种动态,一种倾向,一种摸索”,一旦完成,“内容与形式就已同时成就,内容就已在形式中表现出来”。①

第二,还要论及“载道文学”和“五四新文学”。

1932年周作人出版《中国新文学的源流》。他把文学史看成“言志派”和“载派派”相互对立、相互消长的历史。他说晚明时期公安派和竟陵派是“言志文学”,在这之前的前后七子的“复古运动”搞的是“载道文学”,清代以降桐城派搞的是“载道文学”,五四文学革命则搞“言志文学”。桐城派的“基本观点是‘载道’,新文学的基本观点是‘言志’,二者根本上是立于反对地位的”。② 他认为要“言志”必用白话,要载道必用古文。为什么言志必用白话呢?他谈了两点:一、言志即把思想感情尽可能写出来,最好的办法即如胡适说的“话怎么说,就怎么写”,才可以“不拘泥格套”,“独抒性灵”。二、“因为思想上有了很大的变动,所以须用白话”,“旧的皮囊盛不下新的东西,新的思想必须用新的文体以传达出来,因而便非用白话不可了”。③ 周作人的观点显然带有片面性。五四新文学“言志”同时也“载道”,桐城派“载道”同时也“言志”;白话可以写新思想也会写旧思想,古文会写旧思想也能写新思想。到1935年8月他在写《新文学大系·散文一集导言》的时候还是坚持着自己的观点,认为新散文的发达成功有两重因缘,一是西方科学哲学与文学新思想的影响,二是历史的言志派文艺运动的复兴。经过他这一生衍,性灵小品便被他特别地突出起来,甚至遮掩了五四新文学的其他收获。他还说,“言志派的文学可以换一名称,叫做即兴

---

① 朱光潜:《文学与语文》(上),《谈文学》,安徽教育出版社1996年,第74—76页。

② 周作人:《中国新文学的源流》,华东师范大学出版社1995年,第49页。

③ 周作人:《中国新文学的源流》,华东师范大学出版社1995年,第60—64页。

的文学,载道派的文学也可以换一名称,叫做赋得的文学"。①即兴的文学难道不可以"载道",赋得的文学难道就不"言志"?周作人以新为尚而又钟情于自己的小品散文,就不免滑入了机械论和循环论。

对于"载道"、"言志"这一重大命题,朱光潜在《文艺心理学》中专门用了第七章"文艺与道德(一):历史的回溯"和第八章"文艺与道德(二):理论的建设",两个章节进行了学理缜密的辨析。《文艺心理学》是作者早年在国外留学时所写,但这第七、八两章是他后来添加的,具体时间当在抗战全面爆发之前,从青年到中年,还要想到补上这个问题,可见难以丢却。他梳理了中外文学史上"言志派"("为艺术而艺术")和"载道派"("为人生而艺术")的观点,比较了中国与西方在这个问题上的异同,他说:

> "文以载道"说经过许多文人的滥用,现出一种浅薄俗滥的气味,不免使人"皆掩鼻而过之"。但是我们不要忘记这种俗滥的学说实在反映一种意义更深的事实。就大体说,全部中国文学后面都有中国人看重实用和道德的这个偏向做骨子。这是中国文学的短处所在,也是它的长处所在;短处所在,因为它箍制想象,阻碍纯文学的尽量发展;长处所在,因为它把文学和现实人生的关系结得非常紧密,所以中国文学比西方文学较浅近、平易、亲切。西方文艺和西方宗教一样,想于现世以外求解救,要造另一世界来代替现世,所以特重想象虚构。中国文艺和中国伦理思想一样,要在现世以内得解救,要把现世化成理想世界,所以特重情感真挚,实事求是。中国伟大的诗人如屈原、陶潜、阮籍、杜甫、李白等都是要极简朴极真诚地把他们的忧生忧世忧民的热情表白出来,绝对没有想象虚构的俳优气。在中国文学中道德的严肃和艺术的严

① 周作人:《散文一集·导言》,《中国新文学大系导言集》,天津人民出版社2009年,第123页。

肃并不截分为二事。这一个优点不是“文以载道”说所能包括，也不是对于“文以载道”说的厌恶所能抹煞的。

（《文艺心理学·文艺与道德(一)历史的回顾》）

他廓清了“文以载道”问题上的浅薄庸俗见解，把“文以载道”当成为中国文学的基本特征，破除了载道、言志二分说的机械论，讲清了“文以载道”所内含的现世关切、重情感真挚，重真实性，和作家忧生忧世忧民的道德践履精神。

到抗日战争后期，朱光潜对这个问题还是不能释怀，他的一些文章不提名地批评了周作人的观点，对这类观点的片面性进行了辩证分析。他说：“从前中国文人有‘文以载道’的说法，后来有人嫌这看法的道学气太重，把‘诗言志’一句老话抬出来，以为文学的功用只在言志；释‘志’为‘心之所之’，因此言志包含表现一切心灵活动在内。文学理论家于是分文学为‘载道’、‘言志’两派，仿佛以为这两派是两极端，绝不相容——‘载道’是‘为道德教训而文艺’，‘言志’是‘为文艺而文艺’。”他接着说：“其实这问题的关键全是‘道’字如何解释。如果释‘道’为狭义的道德教训，载道就小看了文学，文学没有义务要变成劝世文或是修身科的高头讲章。如果释‘道’为人生世相的道理，文学决不能离开‘道’，‘道’就是文学的真实性。志为心之所之，也就要合乎‘道’，情感思想的真实本身就是‘道’，所以‘言志’即‘载道’，根本不是两回事，哲学科学所谈的‘道’，文艺所谈的仍是‘道’，所不同者哲学科学所谈的道是抽象的，是从人生世相中抽绎出来的，好比从盐水中所提出来的盐；文艺的道是具体的，是含蕴在人生世相中的，好比盐溶于水，饮者知咸，却不辨何者为盐，何者为水。”①他从两个方面反对了周作人片面的“言志”、“载道”对立观。首先，他提出“道”即“人生世相的道理”，以此为前提，他指出，言志与载道是互通的，因为既然表现人生世相的道理，当然离不开真实性，而志(思想感情)为

① 朱光潜：《文学与人生》，《谈文学》，安徽教育出版社 1996 年，第 7 页。

心之所之，也是要坚持其真实性，所以从这个意义上说，道即是文学的真实性。其二，他提出了文学表现“道”的特殊性。文学的“道”是从文学的特殊性中表现出来的，与文学艺术的具体形象相融相洽，犹如盐溶于水一样。总之，文学中的“道”不是狭窄的“道德教训”而是“人生世相的道理”，它处在文学的真实性、具体性之中，言志，同时也即载道，反之亦然。

朱光潜的观点来自于他汇通中西的宽广视野，同时也来自于桐城派的主流文论。“文以载道”不是桐城派的特产，而是中国传统文论中关于文学的一个基本观念，但桐城派的“文以载道”是其“古文义法”体系的一个组成部分，有其鲜明的学派特征。在桐城派这里，“道”包含在“义”里，在其演变的过程中自然包括了程朱理学的道德要求，但他们的“道”又不只是承载狭窄的程朱“义理”，而是要求文章做到“言有物”，不论是纪事、道古、论事、抒情都应该讲究道德、实事，实用，“内有其质”，关注社会，关心民人疾苦；并且，这种“道”又是与“文”天然一体的，文即是道。戴名世谓文章“率其自然而行其所无事”，[①]姚鼐谓“文章之事大似禅悟……一旦豁然有得，呵佛骂祖无不可者”，[②]都无不强调文学应该发乎性情，超脱狭窄生硬的道德说教。就是说，朱光潜实际上对桐城派“文以载道”进行了一次合理的扬弃。他否弃了唐宋以后包括桐城派中一些“道学家”把“道”仅仅理解为儒家“义理”而又不顾文学特殊性的观点和做法，更捍卫了桐城派主流“文以载道”观念的合理性，从而实际上对周作人观点的片面性实行了纠偏，而且为“文以载道”观念的现代化提供了新的阐释。

周作人为了自圆其说，还引用鲁迅的话来作说明，他说：“在《北斗》杂志上载有鲁迅一句话：‘由革命文学到遵命文学’，意思是：以前是谈革命文学，以后怕要成为遵命文学了。这句话说得颇对，我认为凡是载道的文学，都得算作遵命文学，无论

---

① 戴名世：《与刘言吉书》，《戴名世集》，刘树民编校，中华书局 1986 年，第 5 页。

② 姚鼐：《与陈硕士》，《桐城派文论选》，贾文昭编著，中华书局，2008 年，第 132 页。

其为清代的八股，或桐城派的文章，通是。对这种遵命文学所起的反动，当然是不遵命的革命文学。于是产生了胡适之的所谓'八不主义'，也即是公安派的所谓'独抒性灵，不拘格套'和'信腕信口，皆成律度'的主张的复活。"[①]其实，恰是鲁迅的实践与周作人的观念两相对立。《北斗》杂志系左联主持的以发表作品为主的一份左翼文学月刊，丁玲主编，1931 年 9 月创刊，1932 年 7 月遭国民党政府查禁，共出七期八本，主要撰稿者有瞿秋白、冯雪峰、丁玲、鲁迅、沈起予、张天翼、楼适夷、穆木天、钱杏邨、郑振铎、叶圣陶等，其创办宗旨即如鲁迅所言，"由革命文学到遵命文学"，这里的"革命文学"是指五四文学革命中的"新文学"，鲁迅由此揭示了五四文学革命新的迈进。但是，是否就如周作人所说左翼文学成了"载道的文学"或"遵命的文学"而不再是"言志的文学"了呢？这是不能这么说的。即以鲁迅来说，他创作"遵命文学"不是起于左翼文学时期而正是起于五四文学革命当中，他 1918 年开始在《新青年》上发表小说，1922 年出版小说集《呐喊》，在《呐喊·自序》中，他说，之所以要"呐喊"，乃是"聊以慰藉那在寂寞里奔驰的猛士，使他不惮于前驱"，"既然是呐喊，则当然须听将令的了，所以我往往不恤用了曲笔，在《药》的瑜儿的坟上凭空添上一个花环，在《明天》也不叙单四嫂子竟没有做到看见儿子的梦，因为那时的主将是不主张消极的。至于自己却也并不愿将自己以为苦的寂寞，再来传染给也如我年青时候似的正做着好梦的青年"。[②] 事过十年，也即创办《北斗》杂志的时候，他回顾创作历程，又提及当初的写作是出于与文学革命热情者的"同感"，"也来喊几声助助威"，"将旧社会的病根暴露出来，催人留心，设法加以疗治的希望。但为达到这希望计，是必须与前驱者取同一的步调的"，他强调说："这些也可以说，是'遵命文学'。不过我所遵奉的，是那时革命的前驱者的命令，也是我自己所愿意遵奉的命令，决

---

① 周作人：《中国新文学的源流》，华东师范大学出版社 1995 年，第 50—51 页。

② 鲁迅：《呐喊自序》，《鲁迅全集》，第 1 卷，人民文学出版社 1981 年，第 419—420 页。

不是皇上的圣旨，也不是金元和真的指挥刀。”[①]过了一年，他在《我怎样做起小说来》一文中又说：“说到‘为什么’做小说罢，我仍抱着十多年前的‘启蒙主义’，以为必须是‘为人生’，而且要改良这人生。我深恶先前的称小说为‘闲书’，而且将‘为艺术的艺术’，看作不过是‘消闲’的新式的别号。所以我的取材多采自病态社会的不幸的人们中，意思是在揭出病苦，引起疗救的注意。”[②]如果按照周作人的说法，鲁迅五四时期写的应该是“言志文学”，可鲁迅自己说写的是“遵命的文学”（“载道的文学”），这是否表明鲁迅离开了五四文学革命“言志文学”主渠道了？如果这样说，恐怕连周作人也不接受。而且，直到左翼文学时期鲁迅都是一直坚持着这么写：“仍抱着十多年前的‘启蒙主义’，以为必须是‘为人生’，而且要改良这人生”。如此看来，鲁迅从五四文学革命到30年代左翼文学时期都是坚持写“遵命的文学”（“载道的文学”），而不是周作人所认为的，从“言志文学”到“载道文学”。

但这是否表明鲁迅就不“言志”呢？倘要这么说势必啼笑皆非。从文学革命中的《呐喊》到《彷徨》、《野草》、《朝花夕拾》、《故事新编》，还有那些丰赡的特具个人性的杂文，无论是对吃人礼教的揭露，还是对国民性的解剖，是对黑暗现实的征讨，还是对固弊积习的针砭，无不发乎鲁迅忧愤深广的独特灵魂，“道”和“志”在他这里水乳交融地浇铸在了一起。30年代年轻的李长之在《鲁迅批判》中说：“如鲁迅自己所说，他之开始写小说，是抱着一种‘启蒙主义’，以为必须‘为人生’，然而我们看他写出来的东西，却仍是抒情的成份很大，似乎是当时由于他的寂寞之感作用他吧，使他没堕入浅薄的说教的典型里。”[③]李长之是在说鲁迅避免了“文以载道”浅薄庸俗的一路，在生命的特殊情境中得着了“文以载道”的精要，超脱了旧范，把“言志”与

---

① 鲁迅：《南腔北调集·自选集自序》，《鲁迅全集》，第4卷，人民文学出版社1981年，第455—456页。

② 鲁迅：《我怎么做起小说来》，《鲁迅全集》，第4卷，人民文学出版社1981年，第512页。

③ 李长之：《鲁迅批判》，北京出版社2003年，第18页。

“载道”贯通了起来。而且，恰恰就是鲁迅对周作人、林语堂所钟爱的“独抒性灵”的“言志”小品在三十年代的危机提出了警告，他指出，五四文学革命中散文小品的出现原本是“含了挣扎和战斗”，“这是为了对于旧文学的示威，在表示旧文学自以为特长者，白话文学也并非做不到。以后的路本来是更分明的挣扎和战斗，因为这原是萌芽于‘文学革命’以至‘思想革命’的。但现在的趋势，却在提倡那和旧文学相合之点，雍容，漂亮，缜密，就是要它成为‘小摆设’，供雅人的摩挲，并且想青年摩挲了这‘小摆设’，由粗暴而变成风雅了”。[①] 他所要求的是耸立于风沙中的大建筑，要坚固而伟大；是匕首和投枪，要锋利而切实。

以上所述，当然不能说胡适、鲁迅及朱光潜等五四新人直接承袭了清代一个具体的文章学派桐城派“古文义法”和“文以载道”。但胡适、周作人都曾经在不同场合说过，五四文学革命中的梁启超、胡适、陈独秀、鲁迅等人都受到过桐城派的影响，胡适甚至还说谭嗣同与梁启超“都经过一个桐城时代”。可见，桐城派作为近现代之交的一个文化传统，在它之后的这批人的继承亦如批判一样，同样都是一个回避不了的事实。所以，与其生硬地认为五四新人传承了桐城派文论，不如说他们是以“反传统”的姿态在“古文义法”、“文以载道”等一些基本问题上，运用革命手段实现了对传统文章、传统文论的创造性继承和转化。这应该不是虚枉之谈。

三　桐城派文风的现代回响

一个文章学派或文派的文风，是其文学精神的外化，是内容和形式遇合后的一种气质、品质、风格、生命的样态和气象。桐城派流衍二百余年，其文风是变化的，但因为它的基本理论的作用以及薪火相传的习惯，其文风中也存在一些恒常的质素，而这种质素也常常为民族中人所同好。五四文学革命开端

---

① 鲁迅：《小品文的危机》，《鲁迅全集》，第4卷，人民文学出版社1981年，第576页。

之际，五四新人总以破坏为快，多以新风为尚，还来不及把这些质素化入艺术肌理，有些人还自觉地警惕旧文学借尸还魂，如同鲁迅所说的用了“示威”的心态另辟新路。但运动过后进入创作过程，桐城派文风中那具有民族共同性且又超越时间界限的一些东西，便如同神话世界中的隐形灵异进入到他们的文本当中。其情形大体就像前面提及的文学革命对“古文义法”和“文以载道”的改造和创造性转化那样，文化变迁的规律在这里发生了不可匹敌的作用。

文学革命后朱光潜便注意到这一点。他说：“想做好白话文，读若干上品的文言文或且十分必要，现在白话文的作者当推胡适之、吴稚晖、周作人、鲁迅诸先生，而这几位先生的白话文都有得力于古文的处所。”[①]他希望新文学自觉地“得力于古文的处所”。朱光潜的观点，鲁迅并不赞同，他在《写在〈坟〉后面》中认为这是“不得已的调和派”，他说：“新近看见一种上海出版的期刊，也说起要做好白话须读好古文，而举例为证的人名中，其一却是我。这实在使我打了一个寒噤。”[②]他解释说，“别人我不论，若是自己，则曾经看过许多旧书，是的确的，为了教书，至今也还在看。因此耳濡目染，影响到所做的白话上，常不免流露出它的字句、体格来。但自己却正苦于自己背了这些古老的鬼魂，摆脱不开，时常感到一种使人气闷的沉重”。[③] 鲁迅结合自己的经验从负面而谈，当然有他的道理，他一方面强调看惯了、也写惯了古文，初写白话文就不免生涩，怕影响了表达，另一方面主要是就“思想上”说的，顾虑“中了庄周、韩非的毒”[④]。但朱光潜是从正面而谈的，主要就语言文字的训练和总结经验而言，他做过十几年的古文，后来改用白话文，在发表上述观点之前他就曾经说过：“开始做白话文，最初好比放小脚，裹布虽然扯开，走起路来均有些不自在；后来小脚逐渐变成天足，用小脚曾走过路，改用天足特别显得轻快，发现以前小脚走

---

① 《朱光潜全集》，第8卷，安徽教育出版社1987年，第192页。
② 《鲁迅全集》，第1卷，人民文学出版社19年，第285页。
③ 《鲁迅全集》，第1卷，人民文学出版社1981年，第285页。
④ 《鲁迅全集》，第1卷，人民文学出版社1981年，第285页。

路的训练功夫，也并不算白费。”[①]他认为，“现代语文是由过去语文蜕化出来，所以了解文言文对于运用白话还是有极大的帮助”。[②] 鲁迅、朱光潜立论的侧重点和角度不同，自然就会得出不同的结论，尽管如此，鲁迅对于古文在白话文写作上的价值并不否认，就在同一篇文章中，他指出：“至于现在对于人民的语言的穷乏欠缺，如何救济，使它丰富起来，那也是一个很大的问题，或者也须在旧文中取得若干资料，以供役使，但这并不在我现在所要说的范围以内，姑且不论。”[③]可见，在警惕古文弊端的同时，注意到古文的正面价值，学习和借鉴古文的优长，对白话文的写作是具有积极意义的。

郁达夫(1896—1945)在《中国新文学大系散文二集导言》(1917—1927)中论述现代散文的特色，所谈四点都是五四新散文的成就，但或多或少与此前桐城派文风中那些健康的质素都有着前后的相似性。这里拣出两点略予阐释。郁达夫谈的第一点是“现代散文的最大特点，是每个作家的每一篇散文里所表现的个性，比从前的任何散文都来得强”。他强调这种个性是“个人性”，这“个人性”的发现是五四“最大的成功”，因为从前的人是为君、为道、为父母而存在，“现在的人才晓得为自我而存在”。[④] 姑且不论这一发现与桐城派的严复及晚清启蒙新思潮中所传输的西方近世观念有关，但这种“个人性”见之于五四新文学也并非都是不染尘缘、不含家国思情的单体存在，它超脱了旧范，但它的独抒胸臆，它的爱恨情仇，无不连接着这个民族的大地，鲁迅“灵台无计逃神矢，风雨如磐暗故园。寄意寒星荃不察，我以我血荐轩辕”的自我感喟，郭沫若爆发的“我是天狗，我要把日来吞了，我要把月来吞了”的自我呼叫，无不与民族、家国相关。从这方面看来，五四新人崭新的丰富的个性也还是与传统文章看重个性的精神有着前后的关联。桐城派

① 《朱光潜文集》，第3卷，安徽教育出版社1987年，第445页。

② 《朱光潜文集》，第4卷，安徽教育出版社1987年，第246页。

③ 《鲁迅全集》，第1卷，人民文学出版社1981年，第286页。

④ 郁达夫：《散文二集·导言》，《中国新文学大系导言集》，天津人民出版社2009年，第132页。

自创派以降一直重视作家个性。戴名世认为“自言其情，情之至而诗自工”，他为同时期的刘陂平诗集作序，盛赞刘氏“吾之诗吾自抒其情而已”的观点，认为这是刘氏异于那些人云亦云作者的根本之点。[①] 刘开同样强调作家个体的价值，指出，“有不可一世之人，即有独成一家之文”。[②] 他说：“天地万物无一不获为已有，诵百家浩渺奇博之言，以富其所蓄；远取乎八荒之殊状异态，以开其壅蔽而破其拘墟；使己之性与物通，神与境化，而后八风七音之入乎耳，九文六彩五章之接乎目，二气四时群变万化触于心者，皆可得之以为文焉。”[③]梅曾亮也主张文章“肖乎我”，“生乎情”，他将古人之文和今人之文进行比较，指出“古人之作肖乎我，今人之作肖乎人；古人之作生乎情，今人之作生乎学”。对那些肖乎人、生乎学的作品不以为然，强调写好文章的人必须让别人能够“定其人”。[④] 如此等等。就是说，桐城派优秀作家注重主体个性的精神，构成了五四新文学作品里“所表现的个性，比从前的任何散文都来得强”的历史性前提，前后当然有别，但后者是在西方启蒙理性的影响之下把前者改造并发扬光大了。

郁达夫所谈现代散文的另一个特点也值得一提，他说这特点“是人性、社会性与自然的调和”。在他看来，“从前的散文，写自然专写自然，写个人专写个人，一议论到天下国家，就只说古今治乱，国计民生，散文里很少人性及社会性与自然融合在一处的，最多也只不过加上一句痛哭流涕长太息，以示作者的感愤而已；现代的散文就不同了，作者处处不忘自我，也处处不

---

① 戴名世：《刘陂千庶常诗序》，《桐城派文论选》，贾文昭编著，中华书局 2008 年，第 10 页。

② 刘开：《与阮芸台宫保论文书》，《桐城派文论选》，贾文昭编著，中华书局 2008 年，第 259 页。

③ 刘开：《复陈编修书》，《桐城派文论选》，贾文昭编著，中华书局 2008 年，第 269 页。

④ 梅曾亮：《杂说》，《桐城派文论选》，贾文昭编著，中华书局 2008 年，第 285 页。

忘自然与社会”。[1] 在现代散文中这的确是很突出的一点，郁达夫、朱自清、周作人、冰心、俞平伯、徐志摩、沈从文、茅盾、叶圣陶、何其芳、李广田等人都大体是这样，郁达夫《钓台春昼》独游孤赏中的疏野清奇，冰心《往事》处身异国山水的家园思情，周作人《乌篷船》平淡的叙述隐含化不开的乡愁，许地山《落花生》平凡的家庭对话之间隐含着生命价值的褒贬取舍，俞平伯、朱自清同游秦淮以同题《桨声灯影里的秦淮河》见世，却一是“缠绵里满蕴着温熙浓郁的氛围”，一是“缠绵里多含有眷念悱恻的气息”……莫不如此。然而这样的特点在这现代之前的文章中也并非没有，天人合一本是中国传统文化的精髓，意象即是人、社会与自然调和的符号，楚辞、诗经、唐诗、宋词、元曲、明清小说中无不浸润了这类调和的审美情调。桐城派文章继承了这一传统，方苞、戴名世以下无不由于这一传统而生出优秀成果。刘大櫆《游万柳堂记》、姚鼐《登泰山记》、恽敬《游庐山记》、李兆洛《藤花吟馆记》、梅曾亮《钵山余霞阁记》、张裕钊《游狼山记》，还有郭嵩焘《使西纪程》、黎庶昌《西洋游记》、薛福成《出使英法比义四国日记》这些使外游记，等等，大都是融合了人性、社会性与自然的篇构。他们具有个性的丰富记述与吟唱，岂能够是“最多也只不过加上一句痛哭流涕长太息，以示作者的感愤而已”这样的文字可以概括？现代的散文自然获益于西方文学，但谈论自然、社会与人性的调和，那便不能离开传统而过分片面的外求。既然要顾及传统，怎么能够割断此前笼罩了清朝文坛的桐城派文章中的这份审美精神？

可见，桐城派文风中作家个性以及由这个性所关涉的人性、社会性与自然的调和，通向了现代散文及其他文类当中，这种品质经由新文学作家的创造性转化，生发出了新时代的艺术之光。并且，在文学文本、文学语言、文学风格上，这样一些特征从桐城派到五四新文学也有前后的贯通：

1. 文学文本建构以“有法”和“无定之法”的统一为上法

前面已经讨论过作为基本理论的“古文义法”与胡适“文学

---

① 郁达夫：《散文二集·导言》，《中国新文学大系导言集》，天津人民出版社 2009 年，第 137 页。

改良八事"的关系，这里仅就文学文本建构一个方面，分析其在新文学中的传承。桐城派作家在世代相互质证、传承过程中对义法理论生出极深刻的辩证思维。姚鼐认为，"止以义法论文，则得其一端而已。然文家义法亦不可不讲"。[①] 他的基本观点是："文章之事能运其法者，才也；而极其才者，法也。古人文有一定之法，有无定之法。有定者，所以为严整也；无定者，所以为纵横变化也，二者相济而不相妨。"[②]比较而言，他尤其推重"无定之法"，以"活法"为上法，强调作家"多读多为"以获得"天启"，有"天启"就可以尽其"神妙"；他还从意与气与辞的关系谈论"文无定法"，他道："意与气相御而为辞，然后有声音节奏高下抗坠之度，反复进退之态，彩色之华，故声色之美，因乎意与气而时变者也。是安得有定法哉？"[③]方东树说，文章之事，"大约不过叙耳、议耳、写耳，其入妙处，纸上起棱，骨肉飞腾，令人神彩飞越。此为有浆汁，此为神气"。[④] 姚永朴的《文学研究法》详论文章作法，但在篇末却又重提先辈姚鼐"文章之事，大似禅悟"和姚莹"凡诗文事与禅家相似，须由悟入，非语言所能传"，希望后学者学习之后能有更高的飞跃。就是说，如果无"义"无"悟"而造"文"，当然是文将不"文"，如果无视了"法"，"禅悟"就会变质为"不知所云"；但是，如果拘囿于"法"而过于机械式枯守，姑不论实用文体，对于审美文体的创作来说，势必陷入理性图解而打煞了感性审美的主体自由。要而言之，桐城派作家认为初学者必须有一个"法"（形式），即"言有序"的训练，当掌握了基本写作规律之后，则须讲求"活法"，讲求"无为而无不为"的神遇，进入"率其自然而行其所无事，即至篇终语止而混茫相

---

① 姚鼐：《与陈硕士》，《惜抱先生尺牍》（选录），《桐城派文论选》，贾文昭编著，中华书局 2008 年，第 132 页。

② 姚鼐：《与张阮林书》，《惜抱先生尺牍》（选录），《桐城派文论选》，贾文昭编著，中华书局 2008 年，第 131 页。

③ 姚鼐：《答翁学士书》，《桐城派文论选》，贾文昭编著，中华书局 2008 年，第 99—100 页。

④ 方东树：《昭昧詹言》，《桐城派文论选》，贾文昭编著，中华书局 2008 年，第 209 页。

接，不得其端”[1]的自由境界。

周作人说：“现在有许多文人，如俞平伯先生，其所作的文章虽用白话，但乍看起来其形式很平常，其态度也和旧时文人差不多，然在根柢上，他和旧时的文人却绝不相同。”[2]周作人所说的“根柢上”的不同是指五四新人“懂得了进化论，习过了生物学，受过了科学的训练”，而和旧时文人差不多的则是其“形式”和“态度”。态度姑且不论，这“形式”应该是桐城派所说的文章之“法”，也即“言有序”。即以俞平伯来说，他较早时期的散文集《燕知草》和《杂拌儿》一、二编，有“青果”之谓，多系个人的生之感怀，带有青春期的燥闷和感叹，都还写得情理别致，章法不乱，或者说依“法”而行。他的名篇《桨声灯影里的秦淮河》记游、写景、抒怀，起势突兀，结尾留以感伤的回顾和幽思，中间一路走来一路感动风发，浸乎其中却又超然物外，“言有序”率其自然而浑然成文。可以说，这大体就是五四新人五四后不自觉依循“古文义法”以“神遇”为上的实践。在文学研究会作家中，叶圣陶是郁达夫评价谨慎而不夸张的作家，郁达夫说，“我以为一般的高中学生，要取作文的模范，当以叶绍钧似的作品最为适当”。他为什么这样说呢？因他认为“叶绍钧风格谨严，思想每把握得住现实，所以他所写的，不问是小说，是散文，都令人有脚踏实地，造次不苟的感触”。[3] 他所谓“风格谨严，思想每把握得住现实”，“脚踏实地，造次不苟”，其实就是桐城派所说的“言有物”、“言有序”，“然后为成体之文”的基本表现。就拿叶圣陶的那篇控诉五卅惨案帝国主义者屠杀中国人民罪行的《五月卅一日急雨中》来说，全文以惨案后一天“我”在急雨中行走为线索，用时间组织空间，把急行中所见所闻的若干典型性情景、场面和人物，简洁传神地刻画出来，融叙事、“言志”为一体，从“急雨如恶魔的乱箭”到“依然是满街恶魔的乱箭似的

---

① 戴名世：《与刘言洁书》，《桐城派文论选》，贾文昭编著，中华书局2008年，第21页。

② 周作人：《五四新文学的源流》，华东师范大学1995年，第64页。

③ 郁达夫：《散文二集导言》，《中国新文学大系导言集》，天津人民出版社2009年，第142页。

急雨”，从“我奋疾地走”到“我向前走去”，篇章首尾勾连，意蕴、气势却趋向深远。当然难称“率其自然”的上品，却也是“造次不苟”的佳构。

五四作家中创造“率其自然而行其所无事”作品的优秀者当首推鲁迅。茅盾在《读〈呐喊〉》这篇文章中说，“在中国新文坛上，鲁迅君常常是创造‘新形式’的先锋；《呐喊》里的十多篇小说，几乎一篇有一篇新形式，而这些新形式又莫不给青年以极大的影响”。[①] 其实不只是小说是这样，散文作品中的散文诗《野草》和他独创的个性化文体杂文，都是以“表现的深切和格式的特别”为人们所认同。所谓“表现的深切和格式的特别”也就是改造了的、突显作家个性的“言有物”和“言有序”。鲁迅的那些精品无不体现了这两个侧面有机统一过程中创作主体的无任自由。在那些成功的小说作品中，他依着立意，更依了所塑造的人物性格自身的逻辑把人物的命运及其所思所为推向它应该去的境地，荒诞中引人深思，平常中生出奇警。《阿Q正传》里那可怜可笑的阿Q莫名其妙地革命，莫名其妙地被送上断头台，临刑画押时尽管使尽平生的力气“立志要画得圆”，还是没有达到目的，以致“羞愧自己画得不圆”。文本在1921年12月就完成了，但阿Q的故事直到今天还在人类的生活中进行着，并且被反复言说。他的杂文“达到了内容和形式的最极端的结合”，[②]他敏锐拾取身历其中的“小事”，以其为端绪纵横于人与鬼、神与兽、现实与历史、黑暗与光明、永恒与一瞬之间，鞭辟入里，撕开假面，“好用反语”，把荒诞推向极端，以子之矛攻子之盾，嬉笑怒骂皆成文章。散文诗《野草》总喜欢把象征引入其中，简约的文本就是一个象征，一个符号，他由这符号植进自己的忧愤、哲思，承载可以经过接受者再创造的最大可能性，文字极短文思却渊博深长。与古文家不同的是，在那些成功的美文里，古文家的“率其自然而行其所无事”多表现为主体情感遵循了创作规律冲破理性束缚的美感解放；在鲁迅这里则

---

① 沈雁冰：《读〈呐喊〉》，《文学周报》，第91期，1923年10月。

② 张旭东：《杂文的“自觉”——鲁迅过渡期写作的现代性与语言政治》，《文艺理论与批评》2009年第1期。

因思想的解放导致了主体理性、神思的超卓，“率其自然而行其所无事”便突出地表现为情理交融的自由创造，他不以情感的任诞取胜，而是以情理神遇后的汪洋恣睢、深邃辽远令接受者震撼沉思。

郁达夫30年代的那些优秀的山水游记也具有“率其自然而行其所无事”的特点。面对社会黑暗，郁达夫难以直接抗争，也不喜欢在文章中直露式干预，他的一些游记寄情山水，以“疏野清奇”的意境，求取情绪的寄托，隐含批判的激情，显示出他所向往的“委曲、飘逸、流动之类的神趣”。他的《钓台的春昼》从游钓台的因由——“中央党帝”的“把戏”致使“我”“仓皇离了寓所”说起，以追忆的方式记述此次夜探桐君、朝游钓台的所见所感所思，且又忆中有梦，把此前游访钓台的情境和做成的旧诗重新勾起。记一游却写两游，文与诗相交织，景物的幽远瘦静与内心的沉郁愤懑，“四大无声”与凌晨鸡啼，古今人物志节的殊异……都仿佛信腕所至，意与气相御而为辞，语止而意无尽。“新时期”之初一个年轻的研究者注意到了郁达夫的这种追求与桐城派刘大櫆论文“神气”说的联系，他认为刘大櫆论文“贵奇”，有“奇在笔者”、“奇在气者”、“奇在神者”之别，郁氏的写作还谈不上“神奇”，“主要是‘气’奇，奇在气质，奇在那‘微苦笑的心境’”。[①] 刘大櫆说：“神者，文章之宝，文章最要气盛，然无神以举之，则气无所附，荡乎不知其所归也。神者气之主，气者神之用，神只是气之精处。”[②]说郁达夫游记谈不上“神奇”，这并没有什么不可以，但是散文之奇“只是气之精处”，郁达夫之奇在“微苦笑的心境”，这“奇”的心境实际上就蕴涵了郁氏散文的“神”，如果把郁达夫“微苦笑的心境”与“神”之“奇”隔绝开来，便很难看到他散文的艺术魅力。一些研究者注意到了郁达夫30年代的作品开始向民族古典美学转靠，而这重要的表现之一即在于追求散文表达有“法”和“无定之法”相统一的艺术效果。

---

① 许子东：《郁达夫新论》，浙江文艺出版社1985年第2版，第112页。

② 刘大櫆：《论文偶记》，《桐城派文论选》，贾文昭编著，中华书局2008年，第67页。

20世纪60年代初，民族文化传统其中包括民族审美文化传统受到了特别重视。与此相关，《人民日报》专门组织了一场“笔谈散文”的专题讨论，内容较为丰富，但散文创作“形散神不散”（或称“形散神聚”）的问题显然构成了讨论的重点。所谓“形散神不散”，实际上就是讲“法”又“不止于法”而以神遇为求。讨论中人们结合散文的艺术特征和时代要求，结合现当代作家和古代作家的经验各抒己见。有人认为“散文忌散”，有人认为“散”正是散文的特点，调和这两类观点；有人则认为散文的特点应该是“形散神不散”，青年学者萧云儒说：“神不‘散’，中心明确，紧凑集中，不赘述。形‘散’是什么意思呢？我以为是指散文的运笔如风，不拘成法……鲁迅先生的散文是这方面最好的典范。他的散文……虽然运思落笔似不经心，但却字字珠玑，环扣主题；形似散而神实不散。”①讨论过程中人们都能从自己的角度各言其说，相互质证，丰富了对散文本体特征及其结撰方法的认识。遗憾的是未能结合现代散文之前回避不了的一个存在：古文义法及其活用的理论把问题引向深入。尽管如此，这仍然是文学文本“有法”和“无为之法”统一观现代转化的一次有益的探求。

2. 文学语言以神韵为美

五四新人文学革命开始之时，为了冲破古文形式的束缚，采取“话怎么说，就怎么写”，在出现了新的一套的同时也生出了值得警惕的弊病，如初期的小品，就像周作人所说的，“一切作品都像是一个玻璃球，晶莹透彻得太厉害了，没有一点儿朦胧，因此也似乎缺少了一种余香与回味”。②

经历十余年正反两个方面的收获，郁达夫在撰写《中国新文学大系·散文二集导言》时，便自觉到散文的语言不能像玻璃球，不能以直说为美，他道：“散文既经由我们决定是与韵文对立的文体，那么，第一个消极的条件，当然是没有韵的文章”，

---

① 萧云儒：《形散神不散》，《笔谈散文》，百花文艺出版社编，百花文艺出版社1962年。

② 周作人：《谈龙集》，《扬鞭集·序》，河北教育出版社2002年，第41页。

“不过在散文里，那一种王渔洋所说的神韵，若不依音调死律而讲，志指广义的自然和韵律，就是西洋人所说的 Rhythm 的回味，却也可以有；因为四季的来复，阴阳的配合，昼夜的循环，甚至走路时两脚的一进一出，无一不合于自然的韵律的；散文于音韵之外，暗暗把这韵味透露于文字之间，也是当然可以有的事情”。[①] 王渔洋即王士祯，号阮亭，清初人，与方苞大体同时，长方苞三十四岁，以诗胜，有诗学“神韵说”为人所看重。王渔洋并不忽视格调，但他反对诗歌的空疏直白，强调诗歌表现的“贮兴而就”，含蓄蕴藉，承继了司空徒、严羽以佛禅论诗的传统，讲究“韵外之致”、“味外之旨”，“羚羊挂角，无迹可求”。郁达夫肯定王渔洋的“神韵”说，实际也肯定了桐城派在这方面的主张。

桐城派的语言要求与王渔洋“神韵”说大体一致。桐城派作家讲究语言雅洁，所谓雅洁，其精要就在于简洁、精微的语言形式蕴涵渊深丰富的思想感情和广大悠远的寄托。他们推崇和效法史迁“春秋”笔法，就在于讲求“微言大义”，力避直说，以含蓄、含藏、曲包为贵。方苞认为：“古文气体，所贵澄清无滓。澄清之极，自然发其光精，则《左传》、《史记》之瑰丽浓郁是也。”他把“澄清无滓”、“自然发其光精”和“瑰丽浓郁”联系起来，其意表明文章的“澄清无滓”不应是质而无文，徒有其表，而应是丰美的思想感情包容在自然纯朴之中。戴名世说：“君子之文，淡焉泊焉，略其町畦，去其铅华，无所有乃其无所不有者也。”[②] 就是说好的文章应该是在淡泊之中隐含“无所不有”，也即具有言外之意，意外之趣的魅力。他们的雅洁也不排斥汪洋恣睢，汪洋恣睢多以神韵为求，刘大櫆论文主神气，但他认为：“文贵远。远必含蓄。或句上有句，或句下有句，或句中有句，或句外有句，说出者少，不说出者多，乃可谓之远。……远者味永。文

---

① 郁达夫：《散文二集导言》，《中国新文学大系导言集》，天津人民出版社 2009 年，第 130 页。

② 戴名世：《与刘言洁书》，《城派文论选》，贾文昭编著，中华书局 2008 年，第 22 页。

至味永，则无以加。”[①]他推崇“言止而意不尽”，注重有限文字蕴涵神韵特出的精神气象。

为了求取语言的神韵之美，桐城派作家还讲究语言的音乐性。刘大櫆说：“文章最要节奏，譬之管弦繁奏中，必有希声窈渺处。”他又说：“音节高则神气必高，音节下则神气必下，故音节为神气之迹。一句之中，或多一字，或少一字；一字之中，或用平声，或用仄声；同一平字仄字，或用阴平、阳平、上声、去声、入声，则音节迥异，故字句为音节之矩。积字成句，积句成章，积章成篇，合而读之，音节见矣；歌而咏之，神气出矣。”[②]因此刘氏行文重视诵读，“因声求气”，读之诵之，敲击吟唱，神气出矣；神气既出，神韵致矣。不独自己行文如此，学古人之文，他也要求通过“诵读”，吟诵音节、字句，以与古人神气相通。曾国藩对此也极赞同，以为诗文都应如此，“非高声朗诵，则不能得其雄伟之概；非密咏恬吟，则不能探其深远之音”。[③] 谈到作诗时，他说：“凡作诗，最讲声调，先以高声朗诵以昌其气，继之以密咏恬吟以玩其味，两者并进，使古人之声调拂拂然若与我喉舌间相习，则下笔为诗时，必有句调凑赴腕下，诗成自读之，亦自觉琅琅可诵，引出一种兴味来。”[④]

总之，语言的神韵及其音乐性是桐城派重要的艺术追求。自戴名世、方苞以下，他们的美文名篇无不以这种语言之美见长，而集大成者姚鼐堪称这方面的代表。周中明在《姚鼐研究》中运用了大量例证分别从寓丰富于简洁、寓深意于言外、寓工妙于自然、寓浓郁于平淡、寓神气于音节等五个方面生动论述了姚鼐的语言艺术，[⑤]这些方面集中到一点，即在于以神韵为

① 刘大櫆：《论文偶记》，《城派文论选》，贾文昭编著，中华书局 2008 年，第 68 页。

② 刘大櫆：《论文偶记》，《城派文论选》，贾文昭编著，中华书局 2008 年，第 67 页。

③ 曾国藩：《字谕纪泽儿》，《家训》，卷上，《曾文正公全集》，李翰章编纂、李鸿章校勘、宁波等校注，吉林人民出版社 1995 年，第 5513 页。

④ 曾国藩：《字谕纪泽》，《家训》，卷上，《曾文正公全集》，李翰章编纂、李鸿章校勘、宁波等校注，吉林人民出版社 1995 年，第 5515 页。

⑤ 见周中明：《姚鼐研究》，安徽大学出版社 2013 年，第 461—485 页。

宗，富于神韵而又具有音乐性。

这一传统得到了朱光潜的认同，他立足中外文学的广阔视野给予了现代式阐释，强调了白话文写作应该避免直说，也应该注重神韵，讲究音乐美。朱光潜引用姚鼐关于文章修辞的原则作为自己立论的出发点，他道："'文章之精妙不出字句声色之间。'如果记住语文情思一致的基本原则而单从探求文章的精妙，姚姬传的这句话确是一语破的。"[①]朱光潜从"字句"、"音节"两个方面展开了论述。就"字句"来说，他批评胡适"作文如说话"的观点，指出，"我们尽管用白话，作文并不完全如说话。说话时信口开河，思想和语文都比较粗疏；写作时有斟酌的时间，思想和语文都比较缜密"。[②] 他在具体分析中间，特别推重语言字句的含蓄，以及因为含蓄而富有韵味。他说："就常例说，作品的艺术价值愈高，就愈有含蓄。含蓄的秘诀在于繁复情境中精选少数最富于个性和暗示性的节目，把它们融化成一完整形象，让读者凭这少数节目做想象的踏脚石，低回玩索，举一反三。着墨愈少，读者想象的范围愈大，意味也就愈深永。"[③]他还从艺术的特殊性阐述了这一问题，说："艺术的作用不在陈述而在暗示，古人所谓'言有尽而意无穷'。含蓄不尽，意味才显得宏深婉约，读者才可以自由驰骋想象，举一反三，把所有的话都说尽了，读者的想象就没有发挥的机会，虽然'观止于此'，不过尔尔。"[④]他联系黑格尔对古典艺术的认知，指出黑格尔推重古典艺术的"节制"(restraint)与"静穆"(serenity)，"也看重中国人所说的'弦外之响'，'不着一字，尽得风流'"。[⑤]

就"声色"来说，朱光潜生动阐述了白话文讲求音乐性的必要及其优长。在《散文的声音节奏》中，他说："声音节奏在科学文字里可不深究，在文学文字里却是一个最主要的成分，因为文学须表现情趣，就大半要靠声音节奏来表现，犹如在说话时，

---

① 朱光潜：《谈文学》，安徽教育出版社 1996 年，第 104 页。
② 朱光潜：《谈文学》，安徽教育出版社 1996 年，第 90 页。
③ 朱光潜：《谈文学》，安徽教育出版社 1996 年，第 109 页。
④ 朱光潜：《谈文学》，安徽教育出版社 1996 年，第 115 页。
⑤ 朱光潜：《谈文学》，安徽教育出版社 1996 年，第 115 页。

情感表现于文字的意义少，表现于语言腔调的多是一个道理。”①他引述古文家韩退之、苏明允和桐城派诸家的做法及论述，强调注意了文学语言的音乐性就可以增强文章的表现力，因为“音与义不能强分，更动了声音就连带地更动了意义”，丢掉了不应丢去的虚字，“风味也就不如原文”。他联系自己阅读和写作时的体验，说：

> 就我个人的经验来说，耳朵固然要紧，但是还不如周身筋肉。我读音调铿锵、节奏流畅的文章，周身筋肉仿佛作同样有节奏的运动；紧张，或者舒缓，都产生出极愉快的感觉。如果音调节奏上有毛病，我的周身筋肉都感觉局促不安，好象听厨子刮锅烟似的。我自己在作文时，如果碰上兴会，筋肉方面也仿佛在奏乐，在跑马，在荡舟，想停也停不住。如要意兴不佳，思路枯涩，这种内在的节奏就不存在，尽管费力写，写出来的文章总是吱咯吱咯的，象没有调好的弦子。我因此深信声音节奏对于文章是第一件要事。
>
> （《谈文学·散文的声音节奏》）

这是体验入微的经验之谈。他联系姚鼐关于学古文应该多番朗诵而“自悟”，不然只能终身作外行的观点，结合自己的经验体会认为，古文注意声音节奏，现代语体文（即白话文）也应该这样；又联系姚鼐“无一定之律，而有一定之妙”的观点，结合白话文的音节“不拘形式，纯任自然”的特点，强调指出：白话文的声音节奏不易分析，但“如果讲究得好，我相信语体文的声音节奏，应该更生动，更有味”。②

这一传统在新文学作品中也得到了传承。鲁迅的散文诗《野草》，正视黑暗与虚无，相信“绝望之为虚无正与希望同”，23篇短制韵味无穷，是鲁迅1924—1926年间矛盾苦闷的心灵乐章。语言简洁而富于张力，象征和暗示传达着难以言传的意绪、哲思和情感，那诡秘的秋夜，那彷徨于明暗之间的影，那握

---

① 朱光潜：《谈文学》，安徽教育出版社1996年，第65页。

② 朱光潜：《谈文学》，安徽教育出版社1996年，第66页。

着利刃立于广漠天宇之下的复仇者，还有无边的旷野上飞舞着的雪的精魂，……把接受者的思绪引向无穷，意在言外，意在矛盾处和虚无间。语言基本为白话，句中携带了些文言单音副词、连词，转折、递进、连接，自如自在，长短句错落无定，段中有铺排，有对仗，骈散一体，节奏鲜明。神秘的思绪和明快的音乐性浑然一体，造成了奇诡、隽永的风格。散文诗是舶来品，从实际的接受效果看，是诗的散文抑或是散文式的诗。作者受到了存在主义和象征主义哲学、美学的影响，却又不可抵御的得着了中国美学意象思维和古文以神韵及其音乐性为美的优良传统的渗透，因而把传统光大到了一个新的境地。他的《朝花夕拾》稍后于《野草》，其时心里依旧“芜杂”，却选择了不同于《野草》的审美路向，所写10篇，不再沉浸于“绝望的抗战”，而是返回少年时代的故园、逸事，拾掇些“乡思的蛊惑”，以求得诗意的超越，但含不尽之意，意在言外，依然是它的特点。如果说《野草》奇诡、隽永，那么《朝花夕拾》则清奇、俊逸，流淌着亲切悠长的韵味，全个语言黏带着温情，行文多系中长句，也有短句穿插，平缓的叙述过程中时或跳出幽默机智的一议、一刺，宛如平流中的一朵浪花，一个迴流，温婉却也波峭。

冰心(1900—1999)散文语言雅洁，韵致清新。郁达夫称：“冰心女士散文的清丽，文字的典雅，思想的纯洁，在中国好算是独一无二的作家了”，她的作品“意在言外，文必己出，哀而不伤，动中法度，……是女士的文章之极致”[①]冰心散文集《寄小读者》写于青春期留美期间，以通讯的方式，娓娓诉说对故园、母亲、祖国的思念之情。她不事张扬，白话与少量文言相融合，收放自如而有所节制，造成了女性诗人特有的含蓄；她不特别标举音乐性，只是温煦如歌一样地把叙述和抒情糅合在一起，汩汩流淌着心声，接受者的心里也因此就流过了美妙的乐音的震颤。朱自清(1898—1948)的散文也向以“美文”著称，郁达夫说：“朱自清虽则是一个诗人，可是他的散文，仍能够满贮着那一种诗意，文学研究会的散文作家中，除冰心女士外，文字之

① 郁达夫：《散文二集导言》，《中国新文学大系导言集》，天津人民出版社2009年，第140页。

美，要算他了。”[①]其所以如此，一个重要原因在于他讲究文章语言的雅洁，注重含藏，力戒缺乏韵致的直露和浅薄。他的那些名篇《荷塘月色》、《桨声灯影里的秦淮何》、《背影》、《绿》等，大都语言清洁而曲包余味，意蕴悠远。《荷塘月色》写于 1927 年“四·一二”大屠杀后两三个月，诗人执教于清华园，“心里颇不安宁”。全篇因内心“不宁静”写荷塘月色的宁静，因月下如梦如画如名曲旋律的荷塘联及六朝梁时的江南采莲及其歌吹词曲，娓娓写来，仿佛一曲流动优美的画，一曲流动优美的乐章。全篇重写荷塘月色之美，移步换景，远近上下，都聚焦于荷塘，荷塘的月光、水、莲叶以及它们的融合；还用了通感的手段把音、色、光、影都赋予了美妙的情愫。由眼前到六朝，由荷塘到江南，始终都维系着一颗“不宁静”的心，一颗痛苦而寻求超越的心，因此也就做到了“腴厚从平淡出来”。朱自清信守“为人生”的创作宗旨，而且认为文艺担负着变革社会的使命，文以载道，诗也要载道，敦厚里却有着不折的狷狂之气，能把这种精神气质贯注到神韵之美的艺术追求当中，这是他的可贵之处。

宗白华(1897—1986)的《流云小诗》也在神韵上见出成绩。这些作品语言精美含蓄、飘逸幽远乂带着些理趣。他写《解脱》：“银河的月，照我楼上/笛声远远吹来——/月的幽凉/心的幽凉/同化入宇宙的幽凉了。”月色、笛声、心境交融在了一起，一个“幽凉”的通感把所要传达又难以言尽的意绪暗示了出来。他写《小诗》：“生命的树上/凋了一枝花/谢落在我的怀里，/我轻轻的压在心上。/她接触了我心中的音乐/化成小诗一朵。”小诗、凋落的花、“我心中的音乐”融化在了一起。感伤的比喻，细致入微的体悟，把“小诗”的成因、特点诗化了，也理趣化了，且又带着青春期特殊的情感体温。宗白华出生在安庆鲁䃼方氏家族，母亲系桐城派后期重要人物方宗诚孙女。[②] 理学世家的教养，在他幼小的心灵里留下永恒的印记。他谈诗、谈画、谈

---

① 郁达夫：《散文二集导言》，《中国新文学大系导言集》，天津人民出版社 2009 年，第 141—142 页。

② 参见方宁胜：《桐城文学世家的现代转型——以鲁䃼方氏为中心》，《桐城派研究论文集》，胡睿主编，中国文联出版社 2006 年。

美，无不与桐城派先辈那样，本乎《易》经和儒家经典，且与丰赡的西方哲学、美学相比较，而予以转化与升华。他从阴阳变易谈论绘画的音乐美及意境："我们的宇宙是时间率领着空间，因而成就了节奏化、音乐化了的时空合一体，这是'一阴一阳谓之道'。"[①]"中国画所表现的境界特征，可以说是根基于中国民族的基本哲学，即易经的宇宙观：阴阳二气化生万物，万物皆秉天地之气以生，……这生生不已的阴阳二气织成一种有节奏的生命。中国画的主题'气韵生动'，就是'生命的节奏'或'有节奏的生命'"。[②] 诗歌也是这样。他的小诗如梦如醉。其优美的语言，和谐的韵律、理趣和气韵生动的音乐感，究其根本即来自于此。他在《我和诗》中说到幼年时代的"性情"，喜欢一个人沉浸在大自然的湖光山色里，沉思默想，意气飞动，这正是理学世家崇尚性理、理趣在他心灵最初生发的对大自然的返依、超越与呼唤。携带了这原始的记忆，他走进青春，开始接触华严经，接触庄子、康德、叔本华、歌德，接触王、孟、韦、柳等唐人绝句，开始读诗写诗。而诗歌的韵律、语言也就在这最初的呼唤中自然的生成了。"纯真的刻骨的爱和自然的深静的美在我的生命情绪中结成了一个长期的微渺的音奏，伴着月下的凝思，黄昏的远想。"[③]——他这样说。

新月诗人方维德(1909—1935)，桐城鲁谼方氏方宗诚玄孙，在26岁的时，死于痼疾，时人多叹息不已。他师从闻一多、徐志摩，更得益于家族文风的浸润，《新月诗选》收入他的四首短诗，均截取生活中的一个断片，把抒情纳于简约的叙事，诗歌语言出自一片天籁，清奇含蓄，神秘间有着清朗的节奏。他写爱情："那一天我和她走海上过，/她给我一贯钥匙一把锁，/她说：'开你心上的门，让我放进去一颗心，/请你收存，/请你收存。'//今天她叫我再开那扇门，/我的钥匙早丢掉在海滨。/成

① 宗白华：《中国诗画中所表现的空间意识》，《中国美学史论集》，安徽教育出版社2000年，第80页。

② 宗白华：《论中西画法的渊源与基础》，《中国美学史论集》，安徽教育出版社2000年，第293页。

③ 宗白华：《我和诗》，《艺境》，安徽教育出版社2000年，第167页。

天我来海上找寻，/我听到云里的声音——/要我的心，要我的心。'"(《海上的声音》)陈梦家在《新月诗选·序言》中说："玮德的诗是我朋友间所最倾爱的，又轻活，又灵巧，又是那么不容易捉摸的神奇。"[①]宗白华亲切地称方玮德为"一个可爱的大孩子"，也认为他的诗"真是新文学里的粒粒珍珠，情致的热烈而潇洒，文字的流利飘逸，节奏韵律完全来自他一片天真的心"。[②]

进入30年代之后，一般白话作品中的生涩、"欧化"的局限，得到了克服，现代汉语的运用走向成熟；而且经过大众语、大众化的讨论，以民族大众为出发点创新民族语言被提到历史的前台。在多方面的追求中，注重文学语言的神韵及其音乐性出现了新的风貌。讲含蓄，运用象征而弃绝晦涩；讲质朴、清新、明朗但要富于韵味；讲语言的大众化而推重朗诵，散文朗诵、诗歌朗诵，乃至小说朗诵，把文学语言的音乐性要求，极大地强化了。

3. 风格因阴阳刚柔而异

桐城派文论中根据《易》经"阴"、"阳"共相的精神，讲究文章的风格之美。桐城派作家或重阳刚或重阴柔，或兼二者而有所偏，重阴柔者以雅洁为尚，重阳刚者不弃雅洁但以恣睢显胜。其中方苞重阴柔推重雅洁，刘大櫆偏阳刚而恣睢，阳湖派重阳刚不失醇厚，湘乡派彰显阳刚以雄奇胜出，张裕钊性淡远兼取雄奇，吴汝纶尚醇厚近于老确……为了造就新的风格，他们不断扩大文章的取径范围，从方苞的《古文约选》到姚鼐的《古文辞类纂》，到李兆洛的《骈体文钞》，到曾国藩的《经史百家杂钞》，到王先谦、黎庶昌分别以同名选本《续古文辞类纂》行世，文章选本的不断更新，寄托了桐城派传人依了个人的秉性、随着时代的变迁，更新和丰富文章境界的努力。以至于二百余年气象万千，变化翻新。而其中姚鼐的"阳刚阴柔风格"说，尤其值得珍视。世纪之交，姚永朴在《文学研究法》中敏锐指出《易》

① 陈梦家：《新月诗选序言》，《新月诗选》，陈梦家编，上海新月书店1931年9月，第28页。

② 宗白华：《昙花一现》，《宗白华全集》，第2卷，安徽教育出版社2008年，第120页。

经之后“文学家未有论及此者”。五四之后，朱光潜对这宗遗产十分看重，他在1936年定稿的《文艺心理学》中用了一章的篇幅讨论“刚性美与柔性美”，他引用了姚鼐《复鲁絜飞书》中那段关于阳刚之美和阴柔之美的著名的形象诠释，运用西方美学史的丰富知识给予了淋漓酣畅的阐释，他说：

> 姚姬传所拿来形容阳刚之美的，如雷电、长风、崇山、峻崖、大河等等，在西方文艺批评中素称为Sublime；他所拿来形容阴柔之美的如云霞、清风、幽林、曲涧等等，在西方文艺中素称为grace。grace可译为“清秀”或“幽美”。Sublime是取上品的刚性美，它在中文中没有恰当的译名，“雄浑”、“劲健”、“伟大”、“崇高”、“庄严”诸词都只能得其片面的意义，……姑且称之为“雄伟”。西方学者常讨论“雄伟”和“秀美”的分别，对于“雄伟”的研究尤其努力。
>
> ……近代关于“雄伟”的学说大抵发源于康德。康德以为“秀美”使人欣喜，“雄伟”使人感动；对“秀美”者多欢笑，对“雄伟”者多严肃。花坞、日景、女子、拉丁美洲民族都以“秀美”胜。高山、暴风雨、夜景、男子、条顿民族都以“雄伟”胜。……“秀美”所生的情感始终是愉快，“雄伟”所生的情感却微含几分不愉快的成分，但是这种“霎时的抵抗”究竟是霎时的，它唤起内心的自觉，使我们隐约想到外物的力量和体积尽管巨大无比，却不能压服我们内心的自由；因此外物的“雄伟”适足激起自己焕发振作。
>
> （《文艺心理学·刚性美与柔性美》）

他在中西比较之间议论阐发，说明阳刚阴柔不同风格乃人类文学艺术中的共同现象，非某国某族个别之所为，从而拓宽了风格创造、风格接纳的视野，为中国文艺传统中的风格类型在现代语境中的展开提供了辩护，更为丰富多样的个性风格的发扬打开了中外通道。宗白华也注意到这本乎《易》的风格之谈，1935年，他把这阳刚阴柔的风格与近代中华民族的精神气候联系起来，说：“自清代中期以后，桐城派文学家姚鼐提出文章的作法——‘阳刚阴柔’之说，曾国藩等附和之，那一个时期中国文坛上，都充满着柔阴的气味，甚至近代人林琴南、马其昶等还‘守此不堕’，而铁一般的事实证明咱们中国从姚姬传时代到林琴南时代，受尽了外人的侵略，在邦交上恰也竭尽了柔弱的能事！由此看来，文学能转移民族的习性，它的重要可想而知了。”[①]宗白华对桐城派阳刚阴柔风格流转的勾勒显然不够准确，但他因此看到了一个时代文学类型风格的变迁与时代精神的关系，希望文学能够振拔民族的精神，却也有益于阳刚阴柔风格在艺术实践中的积极张扬。姚、宗、朱之后，郭绍虞在《中国文学批评史》中也论及阳刚阴柔之美，他由姚鼐的言说特别揭示出二者不可以“过于偏胜”，指出：“阴阳刚柔之精，虽可以为文章之美，而过于偏胜，一有一绝无，则也不可以言文，所以又有赖于调剂。调剂则阳刚阴柔之美始益以显著。”[②]郭绍虞的提醒，有益于人们正确认识和把握两大审美范畴在具体创作和欣赏中的实践。

这样，进入现代以来经过姚永朴、朱光潜、宗白华、郭绍虞的阐释和传播，“阳刚阴柔风格”说进入了文艺学、美学当中。人们把它引进高等学校教材，收入美学辞典。许多美学家、文艺批评家自觉运用这一美学范畴分析和研究古代文学、绘画、雕塑和书法，分析和研究现当代作家作品，以致成为包括文学在内的艺术文化常说不衰的审美热点，新文学中民族审美风格的现代化因此收获了重要成果。

“阳刚阴柔风格”说在走进现代，受到文论家、美学家认同并获得时代性阐释的前后，也一直存活于现代文学的创作实践当中。五四“反传统”的那批杰出者的风格，谁也没有溢出阳刚阴柔的基本范型。那是一个多元竞异、个性纷呈的时代，民族的觉醒、生命的觉醒，把传统文学中的这宗遗产发扬光大了。运动初起虽有胡适“文当废骈，诗当废律”之说，但当进入创作

---

①　宗白华：《唐人诗歌中所表现的民族精神》，《中国美学史论集》，安徽教育出版社 2000 年，第 106 页。

②　郭绍虞：《中国文学批评史》，上海古籍出版社 1979 年新 1 版，第 652 页。

实践谁能听进这种说教？人们从自己的兴味、意气和爱好出发，取法、取径的范围岂止是发展过程中桐城派的“以诗入散”和“引骈入散”？文体的界限被打破，而且西方、日本、印度的文学资源也都涌入风格接纳的视野。浪漫主义之说，现实主义之说，现代主义之说，纷至沓来，给了阳刚阴柔风格更丰富的形态和韵致。

这中间，鲁迅既接纳西方启蒙理性主义，又接纳尼采、叔本华、弗洛伊德和存在主义等非理性主义，融通道家文化，“反抗绝望”，直面人生，冷峻幽深的批判激情融阴柔与阳刚于一体，造成了别具一格的“鲁迅风”。郭沫若主情为诗，受唯灵论和欧洲浪漫主义诗人歌德、拜伦、雪莱的影响，上承屈、李、苏、辛，虽写有清新明丽的短诗、散文和小说，但以雄浑豪放的新诗《凤凰涅槃》、《天狗》等和恢宏悲壮的历史剧《屈原》、《虎符》、《高渐离》等，彰显着阳刚却不失明丽的魅力。

茅盾的散文以对社会生活的观察和分析引人注意，小说尤以“社会剖析”称于世，它们以《子夜》为代表，从作家熟悉的一个领域实行对社会人生的全面观察，以壮阔却也细致的社会风俗画显示出壮丽风彩。郁达夫不论是散文还是小说，用他自己的话说都“忠于艺术的冲动”，早期的作品以自我表现和心灵的大胆呈现见长，稍后则在保持主观抒情的同时关注社会的苦难，不虚伪，不造作，浪漫的感伤和逼视现实的真诚，使他的风格逡巡在阴柔与阳刚之间，人称“阳刚与阴柔的变奏”。

周作人致力于性灵小品的打造，走晚明唯美作家的路子，多以冲淡平和为美，是阴柔型风格的一个代表，沈从文就这样说：“以清谈朴讷文字，原始的单纯，素描的美，支配了一个时代一些人的文学趣味，……且俨然成一特殊风格的提倡者与拥护者，是周作人先生。”[①]废名、沈从文都接受了周作人的影响。即以沈从文来说，“风格基调，也应列入阴柔之美”。[②] 他用一个纯

---

① 吴立昌：《沈从文——建立人性的神庙》，复旦大学出版社 1991 年，第 260 页。

② 吴立昌：《沈从文——建立人性的神庙》，复旦大学出版社 1991 年，第 259 页。

朴野俗而又富于诗意的湘西世界，一支优美、忧郁的田园牧歌，呈现了一个清丽却含了历史沉重感的觉醒了的灵魂。

三四十年代在民族解放和人民革命的浪潮中，民族审美意识和劳动人民的审美要求空前觉醒，中国作风和中国气派的民族风格在左翼文学、延安文学和自由主义文学中更是得到了多样化的展开，阳刚阴柔风格也因之别出境界，这里不多赘述。

只是应该提到从桐城派重镇湖南走出来的毛泽东。桐城派的傍支湘乡派标榜阳刚之美，张扬雄奇瑰玮风格，在毛泽东这里造成了重大影响。毛泽东（1893—1976）早年受到过湘乡派文风的濡染。少年时代，他阅读过曾国藩的著作、书信、日记及相关生平著述，韶山毛泽东纪念馆至今还收藏有他读过的四卷《曾文正公家书》，每卷扉页上均有他手书的“咏芝珍藏”的正楷字样，他的听课笔记《讲堂录》里还记录有曾氏家书中的一些内容。在 1969 年 1 月的一次谈话中，毛泽东还提到“曾国藩是地主阶级最厉害的人物”①。宣统二年（1910）秋毛泽东进入湘乡公立东山高等小学堂读书，该学堂的前身东山精舍系曾国藩所培养的湘军将领、新疆首任巡抚刘锦棠倡议并捐银 500 余两创办的。后来毛泽东又到曾国藩、郭嵩焘曾经就学之地岳鹿书院自学。在东山高等学堂，毛泽东接触了洋务派和维新派人物的书籍，并且学习古文，他写作的古文《救国图存论》、《宋襄公论》等文章在师生中传诵，国文老师谭咏春阅过《宋襄公论》说，“毛润之的文章，不仅思想进步，文笔泼辣，而且立意高远，见解精辟，令人折服”。并在文后批道：“视似君身有仙骨，寰观气宇，似黄河之水一泻千里！”②延安时毛泽东还对斯诺说过：“我在这个学校很有进步。老师们都喜欢我，尤其是那些教经书的老师，因为我写得一手好古文。”③少年时代毛泽对曾国藩编选的《经史百家杂钞》评价甚高，在给好友萧子升的信中，毛泽东

---

① 吴江雄编著：《毛泽东谈古论今》，上卷，安徽人民出版社 1998 年，第 49—50 页。

② 吴江雄编著：《毛泽东谈古论今》，上卷，安徽人民出版社 1998 年，第 17 页。

③ 何明编：《伟人毛泽东》，上卷，中央文献出版社 2003 年，第 34 页。

说:“是书上自隆古,下迄清代,尽抡四部精要。……国学者,统道与文也,姚氏纂《类纂》畸于文,曾书则二者兼之,所以可贵也。”①《经史百家杂钞》出于纠正桐城派前辈散文取径欠宽的不足,带着拓宽文域、扩充经济、引骈入散的动机编选而成;曾氏认为姚鼐文章“少雄直之气,驱迈之势”,自己不屑于作“踷芥”之文。对于曾国藩通过打造古文选本,矫正桐城派前辈姚鼐《古文辞类篹》“畸于文”的用心,毛泽东欣然接受,并给予了难得的独立阐释。他少年时期“立意高远”,“寰观气宇,似黄河之水一泻千里”的文章气象,显然受到湘乡派的影响。后来,他战争年代在马背上“哼”唱而成、建设年代工作之余挥洒而就的那些惊天地、泣鬼神的雄伟壮丽诗章,《沁园春·长沙》、《菩萨蛮·黄鹤楼》、《忆秦娥·娄山关》、《七律·长征》、《念奴娇昆仑》、《沁园春·雪》、《蝶恋花·答李淑一》、《七律·登庐山》、《七律·答友人》、《念奴娇·井冈山》,等等,其凤翥龙翔,浩荡古今的气概,是其伟大人格的呈现,为民族复兴、人类解放的理想所催生,为革命和建设的实践所锻造,寻其艺术美学的来路,亦与湘乡派雄直驱迈、奇崛瑰玮的风格有着割不断的渊源。可以这样说,毛泽东诗词大气磅礴的旧体新声,把桐城派作家阳刚型风格继承了,升华了,升华为毛泽东个性独具、雄奇豪放的中国作风、中国气派和中国精神。

桐城派消亡了,五四新人所引领的文化潮流扬弃了桐城派的旧质,推动了文学的进步;桐城派所代表的民族优良传统也不可抵制地融入到了这新潮流当中。盲目地阻塞新潮,抑或盲目地抗拒传统,都不是文化和文学革新的大道。传统之水长流不息,常流常新,抽刀断水,水流依然。两千多年前纠结于春秋时期思想文化领域纷争中的孔子,站在大河边上,面对着冲决阻塞又裹挟了旧质滔滔而去的大浪,感慨着说:“逝者如斯夫,不舍昼夜”。历史的运动就是这样……

---

① 毛泽东:《致萧子升信》(1915年9月6日),《毛泽东早期文稿》,湖南出版社1990年7月,第24—25页。

后 记

这是我长期以来有关桐城派与五四新文学关系的一个粗略的思考。全书从最初酝酿到申报省社科规划课题，再到交由出版社付梓，断断续续，前后近十年。翻看这些文字，不禁生起苍凉之感：我是无用的；生命太短暂了。

我生于桐城派发祥地。姚鼐说，“黄、舒之间，天下奇山水也”。每读至此，怦然心动，引以为共鸣。幼时故乡，浮山、樯山、白云、拔茅诸峰，与白荡一湖交相盘绕，峦光与水色相浑融，灵瑞蕴于其间，深秀藏于云表。60年代初，我在雨坛教书，步行回家路过吴汝纶墓地，目睹青草荒坟，仿佛有氤氲之气弥散于周遭。凡此种种，难以释怀。

当然，倘若带着这种情感因素进入桐城派研究领域，或许有一定的好处，但如果拉不开距离，很可能会生出偏执的判断。因此，在写作本书的过程中，我总是努力地遵循着学理的原则，实事求是，防止被孩子们所讥讽的“恋乡情结”牵着鼻子走。

本书的写作，得到了爱人杨岭霞的全力支持，她隐忍病痛，包揽了家庭的全部琐细事务。长女张恬撰写了第三章、第五章第三节。次女杨柳翻拍了5幅图片。

周中明教授是研究桐城派的权威，又是我的老师，他在序言中肯定我的那些话，我非常感激，也深怀不安，我将视为余生立身、问学的重要原则。王鹏博士帮助查找了大量电子书籍，疏延祥同乡提供了姚鼐祖居之地麻溪的一幅摄影，在此一并致谢。

张器友

2014年8月于合肥